Charles Brockden Brown, geboren am 17. Januar 1771 in Philadelphia, ist dort am 22. Februar 1810 gestorben.

Die Nachtseiten der menschlichen Natur, die Schreckensbilder der Phantasie, das Grauen, mit dem die Normalität zerstört wird, kennzeichnen das Schaffen von Charles Brockden Brown, des großen amerikanischen Vorläufers von Edgar Allen Poe.

Sein erster Roman ›Wieland oder Die Verwandlung‹ erschien 1798. Es ist der in Briefform abgefaßte Bericht einer Erzählerin. Nicht Wirklichkeit und Wahrscheinlichkeit bilden die Grundlage des Berichteten, sondern das Labyrinth, das Schreckenskabinett des menschlichen Bewußtseins: Wieland und seine Schwester Clara wohnen auf dem Land, nicht unweit von Philadelphia. Zusammen mit Verwandten und Freunden führen sie ein harmonisches Dasein inmitten der Schönheiten der sie umgebenden Natur. Während Wieland eher schwermütig veranlagt ist, stets auf der Suche nach Gott, ist Clara schwärmerisch, ganz im romantischen Sinne von Rousseau. Wielands Schwager und Claras Geliebter haben die Funktion des von der Aufklärung geprägten Kritikers. Als Carwin zu ihnen stößt, wird die harmonische Stimmung zerstört. Plötzlich warnen unheimliche Stimmen vor drohender Gefahr. Wieland meint, einem Auftrag Gottes nachzukommen, der ihm befohlen habe, Frau und Kinder zu ermorden. Er gibt dieser Wahnvorstellung nach, zerbricht an den Folgen seiner Schreckenstat und nimmt sich das Leben.

Die Handlung geht zwar auf eine wirkliche Begebenheit zurück, doch nicht die Lust an der Schreckensdarstellung stand für den Autor im Vordergrund, sondern die Kritik an der selbstzerstörerischen Wirkung von vermeintlicher Religiosität.

insel taschenbuch 1686

Charles Brockden Brown

Wieland oder Die Verwandlung

Charles Brockden Brown

Wieland

oder Die Verwandlung

Roman

Aus dem Amerikanischen
von Friedrich Polakovics

Mit einem Nachwort
von Norbert Miller

Insel Verlag

insel taschenbuch 1686
Erste Auflage 1995
Insel Verlag Frankfurt am Main und Leipzig

Lizenzausgabe mit freundlicher Genehmigung
des Carl Hanser Verlags München
Vertrieb durch den Suhrkamp Taschenbuch Verlag
Umschlag nach Entwürfen von Willy Fleckhaus
Satz: Fotosatz Otto Gutfreund GmbH, Darmstadt
Druck: Nomos Verlagsgesellschaft, Baden-Baden
Printed in Germany

1 2 3 4 5 6 – 00 99 98 97 96 95

Wieland oder Die Verwandlung

From Virtue's blissful paths away
The double-tongued are sure to stray;
Good is a forth-right journey still,
And mazy paths but lead to ill.

Auf Tugend-Pfaden wandelt nicht,
Wer da mit zweien Zungen spricht:
Gut ist der grade Weg allein,
Krumm kann er blos von Uebel sein.

Zum Geleit

Beifolgendes Werk wird hiermit der Öffentlichkeit übergeben als die erste einer Reihe von Arbeiten, welche zu publizieren den Autor die günstige Aufnahme der vorliegenden Blätter ermutigen wird. Des Schreibers Absicht entspringt weder der Eigensucht noch einer Laune des Augenblicks, sondern richtet sich vielmehr auf die Darstellung einiger bedeutsamer Züge innerhalb der ethischen Konstitution des Menschen. Ob man freilich diesen Bericht der landläufigen leichten Unterhaltungs-Ware zuzählen wird, oder aber den wenigen Hervorbringungen, deren Nützlichkeit ihnen zu dauerndem Ansehen verhilft, muß dem Gutdünken des Lesers anheimgestellt bleiben.

Die hier niedergelegten Begebenheiten sind außerwöhnliche und seltene. Manche unter ihnen mögen dem Bereich des Wunderbaren so nahe kommen, wie dies eben möglich ist mit Hilfe von Dingen, deren Natur in Wahrheit alles Wunderbaren entbehrt. Doch bleibt zu hoffen, daß verständige Leser die Art und Weise nicht mißbilligen werden, in der die Erscheinungen aufgelöst sind, sondern daß solche Auflösung sich vielmehr als in Übereinstimmung mit den uns bekannten Grundzügen der Menschen-Natur erweisen mag. Jener Kraft, welche der Hauptperson unserer Handlung nachgesagt wird, vermag man ihre Realität wohl kaum abzusprechen. Zwar muß eingeräumt werden, daß dergleichen überaus selten ist, doch gibt es kein vergleichbar ungewöhnliches Faktum, das erhärtet wäre durch ebenso starke, historisch belegbare Erweislichkeit.

Der oder jener unter den Lesern mag vielleicht das Gehaben und Handeln des jüngeren Wieland für ein unmögliches halten. Solche Möglichkeit dennoch glaubhaft zu machen, muß der Schriftsteller sich auf die Ärzte berufen sowie auf jene Männer, welche bewandert sind in den verborgenen Ursprüngen und zufälligen Perversionen des menschlichen Geistes. Nicht eingewendet mag werden, daß Beispiele ähnlichen Wahnes sonderlich rar sind, dieweil es ja zum Geschäft der Sitten-Schilderer gehört, der Darstellung ihres Gegenstandes die instruktivste und denkwürdigste Form zu finden. Liefert die Historie auch nur *ein* paralleles Faktum, so ist der Schriftsteller hinlänglich gerechtfertigt. Indes, ein Gutteil der Leser wird sich vielleicht eines authentischen Falles entsinnen, welcher dem unseres Wieland bemerkenswert ähnlich ist.

Hinzugefügt muß noch werden, daß die vorliegende Erzählung in Briefform von jener Dame niedergelegt ist, um deren Geschichte es geht, und zwar für eine Handvoll Freunde, deren diesbezügliche Neugierde recht sehr angestachelt worden. Und des Weitern bedarf's der Erwähnung, daß die geschilderten Begebnisse sich ereignet haben zwischen dem Ende des Französischen und dem Ausbruch des Unabhängigkeits-Krieges. Carwin's Memoiren, auf welche gegen Ende dieses Werkes angespielt ist, sollen späterhin publiziert werden – oder auch nicht, ganz nach dem Grade der Aufnahme, welche dem vorliegenden Versuche zuteil werden mag.

3. September 1798 *C. B. B.*

Erstes Kapitel

Ein wenig widerstrebend geb' ich Eurem Verlangen nach. Nicht im vollen Ausmaß kennt Ihr ja den Beweggrund meiner Kümmernis, und fremd ist Euch die Tiefe meiner Trübsal. So kann's wohl als ausgemacht gelten, daß Eure auf meinen Trost gerichteten Anstrengungen fehlschlagen müssen. Dennoch ist's mit der Geschichte, die ich nun zu erzählen mich anschicke, nicht auf Eure Anteilnahme abgesehen. Inmitten meiner Verzweiflung schlag' ich das Wenige, welches ich zum Wohle der Menschen beizutragen vermag, nicht für gering an. Auch erkenne ich Euer Recht an, von jenen Ereignissen unterrichtet zu werden, welche vor kurzem in meiner Familie sich begeben haben. Macht von meiner Erzählung denjenigen Gebrauch, den Ihr für angemessen erachtet. Sollte sie der Welt mitgeteilt werden, so wird sie derselben die Pflicht einschärfen, aller Täuschung aus dem Wege zu gehn. Auch wird sie ein Beispiel sein für die Macht früher Impressionen und wird die Unermeßlichkeit jenes Übels dartun, welches erfließt aus einer irrigen oder doch unvollkommenen Haltung des inneren Menschen.

Meinem Zustand ermangelt es nicht an Gelassenheit. Das Sentiment, welches meine Empfindungen lenkt, heißt nicht Hoffnung. Kein Künftiges hat Gewalt über mein Denken. Was immer da auf mich zukommen mag – ich stehe ihm in vollkommener Gleichgültigkeit gegenüber. In Ansehung meiner selbst gibt es nichts mehr, das ich zu fürchten hätte. Schon hat mein Schicksal das Ärgste mit sich gebracht, und so bin ich hinfort verhärtet gegen jederlei Ungemach.

Kein Bittgebet mehr sende ich empor zu der Gottheit. Die Macht, die da leitet die Geschicke der Menschen, hat ihren

Pfad erkoren. Der Ratschluß, nach welchem mein Leben festgesetzt ward, läßt keinen Widerruf zu. Kein Zweifel, er steht im Einklang mit den Maximen der Ewigen Gerechtigkeit. Dies ist für mich weder in Frage noch in Abrede zu stellen. Genug, daß Vergangenes aller Änderung entrückt ist. Der Sturm, der da unsre Glückseligkeit zerrissen hat, der zu Ödnis und Wüstenei gewandelt das blühende Gefild unsres Daseins – er hat sich zu grimmiger Ruhe gelegt, doch erst, als das Opfer durchbohrt und zerfleischt war; erst, als jedwedes Hindernis hinweggefegt worden vor seiner Wut; erst, als jegliches Überbleibsel des Guten unsrem krampfigen Zugriff entwunden und ausgetilgt war.

Euer und Eurer Gefährten Erstaunen, wie sehr wird es angefacht sein durch meine Erzählung! Jegliches Sentiment, es wird Eurer Verwunderung weichen! Müßte mein Zeugnis aller Erhärtung entraten, Ihr würdet es als unglaubhaft zurückweisen. Keines Menschenkindes Erfahrung vermag ja dem Umstand ein Gegenstück zu liefern: daß ich, als einzige dieser Menschheit, aufgespart sein soll für ein Los ohne Lindrung und ohne Beispiel! So lauschet denn meiner Erzählung und sagt mir sodann, wodurch ich es verdient habe, ausgesetzt zu sein auf so schrecklicher Höhe – sagt es, im Fall Euch nicht jegliche Fähigkeit gelähmt ist vor Staunen ob der Tatsache, daß ich noch am Leben bin und in den Stand gesetzt, dergleichen zu berichten!

Meines Vaters Vorfahren waren väterlicherseits von adliger Abkunft; seine Mutter dagegen war die Tochter eines Handelsmanns. Mein Großvater war ein jüngerer Bruder und stammte aus Sachsen. Nach Erreichung des gehörigen Alters ward er in ein deutsches Gymnasium gesteckt. Die Ferien wandte er an die Durchstreifung der benachbarten Landstriche. Dergestalt ward ihm zum Schicksal, daß er einmal bis Hamburg kam. Dortselbst machte er die Bekanntschaft eines Handelsmannes namens Leonhard Weise, in dessen Haus er häufig zu Gast weilte. Besagter Handelsmann hatte aber nur ein einziges Kind, eine Tochter, zu welcher der Gast alsbald eine zärtliche Neigung faßte. Und unerachtet aller elterlichen Drohungen und Verbote ward er nach der schuldigen Zeit jenem Mädchen vermählt.

Durch solchen Vollzug hatte er seinen Anverwandten eine tödliche Schmach angetan, und so ward er von denselben alsbald verstoßen und zur Gänze enterbt. Sie weigerten sich, für sein Fortkommen auch nur den kleinen Finger zu rühren. Sämtliche Verbindungen wurden abgebrochen, und so versah mein Großvater sich von seiten seiner Familie bloß derjenigen Behandlung, welche man einem Fremdling wenn nicht gar einem verabscheuten Feinde hätte angedeihen lassen.

Indes, er fand Zuflucht und Obdach im Hause seines neuen Vaters, eines Mannes von freundlicher Gemütsart, dessen Stolz solch eheliche Verbindung nicht wenig schmeichelte. So ward meines Großvaters Armut aufgewogen durch seine adlige Abkunft, und Weise hielt alles in allem dafür, in Ansehung seines Kindes eine überaus kluge Entscheidung getroffen zu haben. Mein Großvater aber sah es für seine Pflicht an, sich nach einem unabhängigen Lebensunterhalte umzutun. In seinen Knabenjahren hatte er sich voll Eifer mit Literatur und Musik befaßt, doch war ihm beides bisher bloß ein Quell der Kurzweil gewesen. Nunmehr jedoch wurde daraus ein Mittel des Gelderwerbs. In jenen Tagen gab es ja nur wenige Werke von Geschmack im sächsischen Idiome, und so kann mein Ahnherr als der Begründer des deutschen Theaters gelten. Der heutige Poet nämlichen Namens entstammt ja eben jener Familie und übertrifft nach Fruchtbarkeit der Erfindung und Sicherheit des Geschmacks den älteren Wieland wohl bloß um ein Geringes. Dieser verbrachte seine Tage über dem Komponieren von Sonaten und dem Schreiben dramatischer Stücke.

Dieselben waren nicht unbeliebt, brachten ihm aber bloß kärglichen Unterhalt ein. So starb er in der Blüte seiner Jahre, und sein Weib folgte ihm alsbald in das Grab nach. Des einzigen Kindes der beiden nahm sich der Hamburger Handelsmann an. Schon in früher Jugend ward jener Knabe zu einem Londoner Kaufherrn in die Lehre gegeben, woselbst er sieben Jahre in merkantiler Botmäßigkeit zubrachte.

Indes, mein Vater war nicht glücklich unter der Wesensartung jenes Londoner Kaufherrn, dessen Obsorge er nunmehr unterstellt war. Er ward mit Strenge behandelt, und Arbeit gab's genug zu jeder Stunde des Tages. Seine Pflichten waren so mühsam wie mechanisch. Freilich war er schon im Hinblick auf solche Profession aufgezogen und unterwiesen worden, so daß ihn nunmehr keine unerfüllten Begierden plagten. Zwar sah er seine neue Beschäftigung nicht für eine abscheuliche an, die ihn etwa von blumigeren, sanfteren Pfaden abgehalten hätte, doch fand er in der unablässigen Plackerei und in der Strenge seines Lehrherrn genugsam Anlaß, unzufrieden zu sein. Keinerlei Erholung ward ihm gegönnt. Seine Tage verbrachte er eingepfercht in ein finsteres Loch, oder aber im Auf und Ab inmitten enger, übervölkerter Straßen und Gassen.

Nach und nach ward seinem Herzen ein moroses, düsteres Reflektieren zur Gewohnheit. Er wußte nicht in akkuraten Worten zu sagen, woran es denn seinem Wohlbefinden recht eigentlich gebrach. Vergleiche zwischen der eigenen Lage und derjenigen anderer quälten ihn nicht sonderlich. Seine Umstände entsprachen durchaus seinem Alter und seinen Glückserwartungen. So kam's ihm nicht erst in den Sinn, seine Behandlung für eine außergewöhnlich oder gar ungerechtfertigt strenge zu nehmen. In solchem Respekte setzte er die Konditionen anderer, die gleich ihm ins Joch merkantiler Dienstbarkeit gespannt waren, durchaus den eigenen gleich. Und dennoch: jedwede Pflicht war ihm lästig und jegliche Stunde schien ihm ermüdend in ihrer Leere.

In solcher Geistesverfassung stieß er durch Zufall auf ein Buch, das einen Lehrer der Albigenser oder französischen Protestanten zum Verfasser hatte. Nun hegte aber unser Jüngling keinerlei Vorliebe für Bücher und war gänzlich unkundig der vergnüglichen oder belehrenden Kraft, welche von denselben ausgeht. Der betreffende Wälzer hatte jahrelang in einer Ecke des Dachstübchens gelegen, halb schon begraben vom Staub und von allerlei Gerümpel. Wohl hatte der Jüngling ihn bemerkt, ihn je nach den Erfordernissen des Augenblicks auch achtlos an diesen oder jenen Platz geschoben. Doch niemals hatte er Neigung verspürt, sich des Inhalts zu vergewissern, ja nicht einmal des Gegenstandes, mit dem jener Band sich befaßte.

Eines Sonntagnachmittags, man hatte ihn geheißen, sich für ein paar Minuten in seinen Dachverschlag zurückzuziehen, ward sein Blick gefesselt von einer Seite besagten Buches, welche durch einen Zufall sich aufgeschlagen präsentierte. Der Jüngling saß auf der Bettkante und war eben dabei, einen Riß in seiner Kleidung auszubessern. Da seine Augen aber nicht an solcher Arbeit haften blieben, sondern vielmehr bald hierhin, bald dorthin blickten, hefteten sie sich schließlich auf jene aufgeschlagene Buchseite. Die Worte »Suchet, so werdet ihr finden« erregten als erste seine Aufmerksamkeit, und damit war auch die Neugierde so weit geweckt, daß sie ihn zum Weiterlesen verführte. Sobald er mit seiner Flickarbeit zu Rande war, griff er nach dem Buche und schlug dessen erste Seite auf. Und je weiter er las, desto mehr Anreiz gewann er dem Werke ab, darin weiterzulesen, so daß er das Schwinden des Tageslichtes beklagte, weil es ihn zwang, das Buch für heute zu schließen.

Jenes Buch nämlich enthielt eine Darlegung dessen, was die Glaubens-Sekte der Camisards lehrte, sowie einen historischen Abriß der Ursprünge solcher Lehre. Unsres Lesers Geistesverfassung war aber recht sehr dazu angetan, sich andächtigen Empfindungen hinzugeben. Die ziellose Sehnsucht, von der er besessen gewesen, hatte nunmehr ein Objekt erhalten, und sein Geist war ja allem, was mit Meditation zu tun hatte, keineswegs verschlossen. Indes, an den Werktagen hieß es mit Morgengrauen aus den Federn, und an ein Heimkommen war vor dem späten Abend nicht zu denken. So versorgte unser Jüngling sich mit Wachslichten und brachte die Nachtstunden wie die Sonntage damit hin, jenes Buch zu studieren. Natürlich war es gespickt mit Anspielungen auf die Heilige Schrift, und auch seine sämtlichen Schlußfolgerungen leiteten sich aus deren heiligem Texte her. Er war die Quelle, jenseits derer es müßig wurde, dem Strom der religiösen Wahrheit nachzuspüren. Doch zumindest war es des Lesers Pflicht, solchen Strom bis zu jener Quelle zu verfolgen.

Eine Bibel war unschwer herbeigeschafft, und mit brennendem Eifer stürzte unser Jüngling sich in das Studium derselben. Seiner Geistigkeit war ja nunmehr eine bestimmte Richtung gewiesen. Sein Spintisieren und Träumen, nun erhielt es Gestalt aus der nämlichen Form. Rasch schritt er voran auf dem Weg zu einem persönlichen Glaubensbekenntnis. Jedwedes Faktum und Sentiment solchen Buches, er sah's mit den Augen jenes Camisard-Apostels: dergestalt ward seine Auslegung der Texte eine übereilte und engstirnige. Jegliches Ding sah er ohne Zusammenhang, ohne Beziehung zur übrigen Welt, und so war er nicht imstande, aus der einen Handlung oder Vorschrift sich die nächste zu erklären oder einzugrenzen. Daraus erwuchsen ihm Skrupel sondern Zahl, denen er bisher als ein Fremder gegenübergestanden. Hin und her gerissen sah er sich zwischen Furcht und Verzückung, ja wähnte sich verfangen in die Fallstricke eines spirituellen Widersachers. So kam's, daß er Geborgenheit nur in unablässigem Wachen und Beten zu finden vermeinte.

Sein Moralbegriff, welcher niemals ein lockerer gewesen, ward nunmehr nach einem noch strikteren Richtmaß geformt. So gebieterisch-fromme Verpflichtung ergriff Besitz noch von seinen Blicken, Gebärden, ja von seiner Art und Weise, sich auszudrücken. Alle Leichtfertigkeit der Rede, alle Unachtsamkeit des Gehabens, nun waren sie in Acht und Bann getan. Düster ward sein Wesen und grüblerisch-kontemplativ. Unablässig war er bemüht, eine zitternde Angst in sich wachzuhalten sowie den Glauben an die ehrfurchterweckende Allgegenwart der Gottheit. Und voll Eifer hielt er jegliches andere Denken von sich fern: ihm Raum zu geben, es war ja ein Verbrechen gegen die Göttliche Majestät, nur zu sühnen durch Tage und Wochen tiefster Seelenqual.

Dies ging während zweier Jahre so hin, ohne daß eine merkliche Wandlung sich eingestellt hätte. Jeder neue Tag bestärkte den Jüngling bloß in dem neuen Denken und Handeln. Dabei wär' doch zu erwarten gewesen, daß solche Gefühlswogen bisweilen abnehmen, daß Intervalle aus Verzagtheit und Zweifel sich einstellen würden. Allein, dergleichen trat immer seltener, immer kürzer in Erscheinung, so daß er, soweit es die Schwankungen des Gemütes anbetraf, am Ende in einen recht starren Gleichmut verfiel.

Allgemach ging seine Lehrzeit nun ihrem Ende entgegen. Mit Erreichung der Großjährigkeit fiel ihm eine geringe Summe Geldes zu, die mein Großvater ihm letztwillig vermacht hatte. Besagte Summe reichte aber kaum hin, das Schifflein ihres neuen Besitzers flott zu machen, und von der Großherzigkeit des Lehrherrn stand vollends so gut wie nichts zu erwarten. Überdies war es meinem Vater zufolge seiner Glaubensansichten nahezu unmöglich gemacht, in England seßhaft zu werden, und all diesen Wohnsitz-Erwägungen gesellte sich eine weitere, höchst gebieterische, unwiderstehliche Notwendigkeit: er war ja mittlerweile durchtränkt von der Überzeugung, es sei ihm zur Pflicht gemacht, die Heilsbotschaft des Evangeliums unter den heidnischen Völkern zu verbreiten. Fürs erste freilich entsetzte er sich vor den Fährnissen, denen das Leben eines Missionars ausgesetzt ist. Solche Hasenherzigkeit machte ihn eifrig im Erfinden von Einwänden und Ausflüchten, doch war's ihm nicht möglich, sich gänzlich des Glaubens zu entschlagen, daß die Verbreitung der Heilslehre ihm nun einmal zur Pflicht gemacht sei. Nach jeglichem Zwiespalt mit seinen Leidenschaften ward solcher Glaube nur noch stärker in ihm befestigt, und so gelangte mein Vater schließlich zu dem Entschlusse, doch noch auf sich zu nehmen, was er für den Ratschluß des Himmels hielt.

Nach Lage der Dinge waren es zunächst die Indianer Nordamerikas, welche sich als ein Objekt für solcherlei Guttat präsentierten. Seine Lehrzeit abgelaufen, machte mein Vater seine kleine Habe zu Geld und schiffte sich alsbald nach Philadelphia ein. Dortselbst angelangt, sah er seine Befürchtungen erneuert, und nach näherer Berührung mit den landesüblich rauhen Sitten ward sein Entschluß zum andernmal erschüttert. So stand er für eine Zeit von seinem Vorhaben ab und machte sich seßhaft durch den Erwerb eines Bauerngutes am Schuylkill, nur wenige Meilen vor der Stadt, wo er seine Äcker bestellte. Die wohlfeilen Bodenpreise sowie die Arbeit afrikanischer Sklaven, welche damals allerorten Verwendung fanden, trugen dem mittellosen Europäer alsbald alle Vorteile der Wohlbestalltheit ein. Auf solche Weise verbrachte er vierzehn Jahre in mühevoller und gedeihlicher Arbeit. Während jener Zeit schienen neue Pläne, neue Unternehmungen und Teilhaber die frommen Eindrücke seiner Jugend nahezu ausgelöscht zu haben. Auch machte er nun die Bekanntschaft eines Weibes von sanftmütig-stiller Gemütsart und ähnlich kargen Mitteln, wie die seinen es gewesen. Er bot ihr die Hand zum Lebensbunde und sah sich erhört.

Mittlerweile hatte ihn sein früherer Fleiß in den Stand gesetzt, nicht mehr persönlich Hand anlegen zu müssen, sondern sich seinen eigensten Dingen zu widmen. So gab er sich der Muße hin und ward zum andernmal heimgesucht von frommen Betrachtungen. Das Studium der Schrift und anderer Glaubensbücher, nun war's aufs neue zu seinem liebsten Geschäfte geworden. Mit ungewöhnlicher Stärke meldete sich nunmehr sein alter Glaube in Anbetracht der Bekehrung heidnischer Völkerschaften zu Worte. Doch gesellten den früheren Hindernissen sich jetzt die Bedenken seiner väterlichen wie auch der Gattenliebe. Lang und stürmisch wogte solch innerer Kampf. Allein, das Pflichtgefühl ließ sich nicht mundtot machen oder gar entkräften, sondern trug am Ende den Sieg davon über jederlei Einwand.

Indes, meines Vaters Mühen waren auf die Dauer nicht von Erfolg begleitet. Freilich hielten seine Mahnreden bisweilen eine Zeitlang vor, doch viel öfter begab sich's, daß sie mit Anwürfen vergolten und voll Verachtung zurückgewiesen wurden. In Verfolgung seiner Absicht geriet er in die bedrohlichsten Gefahren und nahm unglaubliche Mühseligkeiten, ja Hunger, Erkrankung und Verlassenheit auf sich. Die zügellose Leidenschaft der Wilden sowie die Tücke seiner verderbten Landsleute, sie behinderten gemeinsam das Fortschreiten seines Werkes. Doch blieb er guten Muts, solange sich noch ein vernünftiger Anlaß zur Hoffnung bot, und nicht eher stand er ab von seiner Arbeit, als bis sein Herz ledig geworden der eingebildeten Pflicht, um jeden Preis fortfahren zu müssen im begonnenen Werke. So kehrte er mit angegriffner Gesundheit schließlich heim in den Schoß der Familie. Es folgte eine Zeit der Ruhe. Er war mäßig, von pünktlichen Gewohnheiten und strikt in der Erfüllung seiner häuslichen Pflichten. Keiner Glaubens-Sekte verband er sich, weil er mit keiner von ihnen übereinstimmte. Der gemeinsame Gottesdienst war's ja, wodurch sie sich sämtlich von seiner Ansicht unterschieden, und für dergleichen gab es keinen Platz in seinem Bekenntnis. Nach seiner strengen Auslegung verlangte die Regel, der wir uns beim Beten unterwerfen, absolutes Alleinsein und darum den Ausschluß jedweder Gesellschaft. Seiner Überzeugung zufolge war Anbetung nicht nur ein Werk der Stille, sondern auch der Einsamkeit. So setzte er eine Nachmittags- sowie die Mitternachts-Stunde dafür fest.

Etwa vierhundert Schritte von seinem Haus, auf der Höhe einer Felsenklippe, deren Flanken in nahezu senkrechten Schründen abfielen und durchsetzt waren von krüppligen Zedern und unwegsamem Geröll, errichtete er einen Bau, den das unbefangene Auge für ein Sommerhaus halten mochte. Der ostseitige Rand solcher Klippe befand sich wohl sechzig Fuß über dem unten vorbeiziehenden Fluß, und der Blick von der Höhe des Felsens umfaßte die glasklare Strömung, die in krausem Gewirbel dahinzog zwischen den felsigen Ufern, welche eingefaßt waren vom Gewog der ringsum ansteigenden Kornfelder und Obstgärten. Das Bauwerk als solches war luftig und leicht. Es umfaßte ein kreisrundes Areal von bloß zwölf Fuß Durchmesser und hatte zum Boden den geebneten, von Moos und Gestrüpp gereinigten Fels. Ein Dutzend toskanischer Säulen, die ein geschwungenes Kuppeldach trugen, umgrenzten das Ganze. Mein Vater setzte Umriß und Ausmaße fest, litt es jedoch, daß der von ihm beschäftigte Künstler das Bauwerk nach eigenen Plänen vollendete. Es enthielt weder Stühle noch Tisch und entriet jedweden schmückenden Beiwerks.

Dies also war der Tempel seiner Gottheit. Zweimal in vierundzwanzig Stunden zog er sich hierher zurück, ohne daß jemand ihn hätte begleiten dürfen. Nur physische Bewegungsunfähigkeit galt als Entschuldigung für das Unterlassen oder den Verzug solcher Besuche. Von der Familie verlangte mein Vater nicht, daß sie's seinem Beispiele gleichtäte. Nur wenige Männer, die es mit ihrem Glauben ebenso genau nahmen, waren in Anbetracht des Verhaltens ihrer Mitmenschen so sparsam mit Tadel und Vorbehalt wie er. Die Mutter war von nicht minder frommen Gemüte, neigte jedoch von Erziehung zu unterschiedlicher Andachtsform. Die Entlegenheit ihres Wohnsitzes erlaubte ihr nicht, einer schon bestehenden Kongregation beizutreten, doch hielt sie sich pünktlich an ihre Andachtsstunden und sang ihrem Erlöser fromme Lieder, ganz wie es die Jünger Zinzendorfs halten. Mein Vater versagte es sich, in solche Ordnung einzugreifen. Genaugenommen hing er ja seinem eigenen System nicht als dem besten an, sondern bloß, weil es ihm ausdrücklich verordnet worden. Andere Formen, von anderen Menschen praktiziert, mochten dem Himmel nicht minder wohlgefällig sein.

Solchen anderen Personen gegenüber war sein Verhalten voll Nachsicht und Milde. Eine stete Traurigkeit lag auf seinen Zügen, doch war ihr keinerlei Strenge oder Mißbilligung beigesellt. Alles an ihm, die Stimme, die Gebärden wie auch seine Schritte, war von gleichmäßiger Ruhe. Sein Gehaben war gekennzeichnet durch geduldige Nachsicht und Demut, was ihm die Wertschätzung auch derjenigen sicherte, denen seine Glaubensmeinungen als höchst anrüchig erschienen. Ob sie ihn gleich einen Eiferer und Träumer nannten, so vermochten sie dennoch nicht, seiner unbeirrbaren Redlichkeit und Integrität ihre Verehrung zu weigern. Sein Glaube an die Rechtschaffenheit war das Fundament seines Glücks. Doch eben diesem Glücke war's bestimmt, alsbald ein Ende zu finden.

Jene Traurigkeit nämlich, die beständig um ihn war, vertiefte sich mit einem Mal. Bisweilen seufzte er, ja vergoß sogar Tränen. Den Vorhaltungen seines Weibes erwiderte er nur selten. In mitteilsamen Momenten ließ er verlauten, seine Seelenruhe sei dahin als Folge seines Abweichens vom Pfade der Pflicht. Ein Gebot sei ihm auferlegt worden, das auszuführen er gezögert habe. Ihm schien's, als wäre ihm eine gewisse Spanne des Zauderns und Widerstrebens eingeräumt gewesen – eine Spanne, die nun abgelaufen war. Nicht länger lag es an ihm, zu gehorchen. Die ihm zugedachte Pflicht war zufolge seines Ungehorsams auf einen anderen übertragen worden, so daß nichts mehr zu tun verblieb als die Strafe auf sich zu nehmen.

Er beschrieb diese Strafe nicht näher. Eine Zeitlang schien sie bloß in dem Gefühl zu bestehen, unrecht gehandelt zu haben. Dies Schuldgefühl, von sich aus schon heftig genug, ward noch erschwert durch den Glauben, solche Schuld könne nimmermehr gebüßt werden. Niemand vermochte ohne das tiefste Mitleid die seelischen Qualen mitanzusehen, unter denen mein Vater zu leiden schien. Und die Zeit, anstatt ihm die Bürde zu erleichtern, trug das ihre zu den Erschwernissen bei. Schließlich bedeutete er seinem Weibe, daß sein Ende herannahe. Nicht, daß er den Tag oder die Art seines Hintritts hätte voraussagen könnne: es bedrückte ihn nur der unverrückbare Glaube, daß sein Tod unmittelbar bevorstehe. Und nicht minder beunruhigte ihn der Gedanke, daß die ihm zugemessene Todesart eine ungewöhnliche, ja entsetzliche sein werde. Dergestalt waren seine Vorahnungen vage und unbestimmt, doch reichten sie hin, ihm jede Sekunde des Daseins zu vergiften und ihn einer unablässigen Seelenangst zu überantworten.

Zweites Kapitel

Am frühen Morgen eines schwülen Augusttages verließ er Mettingen, um sich in die Stadt zu begeben. Seit seiner Rückkehr von den Ufern des Ohio hatte er nicht viele Tage außer Hause verbracht. Diesmal jedoch gab es ein paar dringende Angelegenheiten, die keinen Aufschub mehr zuließen. Erst gegen Abend kehrte mein Vater zurück, doch schien er fast schon zusammenzubrechen vor Ermattung, und auffallender als sonst waren sein Schweigen und seine Gedrückheit. Der Zufall wollte es, daß der Bruder meiner Mutter, ein Wundarzt von Profession, jene Nacht unter unserem Dache verbrachte. Er auch war's, der mir des öfteren und in allen Einzelheiten die Katastrophe geschildert hat, welche alsbald über uns hereinbrechen sollte.

Je weiter der Abend voranschritt, desto tiefer ward meines Vaters Unrast. Wie gewöhnlich saß er im Kreise seiner Lieben, ohne jedoch an deren Gesprächen Anteil zu nehmen. Vielmehr schien er gänzlich versunken in seine eigenen Gedanken, und dann und wann malte sich's auf seinen Zügen wie Anzeichen von Entsetzen. Verstört und unablässig starrte er hinauf zur Zimmerdecke. Vergebens waren die Anstrengungen der Tischgenossen, ihn aus seinem finsteren Brüten zu reißen. Aus der Verdüsterung erwachend, ließ er keinerlei Anzeichen von Verwundrung erkennen, sondern preßte lediglich die Hand gegen die Stirn und klagte mit entsetzensbebender Stimme, das Hirn verbrenne ihm zu Asche. Alles deutete darauf hin, daß er von panischer Furcht besessen war.

Mein Oheim fühlte ihm den Puls und stellte eine Indisposition fest, die indes nicht sonderlich besorgniserregend schien. Er schrieb dergleichen einer geistigen Beunruhigung zu und ermahnte den Kranken zu innerer Sammlung und Gefaßtheit, doch war solche Rede vergebens. Zur Schlafenszeit begab der Patient sich willig in seine Kammer, ja entkleidete sich sogar auf das Zureden meiner Mutter und ging zu Bett. Nichts jedoch konnte seine Unrast lindern. Der Mutter verwies er deren besorgte Vorhaltungen mit düsterer Strenge. »Schweig still«, sagte er; »für das, was ich empfinde, gibt es bloß eine Heilung, und die kommt nur zu bald. Du kannst mir nicht helfen. Sieh lieber auf dich selber und bete zu Gott, er möge dir Kraft verleihen, das nahende Unheil zu tragen.« »Was hätte ich denn zu fürchten«, versetzte sie, »was für ein grausiges Unheil siehst du herannahen?« – »Gib Frieden! Noch weiß ich's nicht, doch kommt es ganz gewiß und das in Bälde.« Sie wiederholte ihre Fragen und auch ihre Zweifel. Er aber setzte dem Gespräch abrupt ein Ende, indem er ihr schroff zu schweigen gebot.

Noch nie hatte sie den Vater in solcher Gemütsverfassung gesehen. Bisher war sein Verhalten ja stets ein liebevoll gütiges gewesen. So ward ihr das Herz von Kummer durchbohrt im Angesicht solchen Wandels. Weder ihn wußte sie sich zu deuten, noch auch die Art des Unheils, das da drohte.

Entgegen dem Brauche hatte man die Lampe nicht auf den Herd gesetzt, sondern auf dem Tische belassen. Über demselben hing an der Wand eine kleine Uhr, welche so eingestellt war, daß sie jede volle sechste Stunde mit sehr lautem Schlag anzeigte. Was nunmehr bevorstand, war das Zeichen zum Aufsuchen des Tempels, wo der Kranke seine Andacht verrichtete. Die lange Gewohnheit hatte es mit sich gebracht, daß er schon vor dem Stundenschlag wach zu sein und sich mit demselben zu erheben pflegte.

Immer wieder hefteten sich nun seine angstvollen Blicke auf jene Uhr, und nicht das kleinste Vorrückten des Zeigers schien solcher Aufmerksamkeit zu entgehen. Gegen Mitternacht nahm des Kranken Besorgnis sichtbarlich zu. Die zitternde Bangnis meiner Mutter hielt zwar Schritt mit derjenigen ihres Eheherrn, blieb aber verschüchtert und stumm. Was der Ärmsten zu tun verblieb, war lediglich, auf jeden Wandel in des Vaters Zügen zu achten und dem Mitgefühl durch Tränen Luft zu machen. Dann, endlich, war die Zeit erfüllt und die Uhr schlug die zwölfte Stunde. Der Hall schien meinem Vater durch Mark und Bein zu gehen, so daß er am ganzen Leibe erbebte. Sogleich stand er auf und hüllte sich in einen losen Umhang. Sogar solch einfache Verrichtung ging nur mühsam vor sich, denn seine Glieder bebten und die Zähne klapperten ihm vor Entsetzen. Dies war ja die Stunde, da ihn die Pflicht zu jenem Felsen rief, und so schloß meine Mutter denn auch, es sei des Kranken Absicht, sich dorthin zu wenden. Indes, die Begebnisse des Abends waren von so ungewöhnlicher Art, daß Staunen und düstere Vorahnung ihr das Herz erfüllten. Sie sah den Leidenden aus dem Zimmer wanken und vernahm seine Schritte, wie sie hastig die Treppe hinabpolterten. Halb und halb war sie schon willens, aufzuspringen und ihm zu folgen, doch verbot die Ausführung solch kühnen Planes sich alsbald von selbst: der Kranke war ja auf dem Weg zu einem Orte, an dem irgendwelche Begleiter zu dulden ihn keine Macht dieser Erde bewegen konnte.

Das Fenster von meiner Mutter Schlafzimmer öffnete sich gegen den Felsen hin. Die Luft war klar und ruhig, doch konnte man bei der herrschenden Dunkelheit den Bau auf solche Entfernung nimmer erkennen. Meine verängstigte Mutter litt es nicht länger im Zimmer des Vaters. Sie erhob sich, nahm an jenem Fenster Platz und spähte angestrengt hinaus in das Dunkel, um dort drüben die Kuppel zu erkennen sowie den Pfad, welcher zu derselben emporführte. Die erstere malte sich mit hinlänglicher Deutlichkeit vor dem geistigen Auge, ließ sich aber in Wahrheit nicht von dem Felsengrunde unterscheiden, über welchem sie errichtet war. Den letzteren hingegen konnte man eben noch erkennen, doch hatte mein Vater ihn schon hinter sich gebracht oder aber eine andere Richtung genommen.

Was war's denn, das der Mutter solche Angst machte? Irgend ein Unheil hing drohend über ihrem oder des Gatten Haupt! Er hatte ja böse Dinge prophezeit, wenngleich er im nämlichen Atem seine Unkenntnis von deren wahrer Natur bekennen gemußt. Zu welchem Zeitpunkt würde das alles hereinbrechen? War schon diese Nacht, ja schon diese Stunde bestimmt, zum Zeugen solchen Vollzuges zu werden? Ungeduld und Ungewißheit quälten die nächtliche Späherin. All ihre Ängste hefteten sich an des Gatten Person, und immer wieder sah sie nach der Uhr, mit nahezu ebenso begierigem Eifer wie mein Vater es getan, als er der kommenden Stunde entgegengebangt.

Eine halbe Stunde verrann unter solch angstvoller Spannung. Noch immer hielt die Wartende den Blick auf den Felsen geheftet. Doch urplötzlich zeigte sich dort ein flammendes Etwas: ein aus dem Tempelbau hervorbrechendes Licht hob jede Einzelheit der Szenerie deutlich aus der Finsternis! Ein glosender Schein ergoß sich vom Felsen herüber, sogleich gefolgt von einem donnernden Knall wie von der Explosion einer Mine. Unwillkürlich entfuhr meiner Mutter ein Aufschrei, doch die weiteren Geräusche, welche ihr ans Ohr drangen, machten die Verstörte alsbald verstummen: gellende Schreie waren's, die da unablässig herübertönten! Das düstere Glosen jedoch, welches sich rings über die Szene gelegt, war alsbald erloschen, und nur aus dem Innern des Tempelbaues drangen noch immer die Strahlen.

Zunächst dachte meine Mutter, man habe eine Pistole abgefeuert und das Gebäude stehe in Flammen. Doch verschwendete sie keine Zeit an einen weiteren Gedanken, sondern eilte Hals über Kopf auf den Korridor und hämmerte mit Fäusten gegen die Tür von ihres Bruders Schlafkammer.

Mein Oheim jedoch, schon geweckt von dem Aufruhr, war augenblicks ans Fenster gestürzt. Auch er bildete sich ein, der Tempelbau stehe in Flammen. Die lauten, gellenden Schreie, welche dem voraufgegangenen Knall gefolgt waren, dünkten ihn Hilferufe zu sein. Der Vorfall spottete aller Erklärung, doch hielt's mein Oheim für unabdinglich, sogleich nach dem Unglücksorte zu eilen. Schon im Begriffe, die Tür aufzuriegeln, vernahm er von draußen die beschwörenden Rufe seiner Schwester, er möge doch ungesäumt kommen!

Der Oheim folgte solch flehentlicher Bitte mit aller ihm zu Gebote stehenden Eile. Ohne sich lange mit Fragen zu verweilen, stürzte er die Treppe hinab und hastete über den Wiesengrund, welcher sich zwischen Haus und Felsen erstreckte. Die Schreie waren nunmehr erstorben, doch das blendende Licht war noch immer zwischen den Säulen des Tempels zu sehen. Roh in den Felsen gehauene Stufen führten den Helfer zum Gipfel empor. Mit dreien Seiten grenzte der Tempel unmittelbar an den Klippenabsturz. Der vierten jedoch, welche als die Stirnseite gelten konnte, war eine winzige Plattform vorgelagert, zu der jener Stufenpfad hinanführte. Alsbald hatte mein Oheim jenen Ort gewonnen. Zufolge des hastigen Aufstiegs verließen ihn für Sekunden die Kräfte, so daß er innehielt, um wieder zu Atem zu kommen, wobei er den Blick mit äußerster Aufmerksamkeit auf das vor ihm liegende Bauwerk heftete.

Innerhalb der Säulenreihe nahm er ein Etwas wahr, das er nicht anders zu beschreiben wußte als indem er's mit einer lichtdurchtränkten Wolke verglich. Dieselbe war von der Helligkeit eines lodernden Feuerbrands, doch ohne dessen aufzüngelnde Bewegung. Auch nahm sie nicht das gesamte Innere des Tempels ein und erhob sich nur wenige Fuß über den Boden. Keine Stelle des Baues jedoch stand in Flammen, ein Umstand, der über die Maßen erstaunlich war. Jetzt trat mein Oheim auf den Tempel zu! Doch während er voranschritt, wich das Licht vor ihm zurück und verschwand vollends, sobald er das Innere des Raumes betrat. Die Plötzlichkeit solchen Übergangs vertiefte die darauffolgende Finsternis wohl um ein Zehnfaches. Staunen und Furcht beraubten unsern Eindringling seiner sämtlichen Kräfte. Eine Erscheinung wie diese, noch dazu an einem der Andacht geweihten Orte, war ja ganz dazu angetan, auch das tapferste Herz in Furcht und Schrecken zu versetzen!

Der Verwirrte ward in das Hier und Jetzt zurückgerufen durch ein nahebei erklingendes Stöhnen. Nach und nach sein Sehvermögen wiedergewinnend, erkannte er die Gestalt meines auf den Boden hingestreckten Vaters. Im nämlichen Momente aber betrat meine Mutter in Begleitung etlicher Dienstboten den Tempel, und die mitgebrachte Laterne setzte meinen Oheim in den Stand, den Schauplatz genauer in Augenschein zu nehmen. Mein Vater hatte beim Verlassen des Hauses nebst einem losen Obergewand und Pantoffeln nur ein Hemde und lange Unterhosen getragen; jetzt aber war er nackend und bloß. Die Haut war ihm zum Gutteil versengt oder wies die Spuren schwerer Züchtigung auf. Sein rechter Arm sah aus, als wär' er von einem schweren Gegenstande getroffen worden. Die Kleider waren dem Ärmsten vom Leibe gefallen, doch ließ sich nicht sogleich erkennen, daß sie zu Asche verbrannt waren. Lediglich das Haupthaar und die Pantoffeln waren unversehrt.

Zurückgeschafft in seine Kammer, ward den Wunden des Unglücklichen die erforderliche Behandlung zuteil, doch wurden dieselben immer schmerzhafter. Alsbald zeigten sich Anzeichen des Wundbrandes an dem besonders schwer getroffenen Arm, und nicht lange danach wiesen auch die anderen Wunden das nämliche Erscheinungsbild.

Unterm unmittelbaren Eindruck solchen Desasters schien mein Vater nahezu ohne Empfindung zu sein. Willenlos ließ er jegliche Hilfeleistung an sich geschehen. Kaum, daß er ab und an die Augen auftat und sich überreden ließ, die an ihn gerichteten Fragen zu beantworten. Seinen lückenhaften Auskünften zufolge war, als er in stummer Anbetung versunken und von angstvoll verworrenen Gedanken heimgesucht gewesen, ein schwacher Lichtstrahl schräg durch den Raum auf ihn herniedergefahren. Zunächst hatte der Betende vermeint, jemand nähere sich ihm mit einer Lampe, und zwar von hinten. Eben im Begriffe, sich umzuwenden und den Störenfried zu examinieren, war meines Vaters rechter Arm von einem schweren Keulenhiebe getroffen worden, und im nämlichen Momente hatte ein Funke von blendender Helle ihm das Gewand in Brand gesetzt, worauf dasselbe sogleich in Asche abgefallen war. Mehr ließ sich von dem Ärmsten nicht erfahren. Manches indes deutete darauf hin, daß er etwas bei sich behalten hatte, und so neigte mein Oheim zu der Ansicht, die andere Hälfte der Wahrheit sei ungesagt geblieben.

Mittlerweile zeigte das auf so wunderbare Weise hervorgerufene Leiden zusehends erschreckendere Symptome. Hitziges Fieber und Delirium führten zu einem lethargischen Schlummer, welcher im Verlaufe der nächsten zwei Stunden gefolgt ward vom Tod. Schon vorher jedoch hatten ein unerträglicher Gestank und eine kriechende Verfäulnis sämtliche Personen, die nicht von der Pflicht an solchem Sterbelager festgehalten wurden, aus dem Haus getrieben.

Dergestalt also fand meines Vaters Leben sein Ende. Noch nie zuvor, dies kann wohl als ausgemacht gelten, hat es einen geheimnisvolleren Tod gegeben. Rufen wir uns des Verstorbenen düstere Vorahnungen und unbezwingbare Ängste ebenso in Erinnerung wie den Umstand, daß sein Charakter wie der Ort und die damaligen Zeitläufte ihn vor menschlicher Nachstellung hätten bewahren müssen, ja gedenken wir vollends der Tatsache, daß in jener Unheilsnacht die Luft klar war und der Himmel wolkenlos, so daß auch kein Blitzstrahl hätte herniederfahren können: zu welchen Folgerungen müssen wir dann gelangen?

Der voraufgegangene Lichtstrahl, der Keulenhieb auf den Arm, der verhängnisvolle Funke, die so weithin vernehmbare Explosion, jene das Opfer einhüllende Feuerwolke, welche indes dem Tempel keinerlei Schaden zugefügt, wiewohl das Bauwerk aus brennbaren Stoffen errichtet war, und vollends das plötzliche Erlöschen solcher Wolke beim Herannahen des Oheims: welches sind die Schlüsse, die wir aus all diesen Fakten zu ziehen haben? Ihre Wahrheit läßt sich nicht in Abrede stellen! Zudem eignet meines Oheims Zeugnis eine besondere Glaubwürdigkeit, da er ja jedweden anderen Menschen an Skepsis übertrifft und des unerschütterlichen Glaubens ist, ein jegliches Ding müsse seine natürliche Ursache haben.*

Ich war zu jener Zeit ein Kind von sechs Jahren. Die Eindrücke, welche damals auf mich einstürmten, werden wohl für immer unauslöschlich sein, wiewohl ich noch nicht imstande war, mir ein Urteil über jenes Ereignis zu bilden. Sobald ich aber älter und mit den respektiven Fakten vertrauter geworden war, beschäftigten sie immer häufiger mein Denken. Ihre Ähnlichkeit mit jüngstvergangenen Begebnissen hat mir die früheren mit neuer Kraft ins Gedächtnis gerufen und mich begierig gemacht, ihnen eine Erklärung zu finden. Jener furchtbare Streich einer strafenden, unsichtbaren Hand – war er die Ahndung des Ungehorsams? Ist er ein neuer Beweis für das Eingreifen des Göttlichen Herr-

* Ein Fall, dessen Symptome das genaue Gegenstück zu dem unseren liefern, ist in einer der Florentiner Gazetten mitgeteilt worden. Man vergleiche auch die ähnlichen Fälle, von denen die Messrs. Merrill und Muraire im »Journal de Medicine« vom Februar und Mai 1783 berichtet haben. Die Untersuchungen von Maffei und Fontana haben ein wenig zur Erhellung des Gegenstandes beigetragen.

schers in die Angelegenheiten der Menschen, auf deren Ende er sieht, indem er Gehilfen erwählt und beauftragt und dergestalt durch unzweideutigen Strafvollzug die Durchsetzung Seines Willens erzwingt? Oder war es das regellose Überhandnehmen jener Säfte, die unserm Herzen und unserm Blut seine Wärme verleihen – war es deren Ausdehnung, hervorgerufen durch die Strapazen des voraufgegangenen Tages? Oder war es bloß die durch höhere Ordnung bewirkte Folge von meines Vaters Gedanken?

Drittes Kapitel

Der Schlag, welchen solch unheilvolles Begebnis meiner Mutter versetzt hatte, zog ein Leiden nach sich, durch das die Ärmste innerhalb weniger Monate dahingerafft ward. Mein Bruder und ich waren damals noch Kinder und sahen uns über Nacht zu Waisen geworden. Der Besitz, den die Eltern uns hinterlassen hatten, war durchaus kein geringer, und er ward bis zur Erreichung unserer Großjährigkeit in verläßliche Hände gelegt. Unsrer Erziehung nahm sich mittlerweile eine in der Stadt lebende, unverheiratete Tante an, deren zärtliche Fürsorge uns den Verlust der Mutter alsbald vergessen machte.

Es folgten ruhige und glückliche Jahre. Nur wenig ward unser Leben getrübt durch Sorgen, wie sie der Kindheit eigentümlich sind. Es war eher Zufall denn Absicht, daß dem nachsichtigen und gutmütigen Temperament unsrer Tante auch Festigkeit und Entschlußkraft sich gesellten. So verfiel sie nur bisweilen in extreme Strenge oder Nachgiebigkeit. Unsre geselligen Vergnügungen wurden durch keinerlei unbegründete Verbote eingeschränkt. Viel nützliches Wissen ward uns vermittelt, doch die Verderbtheit und Tyrannei von Schulen oder Pensionaten ersparte man uns.

Unsre Spielgefährten suchten wir vornehmlich unter den Nachbarskindern, und zwischen einem von ihnen und meinem Bruder kam es rasch zu der liebevollsten Vertrautheit. Das Mädchen hieß Catharine Pleyel. Sie war reich, von großer Schönheit und von jener Art, welche die bezauberndste Sanftmut mit dem überschäumendsten Temperament vereint. Das Band der Zuneigung, durch das die Kleine meinem Bruder verbunden war, machte die Liebe, welche ich ihr entgegenbrachte und die mir aufs reichste vergolten wurde, nur noch inniger. Alles und jedes zwischen Catharine und mir war dazu angetan, unsre Freundschaft zu hegen und zu befestigen. Beide waren wir Mädchen, beide im gleichen Alter, beide konnten wir die Wohnung der Gefährtin von unsrem Fenster aus erblicken. Von Wesen waren wir einander bemerkenswert ähnlich, und die unsre Erziehung leiteten, sorgten dafür, daß sie aufs nämliche Ziel gerichtet blieb, ja daß wir dasselbe gemeinsam verfolgten.

Mit jedem neuen Tag festigte sich das dreifache Band, welches uns aneinander fesselte. Mehr und mehr mieden wir die Gesellschaft der andern, mehr und mehr ward uns jeder Moment zur Last, den wir nicht einander widmen konnten. Daß mein Bruder älter war als wir, tat alledem keinen Abbruch. Es galt als ausgemacht, daß er sich der Landwirtschaft verschreiben werde. Der Umstand, daß er vermögend war, befreite ihn ja von dem Zwange, persönlich Hand anlegen zu müssen. Dergestalt erschöpften seine künftigen Pflichten sich in der Beaufsichtigung der Arbeit anderer. Die dafür nötigen Erfahrungen waren rein theoretischer Natur und ließen sich mit Hilfe gelegentlicher Inspektionsfahrten oder aber durch emsiges Studium erwerben. Das Augenmerk, welches er diesem Gegenstand zollte, hielt ihn niemals allzulange davon ab, seine Zeit mit uns zu verbringen, denen die Stunden, welche wir nicht in seiner oder der andern Gegenwart hinbringen konnten, ja doch nur wachsende Ungeduld verursachten. Unsre Aufgaben, unsre Spaziergänge, unsre Musikstunden – nur selten geschah's, daß wir sie nicht selbdritt hinter uns brachten.

Es war leicht zu sehen, daß Catharine und mein Bruder für einander geschaffen waren. Die wechselseitig empfundene Leidenschaft hatte alsbald jene Grenze durchbrochen, welche ihr von der übergroßen Jugend der beiden gesetzt war. Diesbezügliche Geständnisse wurden freiwillig oder erzwungen abgelegt, und so ward die Vereinigung der beiden bloß bis zu dem Zeitpunkte verschoben, an dem mein Bruder über die Minderjährigkeit hinaus wäre. Der davorliegende Zeitraum von zweien Jahren ward aber weidlich genutzt.

Überhaupt – mein Bruder! Allein, die Aufgabe, welche ich mir gesetzt habe, verlangt ein Erzählen ohne Abschweifungen. Die Glückseligkeit jener Zeitspanne wurde durch keinerlei düstere Vorahnungen getrübt. Ganz wie die Gegenwart, so lag auch die Zukunft heiter vor uns. Immer neue Freuden schien die Zeit für uns bereitzuhalten. Doch ist's nicht meine Absicht, mich über früheren Nichtigkeiten länger zu verweilen als nötig ist für die Darlegung und Erklärung der bedeutsamen Begebenheiten, welche sich seither ereignet haben. Der Hochzeitstag rückte schließlich heran. Mein Bruder ergriff Besitz von dem Hause, darin er geboren worden, und die lang hinausgeschobene Vermählung ward daselbst gefeiert.

Meines Vaters Güter kamen zu gleichen Teilen auf uns beide. Ein reizender Wohnsitz am Ufer des Flusses, bloß eine dreiviertel Meile von meines Bruders Behausung entfernt, ward nunmehr von mir bezogen. Man nannte jene Liegenschaft Mettingen, nach dem Namen ihres früheren Besitzers. Aus welchem Grunde ich es ausschlug, mit dem Bruder unter dessen Dache zu wohnen, vermag ich nicht recht zu erklären, es wäre denn mit der Neigung, mir die Stunden gemeinsamen Glückes weise einzuteilen. Auch die Selbstverleugnung, im rechten Momente geübt, ist ja nur ein Mittel zur Vertiefung unsrer Genüsse. Und nicht minder war ich begierig, meine Geldmittel selber zu verwalten sowie den Haushalt in eigener Person zu führen. Die geringe Entfernung erlaubte uns ja, einander nach Herzenslust zu besuchen, und der Weg vom einen Wohnsitz zum anderen war ein keineswegs unerfreuliches Vorspiel zu unseren Gesprächen. So weilte ich bei meinem Bruder und Catharinen ebenso häufig zu Besuch wie die beiden bei mir zu Gaste waren.

Unsre Erziehung war von keinerlei religiösem Schema geprägt worden. Vielmehr hatte man alles unserm eignen Begriffsvermögen und dem Zufall jener Eindrücke überlassen, wie die Gesellschaft sie auf uns üben mochte. Zudem enthob mein und meiner Freundin Temperament uns vieler diesbezüglicher Ängste. Das soll aber beileibe nicht heißen, daß wir ohne jede Frömmigkeit aufwuchsen: bloß war sie das Produkt aus lebhafter Empfindung, hervorgerufen sowohl durch den Gedanken an unsre Glückseligkeit als auch durch die Erhabenheit der ringsum sich breitenden Natur. Wir suchten unserem Glauben keine Basis im Erwägen von Beweisen und Zergliedern von Bekenntnissen. Unsre Frömmigkeit war ein recht gemischtes, eher zufallsbedingtes Sentiment, dem wir nur selten Worte verliehen. Weder suchten wir's voll Begier zu erjagen, noch bewahrten wir's sonderlich achtsam im Busen. Inmitten aller Lust der Gegenwart wendeten wir keinen Gedanken an die Zukunft. Die Religion ist uns teuer als ein Trost im Elend, doch das Elend war noch weit, und so bestand für uns ihr einziger Sinn in der Vertiefung jener Freuden, welche solcher Zugabe gar nicht bedurft hätten bei der Erfüllung jeglichen Verlangens.

Mit meinem Bruder verhielt es sich ein wenig anders. Seine Lebensführung war ernst, überlegt und bedachtsam.

Doch will ich nicht sagen, daß er zufolge solcher Veranlagung sublimeren Ansichten verpflichtet gewesen wäre. Nach seiner Meinung bestand das Menschenleben aus wandelbaren Stoffen, und der Urgrund aller Pflicht offenbarte sich nicht leicht. Die Zukunft, entweder dem Tode voraufgehend oder aber ihm folgend, war ein Schauplatz, der so mancher Zurüstung und Vorkehrung bedurfte. Derlei Standpunkte konnten wir nicht in Abrede stellen, doch was den Bruder von uns unterschied war die Neigung, solchen Wahrheiten allzu grüblerisch nachzuhängen. Die Bilder, welche *uns* vor Augen traten, waren von beschwingter, fröhlicher Art, diejenigen hingegen, welche *ihm* vertraut waren, zeigten sich im gegenteiligen Lichte. Nicht, daß sie Betrübnis oder gar Furcht in ihm hervorgerufen hätten, doch verliehen sie seinem Gehaben einen Anstrich von Vorbedacht und Ernsthaftigkeit. Dies wirkte sich sonderlich in seinen Zügen und im Tonfall seiner Rede aus, so daß ihm eine nahezu ansteckende Schwermut eigentümlich war. Meiner Treu, ich hab' ihn fast niemals lachen sehen! Niemals hatte er für den entfesselten Frohsinn seiner Gefährtinnen mehr denn ein Lächeln übrig, wiewohl seine sonstige Aufführung sich in nichts von der unseren unterschied.

An unsrem frohgemuten Treiben nahm er Anteil mit einem Eifer, der nicht geringer war als der unsre, jedoch von anderer Art. Doch niemals ward die Verschiedenheit unsrer Temperamente zum Urheber von Zwistigkeiten, ja kaum zum Anlaß des Bedauerns. Unser Zusammensein ward von ihr weder getrübt noch gestört, sondern gewann vielmehr an lebensvoller Abwechslung. Dieselbe bewahrte die Luft, darin wir atmeten, vor aller Stagnation. Zum rechten Einverständnis der Menschen bedarf's ja eines Quentchens Unruhe, ja Beunruhigung. Soweit es sein Studieren anbetraf, folgte mein Bruder einem rauheren, mühsamerem Pfad. In der Geschichte religiöser Ansichten war er wohlbewandert und scheute keine Mühe, den Wert der letzteren zu ergründen. Er hielt es ja für unerläßlich, dem eigenen Glauben auf den Grund zu gehen, die Relation zwischen Motiv und Handeln ebenso zu bestimmen wie das Kriterium aller Verdienstlichkeit, ja noch die Arten und Eigentümlichkeiten jeglicher Beweisführung.

Seine und meines Vaters Konzeptionen in Anbetracht der Bedeutung gewisser geistiger Dinge sowie der Art und Weise, die Wechselfälle des Menschenlebens zu betrachten, waren von einer ins Auge springenden Ähnlichkeit. Die beiden waren ja vom nämlichen Charakter, doch war derjenige des Sohnes bereichert durch die Wissenschaft und verfeinert durch die Kenntnis der schönen Literatur.

Soweit es nun den Tempel anbetrifft, so diente derselbe nicht länger seiner früheren Bestimmung. Mein Bruder hatte von einem italiänischen Abenteurer, der sich dem fatalen Glauben hingegeben, er werde in Amerika als ein Bildhauer Beschäftigung und für die Produkte seiner Kunstfertigkeit Abnehmer finden, eine Cicero-Büste erworben. Der Mann hatte beteuert, er habe das Stück in der Gegend von Modena nach einer antiken Ausgrabung eigenhändig kopiert. Die Wahrheit solcher Behauptung nachzuprüfen waren wir nicht in der Lage, doch war der Marmor rein und geglättet, und so gaben wir uns zufrieden, die feine Ausführung zu bewundern, ohne erst die Bestätigung von Kennern abzuwarten. Vielmehr verpflichteten wir den nämlichen Künstler, aus dem Material des benachbarten Steinbruches einen passenden Sockel anzufertigen. Derselbe ward in den Tempel geschafft und die Büste daraufgesetzt. Ihr gegenüber befand sich ein Cembalo, durch ein Behelfsdach geschützt gegen jegliche Wetter-Unbill. Dies also war der Ort, an den wir uns während der Sommerabende zurückzogen. Hier sangen wir, hier hatten wir unsere Gesprächs- und Lesestunden, ja mitunter sogar unsre Tischgesellschaften. Alle freudvollen und zärtlichen Begebenheiten, wie sie meinem Gedenken am teuersten sind, knüpfen sich an jenes Bauwerk. Hier war es auch, daß wir die musikalischen oder poetischen Aufführungen der Werke unsrer Vorfahren einübten, und ebenso empfingen hier meines Bruders Kinder die Ansätze ihrer Bildung. Wohl tausendmal kamen wir hier zu Gesprächen zusammen, die in reichstem Maße unsrer Entzückung und Vervollkommnung dienten, und hier auch war's, daß unsre geselligen Neigungen mehr und mehr Entfaltung fanden, ja, daß im köstlichen Gleichklang der Seelen so manche Träne vergossen ward.

Beim Studieren war mein Bruder unermüdlich. Zahlreich waren die Autoren, welche er las, doch Hauptgegenstand seiner Verehrung war und blieb Cicero. Ihn auswendig zu lernen und immer wieder zu rezitieren ward er nicht müde. Seines Lieblings-Autors Hervorbringungen bloß zu verstehen genügte ihm nicht: vielmehr verlangte es ihn, hinter die Gebärdensprache und den Tonfall zu kommen, mit dem sie vorzutragen waren. Auch ließ er sich's bis ins kleinste angelegen sein, ein Ausspracheschema der lateinischen Sprache zu erstellen und dasselbe den Worten seines bevorzugten Schriftstellers anzupassen. So war es sein liebstes Geschäft, dessen Beredsamkeit auszuschmücken mit all jenen Eigentümlichkeiten des Tonfalls und der Gebärde.

Doch damit nicht zufrieden, warf er sich auch noch voll Eifer auf die Sicherung oder Wiederherstellung der originalen Texte. Zu solchem Ende sammelte er alle Auflagen und Kommentare, derer er habhaft werden konnte, und wandte Monate intensiven Studiums an deren Durchsicht und Vergleichung. Und niemals verriet er stärkere Genugtuung, als wenn er eine diesbezügliche Entdeckung gemacht hatte.

Indes, erst als Henry Pleyel, meiner Freundin einziger Bruder, in den Kreis unsrer Gesellschaft aufgenommen ward, fand solche Leidenschaft für römische Eloquenz die rechte Unterstützung und Pflege durch einen gleichgestimmten Geist. Jener junge Mann war nämlich mehrere Jahre in Europa gewesen. Schon in früher Jugend hatte man uns getrennt, und nun war er zurückgekehrt, um sein weiteres Leben bei uns zu verbringen.

Unser Kreis erfuhr viel Belebung durch die Aufnahme solch neuen Mitglieds, dessen Gespräche im Überfluß gewürzt waren mit Neuigkeiten. Seine Lebensfreude war nahezu ungestüm, doch nicht minder fähig, einem recht ernsten Gehaben Raum zu geben, sobald der Augenblick dies erforderte. Von scharfer Urteilskraft, neigte er dennoch dazu, in jeglichem Gegenstand bloß eine Bereicherung unseres Frohsinns zu erblicken. Seine Konzeptionen waren feurig und doch spaßhaft, und sein Gedächtnis, dem, wie er allen Ernstes versicherte, die Erfindung zu Hilfe kam, war unsrer Kurzweil ein unerschöpflicher Born.

Sein Wohnsitz lag ebensoweit unterhalb der Stadt wie der unsre flußaufwärts, doch verging nur selten ein Tag, ohne das Henry uns mit seinem Besuche beehrt hätte. Mein Bruder und er waren ja mit der nämlichen Vorliebe für die lateinischen Schriftsteller begabt, und auch in Anbetracht der Religionsgeschichte und -metaphysik gab Pleyel seinem Freunde an Wissen um nichts nach. Indes, die Bekenntnisse der beiden widersprachen einander in so manchem Respekte: wo der eine nichts fand als die Bestätigung seines Glaubens, erblickte der andere bloß Anlaß zum Zweifel. Moralische Notwendigkeit und calvinistische Erleuchtung waren die Pfeiler, an denen mein Bruder Ruhe und Halt zu finden gedachte. Pleyel hingegen war ein Verfechter der Geistesfreiheit und ließ sich einzig und allein von seiner Vernunft leiten. So kam es häufig zu Streitgesprächen, denen wir aber, da sie voll Redlichkeit und Geschick geführt wurden, begierig und mit Nutzen lauschten.

Gleich seinen neuen Freunden war auch Pleyel vernarrt in

Musik und Poesie. Von nun an bestanden unsre Konzerte aus zwei Violinen, einem Cembalo und drei Singstimmen. Oftmals kam es uns zu Bewußtsein, wie sehr doch alles Glück von der Geselligkeit abhängt. Und wiewohl auch vor der Ankunft des neuen Freundes unser Leben durchaus nicht leer gewesen, hätten wir nunmehr auf Henrys Gesellschaft nimmer verzichten mögen, und sein Fortgehn hätte eine Leere hinterlassen, die wir mit nichts hätten füllen können denn mit namenlosem Bedauern. Auch mein Bruder, wiewohl er sich in seinen Meinungen stündlich angegriffen, ja sogar die Göttlichkeit seines Cicero in Frage gestellt sah, war von solchem Freunde zur Gänze eingenommen und legte bei Pleyels Herannahen manches von seiner altgewohnten Steifheit ab.

Viertes Kapitel

Sechs Jahre ungetrübten Glückes waren seit meines Bruders Vermählung ins Land gezogen. Zwar hatte Schlachtenlärm sich vernehmbar gemacht, doch war er aus so großer Ferne an unser Ohr gedrungen, daß er unsre Lebensfreude durch die Möglichkeit der Vergleichung nur noch gesteigert hatte. Nach der einen Richtung hin waren die Indianer zurückgedrängt, nach der anderen war Kanada erobert worden. Revolutionen und Schlachten, wie verderbenbringend sie immer für diejenigen sein mochten, über deren Wohnstatt sie hinwegbrausten, trugen in gewisser Weise zu unsrem Glücke bei, denn sie erfüllten uns den Sinn mit prikkelnder Neugierde und waren uns Anlaß zu patriotischer Begeisterung. Vier Kinder, von denen nunmehr drei schon groß genug waren, um durch ihre persönliche und geistige Reifung jene Fürsorge vergelten zu können, die man in hilfloserem Alter an sie gewendet, hielten meines Bruders zärtliche Empfindungen in Atem. Das vierte war ein bezauberndes Mädchen, welches ein Abbild ihrer Mutter zu werden versprach und sich der schönsten Gesundheit erfreute. Zu diesen vieren kam noch eine reizende Jungfrau von vierzehn Jahren, der wir allesamt in mehr als elterlicher Liebe zugetan waren.

Ihrer Mutter Lebensweg war ein recht trauriger gewesen: als besagtes Mädchen noch im Wickelbette gelegen, war sie ganz allein von England herübergekommen, ohne Freunde und ohne Geld. Allem Anscheine nach hatte sie sich heimlich und in großer Eile eingeschifft. Danach verbrachte sie drei einsame, leidvolle Jahre unterm Schutz meiner Tante und starb als eine veritable Dulderin an einem Weh, dessen Ursache sie nicht zu enthüllen bereit gewesen, wie sehr man ihr auch zugesetzt hatte. Nach Erziehung und Manieren konnte sie nicht von niederer Abkunft sein. Die letzten Momente ihres Lebens wurden ihr leichter gemacht durch die Beteuerungen meiner Tante, daß auch die Tochter des nämlichen Schutzes teilhaft werden solle, den schon die sterbende Mutter genossen.

Auf meines Bruders Hochzeit kam man überein, die Waise in seine Familie aufzunehmen. Ich kann den einnehmenden Zügen des Mädchens nimmermehr gerecht werden. Die Zärtlichkeit, welche sie hervorrief, war vielleicht der großen Ähnlichkeit mit der Mutter zu verdanken, deren charaktervolles Wesen und arges Mißgeschick uns noch frisch im Gedächtnis hafteten. Auch ihre Tochter war zumeist versonnen, ein Umstand, der den Beobachter an ihr Alleinsein in der Welt gemahnen mochte. Doch traf dergleichen in unserem Falle gewißlich nicht zu, dieweil ja dies Wesen von denjenigen, unter deren Dache sie nun lebte, mit unaussprechlicher Zuneigung umhegt und verwöhnt wurde. Alles Erdenkliche ward unternommen, um ihren Geist zu erweitern und zu vertiefen. Ihre Geborgenheit wurde zum Gegenstand einer Besorgtheit, die über das schickliche Maß nahezu schon hinausging. Dennoch, dies Maß unsrer Liebe vermochte an des Mädchens Vorzüge kaum hinanzureichen. Niemals kam sie mir vor Augen oder beschäftigte sie mein Denken, ohne ein schwärmerisches Gefühl in mir wachzurufen, und niemals werd' ich ihre Sanftmut, ihren Verstand, ihre Ausgeglichenheit von irgend jemandem übertroffen sehen. Nur zu oft hab' ich Tränen der Freude vergossen bei ihrem Erscheinen und habe dies Wesen an den Busen gedrückt in der stürmischesten Zärtlichkeit.

Während so jeder neue Tag beitrug zur Mehrung des Zaubers ihrer Person und des Vorrats an geistigen Gütern, trat ein Ereignis ein, das uns solchen Wesens zu berauben drohte. Ein höherer Offizier, durch eine bei Quebec erlittene Blessur zum Kriegshandwerk untauglich geworden, hatte sich seit Friedensschluß die Zeit damit vertrieben, die Kolonien zu bereisen. So verblieb er auch eine beträchtliche Zeit in Philadelphia, bis er sich schließlich doch noch zur Abreise anschickte. Niemand war häufiger mit seinen Aufwartungen beehrt worden als Mrs. Baynton, eine angesehene Dame und vertraute Bekannte unserer Familie. Zum vermeintlich letzten Male gekommen, um seinen Abschiedsbesuch zu machen, war er schon im Begriff, endgültig Urlaub von Mrs. Baynton zu nehmen, als ich in Begleitung meiner jungen Freundin die Wohnung betrat. Unmöglich, die Aufgewühltheit des Besuchers zu schildern, sobald er meiner Gefährtin ansichtig geworden! Er war buchstäblich starr vor Überraschung! Nicht fähig, seine Gefühle zu verbergen, saß er nur stumm da und blickte reglos auf das Schauspiel vor seinen Augen. Schließlich wandte er sich an Mrs. Baynton und bat sie nahezu flehentlich, sie mög' ihm die Szene erklären, doch verlieh er dieser Bitte nicht so sehr durch Worte als vielmehr durch Gebärden und Blicke Ausdruck. Danach ergriff er die Hand meiner durch solches Gehaben nicht minder bestürzten Freundin und frug, während er das Kind weiter ins Zimmer zog, in stammelnd-begierigem Ton: »Wer ist sie? Woher kommt sie? Wie heißt sie?«

Die erhaltenen Antworten verstärkten nur noch seine Aufgewühltheit. Man hatte ihm nämlich bedeutet, das Kind sei die Tochter einer gewissen Louisa Conway, die, vor längerer Zeit hierhergekommen, aufs eifrigste ihre Herkunft und die Beweggründe ihrer Flucht zu verbergen gesucht, bis am Ende ihr unheilbarer Kummer sie ins Grab gebracht habe. Das Kind sei von ihr dem Schutz ihrer Freunde anvertraut worden. Dies mitangehört, brach der Fremde sogleich in Tränen aus, schloß die junge Dame voll Zärtlichkeit in die Arme und gab sich als ihr Vater zu erkennen. Und als der Gefühlssturm, den solch unverhoffte Begegnung in seinem Busen ausgelöst, ein wenig abgeklungen war, stillte der Fremde unsere Wißbegier, indem er die folgenden Begebenheiten erzählte:

Miss Conway war die Tochter eines Londoner Bankherrn, welcher seinem einzigen Kinde gegenüber die Pflichten eines liebevollen Vaters aufs schönste erfüllte. Er – der Erzähler – hatte das Mädchen aus Zufall kennengelernt, war ihren Reizen erlegen, hatte ihr seine Hand angetragen und war von Vater wie Tochter aufs freudigste aufgenommen worden. Sie ward sein Weib und gab ihm alle Beweise der zärtlichsten Zuneigung. Ihr Vater, der über unermeßliche Reichtümer gebot, begegnete ihm mit hervorragendem Respekte, erfüllte aufs freigebigste des Eidams Wünsche und hatte an die Zustimmung zur Heirat nur die Bedingung geknüpft, die jungen Leute müßten unter seinem Dache wohnen.

Dergestalt hatten sie drei Jahre eines ehelichen Glückes verlebt, das gekrönt worden war durch die Geburt dieser im Zimmer gegenwärtigen Tochter. Doch es kam der Zeitpunkt, da seine beruflichen Pflichten ihn nach Deutschland riefen. Nicht ohne zähes Ringen ließ die junge Frau sich von ihrem Plane abhalten, den Gatten durch alle Beschwernis und Gefahr des Krieges zu begleiten, und so kam es denn zum allerschmerzlichsten Abschiednehmen. In der Folge trachteten die beiden, sich das schwere Los der Trennung durch emsigen Briefwechsel zu erleichtern. Aus der Gattin Briefen sprachen einzig die Sorge um des Gatten Wohlergehen sowie der Kummer ob seines Fernseins. Schließlich ward eine neue Verfügung getroffen, die ihn aus Westfalen nach Kanada rief. Indes, einen Vorteil brachte solche Ortsveränderung mit sich: sie bot ihm Gelegenheit, seine Familie wiederzusehen. Sein Weib bangte solcher Begegnung mit nicht geringerer Sehnsucht entgegen als er selber. So eilte er denn gen London und hastete, sobald er der Postkutsche entstiegen war, so rasch er konnte zu Mr. Conway's Wohnsitz.

Allein, was er antraf, war ein Trauerhaus. Sein Schwiegervater war vom Grame gebrochen und nicht fähig, die Flut von Fragen zu beantworten. Auch von den trauervoll stummen Dienstboten ließ sich nichts erfahren. Vom Keller bis zum Dach durchsuchte er das Haus und rief dabei beständig Weib und Kind mit Namen. Doch all sein Rufen führte zu nichts. Schließlich kam es doch noch zur Erklärung solch neuerlichen Unglücks: man hatte zwei Tage vor des Gatten Ankunft das Zimmer seines Weibes leer vorgefunden. Doch wie eifrig und angstvoll man auch nachgeforscht hatte, es war keine Spur zum Vorschein gekommen und keinerlei Ursache solchen Verschwindens ließ sich ermitteln. Mutter und Kind hatten gemeinsam das Weite gesucht.

Man unternahm neue Anstrengungen. Zimmer und Schränke wurden buchstäblich umgestülpt. Aber kein Hinweis fand sich, der auf die Beweggründe solcher Flucht hätte schließen lassen, mochte dieselbe nun aus freien Stükken oder aber unter Zwang erfolgt sein. Und nichts deutete auf den gegenwärtigen Aufenthaltsort der beiden hin. Wer wohl könnte die Bestürzung und den Kummer des Ehegemahls beschreiben – seine Unrast, sein Hangen und Bangen zwischen Hoffen und Furcht, und gar seine schließliche Verzweiflung! Die Pflicht rief ihn nach Amerika. Und nun war er in dieser Stadt gewesen, hatte zu vielen Malen das Tor des Hauses durchschritten, darin sein Weib in jener Zeit sich aufgehalten! Ihr Vater hatte nicht abgelassen in seiner Bemühung, dies schmerzvolle Geheimnis aufzuklären, doch waren alle diesbezüglichen Anstrengungen gescheitert. Solche Enttäuschung hatte seinen Tod beschleunigt und so war der Vater der kleinen Louisa zum Erben des immensen Vermögens geworden.

Diese Erzählung wurde zum ergiebigen Anlaß von allerlei Spekulationen. Innerhalb unsres häuslichen Kreises wurden zahllose Fragen aufgeworfen und diskutiert in Ansehung der Beweggründe, welche Mrs. Stuart dazu gebracht haben könnten, ihrer Heimat den Rücken zu kehren. Es hatte nicht den Anschein, als wäre solche Flucht erzwungen gewesen. Jegliches Detail, das wir selber beobachtet hatten, riefen wir uns ins Gedächtnis, doch keines davon lieferte uns den Schlüssel zu einer Erklärung. Auf solche Weise blieb Mrs. Stuarts Verhalten auch nach gewissenhaftester Prüfung ein undurchdringliches Rätsel. Bei näherer Bekanntschaft erwies Major Stuart sich als ein Mann von liebenswürdigem Charakter. Mit jeder Stunde schien seine Neigung für Louisa sich zu vertiefen, und das Mädchen hatte sich alsbald in ihre neue Rolle eingelebt. Sie konnte ja nicht anders, als bereitwillig dem neuen, ihr vorgeschlagenen Plane beizustimmen: nämlich, mit ihrem Vater nach England heimzukehren. Freilich veranlaßte den letzteren seine Rücksicht auf die Tochter, dies Vorhaben hinauszuschieben. Es bedurfte ja einiger Zeit, das Mädchen auf die einschneidende Veränderung vorzubereiten und sie so weit zu bringen, daß sie ohne Seelenschmerz unsrer bevorstehenden Trennung entgegensehen konnte.

Ich war nicht ohne Hoffnung, ihren Vater zum Aufgeben solch unwillkommenen Planes bewegen zu können. Mittlerweile aber setzte er seine Reise durch die südlichen Kolonien fort und ließ seine Tochter in unserer Obhut. Louisa und mein Bruder empfingen des öfteren Briefe von ihm, die den Schreiber als einen recht ungewöhnlichen Geist auswiesen. Sie waren voll von amüsanten Details und tiefgründigen Reflexionen. Solange der Major noch bei uns gewesen, hatte er zu mehreren Malen an unsern Abendgesprächen im Tempel teilgenommen, und späterhin hatten seine Briefe uns immer wieder mit Themen versorgt, die der Erörterung wert waren. Eines Maien-Nachmittags hatten die Milde der Luft und das Leuchten des lenzlichen Grüns uns veranlaßt, früher als sonst unsern Tempel aufzusuchen. Wir Frauen waren mit Nadelarbeiten beschäftigt, während mein Bruder und Pleyel einander Zitate und Syllogismen zuwarfen. Es ging um die Vorzüge der Verteidigungsrede für Cluentius, und wie dieselben zum einen für den Genius des Redners, zum andern aber für die damaligen Sitten zeugten. Pleyel gab sich alle Mühe, beiderlei Vorzüge herabzumindern, und bot seine ganze Findigkeit auf, um darzutun, daß der Redner sich einer schlechten, zumindest aber fragwürdigen Sache angenommen habe. Er machte geltend, es sei nicht minder absurd, sich auf die Übertreibung eines Advokaten zu stützen, als das Bild einer einzigen Familie zum Modell für die Konditionen einer ganzen Nation zu machen. Doch ward solcher Disput mit einem Mal in andere Bahnen gelenkt durch eine fehlerhafte Zitierung. Pleyel beschuldigte nämlich seinen Widerpart, derselbe habe »polliciatur« gesagt, wo doch »polliceretur« korrekt gewesen wäre. Der

Streit war bloß zu entscheiden durch Befragung des gedruckten Textes. Ihn herbeizuschaffen, wollte mein Bruder sich eben zum Hause zurückbegeben, als ein Dienstbote mit einem Handschreiben von Major Stuart ihm in den Weg trat. So kehrte mein Bruder sogleich um, auf daß er dasselbe in unsrer Gesellschaft zum besten gebe.

Neben den herzlichsten Grüßen an uns und väterlichen Segenswünschen für Louisa enthielt jener Brief die Beschreibung eines der Monongahela-Wasserfälle. Ein plötzlicher Regenguß scheuchte uns ins Haus zurück. Dem alsbald sich verziehenden Unwetter folgte strahlendes Mondlicht. Doch niemand traf Anstalten, unsern vorigen Platz im Tempel wieder aufzusuchen. So blieben wir wo wir waren und gaben uns dem lebhaftesten Gedankenaustausch hin. Natürlich war der vor kurzem eingetroffene Brief das hauptsächliche Gesprächsthema. Man zog Vergleiche zwischen dem vom Major beschriebenen Katarakte und einem zweiten, den Pleyel in den Schweizer Alpen entdeckt hatte. In Ansehung des ersteren kamen etwelche Details zur Sprache, über deren Richtigkeit man im Zweifel war. Um den daraus entstandenen Disput zu schlichten, ward vorgeschlagen, den Brief zu Rate zu ziehen. Mein Bruder, der ihn schon aus der Tasche ziehen wollte, konnte ihn jedoch nirgendwo finden. Schließlich entsann er sich, das Schreiben im Tempel liegengelassen zu haben und beschloß, es von dort zu holen. Wir anderen – sein Eheweib, Pleyel, Louisa und ich – verharrten unterdes auf unseren Plätzen.

Schon nach wenigen Minuten trat mein Bruder wieder ein, und da ich an jener Meinungsverschiedenheit einigen Anteil genommen, harrte ich seiner Rückkehr voll Ungeduld. Als ich ihn jedoch die Stufen heraufkommen hörte, konnte ich mich des Eindrucks nicht erwehren, er habe seine Absicht mit erstaunlicher Eile ins Werk gesetzt. So ließ ich ihn bei seinem Eintritt nicht aus den Augen. Dabei wollt's mich bedünken, daß sein Aussehen sich während der kurzen Spanne seines Fernseins merklich gewandelt habe. Etwas wie Verwunderung, ja sogar wie Besorgnis lag auf seinen Zügen. Unverwandt schien er nach etwas Ausschau zu halten und blickte in forschender Hast vom einem zum andern, bis er schließlich seine Frau fixierte. Dieselbe saß auf dem Sofa in ebenso ungezwungener Haltung wie zuvor. Auch hielt sie noch das nämliche Stücke Musselin in Händen und widmete solcher Arbeit ihr gesamtes Augenmerk.

Dies wahrgenommen, schien mein Bruder von einer merklichen Verwirrung überkommen. Wortlos nahm er seinen Sitz wieder ein, hielt den Blick zu Boden geheftet und versank in tiefes Nachsinnen. Derlei sonderbares Gehaben machte mich abstehen von meiner Frage nach dem Brief, und alsbald ließen auch die anderen das Thema fallen, welches uns bisher beschäftigt hatte, und richteten ihr Augenmerk auf Wieland. Jedermann hielt dafür, mein Bruder warte lediglich eine Gesprächspause ab, um danach den Brief zum Vorschein zu bringen, doch nichts dergleichen geschah. Schließlich versuchte es Pleyel, indem er frug: »Nun, ich denke, du hast den Brief gefunden?«

»Mitnichten«, versetzte der Angeredete, ohne von seinem Nachsinnen zu lassen, wobei er abermals starr auf sein Weib blickte. »Ich bin gar nicht oben gewesen.« – »Und weshalb nicht?« – »Catharine, bist du auch ganz gewiß auf deinem Platz geblieben, seit ich dies Zimmer verlassen habe?« Betroffen von dem bedeutsamen Ernst, in welchem solche Frage gestellt worden, ließ die Angeredete ihre Handarbeit sinken und versetzte in überraschtem Ton: »Gewiß doch! Weshalb diese Frage?« – Aufs neue blickte mein Bruder zu Boden, ohne sogleich Antwort zu geben. Schließlich aber, und indem er uns der Reihe nach ansah, sprach er: »Ist es wirklich wahr, daß Catharine mir nicht zum Felsen gefolgt ist? Daß sie nicht eben erst von dort zurückgekommen?« Wie aus einem Munde beteuerten wir, sie habe uns nicht einmal für einen Augenblick verlassen, und forschten sodann nach dem Grund solcher Frage.

»Eure Beteuerungen«, versetzte er, »sind ehrlich und einmütig. Indes, ich muß ihnen den Glauben versagen oder aber dem Zeugnis meiner Sinne mißtrauen, welche mir gezeigt, daß Catharine, als ich den Stufenpfad schon zur Hälfte erklommen hatte, am Fuße desselben gestanden.«

Die Erklärung verblüffte uns nicht wenig, und Pleyel stand nicht an, den Freund ob solchen Gehabens weidlich aufzuziehen. Dieser jedoch ließ die Spottreden ungerührt und mit unverändert ernster Miene über sich ergehen.

»Eins«, so sprach er mit Nachdruck, »ist jedenfalls gewiß: wenn es nicht meines Weibes Stimme gewesen, die ich vom Fuße des Felsens vernommen habe, so ist, was ich jetzt höre, auch nicht die deine.«

»Wahrhaftig«, versetzte Pleyel, »das ist ein arges Dilemma, darein du dich verstrickt hast! Gewiß ist nur, sofern wir unsern Augen trauen dürfen, daß Catharine während deiner Abwesenheit ihren Platz mit keinem Schritt verlassen hat. Du aber willst ihre Stimme bis zum Felsen hinauf vernommen haben. Nun ist aber diese Stimme, ganz wie Catharinens Wesen, im allgemeinen nichts denn Sanftheit. Sich bis ans Ende dieses Zimmers vernehmbar zu machen, bedarf es bereits der Anstrengung. Während du fort warst, hat sie kein einziges Wort verlauten lassen, oder ich müßte mich schon sehr irren. Nur Clara und ich haben die Unterhaltung bestritten. Doch mag es immer sein, Catharine hat dir oben auf dem Felsen was ins Ohr geflüstert: so sag schon, was es war!«

»Der Worte«, sprach er, »waren es nur wenige, und sie klangen alles andre denn geflüstert. Du weißt ja, in welcher Absicht ich das Haus verließ. Ich hatte den Felsen schon zur

Hälfte erklommen, als plötzlich eine Wolke den Mond verdunkelte. Noch nie zuvor, so will mir scheinen, war die Luft so lind und still. Während nun die Wolke noch vor dem Monde stand, spähte ich nach dem Tempel, und da war es mir, als säh' ich einen Lichtschimmer zwischen den Säulen. Derselbe war so schwach, daß man ihn bei vollem Mondlicht wohl nicht hätte wahrnehmen können. So spähte ich zum andernmal hinauf, konnte aber nichts mehr erkennen. Nie kann ich dies Bauwerk allein oder zur Nacht betreten, ohne an meines Vaters Schicksal gemahnt zu werden. Der Licht-Erscheinung haftete indes nichts Wunderbares an, wenngleich sie andere Gedanken in mir wachrief, als bloße Einsamkeit und Finsternis dies an solchem Orte vermocht hätten.

So schritt ich denn weiter. Die Bilder, welche mir vors innere Auge traten, waren ernst und feierlich. Auch empfand ich etwas wie Wißbegier, doch keinerlei Furcht in Anbetracht der Natur jener Erscheinung. Den Aufstieg schon zur Hälfte hinter mir, vernahm ich, wie vom Fuß des Felsens jemand nach mir rief. Die lauten Worte waren deutlich zu verstehen und kamen, des war ich gewiß, aus dem Munde meines Weibes. Im allgemeinen spricht sie ja recht leise und hat nur selten Grund, die Stimme übers gewöhnliche Maß zu erheben. Trotzdem habe ich Catharine bisweilen auch schon schreien hören. Und falls mein Ohr mich nicht getäuscht hat, so war es ihre Stimme, die ich hörte:

›Halt ein! Geh nicht mehr weiter! Dort oben droht Gefahr!‹ Die Abruptheit und das Unerwartete solcher Warnung, der angstvoll drängende Tonfall und namentlich die Überzeugung, daß es Catharine war, die da nach mir rief – all das brachte mich ganz durcheinander, so daß ich innehielt auf meinem Wege. Ich wandte mich um und lauschte nach hinten, ob ich mich auch nicht geirrt hätte. Doch alles blieb still. Schließlich rief ich hinunter: ›Wer ruft da? Bist es du, Catharine?‹ Wieder horchte ich und vernahm sogleich die Antwort: ›Ja, ich bin es! Geh nicht hinauf! Komm unverweilt zurück, du wirst im Haus gebraucht!‹ Es war nach wie vor Catharinens Stimme, und sie tönte wie zuvor vom Fuß des Felsenpfads herauf.

Was sollt' ich also tun? Ich wußte mir diese Warnung nicht zu deuten! Daß sie von Catharine kam, und noch dazu an einem Ort und zu einem Anlaß wie diesem, machte das Rätsel nur noch größer. So blieb mir nichts übrig, als dem Rufe zu folgen. Ich stieg die Stufen wieder hinunter in der Erwartung, die Warnerin unten anzutreffen. Dortselbst angelangt, konnte ich jedoch niemanden erblicken. Der Mond stand wieder unverdeckt am Himmel und tauchte alles in schimmerndes Licht. Dennoch ließ sich weit und breit keine menschliche Gestalt und keinerlei Bewegung erkennen. Falls aber Catharine schon wieder ins Haus zurückgekehrt war, mußte sie mit erstaunlicher Eile aus meinem Gesichtsfeld verschwunden sein. Ich rief aus Leibeskräften, doch vergebens. Es erfolgte keine Antwort.

Den Vorfall überdenkend, kehrte ich hierher zurück. Kein Zweifel, es war Catharinens Stimme, die ich vernommen. Freilich, das übrige Drum und Dran ließ sich nicht so leicht erklären. Jetzt aber beteuert ihr mir, es habe sich nichts ereignet, was meine Rückkehr erfordert hätte, ja Catharine habe ihren Platz gar nicht verlassen!«

Dies die Worte meines Bruders. Wir nahmen sie recht unterschiedlich auf. Pleyel stand nicht an, das Ganze für eine Sinnestäuschung anzusehen. Es mochte ja gerufen worden sein, doch hatte Wielands Phantasie ihm einen Streich gespielt und ihm sowohl die Stimme seines Weibes als auch den vermeintlichen Wortlaut vorgegaukelt. Nach Gewohnheit sprach Pleyel aus, was er dachte. Bisweilen machte er seine Worte zum Thema ernsthafter Diskussion, häufiger aber tat er sie als lächerlich ab. Er glaubte nicht, den Freund durch nüchterne Argumente überzeugen zu können, sondern hielt dafür, ein wenig Heiterkeit werde dazu beitragen, von Wieland den düsteren Ernst zu nehmen, welchen ein Vorfall wie der beschriebene in solchem Gemüte auslösen mußte.

Schließlich schlug Pleyel vor, er selber werde den Brief herbeischaffen. Er ging – und kehrte alsbald zurück, das Schreiben in der Hand. Es hatte entfaltet auf Ciceros Sockel gelegen, und weder Stimmen noch Gesichte hatten sich bemerkbar gemacht, um Pleyel an dessen Vorhaben zu hindern.

Catharine war begabt mit einem Gutteil gesunden Hausverstands, doch war ihr Gemüt anfällig für alles Wunderbare und geriet leicht in Panik. Daß ihre Stimme auf so unerklärliche, durch nichts gerechtfertigte Weise vernommen worden, bereitete ihr keine geringe Unruhe. Zwar leuchteten ihr die Argumente ein, mit denen Pleyel zu beweisen suchte, das Ganze könne nur eine Gehörstäuschung gewesen sein, doch ward solche Überzeugung sogleich erschüttert, als Catharine, auf ihren Gemahl blickend, sehen mußte, daß Pleyels Logik weit davon entfernt war, auf ihn die nämliche Wirkung zu üben.

Um von mir selber zu reden, so fesselte solches Begebnis meine ganze Aufmerksamkeit, denn ich konnte nicht umhin, eine schattenhafte Verwandtschaft zwischen ihm und dem Tod meines Vaters festzustellen. Über diesen letzteren hatte ich schon oftmals nachgedacht, doch hatten derlei Überlegungen mir keine Gewißheit verschafft. Immerhin, die fortbestehenden Zweifel plagten mich nicht sonderlich. Wiewohl ich die übersinnliche Natur jenes Ereignisses nicht in Abrede stellen konnte, empfand ich einen unüberwindlichen Widerwillen gegen solche Lösung des Rätsels. Zwar hatte die Unerforschlichkeit des Falles mein Staunen wachgerufen, doch war diesem Staunen keinerlei Sorge oder

Furcht beigesellt. Vielmehr ward solches Rätsel mir zur Ursache einer eigentümlich prickelnden, keineswegs unangenehmen, feierlichen Erhobenheit. Und ganz ähnlich verhielt es sich mit dem eben erklärten Abenteuer.

Seine Wirkung auf meines Bruders Imagination war indes von viel größerer Tragweite. Wünschenswert wär' freilich nur gewesen, daß er das Ganze voll Gleichmut aufgefaßt hätte, doch waren auch die schlimmsten denkbaren Folgen nicht weiter schrecklich. Mir war nur der Gedanke unerträglich, daß seine Sinne solch einer Täuschung zum Opfer fallen konnten, denn das ließ ja auf eine krankhafte Kondition seiner Geistesverfassung schließen, welche sich späterhin in gefährlicheren Symptomen äußern mochte. Der Wille ist ein Werkzeug unsres Intellekts, und dieser muß seine Schlüsse ziehen aus den Wahrnehmungen unsrer Sinne. Sind aber die Sinne beeinträchtigt, so ist es ein Ding der Unmöglichkeit, das Ausmaß jenes Übels abzuschätzen, welches aus den Deduktionen solchen Intellekts erfließen muß.

Ich sagte schon, daß der hier in Rede Stehende von leidenschaftlichem, doch melancholischem Charakter war. Ideen, welche bei anderen nur gelegentlich auftreten oder aber verborgen bleiben – die in Momenten der Geistesabwesenheit oder des Alleinseins gefaßt werden und schon wieder zerstieben, sobald erst die Szene wechselt, hatten sich unverrückbar in seinem Denken festgesetzt. Die Schlußfolgerungen, welche ihm durch lange Gewohnheit vertraut und irgendwie greifbar geworden, kamen aus untersten Schichten. All seine Taten und auch die respektiven Gefühle hingen unauflöslich zusammen mit langwierigen, abstrusen Spekulationen über den Göttlichen Ratschluß und die Gesetzmäßigkeiten unsrer intellektuellen Konstitution. Ein Schwärmer in manchem Respekte, ward er dennoch in seinem Glauben bestärkt durch Argumente und Spitzfindigkeiten sonder Zahl.

Seines Vaters Tod war für ihn der Ausfluß eines direkten und übernatürlichen Gebots. Solcher Tod beschäftige sein Denken häufiger als das meine, und demgemäß waren ihm auch die Spuren des tragischen Ereignisses dunkler und nachhaltiger eingeprägt. Der neue Vorfall trug ganz augenscheinlich zur Vertiefung seines Ernstes bei. Noch weniger denn ehedem lag ihm nun an Lektüre oder an Gespräch. Gingen wir seinen Gedanken auf den Grund, so stellte sich im allgemeinen heraus, daß sie mehr oder minder unmittelbar mit jenem Ereignis zusammenhingen. Doch war es schwierig, sich der Art des Eindrucks zu vergewissern, den das Ereignis auf ihn geübt. Niemals sprach er darüber, sondern hörte nur mit wortlosem, nicht ganz echtem Lächeln auf Pleyels satirische Auslassungen.

Eines Abends bracht' es der Zufall mit sich, daß wir allein im Tempel waren. So machte ich mir die Gelegenheit zunutze, des Bruders Gedankengänge zu erforschen. Nach einigem Schweigen, das zu unterbrechen er keineswegs gesonnen schien, hub ich folgendermaßen an: »Wie doch dies Dunkel nahezu fühlbar ist! Und doch würd' ein Strahl von oben es alsbald zerteilen.« – »Wahrhaftig«, versetzte Wieland voll Feuer. »Und nicht nur die äußere Nacht – nein, auch die innre würd' sich uns erhellen!« – »Weshalb aber«, so frug ich, »muß der Göttliche Wille seinen Ratschluß immer nur dem Auge kundtun?« Drauf er: »Nur zu wahr! Es gibt auch andre Wege, ihn zu erkennen.« »Du hast mir nie«, sprach ich in dem Bestreben, dem heiklen Gegenstande näherzukommen, »du hast mir nie verraten, was du von dem letzten, sonderbaren Vorfall hältst.« – »Da gibt es keinen festumrissenen Standpunkt, von dem man aus dergleichen anschaun könnte. Wir kennen bloß die Wirkung. Die Ursache aber läßt sich nimmermehr erschließen. Das ganze bloß für eine Sinnestäuschung zu nehmen, reicht nicht hin. Zwar wäre sie möglich, doch gibt's da zwanzig andre Möglichkeiten von größerer Wahrscheinlichkeit. Sie alle gält' es zu entkräften, eh' wir an Sinnestäuschung glauben dürften.« – »Und welche zwanzig Möglichkeiten wären dies?« – »Nicht nötig, sie erst lange herzuzählen. Sie sind nur um ein weniges wahrscheinlicher als das, was Pleyel vermutet. Die Zeit mag die oder jene zur Gewißheit wandeln. Doch bis dahin ist's müßig, sich darüber zu verweilen.«

Fünftes Kapitel

Einige Zeit war verstrichen bis zum Einritt eines weiteren, noch auffälligeren Ereignisses. Aus Europa zurückgekehrt, hatte Pleyel eine Nachricht mitgebracht, die für meinen Bruder von großer Tragweite war. Meine Vorfahren waren von sächsischem Adel gewesen und hatten über weite, in der Lausitz gelegene Ländereien geboten. In den Wirren des Siebenjährigen Krieges hatten jene Personen, deren Rechte auf die genannten Besitzungen die Ansprüche meines Bruders ausschlossen, ihr Leben ausgehaucht unter den Mordwaffen der preußischen Soldateska. Pleyel war in seinen Nachforschungen überaus gründlich gewesen und hatte entdeckt, daß zufolge des Erstgeburtsrechtes in der männlichen Linie die Ansprüche meines Bruders diejenigen jedwedes noch lebenden Blutsverwandten ausstachen. Nichts weiter war noch vonnöten, als seine Anwesenheit in jenem Lande sowie ein rechtskräftig aufgesetzes Dokument, um solche Ansprüche zu etablieren.

Pleyel empfahl diese Maßnahme nach Kräften. Nach seinem Dafürhalten waren die damit verbundenen Vorteile so zahlreich, daß es den Gipfelpunkt aller Narrheit bedeutet hätte, dieselben nicht wahrzunehmen. Doch entgegen seinen Erwartungen mußte er gewahren, daß mein Bruder sich solchem Plane widersetzte. Zunächst war Pleyel freilich der

Meinung, es werde nur geringer Anstrengung bedürfen, dies Widerstreben zu überwinden, doch nur zu bald stellte sich heraus, daß meines Bruders Abneigung alles andre denn eine geringe war. Allein, Pleyels Anteilnahme am Wohlergehen des Freundes und der Schwester sowie die eigene Parteilichkeit in Anbetracht der sächsischen Erde, der ja auch er entsprossen war und woselbst er mehrere Jahre seiner Jugend zugebracht hatte – all das bewirkte, daß er seine Anstrengungen verdoppelte, Wielands Einverständnis doch noch zu erlangen. Zu solchem Ende bediente er sich jedweden Argumentes, das sein Scharfsinn auszusinnen vermochte. In den anziehendsten Farben entwarf er ein Tableau der Lebens- und Herrschaftsverhältnisse in jenem Lande, der verbrieften Rechte des Bürgers und der dortigen Religionsfreiheit. Ausführlich verweilte er sich über den Privilegien der Reichen und Standespersonen, ja zog noch aus der Untertanen Los ein Argument zugunsten seines Planes, indem er geltend machte, daß ja die eingetriebenen Steuern sowie die Macht, welche dem Inhaber eines deutschen Fürstentumes zukämen, jeglicher Guttat ein weites Betätigungsfeld eröffnen müßten. Und er stellte solche Guttat, wie sie von tugenhaften Händen geübt werden mochte, dem Unheil gegenüber, das von der nämlichen Macht in der Hand des Bösen zu erwarten stand. So würde Wieland durch die Preisgabe seines Anspruches nicht nur die Glückseligkeit verwerfen, die im positiven Falle seinen Untertanen zukommen müßte, sondern auch all das Ungemach heraufbeschwören, das denselben von einem weniger aufgeklärten Herrscher widerführe.

Allein, meinem Bruder war es ein Leichtes, derlei Argumente zu entkräften und den Nachweis zu erbringen, wie's doch keinen Fleck auf dem weiten Erdenrund gebe, der eines ähnlich großen Maßes an Sicherheit und Freiheit sich rühmen könne wie derjenige, welchen er gegenwärtig bewohnte. Und daß, selbst wenn die sächsischen Untertanen verschont wären von aller Willkür ihres Herrschers, dennoch die mannigfachsten äußeren Gründe für Brandschatzung, Verwüstung und Schrecknisse jeglicher Art weiterhin bestehen blieben. Die letzten von den preußischen Mordbrennern verübten Verwüstungen seien ein Exempel dafür. Die düstere Drohung des Krieges würde immerdar über dem Volke hängen, bis Deutschland aufgeteilt wäre zwischen der preußischen und der österreichischen Tyrannei: ein Ereignis, das nach meines Bruders Dafürhalten recht nahe bevorstand.

Doch gesetzt auch, man ließe derlei Erwägungen beiseite: war es denn gar so löblich, nach Reichtum und Macht zu gieren, und lägen sie gleich im Bereich unsres Zugriffs? Waren nicht gerade sie die beiden Hauptursachen alles dessen, was uns Schaden nehmen läßt an unsrer Seele? Wie durft' er sicher sein, durch solchen Wechsel des Ortes und der Lebensumstände nicht zum Tyrannen, ja zum Lüstling zu entarten? Macht und Reichtum, waren sie nicht vor allem zu fürchten in Ansehung der Tendenz, ihren Inhaber der Sittenverderbnis in die Arme zu treiben? So empfand er nichts denn Abscheu vor ihnen, und das nicht so sehr in Anbetracht des Elends, das sie über andre bringen konnten, sondern vielmehr im Hinblick auf sich selbst, dem sie da aufgebürdet werden sollten. Und überdies: Reichtum war ein relativer Begriff. War er nicht ohnedem reich? Lebte er denn nicht inmitten von Sicherheit und Überfluß? Was da nur beitragen mochte zu seiner Kurzeil – was da seinem Geist und seiner Imagination von Wert erschien, es stand ihm zu Gebote. Und alles dessen hätt' er sich entäußern müssen zugunsten von Vorteilen, die, wie wertvoll sie immer sein mochten, doch recht sehr im Ungewissen lagen! In Verfolgung einer imaginierten Mehrung seiner Güter hätte er sich der Armut anheimgegeben – hätte er die sichere Gegenwart eintauschen müssen für etwas, das fern war und ungewiß! Denn wer wüßte nicht, daß alles Recht und Gesetz ein System ist aus Beraubung, Hinauszögern und Ungewißheit? Solchem Plane sich zu verschreiben, es bedeutete ja die Notwendigkeit, nach Europa zu reisen und für eine Zeit in Trennung zu leben von der Familie; bedeutete, Gefahr und Mühsal des Ozeans auf sich zu nehmen; sich aller häuslichen Kurzweil zu berauben; dem Weibe den Gefährten zu nehmen, den Kindern ihren Vater und Unterweiser: und dies alles wofür? Einzig um der zwiespältigen Vorteile willen, wie sie aufgeblähter Reichtum und abscheuliche Tyrannei zu verleihen haben? Für einen fragwürdigen Besitz in einem Land voller Wirrnis und Krieg? Um jener Vorteile willen, deren Erlangung höchst ungewiß schien, und deren schließliche Erwerbung auch im günstigen Falle in weiter Ferne lag?

Pleyel aber war in seinen Plan nicht nur vernarrt ob des greifbaren Nutzens, welchen derselbe verhieß, sondern auch aus anderen Gründen. Sein Aufenthalt in Leipzig hatte ihm ja das sächsische Land zur zweiten Heimat werden lassen. So manches Freundschaftsband verknüpfte ihn mit jenem Orte, und überdies war er dortselbst auch den Nachstellungen des Liebesgottes nicht entgangen. Die Dame seines Herzens jedoch, wiewohl auch das ihre recht sehr zu unsres Jünglings Gunsten eingenommen gewesen, hatte ihre Hand einem anderen zum Bunde reichen müssen. Indes, der Tod hatte solches Hindernis aus dem Wege geräumt, und so hatte nunmehr die Witwe von sich aus Pleyel zur Rückkehr eingeladen. Solchem Rufe zu folgen, war er nur zu gern bereit, doch lag ihm sehr daran, sich der Begleitung Wielands zu versichern: er konnte den Gedanken nicht ertragen, sich für immer und ewig von seinen gegenwärtigen Freunden trennen zu sollen, von ihnen, deren Vorteil, wie er glaubte, durch solche Ortsveränderung nicht minder befördert werden mußte denn sein eigener. Derhalben war er von unermüdlicher Beharrlichkeit in seinen Argumentationen und beschwörenden Bitten.

Daß mit meiner und seiner Schwester bereitwilliger Unterstützung seines Planes nicht zu rechnen wäre, wußte er nur zu gut. Hätte er den Gegenstand uns gegenüber zur Sprache gebracht, so hätten wir unsre Anstrengungen vereint und dergestalt meines Bruders Widerstreben verstärkt – ein Widerstreben, das an sich schon schwer genug zu überwinden war. Aus diesem Grunde verbarg uns Pleyel sein Vorhaben auf das sorgsamste. Gelang's ihm jedoch, Wieland schon vorher für dasselbe zu gewinnen, so würde es für ihn bei weitem einfacher sein, auch unsre Abneigung zu entkräften. Das Schweigen meines Bruders hinwiederum erklärte sich aus seiner vermeintlich festgefügten Meinung zu solchem Gegenstande sowie aus dem Wunsche, uns vor jederlei Unbehagen zu bewahren. Nur zu gut wußte er ja, daß die bloße Erwähnung solchen Vorhabens und die Möglichkeit, sich auf dasselbe einzulassen, unsre Seelenruhe ganz erklecklich beeinträchtigen würde.

Eines Tages, etwa drei Wochen nach jenem so rätselhaft ergangenen Rufe, weilte die Familie bei mir zu Gaste. Die Stunden solchen Beisammenseins gingen hin in friedvoller Harmonie wie selten nur. Auch Pleyel hatte sein Kommen zugesagt, doch wurden wir seiner erst ansichtig, als die Sonne schon zur Rüste ging. Allein, des Ankömmlings Miene verriet nichts denn Sorge und Enttäuschung. Ohne unsre diesbezüglichen Fragen abzuwarten, enthüllte er uns sogleich den Grund seiner Verdüsterung. Vor zwei Tagen war aus Hamburg ein Paket eingetroffen, angesichts dessen er sich den angenehmsten Brief-Erwartungen hingegeben. Allein, keinerlei Briefe waren zum Vorschein gekommen! Noch nie hatte ich Pleyel so niedergedrückt gesehen von einem widrigen Ereignis. Unablässig war sein Denken beschäftigt, den Grund für solches Schweigen seiner Freunde zu mutmaßen. Alle Qualen der Eifersucht durchlitt er, ja argwöhnte nichts geringeres als die Untreue derjenigen, der er sein Herz zu Füßen gelegt. Dies allgemeine Schweigen, es konnte ja nur einer Übereinkunft entsprungen sein! Wäre die Geliebte erkrankt, verreist oder gar gestorben, so hätte irgendeiner der Freunde nur um so sicherer von sich hören lassen. So aber blieb nichts andres zu vermuten, als daß der Erwählten Herz sich von ihm ab- und einem anderen zugewandt hatte! Der Verlust eines Schreibens lag kaum im Bereiche der Möglichkeit: von Leipzig nach Hamburg wie von Hamburg hierher war ja der Postweg keinerlei Gefahren ausgesetzt.

Daß Pleyel so lange in Amerika zurückgehalten worden, hatte seinen Grund vornehmlich in Wielands Abneigung dem in Rede stehenden Plane gegenüber. Jetzt aber drängte alles zum Aufbruch! Sobald Pleyel sich vor Augen führte, daß er durch seinen Verzug sich möglicherweise die Neigung der fernen Geliebten verscherzt hatte, erklomm sein Fühlen den Gipfel der Verzweiflung. So blieb ihm nur, durch schleunigste Abreise ein so unerträgliches Mißgeschick wenn möglich wiedergutzumachen oder eben noch abzuwenden. Schon stand sein Entschluß nahezu fest, sich des nämlichen Schiffes zu bedienen, das ja, wie er in Erfahrung gebracht, schon in wenigen Wochen nach Europa in See stechen sollte!

Mittlerweile aber wollte er neuerlich versuchen, Wielands Entschluß ins Wanken zu bringen. Es ging schon auf die Nacht zu, als er den Freund zu einem Spaziergang einlud. Der Vorschlag ward angenommen, und so ließ man denn uns Frauen – Catharine, Louisa und mich – zurück, auf daß wir uns nach Kräften die Zeit verkürzten. Auf jenem Spaziergange griff Pleyel von neuem den Gegenstand auf, der seinem Herzen am nächsten lag. Zum andernmal machte er seine sämtlichen Argumente geltend und rückte dieselben in ein noch überzeugenderes Licht.

Die beiden hatten versprochen, binnen kurzem zurück zu sein. Doch Stunde um Stunde verrann, und niemand zeigte sich. Der lebhaftesten Konversation hingegeben, merkten wir Frauen erst beim Schlagen der zwölften Stunde, wieviel Zeit schon verstrichen war. Nun aber rief das Ausbleiben unsrer Freunde die unbehaglichsten Befürchtungen in uns wach. Doch während wir noch unsre Besorgnisse äußerten und um die Wette mutmaßten, was wohl der Grund solchen Verzuges sein mochte, betraten die beiden das Zimmer. Allein, der Ausdruck ihrer Mienen machte mir das Wort im Mund ersterben! Catharine hingegen merkte nichts von alledem, da sie nur darauf aus war, ihrer Verwunderung und Wißbegier ob so langen Fortbleibens Worte zu verleihen. Während aber die beiden zuhörten, erkannte ich, daß ja ihre Verwunderung der unsren um nichts nachgab! Schweigend blickten sie einander an und sahen dann wieder auf die Sprecherin. Ich beobachtete solche Augensprache, vermochte aber nicht, hinter deren Sinn zu kommen.

Derlei sonderbares Verhalten lenkte Catharinens Fragen in andre Bahnen. Sie wollte nun wissen, was dies wechselseitige Anstarren, was dies verwirrte Schweigen zu bedeuten hätte? Pleyel machte sich solche Frage zunutze, indem er eine gleichmütige Miene aufsetzte und irgendwelche banale Ausflüchte gebrauchte, wobei er Wieland einen bedeutsamen Blick zuwarf, als wollte er den Freund daran hindern, die Wahrheit zu enthüllen. Indes, mein Bruder ließ keine Silbe verlauten, sondern gab sich düstern Betrachtungen hin. Auch ich hüllte mich in Schweigen, obschon ich vor Ungeduld brannte, dies Rätsel zu ergründen. Doch schon trafen mein Bruder, sein Weib und Louisa die ersten Anstalten zum Aufbruch. Pleyel aber schlug von sich aus vor, die Nacht unter meinem Dache zu verbringen. Solch sonderbarer Umstand, im Verein mit den voraufgegangenen, goß nur noch mehr Öl in das Feuer meiner Verwunderung.

Sobald wir ungestört waren, legte sich ein Ernst, ja eine Konsterniertheit auf Pleyels Züge, wie ich dergleichen noch nie an ihm wahrgenommen. Die ungestümen Schritte, mit denen er den Raum durchmaß, verrieten nur zu deutlich, wie sehr ihm der Geist aufgewühlt worden. Doch wollte ich zunächst keine Fragen stellen, da ich noch immer hoffte, er werde mir die Peinlichkeit ersparen, erst noch lange in ihn dringen zu müssen. So wartete ich eine Zeit, doch schien die Konfusion seiner Gedanken nicht abklingen zu wollen. Schließlich erwähnte ich die Befürchtungen, welche nicht nur der beiden langes Fernbleiben, sondern erst recht ihr Gehaben bei der Rückkehr in uns Frauen ausgelöst hatte, und bestürmte ihn um eine Erklärung. Schon bei meinen ersten Worten hatte er innegehalten und sah mich starren Blickes unverrückbar an. Sobald ich mit meiner Rede zu Ende war, sprach er mit einer vom Übermaß der Erregung bebenden Stimme: »Was habt ihr in unsrer Abwesenheit getan?« – »Wir haben im Della Crusca geblättert und uns über Gott und die Welt unterhalten. Doch kurz vor eurem Eintreffen hat uns die Ungewißheit ob eures Fernbleibens zu quälen begonnen.« – »Und Catharine war die ganze Zeit bei euch?« – »Gewiß!« – »Bist du dessen sicher?« – »Vollkommen! Nicht für einen Augenblick hat sie uns verlassen.« Eine Zeitlang verharrte er regungslos, als wollte er sich meiner Aufrichtigkeit vergewissern. Doch urplötzlich rang er die Hände und hob sie verzweifelt gen Himmel: »Wehe!« so rief er in höchster Seelenpein, »wehe – ich habe eine Botschaft erhalten: die Baronin von Stolberg – sie ist tot!«

Dies war der Name seiner fernen Geliebten. Nun wunderte mich des Freundes Aufgewühltheit nicht länger! »Doch wie bist du zu solcher Nachricht gekommen? Und was hat solch traurige Wahrheit zu schaffen mit dem Umstand, ob Catharine in unsrer Gesellschaft geweilt hat oder nicht?« Eine Zeitlang schien er mir gar nicht zuzuhören. Und als er zu reden anhub, war's wie eine Fortsetzung des düstern Brütens, darein er versunken gewesen.

»Und dennoch – es könnt' eine Sinnestäuschung sein! Allein, daß ein jeder von uns beiden ihr erlegen sein sollte? Ein seltener, allzu wunderbarer Zufall! Doch möglich wär's. Und sollte es ein Orakel gewesen sein, so ist Theresa tot! Nein, nimmermehr!« fuhr er fort, das Antlitz mit den Händen bedeckend und mit vor Schluchzen halberstickter Stimme. »Ich kann's nicht glauben! Sie haben mir nicht geschrieben! Doch wär' sie tot, so hätte ich mit dem frühesten Nachricht erhalten vom treuen Bertrand! Allein, in Kenntnis seines Gebieters muß er nur zu wohl gewußt haben um die schlimme Wirkung solcher Eröffnung! So hat er aus Mitgefühl geschwiegen.

Vergib mir, Clara! Mein Gehaben, es muß dir ein Rätsel sein. Doch will ich dir's erklären, so gut ich's vermag. Allein, kein Wort zu Catharinen! Ihr Geist ist nicht so stark wie der deine. Und überdies mag sie mehr Anlaß zum Erschrecken haben – sie ist ja Wielands guter Engel!«

Pleyel setzte seine Erklärungen fort, indem er mich erstmals von jenem Plan in Kenntnis setzte, den er so ernsthaft meinem Bruder hatte einreden wollen. Er zählte die Bedenken auf, welche dieser geltend gemacht, und sprach dann von dem Eifer, mit dem er dieselben zerstreuen gewollt. Auch kam er darauf zu sprechen, wie sehr seine Entschlossenheit durch das Ausbleiben eines Briefes beeinflußt worden sei. »Auf unserem Spaziergang«, setzte er fort, »tat ich des Gegenstands Erwähnung, der mir vor allen anderen am Herzen liegt. Noch einmal führte ich die alten Argumente ins Treffen und ließ sie in noch überzeugenderem Licht erscheinen. Indes, Wieland sträubte sich noch immer. Er sprach des langen und breiten über die Gefahren von Reichtum und Macht, über die Heiligkeit der Ehestands- und der elterlichen Pflichten und über das Glück aller Mediokrität. Kein Wunder, daß uns die Zeit wie im Fluge verstrich: wir waren ja mit Leib und Seele bei der Sache. Mehrmals gelangten wir an den Fuß unsres Felsens, änderten aber die Richtung, sobald wir denselben gewahrten. Dennoch endete jeder weitere Rundgang trotz aller Umwege unweigerlich an dem nämlichen Ort. Schließlich bemerkte dein Bruder: ›Das Schicksal scheint's zu wollen, daß wir immer wieder hierher geraten. Und da wir nun einmal in solcher Nähe sind, wollen wir hinaufsteigen und ein wenig rasten. Und wenn du des ewigen Argumentierens noch nicht müde bist, so mag es oben weitergehen.‹

Schweigend stimmte ich zu. Wir stiegen die Stufen hinan und nahmen auf dem Sofa Platz, nachdem wir es so zurechtgerückt hatten, daß es uns die Sicht auf den Fluß gewährte. Ich nahm den Faden unsres Disputes dort wieder auf, wo wir ihn fallengelassen, mokierte mich über deines Bruders Angst vor der See und auch über die Bindungen, von denen er sich an sein Heim gefesselt wähnt. Auf solche Weise fuhr ich eine Zeitlang fort, ganz meiner momentanen Laune gehorchend, ohne daß er mich in meiner Rede unterbrochen hätte. Schließlich aber sagte er: ›Gesetzt nun, ich würde, zwar unüberzeugt von deinen Argumenten, doch aus Furcht vor der Lächerlichkeit, deinen Plan für akzeptabel nehmen. Was hättest du damit gewonnen? So gut wie nichts. Denn unerachtet meiner Person hättest du es auch noch mit anderen Gegnern zu tun. Sobald du mich aus dem Felde geschlagen, fängt deine Mühe erst so richtig an: da sind meine Schwester und mein Weib, mit denen du dich zu messen hast. Und, glaub mir, das sind zwei Widersacher, an denen all deine Kraft und Überredungskunst zuschanden wird.‹ Daraufhin gab ich zu bedenken, ihr beide würdet euch seinem Willen anpassen, ja Catharine würde dies sogar für ihre Pflicht ansehn. Er jedoch widersprach lebhafter als sonst. ›Da irrst du‹, sagte er. ›Ihre Zustimmung ist unerläßlich. Es ist aber nicht meine Art, dergleichen Opfer zu erzwingen. Ich stehe hier als Beschützer und Freund, nicht aber als ein feindlich gesinnter Tyrann. Sollte meinem Weibe das Hierbleiben für ihr und ihrer Kinder Glück am rätlichsten erscheinen, so mag sie bleiben wo sie ist.‹ – ›Allein‹, so frug ich, ›sobald sie deine Wünsche kennt – wird sie ihnen dann nicht willfahren?‹ Doch noch eh' mein Freund die Zeit für eine Antwort gefunden, ward klar und deutlich ein ›Nein‹ von gänzlich anderer Seite vernehmbar. Es kam nicht aus dieser oder jener Richtung, nicht von vorne noch auch von hinten. Woher also kam es? Welche Lippen hatten es geformt?

Wäre da noch irgendwelche Ungewißheit gewesen in Anbetracht der geschilderten Umstände – sie wäre alsbald beseitigt worden durch die gleich danach erfolgende Wiederholung der nämlichen Silbe: ›Nein!‹ Es war die Stimme meiner Schwester. Sie schien vom Dache zu kommen! Ich sprang auf die Beine. ›Catharine‹, rief ich, ›wo bist du?‹ Doch es kam keine Antwort. Ich durchsuchte den Raum und auch den Platz davor, konnte aber nichts entdecken. Dein Bruder verharrte reglos auf seinem Sitze.

So trat ich denn wieder zu ihm und nahm aufs neue an seiner Seite Platz. Mein Staunen war nicht viel geringer denn das seine.

›Nun‹, sprach er schließlich, ›was hältst *du* von alledem? Dies ist die nämliche Stimme gewesen, welche ich schon jenes erste Mal gehört. Bist du nun überzeugt, daß mein Ohr mich nicht getäuscht hat?‹

›In der Tat‹, sagte ich. ›Dies war ganz offenkundig kein Streich der Phantasie.‹ Erneut fielen wir in sinnendes Schweigen. Schließlich bewirkte der Gedanke an die vorgerückte Stunde und die Dauer unsres Fortseins, daß ich vorschlug, nach Hause zu gehen. So erhoben wir uns, und dabei mußt' ich unwillkürlich wieder an meine eignen Angelegenheiten denken. ›Nun denn‹, sprach ich laut vor mich hin, ohne recht eigentlich Wieland damit zu meinen, ›mein Entschluß ist gefaßt! Ich kann nicht hoffen, meine Freunde zu überreden, mit mir zu reisen. So mögen sie ihre Tage an den Ufern des Schuylkill verträumen. Ich aber steche mit dem nächsten Schiff in See! Ich flieg' zu ihr, den Grund solch sonderbaren Schweigens zu erfahren.‹

Dies kaum gesagt, ließ die rätselhafte Stimme sich aufs neue vernehmen. ›Fahr nicht! Der Tod hat ihr das Lippenpaar versiegelt – ihr Schweigen ist das Schweigen einer Gruft!‹ Bedenk nun, welche Wirkung solche Worte auf mich üben mußten! Es schauderte mich, während ich noch lauschte. Doch sobald ich meine erste Bestürzung überwunden hatte, rief ich: ›Wer ist es, der da spricht? Und von wo kommt so unheilvolle Nachricht?‹ Die Antwort ließ nicht lange auf sich warten. ›Aus einer Quelle, die nicht fehlbar ist. So sei's zufrieden – sie ist tot!‹ Du magst dich mit Recht verwundern ob der Tatsache, daß ich trotz der Art solcher Übermittlung und unerachtet des Geheimnisses, das jenen Sprecher umhüllte, auf jedwede Einzelheit bedacht blieb, die mit dem Gegenstand solchen Zwiegesprächs zusammenhing. So frug ich denn voll Begier, wann und wo Theresa gestorben sei? Welches die Ursache ihres Sterbens gewesen? Und ob solcher Tod denn auch wirklich gewiß sei? Doch nur die letzte meiner Fragen ward beantwortet: ›Jawohl, er ist's‹, kam es von der nämlichen Stimme, doch erklang dieselbe nun schon aus größerer Ferne, und nur mehr abgründige Stille folgte auf all meine weiteren Fragen.

Es war meiner Schwester Stimme gewesen, doch konnte sie nicht von ihr gekommen sein. Wenn aber nicht von ihr, von wem dann? Als wir hierher zurückgekehrt waren und euch allesamt in diesem Hause antrafen, zerrannen auch die letzten Zweifel. Ganz offenkundig war jene Nachricht nicht aus Catharinens Munde gekommen. Wenn aber nicht aus dem ihren, aus welchem sonst? Sind die Umstände, von denen jene Mitteilung begleitet war, ein Beweis für ihre Wahrheit? Bewahr' uns Gott davor, daß sie zutrifft!‹

Dies gesagt, sank Pleyel in kummervolles Schweigen und ließ mir dergestalt Muße, über solch unerklärliches Ereignis nachzusinnen. Ich bin außerstande, die Empfindungen zu schildern, welche mich nun überkamen. Dabei fürchtete ich mich gar nicht vor Schatten. Geschichten über Erscheinungen und Zauber vermochten nicht einmal, mich zu fesseln, geschweige denn, daß sie Macht über mein Denken gewonnen hätten. Nichts anderes sah ich in ihnen als den Ausfluß von Ignoranz und Torheit, und sogar das *angenehme* Gruseln war mir fremd. Indes, was ich nunmehr vernommen hatte, war anders als alles, von dem ich bisher erfahren. Hier gab es Beweise für ein vernünftiges, denkendes Wesen, die man nicht rundweg ableugnen konnte. Hier ward eine Nachricht empfangen und mitgeteilt auf fraglos übernatürlichem Wege.

Daß außer uns auch noch andre vernunftbegabte Wesen existieren – Wesen, die unserem Wissen und Handeln voraus sind, läßt sich wohl kaum in Abrede stellen. War uns hier ein kurzer Blick zuteil geworden in die Welt eines uns überlegenen Seins? Mein Herz war wohl nicht groß genug, solch beklemmenden Gedanken zu fassen. Ein ehrfurchtsvoller Schauder, so hold und feierlich, wie unsre Phantasie ihn eben noch zu erfühlen vermag, durchrieselte mich ganz und gar: und verließ mich auch dann nicht, als ich Pleyel verließ und meine Schlafkammer aufsuchte. Indes, mein Geist hatte einen Impuls empfangen, der unvereinbar war mit dem Schlaf. So verbrachte ich eine hellwache Nacht voll des Meditierens. Durchdrungen war ich von dem Glauben an ein zwar rätselvolles, doch uns Menschen nicht übelgesinntes Agens. Nichts hatte sich ja bisher ereignet, das mich hätte glauben machen, solch ätherischer Ratgeber sei auf ein übles, nicht aber auf ein gutes Ende bedacht. Vielmehr verband sich in mir schon seit je die Vorstellung von übermächtiger Tugend mit derjenigen einer alles bezwingenden Kraft, und die Warnrufe, welche dergestalt vernommen worden, schienen denn auch zum Zwecke des Guten ergangen zu sein. Mein Bruder war von jener Stimme gehindert worden, den Felsen zu ersteigen – man hatte ihn gewarnt vor lauernder Gefahr, und nur sein Gehorsam mocht' ihn vor einem Ende bewahrt haben, wie sein Vater es gefunden.

Von Pleyel aber war die qualvolle Ungewißheit genommen worden, und das nämliche Dazwischentreten hatte ihm die Zufälle und Widrigkeiten einer fruchtlosen Meerfahrt erspart durch die Versicherung, Theresa sei gestorben.

Jene Frau – nun war sie also tot. Und traf solche Nachricht zu, so würde auch die Bestätigung nicht lange auf sich warten lassen. War solche Bestätigung nun eine unwillkommene – oder war sie wünschenswert? Durch solchen Todesfall war ja das Band zerrissen, durch welches Pleyel an Europa gefesselt gewesen! Hinfort würde alles und jedes für des Freundes Hierbleiben sprechen, so daß wir verschont bleiben mochten von der tiefen Trauer und Hoffnungslosigkeit, welche sein Fortgehn in uns hinterlassen mußte: nein, es war ein gnädiger, ein uns wohlgesinnter Geist, der solche Zeitung übermittelt hatte, und nicht minder gnädig wär' er gewesen, hätte er die Todesnachricht nicht nur übermittelt, sondern auch von sich aus verursacht. Gnädig *uns*, den Freunden von Pleyel, denen somit das Vergnügen von dessen Gesellschaft gesichert worden – und nicht ungnädig *ihm*: denn ob ihm auch der Gegenstand seiner Liebe entrissen sein mochte – gab's da nicht einen anderen, der fähig war und willens, den Freund über solchen Verlust hinwegzutrösten?

Zwanzig Tage nach dem beschriebenen Ereignis lief ein weiteres Schiff aus Hamburg ein. Während dieser Zeit mied Pleyel zumeist die Gesellschaft seiner Freunde. Er war ja einem düstern, ungeselligen Gram zur Beute gefallen. Seine Spaziergänge beschränkten sich auf das Ufer des Delaware, welches ein künstlich angelegtes ist: Röhricht und Fluß zur einen, wässriges Marschland zur anderen Seite, an eben dem Uferstück, welches Pleyels Ländereien begrenzte und sich erstreckte von der Einmündung des Holländer-Flüßchens bis zu derjenigen des Schuylkill. Keine packendere Szenerie läßt sich denken für den Liebhaber des Pittoresken denn die erwähnte: das Ufer ist entstellt durch angeschwemmten Schlamm und unwegsam gemacht durch einen Wald von Röhricht. Die Felder sind fast das ganze Jahr hindurch versumpft. Gewähren sie jedoch dem Fuß festen Halt, so sind die Wassergräben, von welchen das Land begrenzt und durchsetzt ist, von stagnierendem Grün überzogen und verströmen die schädlichsten Dünste. Gesundheit wie Frohsinn sind solchen Stätten gleichermaßen fremd, und Frühling wie Herbst sind dort gewißlich begleitet vom Wechselfieber und dessen üblen Nachwirkungen.

Die Szenerie, von der unser Wohnsitz in Mettingen umgeben war, stand im geraden Gegensatz zu derlei Brutstätten des Übels. Der Schuylkill war hier noch ein klarer, durchsichtiger Wasserlauf, dessen Fluten bald aufrauschten in wilder, unablässiger Musik an den felsdurchsetzten Stellen, bald hinglitten in sanftem Gemurmel am sandigen Strande als ein Spiegel der mannigfaltigsten, bald flach und bald steil zum Wasser abfallenden Ufer. Dieselben waren gesprenkelt von Flecken dunkelsatten Grüns und von formlosen Massen weißlichen Marmors, aber bekrönt durch Zederngehölz oder die weithin sich breitende Großartigkeit der um diese Zeit üppig blühenden Obstgärten, die herrliche Düfte verströmten. Das vom Flusse aufsteigende Land war durchzogen von Mulden und Tälern, noch schöner geworden durch das gärtnerische Geschick meines Bruders, welcher solch exquisite Verschmelzung von Hängen und Hügeln mit jederlei pflanzlicher Zierde geschmückt hatte – vom riesenhaften Eichengeäst bis zum üppigen Gerank der Geißblattgewächse.

Um Pleyel vor den schädlichen Dünsten seines Wohnsitzes zu bewahren, hatten wir ihm vorgeschlagen, er möge doch die Zeit des Frühjahrs bei uns verbringen, und allem Anscheine nach war ihm solches Angebot nicht unwillkommen gewesen. Indes, das jüngste Ereignis hatte seinen Entschluß umgestoßen. Wir bekamen den Freund nur zu Gesicht, wenn wir ihn in seiner Zurückgezogenheit aufsuchten. Seine frohe Laune, nun war sie dahin, und seine Leidenschaft war einzig darauf gerichtet, Nachricht aus Sachsen zu erhalten. Ich habe das Eintreffen eines weiteren, von den Gestaden der Elbe gekommenen Schiffes schon erwähnt. Er zeigte uns dasselbe eines Morgens, als er am Flußufer hinschritt. Es war für ihn unschwer zu erkennen, denn er hatte darauf seine erste Deutschlandreise unternommen. Unverweilt begab er sich an Bord, fand aber keine an ihn gerichteten Briefe vor. Solches Mißgeschick ward indes zum Teil aufgewogen durch das Zusammentreffen mit einem alten Bekannten unter den Passagieren, der bis vor kurzem in Leipzig gewohnt hatte. Dieser setzte aller quälenden Ungewißheit ein Ende, indem er die näheren Umstände von Theresens Tode sowie von dem Leichenbegängnis berichtete.

Dergestalt war also die Wahrheit der ersten Mitteilung bestätigt. Nicht länger von Ungewißheit und Zweifel geplagt, erschloß sich Pleyel alsbald wieder dem Einfluß unsrer Gesellschaft. Aufs neue nahm er teil an unsrer Geselligkeit. Freilich, seine Lebhaftigkeit war nicht mehr die alte, doch auch in solchem Respekte war er ein angenehmerer Gefährte denn ehedem, da ja sein Ernst ihn weder verschlossen noch verdrossen machte.

Die erwähnten Begebenheiten beschäftigten für die nächste Zeit all unsre Gedanken. In mir riefen dieselben ein nahezu vergnügliches Gefühl hervor und vermischten sich, rascher als bei meinen Freunden, mit anderen Themen. Mein Bruder hingegen hing den alten Grübeleien stärker nach als wir. Unschwer war zu erkennen, daß sein Spintisieren sich weiterhin aus der nämlichen Quelle speiste. Dazu kam noch, daß er eben um jene Zeit eine Arbeit unter der Feder hatte, die sich mit dem Sammeln und mit der Erforschung jener Fakten befaßte, welche mit dem rätselhaften Wesen zu tun hatten, das man als Sokrates' Dämon bezeichnet.

Nur von wenigen Menschen wurde meines Bruders Kenntnis der griechischen und römischen Gelehrsamkeit übertroffen, und so steht es außer Zweifel, daß die Welt einen aus so berufener Hand hervorgegangenen Traktat zum erwähnten Gegenstande mit Begier entgegengenommen hätte. Doch ach! – dies wie jedes andre glück- und ehrenhafte Vorhaben war schon verurteilt zu plötzlichem Scheitern und hoffnungslosem Untergang.

Sechstes Kapitel

Ich komme nun zu der Einführung einer Person, an deren Namen die stürmischsten Empfindungen sich knüpfen. Nur mit schauderndem Widerstreben schick' ich mich an, den in Rede Stehenden zu beschreiben. Jetzt erst beginne ich zu erkennen, wie schwierig die Aufgabe ist, der ich mich unterzogen habe. Doch wär' es feige Schwäche, davor zurückzuscheuen. Das Blut will mir erstarren und die Finger sagen mir den Dienst auf, sobald ich mit sein Bild heraufrufe. Schande über mein furchtsames, kraftloses Herz! Bis hierher bin ich meiner Aufgabe mit einiger Gefaßtheit nachgekommen, nun aber muß ich eine Pause einlegen. Mitnichten jedoch soll jene schreckensvolle Erinnerung mir den Mut überwinden oder mein Vorhaben durchkreuzen! Indes, ich vermag nicht, meiner Schwäche sogleich zu gebieten, und so steh' ich denn für eine Weile von meiner Arbeit ab.

Ich bin ein wenig im Zimmer herumgegangen und habe dabei genugsam Kraft geschöpft, um fortzufahren in meinem Werke. Allein, hab' ich nicht etwas auf mich genommen, das jenseits meiner Kräfte liegt? Wenn also, schon auf der Schwelle zu solcher Schaubühne, mir die Knie zittern und mich zu Fall bringen, wie sollt' ich da erst Halt finden, sobald ich mich hineinstürze in Schrecknisse, wie sie vor mir noch niemandes Herz empfunden, noch keines Menschen Zunge berichtet hat? Schon will mir übel werden – schon weiche ich zurück vor solcher Aussicht. Und doch: mein Zaudern ist ja bloß dem Augenblick entsprungen. Ich habe meinen Plan auf festem Grund erstellt, und mag ich auch bisweilen innehalten und zögern, so soll mich doch am Ende nichts von seiner Verwirklichung abhalten!

Dich aber, o Verhängnisvollster und Mächtigster unter den Menschen – auf welche Weise soll ich Dich beschreiben? Welche Worte haben es in sich, Deinen Charakter recht eigentlich zu zeichnen? Wie soll ich im einzelnen all die Mittel aufzählen, die dazu beigetragen, das Geheimnis Deiner Absichten zu einem unergründlichen zu machen? Doch ich will nichts vorwegnehmen! Laß mich, soweit dies möglich ist, einen nüchternen Standpunkt beziehen. Laß mich die Flut der Leidenschaften unterdrücken, die mich zur Überstürzung triebe oder kraftlos machte! Laß mich ersticken alle Seelenqualen, die Dein Name mir heraufruft! Laß mich für eine Zeit Dich ansehn für ein Wesen, dem da nichts Fürchterliches anhaftet! Laß zu, daß ich mich losreiße von der Betrachtung jener Übel, bei denen es nur allzu gewiß ist, daß niemand anderer denn Du ihr Urheber gewesen. Laß mich vielmehr den Blick beschränken auf jene Bilder sonder Harm, so da mit Dir die Schaubühne betraten!

Das war an einem durchsonnten Nachmittag. Ich stand in der Tür meines Hauses, als ich eines Mannes ansichtig wurde, welcher am äußersten Rande des vor mir sich breitenden Ufers seines Weges ging. Sein Schritt war von achtloser, langsamer Art, und nichts von jener beschwingten Anmut haftete ihm an, durch die ein Mann von Welt sich abhebt vom dahergelaufenen Tölpel. Seine Gewandung war bäurisch und derb, seine Gestalt ungeschlacht und ohne jedes Ebenmaß: die Schultern waren breit und eckig, die Brust unterm hängenden Haupt wirkte eingesunken. Der ganze Oberkörper sah ungegliedert aus und bewegte sich voran auf langen, dürren Beinen. Dergestalt setzte des Fremden Äußeres sich zusammen. Die bäurische Kleidung paßte nicht übel zu solcher Gestalt: ein zerknüllter Schlapphut, gegerbt von Wind und Wetter, ein Rock von dickem grauem Tuch, dessen Zuschnitt und Machart den ländlichen Schneider verrieten, blauwollene Strümpfe und mit Riemen befestigte Schuhe, welche mißfarben waren von einem Staub, der keine Bürste je gesehen – das war's, was der Wanderer anhatte.

Nichts Bemerkenswertes war an solcher Erscheinung. Man traf dergleichen häufig auf der Landstraße und auf den Erntefeldern an. Ich vermag nicht zu sagen, weshalb ich eigentlich so genau hinsah und ein mehr denn übliches Augenmerk daran wendete, es wäre denn, weil ich derlei Gestalten außerhalb der Landstraßen und Felder nicht oft zu Gesicht bekam. Denn der Rasen meines Hauses ward nur von Männern betreten, deren Blick der Schönheit solchen

Weges galt und dem Erhabenen der Szenerie ringsum. Der Fremde schritt langsam fürbaß und hielt dabei häufig inne, ganz als wollt' er die Gegend bedachtsamer in Augenschein nehmen. Aber niemals blickte er zum Haus herüber und bot mir dergestalt keine Gelegenheit, seine Züge zu betrachten. Jetzt betrat er in einiger Entfernung ein Gehölz und verschwand darin. Ich folgte ihm mit den Augen, solange er noch in Sichtweite war, und wenn sein Bild meine Phantasie hinterher noch eine Weile beschäftigte, so war es eigentlich nur, weil nichts anderes von Bedeutung sich davorschob.

Wohl noch eine halbe Stunde verweilte ich an meinem Platz und dachte immer wieder an des Wanderers Erscheinung, wobei ich von dem äußeren Bilde jene Schlüsse auf seine Geistigkeit zu ziehen suchte, welche die Erfahrung uns gelehrt hat. Ich stellte Betrachtungen an über die gemeinhin bestehende Allianz zwischen der Unwissenheit und dem bäuerlichen Alltag und verlor mich in müßigen Spekulationen über die Rolle des zunehmenden Wissens bei der Auflösung solcher Allianz und der Verwirklichung aller diesbezüglichen Dichterträume. Und ich fragte mich, weshalb wohl der Pflug und die Hacke nicht zum Geschäft jedwedes Menschen werden könnten, und ob es wohl möglich wäre, dies Geschäft am Ende doch noch in Einklang zu bringen mit der Erwerbung von Wissen und Beredsamkeit.

Solcher Betrachtungen müde geworden, begab ich mich in die Küche, um einige häusliche Obliegenheiten zu verrichten. Für gewöhnlich hatte ich nur eine Dienstmagd – ein Mädchen meines Alters. Während ich mir nun am Kamin zu schaffen machte, wogegen sie an der Haustür beschäftigt war, klopfte es an derselben. Das Mädchen öffnete und ward sogleich mit den folgenden Worten angeredet: »Ich bitt' dich, gutes Kind, magst einen Dürstenden erquicken mit einem Gläschen Buttermilch?« Sie beschied den Bittsteller, es fände sich nichts dergleichen im Hause. »Nun denn, so gibt's wohl welche in der Milchkammer dorten. Du weißt ja so gut als ich, wiewohl Hermes dich's niemals gelehrt, daß eine jegliche Milchkammer zwar ein Haus, doch nicht jegliches Haus eine Milchkammer seie.« Auf solche Anrede, obschon sie dieselbe kaum zur Hälfte verstand, antwortete das Mädchen mit der erneuten Beteuerung, sie habe nichts dergleichen. »Wohlan denn«, versetzte da der Fremde, »so reich mir um der süßen Barmherzigkeit willen einen Becher kühlen Wassers.« Daraufhin sagte das Mädchen, sie werde ihm von der Quelle Wasser bringen. »O nein – gib mir den Becher und leid es, daß ich mir selber behelfe. Weder gefesselt noch lahm, verdient' ich begraben zu sein in der Aaskrähen Magen, im Fall ich solche Mühsal dir auferlegte.« So reichte sie ihm den Becher, und er wandte sich, um zur Quelle zu gehen.

Schweigend hatte ich dem Zwiegespräch gelauscht. Die von dem Mann dort draußen gesprochenen Worte muteten mich recht gesucht an. Was sie aber sonderlich merkenswert machte, war der Ton, in dem sie geäußert worden: derselbe war mir gänzlich neu. Meines Bruders Stimme wie auch diejenige Pleyels waren melodisch und kraftvoll zugleich, und so hatte ich mir blindlings eingebildet, keines andern Stimme könnte sie darin übertreffen. Allein, welch ein Irrtum! Unmöglich, den Eindruck in Worte zu fassen, den die eben vernommenen Laute auf mich geübt, oder den Grad zu beschreiben, nach welchem Kraft und Wohlklang sich darin vereint hatten. Die Worte waren mit einer Deutlichkeit artikuliert worden, wie ich dergleichen noch niemals gehört! Doch damit nicht genug: jene Stimme war nicht nur von der einschmeichelndsten Süße und Klarheit, sondern auch ihr Tonfall war dermaßen redlich, ihre Modulation so leidenschaftlich, daß sogar ein Herz von Stein sich solchem Klange nimmermehr hätt' verschließen können! So flößte sie mir denn auch eine Emotion ein, die so unwillkürlich war wie aller Kontrolle entzogen. Als der Fremde die Worte »um der süßen Barmherzigkeit willen« gesprochen, war meiner Hand das Tuch entglitten, während eine Woge des Mitgefühls mir das Herz überschwemmt und das Wasser in die Augen getrieben hatte.

Solche Beschreibung mag Euch müßig oder gar unglaubwürdig dünken. Allein, die Bedeutsamkeit der geschilderten Umstände wird sich erst in der Folge offenbaren. Die Art und Weise, in der ich da überwältigt worden, war auch für mich ein Gegenstand des Staunens. Noch nie zuvor hatt' ich dergleichen Töne vernommen. Doch daß sie mich im Augenblick gewissermaßen zu tränenreicher Aufgelöstheit gebracht, ist für andere wohl so wenig glaubhaft wie ich selber es verstehen konnte.

So mag's nicht wundernehmen, daß ich recht wißbegierig war in Anbetracht von unsres Besuchers Person und Gehaben. Alsbald schritt ich zur Tür und sah mich nach ihm um. Ermeßt meine Überraschung, als ich die nämliche Gestalt erblickte, welche vor einer halben Stunde längs des Ufers hingeschritten war! Meine Phantasie hatte mir ja ein gänzlich anderes Bild vorgegaukelt – hatte sogleich zu solcher Redekunst die passende Figur, Gebärde und Gewandung entworfen. Doch was ich nunmehr vor Augen hatte, war das gerade Gegenteil von solchem Traumbild! Und sonderbar, ich konnt' mich nicht so bald mit meiner Enttäuschung abfinden: anstatt wieder an mein Geschäft zu gehen, ließ ich mich in einen Sessel fallen, welcher der Haustür gegenüberstand, und versank in tiefes Nachsinnen.

Doch schon nach wenigen Minuten ward meine Aufmerksamkeit geweckt durch den Fremden, der nun zurückkam, den leeren Becher in der Hand. Daran hatte ich gar nicht gedacht, sonst hätt' ich mich gewiß nach einem anderen Platze umgesehen. Und kaum war der Fremde in mein Blickfeld getreten, als auch schon ein konfuses Gefühl der

Ungehörigkeit sich dem Plötzlichen solcher Begegnung gesellte: unvorhergesehen wie sie war, hatte ich mich nicht dafür zurechtgemacht und befand mich nun in der peinlichsten Verlegenheit. Der Fremde trug eine gelassene Miene zur Schau, doch kaum war er meiner ansichtig geworden, als seine Züge nicht minder erglühten als die meinen. Er stellte den Becher auf der Bank ab, stammelte ein paar Dankesworte und machte sich davon.

Es währte einige Zeit, ehe ich meine gewohnte Fassung wiedergewann. Nun hatte ich den Fremden von Angesicht erblickt! Der Eindruck, den er auf mich geübt, war lebhaft und unauslöschlich. Die Wangen waren bleich und eingefallen, die Augen lagen tief in ihren Höhlen, die Stirn war überschattet von grobem, struppigem Haar, die Zähne waren groß und unregelmäßig, obschon gesund und von strahlender Weiße. Die Haut wirkte grobkörnig und fahl. Jeder Zug war weit davon entfernt, schön zu sein, und der Zuschnitt solchen Gesichtes gemahnte an denjenigen eines auf die Spitze gestellten Kegels.

Und dennoch – diese Stirn, soweit die zottigen Haarsträhnen sie freigaben, die glänzendschwarzen Augen, welche aus aller Hagerkeit so unaussprechlich gütig und bezwingend hervorleuchteten, sowie ein unbestimmtes Etwas über diesen Zügen, das sich aller Beschreibung verschließt, aber als ein Anzeichen für höchste Geistigkeit stand: all das waren wesentliche Bestandteile des gesamten Porträts, welches ich, gemessen an der Wirkung, die daraus so unmittelbar auf mich überströmte, zu den ungewöhnlichsten Eindrücken meines Lebens zähle. Solches nur sekundenlang erblickte Antlitz beschäftigte für Stunden meine Phantasie und dies unter Ausschluß nahezu jeden anderen Bildes. Ich hatte vorgehabt, den Abend bei meinem Bruder zu verbringen, konnte aber der Versuchung nicht widerstehen, dies erinnernswerte Gesicht mit dem Zeichenstifte aufs Papier zu bannen. Und ob nun eine besondre Inspiration mir die Hand führte oder aber mein Urteil getrübt ward von der Eingenommenheit für jene Züge – jedenfalls dünkte mich das Ergebnis, wiewohl nur hastig hingeworfen, ein ganz vortreffliches zu sein.

Ich betrachtete es aus jederlei Distanz und in aller möglichen Beleuchtung. Meine Augen kamen nicht los davon. Die halbe Nacht ging hin über der wachen Betrachtung solchen Bildnisses. So wandelbar und doch beharrlich ist des Menschen Geist! Den flüchtigsten Impulsen gibt er nach und bleibt dennoch der einmal gegebenen Richtung unwandelbar treu! Doch wie wenig konnt' ich damals das Ende jener Kette vorhersehen, als deren erstes Glied man den soeben geschilderten Vorfall betrachten kann!

Mit Finsternis und Sturm stieg der neue Tag herauf. Sturzfluten von Regen durchpeitschten ihn, begleitet vom unablässigen Gedröhn des Donners, der mit ohrenbetäubendem Echo sich am jenseitigen Steilufer brach! Die Unwirtlichkeit solchen Wetters erlaubte mir nicht, das Haus zu verlassen, und ich verspürte ja auch keinerlei Neigung dazu. Vielmehr gab ich mich aufs neue der Betrachtung jenes Bildes hin, dessen Anziehung über Nacht eher noch zugenommen hatte. Ich legte mein übliches Tagwerk zur Seite und verbrachte den Tag, indem ich mich ans Fenster setzte und bald hinaus auf das Unwetter, bald auf das Bild vor mir auf dem Tische blickte. Ihr mögt solches Gehaben für ein wenig überspannt halten und es gewissen besonderen Gemütsregungen zuschreiben. Ich aber weiß nichts von dergleichen, sondern kann mir meine Hingabe nur mit dem Umstand erklären, daß jenes Bildnis seltene und wunderbare Eigenschaften in sich barg. Vielleicht werdet ihr nun sagen, dies seien die ersten Anzeichen einer Leidenschaft gewesen, wie sie jedem Frauenherzen innewohnt, ja oftmals darin Fuß faßt im Zuge noch weniger bedeutsamer, ja unwahrscheinlicherer Anlässe. Ich will die Vernünftigkeit solcher Mutmaßung nicht widerlegen, sondern stelle auch anheim, aus meiner Erzählung nach Gutdünken eure Schlußfolgerungen zu ziehen.

Schließlich ward es zum andernmal Nacht, und das Unwetter legte sich. Die Klarheit und Stille der Luft standen in eindringlichem Kontrast zu dem voraufgegangenen Aufruhr der Elemente. Ich verbrachte die Stunden der Dunkelheit wie diejenigen des Tages, nämlich am Fenster sitzend und in tiefer Versunkenheit. Weshalb nur ward ich heimgesucht von so trüben, unheilvollen Gedanken? Weshalb hob der Busen sich mir nur unter Seufzern und brachte mir die Augen zum Überfließen? War das Unwetter, welches vorübergezogen, ein Zeichen gewesen für das Verderben, welches schon drohend über mir schwebte? Voll Liebe verweilte meine Seele beim Bild meines Bruders und seiner Kinder: und dennoch vertiefte solcher Gedanke nur meine Traurigkeit. Das Lächeln der lieben Kleinen war so einschmeichelnd wie eh und je. Die Würde auf ihres Vaters Stirn schien unverändert – und doch konnt' ich nur mit quälender Angst daran denken. Etwas raunte mir zu, daß unser gegenwärtiges Glück auf schwankendem Grunde ruhe. Wir waren allesamt schon dem Tode geweiht, und ob er unsrer Glückseligkeit schon morgen ein Ende setzen oder ob's uns bestimmt sein würde, an Jahren wie an Ehren reich das Haupt zur letzten Ruh' zu betten, war eine Frage, die kein Sterblicher beantworten konnte. Zu anderen Zeiten fanden solche Gedanken nur selten Zutritt bei mir. Entweder versagte ich mir's, dem Lose nachzusinnen, das uns allen bestimmt ist, oder meine Überlegungen verbanden sich mit Bildern, die solches Los all seiner Schrecken entkleideten. Nunmehr jedoch trat mir des Lebens Ungewißheit ohne die sonst so erleichternden Beigaben vor Augen. Wir müssen sterben, sprach ich bei mir. Früher oder später müssen wir für immer von dieser Erde gehen. Und welche Ketten uns auch immer an dies Leben fesseln – einmal müssen sie zerbrechen. Die Schaubühne unsres Daseins ist in allen ihren Teilen vom Unglück heimgesucht. Ein Gutteil der Menschen lebt unter unmittelbarem Drucke von Übeln, und auch jene, denen das Glück im ungeteilten Maße lächelt, haben nicht viel Ursach', sich darob zu freuen, weil sie ja wissen, daß all dies ein Ende haben wird!

Eine Zeitlang gab ich mich ohne Widerstreben so düsteren Gedanken hin. Schließlich aber war die schmerzliche Niedergeschlagenheit, welche sie hervorriefen, nicht länger zu ertragen. So suchte ich sie mit Musik zu zerstreuen. Ich bewahrte meines Großvaters Liederschatz noch immer im Gedächtnis, und so probierte ich aufs Geratewohl eine Ballade, darin die Rede ist von einem deutschen Ritter, der unter Gottfried von Bouillon bei der Belagerung von Nizza den Tod gefunden. Allein, meine Wahl war eine unglückliche, denn die Szenen von Gewalttat und Blutvergießen, die in jenem Stück so gräßlich und doch so überzeugend dargestellt sind, gaben meinen Gedanken neue Nahrung in Gestalt all der weiteren Beispiele für die Schrecknisse des Krieges.

So suchte ich Zuflucht beim Schlaf, doch tat ich auch dies vergebens. Der Geist war mir bedrängt von einer Fülle lebhafter, doch verworrener Bilder, und keine Anstrengung vermochte dieselben zu verscheuchen. In solcher Lage vernahm ich, wie die Uhr in meinem Zimmer die zwölfte Stunde schlug. Es war die nämliche Uhr, welche vordem in meines Vaters Kammer gehangen, und die, weil sie aus seinen Händen hervorgegangen, von jedem Familienmitgliede mit Ehrfurcht betrachtet wurde. Bei der Aufteilung von meines Vaters Hinterlassenschaft war sie auf mich gekommen und befand sich nun unter diesem Obdach. Der Klang erweckte in mir eine Reihe von Gedanken in Anbetracht jenes Todes. Indes, es war mir nicht vergönnt, ihnen lange nachzuhängen: kaum waren nämlich die Schläge verhallt, als meine Aufmerksamkeit abgelenkt wurde durch ein Geflüster, welches von Lippen zu kommen schien, die meinem Ohr ganz nahe sein mußten!

Was wunder, daß solcher Umstand mich aufschrecken machte! Im ersten Entsetzen entfuhr mir ein halblauter Aufschrei, und ich zog mich sogleich an die andere Seite des Bettes zurück. Doch alsbald hatte ich mich wieder gefaßt. Im allgemeinen empfand ich ja keinerlei Furcht vor dem, was die Menschen gemeinhin zittern macht. Auch dachte ich weder an Geister noch an Räuber. Niemals waren wir von dergleichen behelligt worden, und so hatte ich keinerlei Vorsorge gegen derlei Machenschaften getroffen. So war meine Ruhe in diesem Punkte alsbald wiederhergestellt, denn das Geflüster kam ganz offenkundig von jemandem, der an meinem Lager stand, und mein erster Gedanke war, daß es von meiner Dienstmagd herrühren mußte. Vielleicht hatte etwas sie in Schrecken versetzt, vielleicht auch war ihr übel geworden, und so war sie gekommen, meinen Beistand zu erbitten. Und um mich nicht über Gebühr zu erschrekken, hatte sie dies im Flüsterton getan.

Schon so gut wie überzeugt von solchem Sachverhalt, rief ich sie an. »Judith«, sagte ich, »bist es du? Was willst du von mir? Ist dir irgendwas?« Aber es kam keine Antwort. Ich wiederholte meine Fragen, doch mit dem nämlichen Effekte. Draußen der Himmel war von Wolken verdüstert, und hinter meinen Bettvorhängen konnt' ich erst recht nichts erkennen. So zog ich den Vorhang zur Seite, stützte das Haupt in die Hand und lauschte gespannt auf einen weiteren Laut. Dabei überschlug ich im Geiste jedweden Umstand, der meine Annahme bestätigen mochte.

Mein Wohnhaus war ein Holzgebäude mit Oberstock. Jedes Geschoß enthielt zwei Räume, die durch einen Mittelgang getrennt waren. Die Türen lagen einander gegenüber. Der Gang im Untergeschoß hatte Türen an beiden Seiten sowie ein Treppenhaus. Im Oberstock entsprachen diesen Türen zwei Fenster. Dem ganzen schloß sich gegen Osten je ein Flügel an, deren jeder gleichfalls einen oberen und einen unteren Raum enthielt. In dem einen Flügel war's eine Küche mit dem Dienstbotenzimmer darüber. Beide waren mit den benachbarten Räumen durch je eine Tür verbunden: aus der Küche ging's ins Wohnzimmer, aus der Dienstbotenkammer in eine weitere. Der Flügel an der Gegenseite war nicht so geräumig, seine Kammern maßen nicht mehr denn acht Fuß im Geviert. Die untere davon diente als Abstellverschlag für allerlei Gerätschaft, wie sie in jedem Haushalte Verwendung findet, und in der oberen hielt ich meine Bücher und Papiere unter Verschluß. Zu jeder dieser Kammern gab's nur eine Tür, und zwar vom angrenzenden Raum des Haupttraktes. Die Kammer zur ebenen Erde war fensterlos, wogegen diejenige des Oberstocks über ein kleines Fenster verfügte, durch das zur Not Luft und Licht eindringen konnten, keinesfalls jedoch ein Mensch. Die Tür zu der letztgenannten Kammer befand sich gleich neben dem Kopfende meines Bettes und war nur dann unversperrt, wenn ich mich hinter ihr aufhielt. Die Passagen im Untergeschoß waren zur Nachtzeit stets geschlossen und verriegelt.

Die Dienstmagd war meine einzige Hausgenossin. Sie konnte aber nicht zu mir gelangen, ohne zuvor die gegenüberliegende Kammer sowie den Verbindungsgang zu durchqueren, dessen Türen unverschlossen zu sein pflegten. Wäre jenes Flüstern von ihr gekommen, so hätt' sie gewißlich auf mein wiederholtes Rufen Antwort gegeben. So blieb mir nur die Erklärung, daß ich mich verhört und irgend einen zufälligen Laut für eine menschliche Stimme gehalten hatte. Zufrieden mit solcher Lösung des Rätsels, wollte ich meine lauschende Haltung schon aufgeben, als ein weiteres, diesmal vernehmlicheres Geflüster mir ans Ohr drang. Wie beim erstenmal schien es von Lippen zu kommen, die meinen Polster nahezu berührten, doch belehrte mich ein zweites, angespanntes Lauschen alsbald, daß die Laute aus dem Innern des Verschlages kamen, dessen Tür kaum zwei Spannen von meinem Polster entfernt war!

Diese zweite Störung erschreckte mich nicht mehr so sehr wie die vorige. Zwar fuhr ich empor, doch gab ich diesmal keinen Laut von mir. Vielmehr vermocht' ich meine Empfindungen hinlänglich zu bemeistern, um auf den Wortlaut solchen Geflüsters achten zu können. Dasselbe war heiser, doch deutlich, ganz als käm' es von jemandem, der sich einer zweiten Person verständlich machen, jedoch vermeiden wollte, auch noch von irgendwelchen dritten Ohren gehört zu werden:

»Halt ein, halt ein, sag ich, du Tollhäusler! Nicht so – das läßt sich geschickter machen! Verwünschter Vorwitz! Wer wird denn gleich schießen wollen!«

Von solcher Art waren die in wütender Hast so nah an meinem Bett hervorgestoßenen Worte! Was hätt' ich wohl aus ihnen machen sollen? Das Herz schlug mir plötzlich bis zum Halse in der angstvollen Erwartung einer annoch unbekannten Gefahr! Und schon vernahm ich auch die Antwort eines zweiten, nicht minder nahebei befindlichen Sprechers: »Und warum nicht? Den Drücker ziehn – das tu' ich bei diesem Handel – doch verdammt will ich sein, wenn ich noch einen weitern Finger dafür rühre!« Daraufhin versetzte die vorige Stimme in gereiztem, nun schon nicht mehr flüsterndem Ton: »Memme! So bleib denn wo du bist und schau zu, wie *ich* es mache: ich schnür' ihr die Gurgel zu und will im Augenblicke mit ihr fertig sein! Nicht einmal zu einem Stöhnen wird sie Zeit finden!« Was wunder, daß ich buchstäblich erstarrte in Anhörung so entsetzlicher Worte!

So waren's Mörder, die mir nebenan auflauerten! Sie sannen auf mein Verderben! Der eine hatte vor, mich zu erschießen, der andre wollte mich erdrosseln! Dies entschieden, würden sie sogleich die Tür zertrümmern und über mich herfallen! In solch prekärer Lage schien schleunige Flucht das einzig Rätliche! So verlor ich keine Sekunde, sondern sprang angstbeflügelten Fußes aus dem Bett, eilte, so spärlich bekleidet wie ich war, aus meiner Kammer die Treppe hinunter und stürzte ins Freie. Ich kann mich kaum entsinnen, die Schlüssel herumgedreht und die Verriegelungen gelöst zu haben. Nahezu mechanisch trieb das Entsetzen mich voran, und erst vor meines Bruders Haustür hielt ich inne. Allein, noch hatte ich den Fuß nicht auf ihre Schwelle gesetzt, als ich, hingerafft vom Sturme meiner Emotionen, in eine barmherzige Ohnmacht sank.

Wie lange ich so gelegen – ich wußt' es nicht. Wieder zu Sinnen gekommen, fand ich mich auf ein Lager hingestreckt, das umstanden war von meiner Schwägerin nebst deren Dienstmägden. Voll Staunen ob solcher Szene, gewann ich erst allmählich die Erinnerung an die jüngstvergangenen Ereignisse wieder und beantwortete all die eindringlichen Fragen, so gut ich's vermochte. Mein Bruder und Pleyel, den das gestrige Unwetter im Hause festgehalten hatte, brachen, nachdem sie alle Einzelheiten in Erfahrung gebracht, mit Waffen und Laternen zu meiner Behausung auf. Sie betraten meine Kammer und den angrenzenden Verschlag, fanden jedoch ein jedes Ding an seinem gehörigen Ort und in der gewohnten Ordnung. Die Tür bei meinem Bette war versperrt, und nichts wies darauf hin, daß sie in meiner Abwesenheit geöffnet worden war. Auch in Judiths Räumen hielten die beiden Nachschau, fanden das Mädchen aber in friedlichem Schlummer. Der vorsichtige Pleyel war darauf bedacht, sie nicht in Furcht zu versetzen, und so ward die gänzlich Ahnungslose wieder in ihre Schlafkammer zurückgeschickt. Dies geschehen, schlossen die beiden alle Türen ab und begaben sich auf den Heimweg.

Meine Freunde neigten dazu, das ganze für einen bösen Traum zu nehmen. Daß zwei Männer tatsächlich in einem Verschlage eingeschlossen gewesen sein sollten, zu welchem unter den gegebenen Umständen der Zutritt so gut wie unmöglich war, mochten sie nicht im Ernste glauben. Daß irgend jemand auf Mord gesonnen haben sollte, es wäre denn, um damit eine Raubabsicht zu decken, schien gänzlich unwahrscheinlich. Daß aber niemand an Beraubung gedacht hatte, ging deutlich genug aus dem unbeschädigten Zustand der Einrichtung sowohl des Hauses als auch jener Kammer hervor.

Im Geiste überschlug ich jedwedes Detail, ja jedes geäußerte Wort des nächtlichen Vorfalls. Wenn ich meinen Sinnen trauen durfte, hatte all dies sich tatsächlich zugetragen. Und dennoch: das Plötzliche, Unwahrscheinliche meiner Wahrnehmungen machte auch mich daran zweifeln. Das abenteuerliche Erlebnis hatte meine Phantasie aufs Nachhaltigste beeindruckt. So verbrachte ich eine volle Woche unterm Dache meines Bruders, ehe ich mich zu entschließen vermochte, wieder mein eigenes Haus zu beziehen.

Doch da gab's einen weiteren Umstand, der dazu beitrug, das Rätselhafte des Vorfalls noch zu vertiefen. Sobald ich mich von dem durchlebten Schrecken erholt hatte, lag es nahe, nach den näheren Umständen zu fragen, durch welche die Freunde auf meine verzweifelte Lage aufmerksam geworden. Ich war ja zusammengebrochen, noch eh' ich die Schwelle des Hauses erreichen oder ein Zeichen meiner Not hätte geben können. Nun berichtete aber mein Bruder, daß er, während in meiner Kammer so merkwürdige Dinge sich ereigneten, zufolge einer leichten Unpäßlichkeit keinen Schlaf habe finden können, so daß er wachgelegen und nach

Gewohnheit einem seiner bevorzugten Themen nachgehangen habe. Plötzlich aber sei die sonderbar abgründige Stille durchbrochen worden von einer gellenden Stimme, welche aus dem Untergeschoß zu kommen schien. »Wach auf! Erheb dich!«, so hab' sie gerufen. »Steh einem Menschen bei, der im Begriff ist, auf deiner Schwelle zu verderben!«

Der Ruf verfehlte nicht seine Wirkung: da war niemand im ganzen Hause, der nicht aus dem Schlaf geschrocken wäre. Pleyel war als erster aus den Federn, sah sich aber noch im Vorhause von meinem Bruder überholt. Wie groß jedoch war das allgemeine Staunen, als man eure Freundin draußen vor der Schwelle reglos darniedergestreckt fand, bleich vor Entsetzen und ohne jedes Anzeichen von Leben!

Dies also war das dritte Mal, daß jene geisterhafte Stimme sich erhoben hatte zum Wohle unsrer kleinen Gemeinschaft. Die dahinterstehende Kraft blieb uns freilich ebenso verborgen wie vordem. Sooft ich darüber nachsann, ward mir die Seele erfüllt von Staunen und scheuer Ehrfurcht. Waren jene sich unterredenden Stimmen im benachbarten Verschlage wirklich nur einer Sinnestäuschung zuzuschreiben? Nicht länger konnt' ich das Tatsächliche jener Worte in Frage stellen, die meinen Bruder vom Felsen zurückgerufen, Pleyel den Tod der deutschen Dame eröffnet, ja nunmehr den Bruder und Pleyel zur schleunigen Hilfeleistung aufgerufen hatte.

Was aber sollt' ich nun wirklich von jener mitternächtlichen Unterredung halten? Heisere Männerstimmen hatten sich beratschlagt über meinen Tod, in nächster Nähe meines Lagers und zu solcher Stunde! Wo war nun alle Geborgenheit von ehedem! Was mir bisher als ein unverletzliches Obdach gegolten, nun war es voll der Todesdrohung! Die Einsamkeit, welche mir so teuer gewesen, war nun nicht länger zu ertragen! Also nahm Pleyel, der ja ohnedem zugesagt hatte, die Frühjahrsmonate bei uns zu verbringen, Logis in der freien Kammer meines Hauses, auf daß meine Ängste besänftigt würden. Auch suchte er dieselben ins Lächerliche zu ziehen, und so währte es nicht lange, bis nur mehr Spuren davon vorhanden waren. Und weil es ihm überdies gleichgültig war, ob er seine Nächte unter meinem oder meines Bruders Dache verbrachte, waren wir allesamt solcher Übereinkunft zufrieden.

Siebentes Kapitel

Ich will nun die mannigfältigen Fragen und Schlußfolgerungen herzählen, welche durch die beschriebenen Ereignisse ausgelöst worden. Doch all unsre Anstrengungen halfen nicht, den Nebel zu zerstreuen, darein das Geschehen gehüllt blieb. Und die Zeit, anstatt eine Lösung zu bringen, vermehrte nur unsere Zweifel.

Inmitten all der Gedanken, wie sie durch solches Geschehen hervorgerufen worden, vergaß ich keineswegs der Begegnung mit jenem Fremdling. Ich berichtete meinen Freunden die näheren Umstände solchen Zusammentreffens und wies ihnen auch das von mir angefertigte Porträt. Bei dessen Anblick entsann sich Pleyel, einer Gestalt, die meiner Beschreibung entsprach, in der Stadt begegnet zu sein, doch hatten ihn weder Gewandung noch Antlitz des Fremden ähnlich beeindruckt wie mich. Vielmehr nahm Pleyel die Gelegenheit wahr, mich ob meiner Eingenommenheit aufzuziehen und uns zu erheitern mit zahllosen Schnurrpfeifereien, wie sie ihm auf seinen Reisen aufgestoßen waren, ja er fand nichts daran, mich sogar der Verliebtheit zu bezichtigen und mir zu drohen, er werde bei einer neuerlichen Begegnung jenen bäurischen Casanova von dessen Glück in Kenntnis setzen.

Pleyels Temperament machte ihn unempfindlich für alle

Eindrücke von Dauer. So kam's, daß seine Gespräche gelegentlich schon wieder die Lebhaftigkeit von ehedem annahmen. Doch wiewohl solcher Ungestüm zuweilen bis hart an die Grenzen des Schicklichen ging, stand von derlei Bosheiten nichts Ernstliches zu befürchten, und ich trug keinerlei Sorge, von seiner Seite etwa Schaden zu nehmen an Charakter oder an Würde. So war ich durchaus nicht ungehalten, als er die Absicht verlauten ließ, er werde seine nächste Begegnung mit jenem Fremden dazu benützen, denselben in unseren Kreis einzuführen.

Einige Wochen danach – ich hatte einen arbeitsreichen Tag hinter mir – überkam mich vor Sonnenuntergang die Lust, auf einem Spaziergange ein wenig Erholung zu finden. Das Flußufer vor meinem Hause und auch eine beträchtliche Strecke flußaufwärts ist aber dermaßen zerklüftet und steil, daß man nicht ohne Beschwer hinunter ans Wasser zu gelangen vermag. In einem Einschnitt solchen Steilabfalls, nahe dem Südrand meiner kleinen Domäne, war aus Lattenwerk ein Häuschen errichtet, das eine Ruhebank enthielt. Nahebei brach aus einer Spalte des Grundfelsens ein Strom quellklaren Wassers, welcher, von Klippe zu Klippe etwa sechzig Fuß hinabschäumend, der Luft eine rauschende Frische verlieh, wie man sie sich köstlicher und beruhigender nicht vorstellen konnte. Dies, zusammen mit dem würzigen Aroma der Zedern ringsum und der üppigen Geißblattgewächse, welche sich an dem Lattenwerk emporrankten, hatte den Ort zu meinem sommerlichen Lieblingsrefugium gemacht.

So zog ich mich auch diesmal hierher zurück. Da der Geist mir ermüdet war von der langen Anspannung des Tages, ließ ich mich im Zustande tiefster seelischer wie auch leiblicher Ermattung auf die Ruhebank fallen. Das einschläfernde Rauschen der stürzenden Wasser im Verein mit dem Wohlgeruch und der abendlichen Dämmerung bewirkte, daß meine Lebensgeister sich sänftigten und ich alsbald einschlummerte. Das Unbequeme meiner Lage oder sonst eine leichte Unpäßlichkeit brachten es jedoch mit sich, daß mein Schlummer von unguten Träumen heimgesucht ward. Nachdem allerlei Ungereimtheiten mir die Phantasie aufgestört hatten, bildete ich mir schließlich ein, ich sei im abendlichen Zwielicht auf dem Wege zu meines Bruders Behausung. Doch wollt' es mich bedünken, es wäre da ein tiefer Einschnitt aufgetan auf dem von mir gewählten Pfad, dessen ich aber nicht rechtzeitig gewahr wurde. Während ich so in aller Sorglosigkeit dahinschritt, war's mir, als erblickte ich meinen Bruder in einiger Entfernung, von wo er mir zuwinkte und mich zu größerer Eile anspornte. So beschleunigte ich meine Schritte und wäre schon im nächsten Moment in jenen Abgrund gestürzt, hätte nicht jemand urplötzlich von hinten meinen Arm gepackt und mit schrekkensvoll eindringlicher Stimme »Halt ein! Halt ein!« gerufen.

Der Ruf machte mich auffahren aus meinem Schlummer, so daß ich mich schon im nächsten Augenblick auf den Beinen fand, umgeben von undurchdringlicher Finsternis! Solch erschreckend deutliche Vorstellung machte es mir fürs erste unmöglich, zwischen Schlaf und Wachen zu unterscheiden, so daß ich mir über meine tatsächliche Lage nicht klar werden konnte. Derlei Panik ward gefolgt von der beunruhigenden Überraschung, mich mutterseelenallein im Freien wiederzufinden, umhüllt von der tiefsten Dunkelheit! Erst nach und nach entsann ich mich der Einzelheiten jenes Nachmittags und auf welche Weise ich hierhergekommen. Wie spät es war, vermocht' ich nicht zu sagen, doch schien es höchste Zeit, ins Haus zurückzukehren. Ich war noch viel zu sehr durcheinander, und auch das Dunkel war zu tief, als daß ich sogleich den Weg hinauf hätte finden können. So setzte ich mich abermals hin, um wieder voll zu Sinnen zu kommen und über meine Lage nachzudenken.

Dies kaum getan, ward auch schon eine Stimme durch das Lattenwerk vernehmbar, und zwar von jener Seite, auf der ich Platz genommen! Zwischen dem Felsen und der Lattenwand befand sich noch ein wenig Raum, der indes nicht breit genug war, um einem Menschen Unterschlupf zu gewähren. Dennoch schien die Stimme von dort zu kommen! »Gib acht! Sieh dich vor! Doch hab keine Angst!«

Ich schrak zusammen und rief: »Du lieber Himmel! Was ist denn das nun wieder? Wer bist du?«

»Einer, der's gut meint. Der dir kein Leid zufügen, sondern dich retten möchte. So sei unbesorgt und fürchte nichts!«

Sogleich hatte ich in des Warners Stimme eine von denen erkannt, die ich schon aus jenem Verschlage vernommen. Und zwar gehörte sie demjenigen an, der sein Opfer lieber erschießen denn erdrosseln gewollt. Ich war stumm und starr vor Entsetzen. Doch der andere fuhr fort: »Wir waren übereingekommen, dich umzubringen. Nun tut's mir leid. So merk auf meine Worte, auf daß dir kein Übel widerfahre! Meid in Hinkunft diesen Ort. Der Tod hat seine Schlingen um ihn gelegt. Nirgendwo sonst droht dir Gefahr, doch diesem Orte halt dich fern, so dir dein Leben lieb ist! Und merk auch dies: zieh Nutzen aus meiner Warnung, doch sprich zu niemandem darüber. Läßt du nur eine Silbe davon verlauten, so ist dein Schicksal besiegelt. Denk an deines Vaters Los und sei verschwiegen!«

Damit endeten die Worte und ließen mich in der tiefsten Bestürzung. Die Überzeugung bedrückte mich, daß jeder weitere Moment an solchem Ort mein Leben bedrohte. Indes, ich konnte keinen Schritt wagen, ohne Gefahr zu laufen, hinab in den Abgrund zu stürzen. Zwar war der Pfad, welcher zum Steilufer emporführte, nur kurz, doch zerklüftet und gewunden. Das Blätterwerk ließ nicht einmal das Licht der Sterne eindringen, und so gab's nicht den leisesten Schimmer, nach dem ich meine Schritte hätte richten können. Was blieb mir also zu tun? Meinen Platz zu verlassen war nicht minder gefahrvoll denn hierzubleiben!

Inmitten solcher Unschlüssigkeit gewahrte ich, wie ein Lichtstrahl das Dunkel durchzuckte und gleich danach erlosch. Ein zweiter, schon stärkerer folgte ihm und war von längerer Dauer. Er beleuchtete das Gestrüpp vor dem Eingang und ward gefolgt von weiteren Strahlen. Das ging mehrere Sekunden so, bis erneut undurchdringliche Finsternis alles einhüllte.

Das erste Aufleuchten solchen Lichtes rief in mir ein stets sich erneuerndes Entsetzen hervor: das Verderben hing ja über diesem Ort! Die eben erst vernommene Stimme hatte mich zum schleunigen Aufbruch gemahnt, ja mir mit dem Los meines Vaters gedroht. Doch wiewohl ich gewillt war, solcher Warnung zu folgen – ich vermocht' es nicht! Die Lichtstrahlen glichen ja aufs Haar denjenigen, welche dem Schlage vorangegangen, der meinen Vater gefällt hatte. Auch die Stunde mochte die nämliche sein. Ich erschauderte, als hinge das verderbliche Schwert bereits über mir.

Doch schon brach eine neue, stärkere Lichterscheinung durch das Gitterwerk zur Rechten, und eine Stimme rief vom Rande des Felsabsturzes meinen Namen. Es war Pleyel, wie ich voll Freude erkannte. Allein, ich war dermaßen durcheinander, daß ich erst die Kraft fand, ihm zu antworten, als er zu wiederholten Malen nach mir gerufen hatte. Schließlich raffte ich mich auf, verließ so rasch ich konnte den verwünschten Ort und erklomm den Steilabfall, geführt vom Licht der Laterne in des Rufers Hand.

Bleich und außer Atem wie ich war, vermocht' ich kaum, mich auf den Beinen zu halten. Pleyel forschte voll Besorgnis nach dem Grunde meiner Fassungslosigkeit und meines ungewöhnlichen Fernbleibens. Erst spät von meinem Bruder zurückgekehrt, war er von Judith beschieden worden, ich sei vor Sonnenuntergang weggegangen und noch immer nicht heimgekommen. Solche Nachricht war nicht sonderlich beruhigend gewesen. Eine Zeitlang hatte er gewartet, sich aber dann auf die Suche nach mir gemacht. Die gesamte Nachbarschaft hatte er durchforscht und war, da er nirgendwo Aufschluß erhalten, schon drauf und dran gewesen, meinen Bruder zu verständigen, als er sich der Sommerlaube am Ufer entsann, darin mich irgendein Zwischenfall festgehalten haben mochte. Dies berichtet, frug er abermals nach dem Grunde meines langen Verweilens und auch jener angstvollen Verwirrtheit, die nur zu deutlich aus meinen Blicken sprach.

Darauf sagte ich ihm, ich sei am Nachmittag hierhergeschlendert und beim Rasten von der Müdigkeit überkommen worden. Erst wenige Minuten vor seiner Ankunft sei ich erwacht. Mehr konnte ich ihm nicht berichten. In meiner gegenwärtigen Aufgewühltheit vermocht' ich ja nicht einmal zu unterscheiden, ob der Abgrund, in welchen mein Bruder mich locken gewollt, und die Stimme, die durch das Lattenwerk gesprochen, nicht Teile ein und desselben Traumes gewesen! Ähnlich verschwommen entsann ich mich auch jenes Gebots zur Verschwiegenheit und der angedrohten Strafe, die ich im Falle des Ausplauderns zu erwarten hatte. Demzufolge ließ ich erst gar nichts davon verlauten, sondern schloß mich in meiner Kammer ein und überließ mich meinen Gedanken.

Kein Zweifel, ihr werdet für eine Fabel halten, was ich euch da erzählt habe – werdet glauben, das Unglück habe meinen Geist angegriffen, so daß ich euch nun mit den Ausgeburten meines Hirns unterhalte statt mit tatsächlichen Begebenheiten. Allein, solche Mutmaßungen von eurer Seite sollen mich weder überraschen noch beleidigen. Wie auch solltet ihr ihnen wehren? Brachten die Geschehnisse schon für mich, die sie an sich selber erfahren, nichts denn Verwirrung und Zweifel mit sich – wie erst müssen sie in den Augen derjenigen wirken, die sich bloß auf mein Zeugnis stützen können? Erst was sich in der Folge begeben, hat mir voll und unwiderleglich die Glaubwürdigkeit meiner Sinne bestätigt. Was aber sollte ich mittlerweile von alledem halten? Man hatte mir versichert, ein Anschlag auf mein Leben sei geplant gewesen. Schurken hatten sich zusammengetan, mich meuchlings umzubringen. Wen also hatte ich beleidigt? Mit wem war ich jemals zusammengetroffen, der fähig gewesen wäre, solch grausamem Vorhaben in seinem Denken Raum zu geben?

War denn nicht mein Wesen abhold aller Grausamkeit und Herrschsucht? War mein Herz nicht voll des Mitgefühls für die Kinder des Unglücks? Und solches Mitgefühl, es war kein leeres Sentiment! Meine Börse, wie karg sie immer sein mochte, stand stets jedweder Guttat offen, meine Hände waren ohn' Unterlaß geschäftig, fremdes Ungemach zu lindern. Es gab genug der armen Teufel, denen durch mein persönliches Eingreifen aus Not und Krankheit geholfen worden, und die mir darob Dank wußten. Da war kein Gesicht, das sich bei meinem Kommen abgewandt hätte, und keine Lippen gab's, die mir meine Worte mit Verwünschungen vergalten. Ganz im Gegenteil – da war keiner, auf dessen Los ich jemals Einfluß geübt oder dem ich vom Hörensagen bekannt war, der mich nicht lächelnd begrüßt und unter Segenswünschen entlassen hätte. Und dennoch: Hatt' ich mich nicht mit diesen meinen Sinnen überzeugen müssen, daß man mir nach dem Leben getrachtet?

Es fehlt mir nicht an Beherztheit. Inmitten von Not und Gefahr hab' ich mich stets als gefaßt und bedachtsam erwiesen. Das eigene Leben hab' ich aufs Spiel gesetzt, um fremdes Leben zu retten. Nun aber war ich gänzlich durcheinander und von panischem Schrecken erfaßt. Mein Leben ist nicht von einer Art gewesen, daß ich den Tod zu fürchten hätte, doch der Gedanke, umkommen zu sollen durch einen meuchlings geführten Hieb oder zerfleischt zu werden vom Messer eines Mordbuben, machte mich schaudern. Was nur hatte ich verbrochen? Weswegen sollt' ich nun zum Opfer böser Leidenschaften werden?

Doch gemach! War mir nicht versichert worden, daß ich nirgendwo für mein Leben zu fürchten hätte – nirgendwo, bis auf einen einzigen Ort? Weshalb aber war solch verräterische Untat auf diesen einen Ort beschränkt? War ich nicht allerorten gleich wehrlos? Mein Haus und meine Kammer, boten sie nicht Zutritt zu jeglicher Stunde? Noch immer hing drohend die Gefahr über mir: nach wie vor bestand ja der blutige Plan, und nur die Hand, welche ihn ins Werk setzen sollte, war ihrer Kraft beraubt – den einen Ort ausgenommen!

Eben dort aber hatte ich mich die letzten paar Stunden verweilt, und das ohne jedwedes Verteidigungsmittel. Dennoch: ich war nicht überfallen worden. Ein Mensch war zugegen gewesen, der um mein Dortsein gewußt und mich gewarnt hatte, in Hinkunft jenen Zufluchtsort zu meiden. Seine Stimme war mir nicht gänzlich neu gewesen. Hatte ich sie aber bis dahin wirklich nur ein einziges Mal vernommen? Und weshalb dies Verbot, das Geschehene weiterzuerzählen? Welchen Todes muß ich sterben, wenn ich ungehorsam bin?

Die Stimme hatte meinen Vater erwähnt und mir zu verstehen gegeben, daß jegliche Preisgabe das nämliche Los auf mich herabbeschwören werde. So war denn meines Vaters außergewöhnlicher und unerklärlicher Tod bloß durch menschliche Machenschaften bewirkt worden? So hätt's den Anschein, als wär' dies Wesen unterrichtet über die wahre Natur jenes Todes und wüßte um die Mittel, die dazu geführt? Einzig von meiner Verschwiegenheit hängt es ab, ob dies Los auch mich treffen wird. War es die Übertretung eines ähnlichen Gebots, die meinem Vater so furchtbare Strafe eingetragen?

Von solcher Art waren die Gedanken, welche mich während der Nacht heimsuchten und mir allen Schlaf raubten. Anderntags beim Frühstück berichtete Pleyel von einem Vorfall, den er zufolge meiner Abwesenheit mir nicht gleich am Abend hatte erzählen können. Den Morgen vorher hatten seine Geschäfte ihn schon in aller Frühe nach der Stadt gerufen. Er hatte eine Stunde warten müssen und deshalb ein Kaffeehaus aufgesucht, woselbst er einen Mann angetroffen, dessen Äußeres ihm auf den ersten Blick verriet, dies müsse der nämliche Fremde sein, über dessen flüchtigen Besuch ich gesprochen, und der von Angesicht wie Stimme einen so nachhaltigen Eindruck auf mich geübt hatte. Überdies stellte sich nach näherem Hinsehn heraus, daß Pleyel jenem Manne schon in Europa begegnet war. Dies gab meinem Freunde die Freiheit, den anderen anzusprechen. Nach einiger Konversation, darin auch des Umstands nicht vergessen worden, daß der Fremde Fuß gefaßt in meinem Herzen, habe Pleyel ihn nach Mettingen eingeladen. Dies sei voll Freude angenommen worden, und so habe man einen Besuch für den nächsten Nachmittag vereinbart.

Solche Nachricht löste recht überschwängliche Gefühle in mir aus. Natürlich war ich auch begierig, die näheren Umstände jener zurückliegenden Bekanntschaft zu erfahren. Wann und wo waren die beiden einander begegnet? Was wußte Pleyel vom Leben und vom Charakter jenes Mannes?

In Beantwortung meiner Fragen teilte Pleyel mir mit, er habe vor drei Jahren Spanien bereist. Dortselbst hatte er von Valencia aus eine Exkursion nach Murviedro unternommen, um in der Umgebung jenes Städtchens die Trümmer römischer Größe zu besichtigen. Bei der Durchstreifung der Theaterruine des alten Sagunt stieß er auf jenen Mann. Der saß auf einem Stein und war in das Buch des Diakons Marti vertieft. Es entspann sich ein kurzes Gespräch, in dessen Verlaufe sich der Fremde als ein Engländer erwies. So kehrte man gemeinsam nach Valencia zurück. Des Fremden Gewandung, Aussehen und Gehaben wirkten durchaus landesüblich. Ein nun schon drei Jahre währender Aufenthalt in Spanien, unermüdliche Sprachstudien und eine bis ins letzte gehende Anpassung an die Gewohnheiten des Volkes hatten ihn ununterscheidbar gemacht von den Einheimischen, noch ehe er sich entschlossen, auf Dauer deren Wesen anzunehmen. Pleyel erkannte alsbald, daß sein neuer Gefährte auf freundschaftlichem Fuße stand mit vielen hervorragenden Kaufleuten Valencias, ja daß er von ihnen geachtet wurde. Er war zum katholischen Glauben übergetreten, hatte auch einen spanischen Namen angenommen statt des eigenen, welcher *Carwin* gelautet, und widmete sich nunmehr zur Gänze der Literatur und der Religion des neuen Landes. Er ging keinem Berufe nach, sondern lebte von seinen englischen Einkünften.

Während Pleyels Aufenthalt in Valencia zeigte Carwin keinerlei Abneigung gegen die neue Bekanntschaft, und auch unser Freund fand die Gesellschaft des neuen Gefährten nicht wenig anziehend. Derselbe erwies sich ja bei der Erörterung allgemeiner Themen als überaus gescheit und mitteilsam. In jedem Winkel Spaniens war er gewesen und wußte die akkuratesten Details zu berichten in Ansehung der früheren wie auch der jetzigen Begebenheiten dieses Landes. Doch in allen Dingen der Religion und auch jenes Lebensabschnitts, der seiner *Transformation* zum Spanier voraufgegangen, legte er ein unverbrüchliches Schweigen an den Tag. So bleib seinen Gesprächen bloß zu entnehmen, daß er von englischer Herkunft war und wohlvertraut mit den angrenzenden Ländern.

Sein Charakter rief in dem Beobachter beträchtliche Wißbegier hervor. Es war ja nicht leicht, die Konversion zum römischen Glauben in Einklang zu bringen mit jenen Beweisen von Weltkenntnis und geistiger Kapazität, wie Carwin sie gelegentlich lieferte. Zuweilen ließ der Verdacht sich nicht von der Hand weisen, daß sein neuer Glaube ein erheuchelter war in Anbetracht irgendwelcher politischer Absichten. Indes, auch die sorgsamste Beobachtung führte zu keinerlei diesbezüglicher Aufdeckung. Stets war des Fremden Gehaben sonder Harm und Hinterlist, und all seine Gewohnheiten ließen einen Hang zu Kontemplation und Absonderung erkennen. Auch schien er eine echte Neigung für Pleyel gefaßt zu haben, welche dieser nur zu bereitwillig erwiderte.

Nachdem mein Freund sich einen Monat zu Valencia aufgehalten, war er nach Frankreich zurückgekehrt und hatte seither von Carwin, bis zu dessen Erscheinen in Mettingen, nichts mehr gehört.

Bei dieser Gelegenheit aber hatte der letztere die Begrüßung Pleyels mit ungewohnter Reserve und Ernsthaftigkeit aufgenommen. Alle Fragen in Anbetracht seines Auszuges aus Spanien hatte er unbeachtet gelassen, wiewohl er seinerzeit erklärt hatte, er wolle sein ferneres Leben daselbst verbringen. Voll Beharrlichkeit hatte er des Fragers Augenmerk von diesem Punkte auf gleichgültigere Themen gelenkt, sich aber ansonsten noch als ebenso gesprächig und klug wie ehedem erwiesen. Aus welchem Grunde er sich nunmehr bäurisch kleidete, konnte Pleyel nicht aus ihm herausbekommen. Vielleicht war's die Armut, die der andere verbergen wollte und die mit Konsequenzen von größerer Tragweite verknüpft sein mochten.

Dies also war's, was ich von meinem Freunde in Erfahrung gebracht. So sah ich's nicht ungern, den Großteil des Tages mir selbst überlassen zu sein. Alles Tun war mir lästig, sofern es mir nicht Muße zum Nachsinnen gewährte. Nunmehr hatte ich ja einen neuen Gegenstand, mein Denken daran zu erproben. Noch vor Abend sollte ich in des Fremden Gesellschaft sein und zum andernmal jenen Tonfall vernehmen, dessen zaubrisch erregende Macht ich schon einmal an mir erfahren. Von welcher Art würden wohl die Bilder sein, die ihn diesmal begleiten mochten?

Carwin war also ein Anhänger des römischen Glaubens, obzwar von Geburt Engländer mit möglicherweise protestantischer Erziehung. Er hatte Spanien zur zweiten Heimat erwählt und seine Absicht kundgetan, dortselbst seine Tage zu beschließen. Dennoch war er nunmehr ein Bewohner unseres Landstrichs und ging in der Verkleidung eines ländlichen Tölpels einher! Was mocht' ihn wohl dazu gebracht haben, seiner Religion und seinem Lande abzuschwören? Und welche weiteren Ereignisse hatten einen so totalen Umschwung seiner diesbezüglichen Pläne bewirkt? War er mit dem Verlassen Spaniens auch zum Glauben seiner Väter zurückgekehrt? Oder traf es zu, daß seine Konversion bloß eine vorgetäuschte gewesen, einzig bewirkt durch Beweggründe, die besser verborgen blieben?

Stunde um Stunde verstrich über solchen Betrachtungen, denen ich mich recht intensiv widmete. Erst als sie nach und nach aussetzten, fing ich an, voll Staunen auf meine eigene Lage zu blicken. Seit dem Tode meiner Eltern bis zum Beginn dieses Jahres war mein Leben so unbeschwert und glücklich verlaufen, wie dergleichen den gewöhnlichen Menschen nicht beschieden ist. Jetzt aber saß eine zehrende Angst mir im Busen. Furcht vor unbekannten Gefahren hatte mich befallen, und alle Zukunft breitete sich als ein Schauplatz vor mir, der von Wolken verhüllt und von fernher grollendem Donner bedroht war. Sobald ich aber Ursachen und Wirkung miteinander verglich, ergab sich ein arges Mißverhältnis. Ohne es recht gewahr zu werden und auf eine Weise, die ich mir nicht zu deuten wußte, war ich von meinem geruhsam-erhabenen Ort hinabgeschleudert worden in einen Ozean aus nichts denn Sorge und Bekümmernis.

Ich beschloß, am nämlichen Abend meinem Bruder einen Besuch abzustatten, doch war solche Entschlossenheit nicht frei von Gemütsschwankungen, ja Widerwillen. Pleyels Unterstellung, ich sei verliebt, konnte meine Meinung zwar nicht erschüttern, doch das Bewußtsein, daß dies die feste Annahme eines Menschen war, der bei dem bevorstehenden Treffen vielleicht zugegen sein würde, schien geeignet, eben jene Konfusion in mir hervorzurufen, wie sie auch von echter Leidenschaft ausgelöst wird. So würde Pleyel sich in seinem Irrtume bestätigt sehen, was nur zu weiteren Spottreden führen konnte. Und seine Heiterkeit, sobald sie sich auf den bewußten Gegenstand warf, wurde mir stets zur Quelle des bittersten Verdrusses. Hätt' er um solche Beeinträchtigung meiner Seelenruhe gewußt, so wär' er sogleich davon abgestanden. Allein, sie vor ihm zu verbergen, war eine meiner Hauptsorgen. So war denn die eigentliche Quelle meines Elends der Umstand, daß Pleyel fest daran glaubte, ich hätte mein Herz an einen anderen verschenkt, und daß solche Überzeugung nichts denn erheiternde Gefühle in ihm hervorrief. Wär' er aber hinter solchen Sachverhalt gekommen, so hätte dies meinen Kummer namenlos vergrößert.

Achtes Kapitel

Mit Anbruch des Abends machte ich meinen Besuch. Carwin befand sich schon bei der versammelten Gesellschaft, als ich eintraf. Sein Aussehen war das nämliche wie bei unserm ersten Zusammentreffen, und seine Gewandung war nicht minder vernachlässigt und bäurisch. Mit erneuter Wißbegier durchforschte ich seine Züge. Ich hatte meinen Platz so gewählt, daß ich dieselben mit Muße studieren konnte. Auch bei eingehender Betrachtung verloren sie nichts von ihrer wunderbaren Eigenheit, und so konnte ich der darin zum Ausdruck kommenden Intelligenz meine Bewundrung nicht versagen, wenngleich ich mir nicht klar zu werden vermochte, ob dieser Mann nun zu fürchten oder aber zu bewundern wäre und ob seine Kräfte auf Übles oder auf das Gute sich richteten.

Im Gespräch verhielt er sich eher zurückhaltend. Indes, wann immer er das Wort ergriff, war es bedeutungsschwer und mit einer Klarheit und Nachdrücklichkeit artikuliert, wie ich dergleichen vor seiner Bekanntschaft noch nie erlebt hatte. Unerachtet der Plumpheit seiner Kleidung, waren seine Manieren durchaus keine ungeschliffenen. Jeder Gegenstand des Gespräches ward von ihm voll Geschick, doch ohne Schulmeisterei oder Affektiertheit gehandhabt. Und keinerlei Sentiment ließ er verlauten, das einen abträglichen Eindruck hervorgerufen hätte. Vielmehr verrieten all seine Einwürfe einen Geist, der jederlei großherzigem, ja heroischem Fühlen offenstand. Wenn er sprach, so war dies kein hohles Sich-Aufspielen, und jedes seiner Worte erfolgte mit jenem Ernst, welcher ein Anzeichen der Lauterkeit ist.

Erst spätabends schied er von uns, nachdem er die Einladung, doch über Nacht zu bleiben, ausgeschlagen hatte. Um so bereitwilliger jedoch stimmte er einem neuerlichen Besuche zu. In der Folge wiederholten solche Besuche sich recht häufig. Jeder weitere Tag machte uns tiefer vertraut mit den Gefühlen unsres neuen Bekannten, ließ uns jedoch völlig im Dunkeln hinsichtlich dessen, was uns am meisten interessierte. Stets war Carwin darauf bedacht, mit keinem Wort seine vergangene oder gegenwärtige Situation zu erwähnen. Sogar seinen Wohnort hielt er geheim.

Da unser Gesichtskreis im genannten Respekte eingeschränkt blieb, die geistigen Fähigkeiten jenes Menschen aber fraglos recht große waren, bildete sein Verhalten für uns einen Gesprächspunkt, der eingehender erörtert wurde, als ihr vielleicht für nötig haltet. Da war keine Gebärde, kein Blick und auch kein Tonfall, worüber in unsrem privaten Kreise nicht ausgiebig und unter allerlei Schlußfolgerungen gesprochen worden wäre. Es ließe sich sehr wohl denken, daß Carwins Verhalten sich nach recht ungewöhnlichem Maßstab richtete, da ja all unsre Beobachtungen und Mutmaßungen uns lange Zeit zu keiner brauchbaren Information verhalfen. Kein Stückchen festen Bodens ward uns überlassen, eine brauchbare Schlußfolgerung darauf zu erstellen.

Es gibt einen Grad der Vertrautheit zwischen altgewohnten Bekannten, welcher uns die Vernachlässigung vieler Regeln erlaubt, die bei kürzerer Bekanntschaft peinlich zu beachten uns der Wohlanstand gebietet. Erkundigungen nach unseren privaten Umständen sind statthaft, wenn eine nicht näher interessierte Höflichkeit nach unsrem Wohlbefinden fragt. Die gleiche Besorgtheit kann aber nicht nur entschuldbar, sondern vielmehr wünschenswert sein bei jenen Menschen, die wir uns zu Gefährten erwählt haben. In unsrem Falle jedoch war solcher Punkt schwerer zu erreichen als sonst, und zwar des ernsthaft-gewichtigen Stolzes wegen, den unser neuer Freund so beständig zur Schau trug.

Dennoch – mit der Zeit legte Pleyel es darauf an, auf jenen Punkt hinzusteuern. Gelegentlich brachte er die Umstände des seinerzeitigen spanischen Zusammentreffens zur Sprache und erwähnte die Unvereinbarkeit der religiösen Ansichten und Gewohnheiten der Spanier mit denjenigen eines geborenen Engländers. Auch verlieh er seinem Staunen Ausdruck, unsern Gast nunmehr in dieser Weltgegend wiederzufinden, wiewohl derselbe in Spanien die ernsthafte

Absicht geäußert, dortselbst seine Tage beschließen zu wollen. Und er unterstellte, solch einschneidender Gesinnungswandel müsse doch von ähnlich einschneidenden Motiven bewirkt worden sein.

Auf dergleichen Anspielungen erfolgte im allgemeinen entweder gar keine Antwort oder aber eine recht ausweichende. Briten wie Spanier, sagte Carwin zum Beispiel, beteten zu dem nämlichen Gotte, und ihr Glaube habe die nämlichen Voraussetzungen und Gebote. Ihre Ideen entsprängen denselben literarischen Quellen, und das trüge zu einer gemeinsamen Sprache bei. Auch die Gemeinsamkeiten von Regierungsformen und Gesetzgebung seien größer als die Unterschiede, und einstmals seien beide Länder Provinzen des nämlichen Reiches gewesen, ja bis in die jüngere Vergangenheit auch des nämlichen Glaubens.

Soweit es nun die Motive betreffe, denen zufolge die Menschen ihren Aufenthaltsort wechselten, so müßten dieselben notwendigerweise recht flüchtig und wandelbar sein. Fielen auch noch die elterlichen, die ehelichen oder die Berufsbindungen weg, durch welche der Betreffende an sein Land gefesselt sei, so wären die Beweggründe für einen Ortswechsel noch viel zahlreicher und zwingender als die gegenteiligen Argumente.

Dergleichen Reden sollten uns wohl zeigen, daß unser Gast die Absicht von Pleyels Bemerkungen gar nicht wahrnahm. Dennoch deutete manches darauf hin, daß es Carwin durchaus nicht an Scharfsinn gebrach, doch verrieten derlei Anzeichen sich nicht so sehr in seinen Worten als vielmehr in seinem Mienenspiel. Sagte jemand von uns irgend etwas, das nach Neugierde klang, so verdüsterten sich Carwins Züge, seine Augen wirkten plötzlich eingesunken, und nur mit Mühe bewahrte er die gewohnte Fassung. Daraus ließ sich der offenkundige Schluß ziehen, daß er auf gewisse Ereignisse in seinem Leben nur ungern zurückblickte und daß, weil er nicht nur sie, sondern auch das diesbezügliche Bedauern so sorgsam vor uns verbarg, nicht nur bloßes Unglück dahinterstehen mochte: das beobachtete Schweigen schien ja den Frager nicht eigentlich ärgern oder abweisen zu wollen, sondern war die Folge von Scham und Schuldbeladenheit. Solche Gedankengänge, die Pleyel und auch mein Bruder mit mir teilten, hinderten uns daran, unsere Absichten auf direkterem Wege zu verfolgen. Man hätte ja auch auf eine Weise fragen können, die jedes vorgebliche Mißverstehen ausschloß. Wäre bloße Zurückhaltung das Hindernis gewesen, so hätte es an solchen Fragen gewiß nicht gefehlt. So aber sagten wir uns, es wäre nicht menschenfreundlich, auf Enthüllungen zu bestehen, die Unbehagen oder gar Peinlichkeit hervorrufen mochten.

Unter die verschiedenen Themen, die in Carwins Beisein zur Sprache kamen, mischten sich natürlich immer wieder Anspielungen auf die unerklärlichen Ereignisse der letzten Zeit. Bei solchen Anlässen merkte ich ganz besonders auf die Worte und das Mienenspiel unsres Gastes. Der Gegenstand war ja ein außergewöhnlicher, und so wäre ich jedermann dankbar gewesen, dessen Erfahrung oder Denken zur Aufhellung der Sachlage beigetragen hätte. Und da Carwin ein belesener, weitbereister Mann war, merkte ich voll Eifer auf alles, was er in solchem Respekte etwa zu sagen hätte.

Zunächst hegte ich freilich etwelche Furcht, mein Bericht werde ihm unglaubwürdig, ja insgeheim sogar lächerlich vorkommen. Auch ich hatte ja früher schon Geschichten mitangehört, welche an geheimnisvollen Umständen der meinigen recht ähnlich gewesen, hatte aber im allgemeinen nur Geringschätzung dafür empfunden. Nun fragte ich mich, ob es sich bei unsrem Gast nicht ebenso verhalten würde. Indes, ich sollte mich getäuscht haben.

Er hörte meinen Worten voll Ernst und ohne jedes Anzeichen von Überraschung oder Unglauben zu und folgte danach mit sichtlichem Vergnügen den eingehenden Erörterungen, welche mein Bericht nach sich zog. Carwin verfügte über eine starke, ja blühende Phantasie, und wenn's ihm auch nicht gelang, uns einzureden, daß gewisse Menschen zuweilen in direkten Verkehr mit dem Herrn der Schöpfung geraten, so bewirkte er doch, daß wir solchem Gedanken ein wenig nähertraten. Jedenfalls leitete er aus seinen Überlegungen die Möglichkeit solcher Verständigung ab, räumte aber ein, daß er, wiewohl vertraut mit vielen ähnlichen Fällen, doch bei keinem davon die Möglichkeit menschlicher Mitwirkung gänzlich auszuschließen vermocht.

Auf unsre Bitte, er möge uns doch von jenen Beispielen berichten, unterhielt er uns mit vielen sonderbaren Details. Seine Erzählungen waren so geschickt aufgebaut und so kraftvoll vorgebracht, daß sie immer wieder an das Effektvolle einer dramatischen Darbietung heranreichten. Noch die logischesten, minuziösesten und deshalb am wenigsten glaubwürdigen behielten einen Anstrich von Wahrscheinlichkeit vermöge der exquisiten Vortragskunst dieses geborenen Rhetorikers. Allem Unverständlichen wußt' er eine runde, plausible Erklärung zu finden. Stets waren geheimnisvolle Stimmen an der Schürzung des Knotens, an der Auslösung der Katastrophe beteiligt, doch ebenso oft beruhte das Ganze auf schon bekannten Prinzipien: entweder war es der Brennpunkt eines Echos gewesen, oder man hatte die Rufe durch ein Röhrensystem geleitet. Trotz alledem konnte ich nicht umhin, festzustellen, daß derlei Erzählungen, wie komplex oder wunderbar immer sie klingen mochten, keinerlei Dinge enthielten, die man unsren Erlebnissen hätte gleichsetzen können, und deren Lösung auch auf sie anwendbar gewesen wäre.

Mein Bruder war in seinen Erwägungen weit zuversichtlicher als unser Gast und hielt das Walten himmlischer Kräfte sogar dort für durchaus möglich, wo der Erzähler dazu neigte, es in Abrede zu stellen, weil er sich einbildete, Spuren menschlicher Mitwirkung entdeckt zu haben. Pleyel war bei weitem weniger leichtgläubig und zögerte nicht, keinem anderen Zeugnis zu trauen als demjenigen seiner fünf Sinne. Auch von den Tatsachen, welche ihm vor kurzem durch solches Zeugnis bestätigt worden, ließ er sich in seinem Glauben nicht beirren, sondern gab lediglich gewissen Zweifeln Raum.

Alsbald wurde klar, daß Carwin sich eine recht ähnliche Haltung zu eigen gemacht hatte. Kam ihm eine Erzählung der genannten Art zu Ohren, so glaubte er ihr nur, wenn sie sich mit schon bekannten Prinzipien erklären ließ. Daß aber derlei rätselhafte Botschaften tatsächlich von höheren Wesen überbracht worden sein sollten, mochte er nur glauben, wenn er sie mit eigenen Ohren auf eine Weise vernähme, die keinerlei andere Erklärung mehr zuließe. Zwar verbot ihm die Höflichkeit, meinem Bruder oder mir zu widersprechen, doch weigerte sich sein Denken, unser Zeugnis für einen Beweis zu nehmen. Und außerdem warf er die Frage auf, ob die im Tempel, am Fuße des Felsens und in meiner Kammer vernommenen Stimmen nicht tatsächlich von Menschen gekommen seien. Unter solcher Annahme war er bereit, uns die Art und Weise der Hervorrufung solcher Effekte zu erklären.

Unsre diesbezüglichen Fragen beantwortete er mit der Feststellung, die Fähigkeit zu täuschender Nachahmung sei eine recht verbreitete. Catharinens Stimme konnte unschwer am Fuße des Felsens imitiert worden sein von jemandem, der sich dann durch schleunige Flucht den Nachstellungen Wielands entzogen hatte. Die Nachricht vom Tode der sächsischen Dame mochte von einem nahebei verborgenen Lauscher gekommen sein, der, in Anhörung der diesbezüglichen Reden, jenen Tod gemutmaßt hatte und in solcher Mutmaßung zufällig bestätigt worden war. Daß die Stimme vom Dache herab ertönt sei, mußte man als einen Streich der Phantasie in Rechnung stellen. Der Hilferuf, welcher in der Nacht meines Abenteuers unten in meines Bruders Vorhaus gehört worden, war einer Person zuzuschreiben, die sich tatsächlich dort aufgehalten. Es habe, sagte Carwin, nichts zu bedeuten, daß wir uns nicht zu erklären wüßten, welche Beweggründe den Betreffenden dorthin geführt haben sollten. Wie wenig wären wir doch vertraut mit den Gegebenheiten und Absichten derer, die uns auf Schritt und Tritt umgeben. Die Stadt war ganz in der Nähe, und so mochten Tausende darin leben, deren Kräfte und Absichten all das Rätselhafte solchen Handels alsbald hätten aufklären können. Nur in Anbetracht des Zwiegesprächs in dem an mein Schlafgemach grenzenden Verschlage sah Carwin sich gezwungen, zwei Erwägungen in Betracht zu ziehen: entweder war das Ganze meiner Phantasie entsprungen, oder es hatten jene beiden Personen sich tatsächlich in der Kammer unterredet.

Solcherart erklärte Carwin diese Erscheinungen, und dergleichen mochte sich ja den meisten klugen Köpfen als die plausibelste Lösung empfehlen. Doch es reichte nicht hin, uns zu überzeugen. Kein Zweifel, in Ansehung des verräterischen Planes, der gegen mich geschmiedet worden, traf die Annahme zu, daß derselbe entweder der Realität oder aber der Einbildung entsprungen war. Für seine Realität sprach aber noch jene geheimnisvolle Warnung, welche ich in der Sommerlaube empfangen hatte, und deren Geheimnis ich noch immer im Busen bewahrte.

Unter derlei geselligem Verkehre ging ein weiterer Monat ins Land. In Anbetracht von Carwins Charakter und Denkungsart wußten wir aber genau so wenig wie zuvor. Sein Auftreten war stets das gleiche: niemand verfügte über einen größeren Fundus an Wissen und über eine geschicktere Art, es anderen zu vermitteln. Deshalb sahen wir solchen

Gast für eine unschätzbare Bereicherung unseres Kreises an, und weil meines Bruders Wohnsitz so weit außerhalb der Stadt lag, überredeten wir Carwin recht häufig, auch die Nacht unter unserem Dache zu verbringen. Es vergingen kaum zwei Tage, ohne daß er uns seine Aufwartung gemacht hätte, und so kam's, daß wir ihn schließlich als eine Art Hausgenossen betrachteten. Er kam und ging, ohne viel Aufhebens davon zu machen. Bei seinem Eintritte ward er formlos begrüßt als ein alter Bekannter, und sobald er aufbrechen wollte, hielt niemand ihn zurück.

Der Tempel war weiterhin Hauptschauplatz unsrer geselligen Vergnügungen, doch die Freuden unsrer dortigen Zusammenkünfte waren nur mehr ein Abglanz einstigen Sonnenscheins. Niemals legte Carwin seinen Ernst ab. Die Unergründlichkeit seines Wesens sowie unsre Ungewißheit hinsichtlich der Frage, ob solch neue Bekanntschaft uns zum Guten oder zum Bösen ausschlagen werde, beschäftigten uns nahezu unablässig, und eben dieser Umstand trug recht eigentlich zu unser aller Verdüsterung bei.

Mittlerweile ward mein Herz heimgesucht von wachsender Unruhe. Solcher Wandel im Wesen eines, dem die anderen bisher allen Überschwang der Seele zugebilligt hatten, konnte meinen Freunden auf die Dauer nicht verborgen bleiben. Mein Bruder war allzeit ein Muster an Ernsthaftigkeit. Meine Schwägerin hingegen war von jenem Stoffe, der geformt wird von den jeweiligen Umständen. So war da bloß einer, von dessen Gehaben zu sagen bleibt, daß es für unser Glück von Bedeutung war. Oder hatte auch Pleyel sich seiner Lebhaftigkeit begeben?

Wie eh und je war er launig und zu Späßen aufgelegt – allein, er war nicht glücklich. Solche Wahrheit war für mich allzu bedeutsam, als daß sie mich nicht zum wachsamen Beobachter gemacht hätte. Unschwer war zu erkennen, daß seine Heiterkeit bloß der Anstrengung entsprang. Sobald seine Gedanken abschweiften aus unsrer Gesellschaft, stahl sich ein Schatten von Ungeduld, ja Unzufriedenheit über seine Züge. Sogar das Pünktliche und die Häufigkeit seiner Besuche ließen nach. Nun sollte man glauben, mein eigenes Unbehagen sei durch derlei Anzeichen noch vertieft worden. Indes, so sonderbar es scheinen mag, ich fand in meiner damaligen Gemütsverfassung einzig Erleichterung in dem Gedanken, daß auch Pleyel unglücklich war.

Der Wert solcher Trübsal bestand für mich freilich nur in deren Ursache. Die aber war nicht der Tod jener sächsischen Dame, und ebensowenig war solches Unglücklichsein die Folge des Gehabens von Wieland oder Carwin. Nein, es gab dafür nur eine Quelle: und ein namenlos wonniger Schauder durchrieselte meinen Körper bei jedem neuen Anzeichen, welches mir zu beweisen schien, daß einzig das Unentschiedene, ja Doppeldeutige meines Gehabens die Ursache für Pleyels Verdüsterung war.

Neuntes Kapitel

Mein Bruder hatte aus Deutschland ein neues Buch erhalten: ein Trauerspiel und als solches der dramatische Erstling eines sächsischen Poeten, von welchem die höchsten Erwartungen zu hegen meinen Bruder das Vernehmen gelehrt hatte. Die Heldentaten von Ziska, dem böhmischen Anführer, waren in jenem Buche zu dramatischer Abfolge gereiht. Wie es bei den Deutschen schon ist, war die minuziöse und zugleich diffuse Schreibweise diktiert von einer abenteuerlichen, ungezügelten Phantasie, durch die das Geschehen zu einer Kette aus Grausamkeiten und unerhörten Katastrophen gereiht worden war. Befestigte Plätze und Urwälder, Hinterhalt und Schlachtgetümmel sowie der Streit blindwütiger Leidenschaften, all das war in zahllosen Bildern und mit nahezu besessener Kraft dargestellt. So ward ein Nachmittag festgesetzt, dies Stück mit verteilten Rollen zu lesen. Bis auf Carwin waren alle von uns der deutschen Sprache mächtig, und so kamen wir stillschweigend überein, für diesmal seiner Gesellschaft zu entraten.

Den Morgen vor jener vereinbarten Lesung verbrachte ich zu Hause, gänzlich hingegeben dem Nachsinnen über meine gegenwärtige Lage. Was mir vor allen anderen Dingen das Herz bewegte, hing ja zusammen mit dem Bilde Pleyels. Inmitten meiner Bangnis hatte ich niemals eines gewissen Trostes entbehrt, und Pleyels in letzter Zeit an den Tag gelegtes Verhalten hatte meine Hoffnung aufs neue belebt. Stand nicht die Stunde nahe bevor, die mich zum glücklichsten Geschöpf auf Gottes Erdboden machen würde? Pleyel argwöhnte ja, ich hätte eine wohlgefälliges Auge auf Carwin geworfen. Daraus war jene Unruhe erwachsen, die er vergebens zu bemänteln gesucht! Jawohl, er liebte mich, doch tat er's ohne Hoffnung auf Gegenliebe! Wär's nicht an der Zeit, so sprach ich bei mir, diesen seinen Irrtum aufzuklären? Allein, mit welchen Mitteln es ins Werk setzen? Doch wohl nur durch einen Wandel meines eigenen Verhaltens: wie aber war solchem Wandel auf schickliche Weise Ausdruck zu geben?

Keinesfalls mit Worten. Weder Augen noch Lippen dürfen es ausplaudern! Nichts darf ihn meiner Herzensneigung versichern, eh' nicht sein Herz von sich aus gesprochen! Doch gilt's, ihn zu überzeugen, daß das meine keinem anderen gehört. Genug Raum gilt's zu schaffen für hoffnungsvolle Zweifel in Ansehung meiner wahren Gemütsverfassung, auf daß der Freund Mut schöpfe, sich mir zu erklären. Wie schwer ist's doch, so hart an die subtilen Grenzen der Schicklichkeit sich zu wagen, ohne dieselben zu übertreten! Schon am Nachmittag werd' ich ihn in unserm Tempel sehen. Bis in die Nacht werden wir beisammen bleiben! Seines

Amtes wird es sein, mich nach Hause zu geleiten. Kein Wölkchen zeigt sich am Firmament, und der günstige Wind verheißt uns einen milden, wolkenlosen Abend. Um die elfte Stunde wird der Mond heraufsteigen und uns den gewundenen Uferpfad erhellen. In solcher Stunde mag mein Schicksal sich entscheiden! Die schickliche Ermunterung vorausgesetzt, mag es wohl sein, daß Pleyel mir sein Herz eröffnet. Und ich, noch vor Erreichung dieser Schwelle, werde das glücklichste Geschöpf unter den Sternen sein!

Wär' mir dies wirklich vergönnt? Beflügle deine Schritte, holder Abend! Und du, o Mond, ich fleh' dich an, verbirg dein strahlend Antlitz hinter Wolken, wenn mein Pleyel von Lieb' zu flüstern anhebt! Denn keinem Aug auf dieser Welt darf mein brennendes Erröten, darf die wogende Leidenschaft solch seliger Sekunde sichtbar werden!

Doch welcher Ermunterung mag's wohl bedürfen? Es gilt ja, unübersteigliche Grenzen zu wahren! Indes, sind erst zwei Seelen einander wahrhaft hingegeben – was bedarf's da noch der Worte und der Blicke! Reicht da nicht schon die Gebärde, die flüchtige Berührung hin, Gefühle wie die meinen mitzuteilen? Hat er mich nicht schon zutiefst aufgewühlt gesehen von seinem bloßen Händedruck? Oder wär's möglich, daß er solche Aufwallung der Liebe fälschlich für die stumme Bekundung meines Unmuts genommen?

Indes, der nahe Abend wird die Entscheidung bringen! Wär' er nur schon da! Und doch erschaudre ich vor seinem Nahen! Eine Begegnung mit solchem Ausgang – ist sie nicht inniglich zu wünschen? Und doch, sie hat auch ihr Schreckliches für mich. Geb' der Himmel, es wär' schon überstanden!

Nichts mehr hält mich ab, o Freunde, dies alles auszusprechen. Dahin die Zeit, in der ich solcherlei Empfindungen mit der ängstlichsten Sorgfalt vor jedermanns Auge zu verhehlen gesucht. Ach! Zu Luft zerronnen all die flüchtigen Regungen der Scham! Absurd, ja sträflich waren meine Skrupel. In aller Herzen werden sie gepflanzt durch eine unnatürliche, lästerliche Erziehung, und auch in dem meinen hätten sie noch ihren Platz, wäre mein Los nicht das Elend geworden. Doch haben meine Irrungen mich die eine Weisheit gelehrt: daß es sträflich ist, Gefühle im Busen zu hegen, die wir vor anderen nicht enthüllen dürfen.

Die Lesung des Trauerspiels war auf die vierte Stunde des Nachmittags festgesetzt, und ich zählte die Minuten bis dahin. Zu langsam und doch auch zu schnell schienen sie mir zu verstreichen. Empfindungen der schlimmsten Art quälten mich. Weder vermocht' ich einen Bissen hinunterzubringen, noch irgendwelcher Beschäftigung nachzugehen, und schon gar nicht war's mir vergönnt, mich der Ruhe auch nur für einen Augenblick hinzugeben. Sobald aber die vereinbarte Stunde herannahte, eilte ich zum Hause meines Bruders.

Pleyel war nicht da! Er war noch nicht gekommen. Im allgemeinen jedoch zählte er zu den pünktlichsten Besuchern! Auch hatte er große Begier an den Tag gelegt, an der Kurzweil unsrer Lesung teilzuhaben. Er hatte sich ja mit meinem Bruder in die Aufgabe teilen wollen und nahm dergleichen stets mit besonderem Eifer auf sich. Sein Vortrag war weniger angenehm denn sonor und deshalb für den vehementen, ja zügellosen Ablauf unsres Dramas besser geeignet als das wohltönende Organ seines Freundes.

Wodurch nur mochte Pleyel abgehalten sein? Vielleicht war er unsrer Verabredung nicht eingedenk? Doch nein, dies war unmöglich! Noch nie, auch bei viel trivialeren Anlässen nicht, hatte sein Gedächtnis ihn im Stich gelassen. Und ebensowenig war es möglich, daß unser Vorhaben ihn nicht mehr reizte, und daß er demselben fernblieb weil er sich keinen Nutzen mehr davon versprach. Indes, weshalb auch sollten wir ihn auf die Minute festnageln?

So verstrich eine halbe Stunde, und noch immer war von Pleyel nichts zu erblicken. Vielleicht hatte er sich in der Zeit geirrt? Hatte für morgen genommen, was für heute festgesetzt worden? Doch nein: die voraufgegangenen Umstände zeigten mir ganz klar, daß solches Mißverständnis nicht möglich sein konnte. Er selber war es ja gewesen, der diesen Tag, der diese Stunde bestimmt hatte! So konnte nichts anderes ihn davon abhalten. Und für morgen hatte er etwas Unaufschiebbares vorgehabt, das all seine Zeit beanspruchen würde. So mußte seine Abhaltung die Folge eines unvorhergesehenen, außerordentlichen Vorfalles sein! Den unbestimmtesten, tumultuarischsten Vermutungen gaben wir uns hin, die bisweilen an echte Besorgnis grenzten. Vielleicht hatte Krankheit, ja sogar Tod unsern Freund von dessen Kommen abgehalten!

Gequält von Ungewißheit saßen wir und starrten bald auf einander, bald auf den von der Straße heraufführenden Pfad. Jeden Reitersmann, den wir von fern erblickten, hielten wir anfangs für den Erwarteten. Doch Stunde um Stunde verrann, bis die Sonne sank und schließlich unterging. Jedes Anzeichen von Pleyels Herannahen erwies sich als irrig, so daß wir am Ende alle Hoffnung fallen ließen. Allein, Pleyels Fernbleiben beunruhigte die Freunde nicht sonderlich. So würde man, sagten sie, den gefaßten Plan eben auf morgen verschieben müssen, ja vielleicht sogar aus Ungeduld gänzlich auf Pleyels Mitwirkung verzichten. Kein Zweifel, irgendein belangloses Ereignis hatte ihn von seinem Vorhaben abgehalten, und jedermann war so gut wie sicher, daß sich anderntags dies Versäumnis zur Zufriedenheit aller aufklären werde.

Man kann sich denken, daß solche Enttäuschung mich auf recht andere Weise berührte. Ich wandte mich ab, um meine Tränen zu verbergen, ja suchte die Einsamkeit, um meinen Vorwürfen ungehemmt Lauf lassen zu können. Das

Herz wollte mir schier zerbrechen vor Entrüstung und Bekümmernis. Doch Pleyel war's nicht allein, gegen den meine scharfen doch ungerechten Anklagen sich richteten: nicht minder tief verwünschte ich meine eigene Torheit. So war denn zu Trümmern zerfallen das schöne Gebäude, welches ich mir im Geiste errichtet! Zu leerer Luft zerronnen war mein goldnes Traumbild!

Und wie innig hatt' ich geträumt, Pleyel sei in Liebe zu mir entbrannt! Allein, wär' er's gewesen – hätt' er sich dann vom nächstbesten Hindernis aufhalten lassen? »O, du blinder, törichter Mensch!« rief ich aus. »Wie treibst du doch Schindluder mit deinem Glücke! Das köstliche Gut, welches dir dargeboten ist – du weisest es zurück in deiner unverschämten Narrheit! Nun wohl, so will ich meine Glückseligkeit hinfort nur in die eigenen Hände legen!«

Die erste Seelenpein solcher Enttäuschung erlaubte mir ja nicht, vernünftig oder gar gerecht zu sein. Jedweder sichre Grund, darauf ich mir die Illusion gebaut, Pleyel sei in Ansehung meiner Person nicht unbeeindruckt geblieben – nun zerrann er zu nichts. Alles sprach dafür, daß ich mich durch die gröbste Selbsttäuschung hatte mißleiten lassen.

So brachte ich eine triviale Entschuldigung vor und kehrte weit früher als vorgesehen zu meiner Behausung zurück. Alsbald begab ich mich in mein Schlafgemach, doch ohne die Absicht, daselbst Ruhe zu finden. Vielmehr setzte ich mich ans Fenster und ließ meinen Gedanken die Zügel schießen.

Die gehässigen, erniedrigenden Impulse, welche noch vor kurzem mein Denken bestimmt hatten, waren schon wieder im Abklingen begriffen. Aufs neue befiel mich die Niedergeschlagenheit, doch war sie nunmehr bewirkt durch Erwägungen in Anbetracht meines jüngsten Gehabens. Gewiß, abscheulich ist jene Leidenschaft, welche den Geist verdunkelt und uns zur Ungerechtigkeit verleitet! Mit welchem

Rechte hatte ich so sicher auf Pleyels Gegenwart gezählt? Hatte ich mich nicht aufgeführt wie eine, der des Freundes Glück nichts bedeutete und die ihre Augen auf einen anderen geworfen? So mochte der Grund seines Fernbleibens in eben der Liebe zu suchen sein, die durch solches Fernbleiben für mich in Frage gestellt war! Er war nicht gekommen, weil mein Anblick, weil das Schauspiel meiner Kälte und Abneigung ihm das Herz zerrissen hätte. Weshalb aber durch Heuchelei oder Schweigen sowohl mein eigenes Elend als auch das seine verlängern? Weshalb nicht hervortreten mit den wahren Gefühlen und den Geliebten ihrer versichern?

Ihr werdet kaum glauben, daß ich in Befolgung solchen Impulses mich sogleich erhob, um nach einem Lichte zu rufen, mein Bekenntnis in Briefform zu Papier zu bringen. Doch schon mein nächster Gedanke wies mir die Überstürztheit solchen Planes, so daß ich mich verwundert fragte, welche Gemütsschwäche mich wohl zu solch augenblicklichem Nachgeben gebracht hatte? In vollster Klarheit erkannte ich ja, daß ein Bekenntnis dieser Art ein nicht wiedergutzumachender, unverzeihlicher Verstoß gegen die Würde gewesen wäre, wie ich sie meiner Weiblichkeit schuldete, und gänzlich unwert jener Leidenschaft, von der ich nun einmal befallen war.

So nahm ich meinen Platz wieder ein und sank erneut in tiefes Nachsinnen. Abermals suchte ich, hinter die Gründe von Pleyels Fernbleiben zu kommen. Wie viele Dinge gab es doch, die sich als ein unüberwindliches Hindernis ihm in den Weg legen gekonnt! Als ich noch ein Kind gewesen, war mir gleichfalls ein geplantes Vergnügen, daran auch er und seine Schwester teilnehmen gesollt, durch sein Fernbleiben verdorben worden. Damals war dasselbe durch seinen Sturz aus einem Boot verursacht worden, und Pleyel wäre um ein Haar im Fluß ertrunken! Die jetzige, zweite Enttäuschung betraf aber die nämlichen Personen und war neuerlich durch Pleyels Nichterscheinen hervorgerufen. Konnte da nicht die nämliche Ursache dahinterstecken? Hatte der Freund nicht die Absicht geäußert, am Morgen dieses Tages in einem Boot über den Fluß zu setzen, um irgendwelche dringenden Einkäufe in New Jersey zu tätigen? Verabredungsgemäß hatte er daheim zu Mittag speisen wollen. War ihm am Ende ein Unglück zugestoßen? Aus Erfahrung wußte ich ja, wie unsicher ein Kanu sein kann, und Kanus waren die einzigen Boote, welche Pleyel benutzte! Auch beunruhigte mich eine ererbte Furcht vor dem Wasser, und so spielte dies alles zusammen, um meiner Vermutung ein beträchtliches Maß an Wahrscheinlichkeit zu verleihen. Indes, die Bestürzung, die mich schon ankommen wollte, ward alsbald beschwichtigt durch die Überlegung, daß, im Falle solches Unglück tatsächlich sich ereignet hätte, mein Bruder auf schleunigstem Wege davon benachrichtigt worden wäre. Aber der Trost, den solcher Gedanke gewährte, ward sogleich wieder zunichte gemacht durch einen weiteren Einfall: das Unglück konnte ja geschehen sein, ohne daß die Familie davon wußte, und so würde des Freundes Schicksal erst kundwerden durch den bläulichen Leichnam, den die Wellen nach Tagen an den Strand spülen mochten!

Auf solche Weise ward ich elend gemacht durch die widersprüchlichsten Mutmaßungen und gequält von Schreckgespenstern, die ich selber mir geschaffen. Doch war das nicht immer so gewesen. Ich glaube den Zeitpunkt zu wissen, an dem mein Gemüt solchem Aberwitz zum Opfer gefallen: vielleicht war's der nämliche, an dem jene unselige Leidenschaft von mir Besitz ergriffen – eine Leidenschaft, die mich wohl niemals zu ihren Lobrednern zählen wird: sie war ja bloß dazu gut, mir für immer den Seelenfrieden zu rauben – war eine überreiche Quelle des Elends und hätte keiner weiteren Übel mehr bedurft, mir alle Freude am Leben zu nehmen und mir ein frühes Grab zu schaufeln.

Meine Gemütsverfassung brachte ganz natürlich auch eine Gedankenkette mit sich, welche den Gefahren und Sorgen gewidmet war, denen das Menschenleben ausgesetzt ist. Wie von selber kam ich dazu, dem turbulenten Leben und rätselhaften Ende meines Vaters nachzusinnen. Mit größter Verehrung hielt ich in mir das Angedenken dieses Mannes wach, und alles, was ich von ihm noch besaß, bewahrte ich mit der peinlichsten Sorgfalt. Unter derlei Dingen ist auch ein Manuskript erwähnenswert, das seine Lebenserinnerungen enthielt. Solcher Bericht zeichnete sich keineswegs durch sonderliche Beredsamkeit aus, doch bestand sein Wert durchaus nicht nur in meiner Beziehung zum Verfasser dieser Blätter. Ihr Stil war von unaffektierter und pittoresker Simplizität. Die große Vielfalt sowie die umständlich eingehende Darlegung der beschriebenen Vorfälle im Verein mit der ihnen eigenen Bildhaftigkeit in Ansehung der menschlichen Sitten und Leidenschaften machten das Manuskript zum nützlichsten Band meiner Bibliothek. Die Nacht war schon recht vorgeschritten, doch weil ich keinerlei Neigung empfand, mich schlafen zu legen, beschloß ich, mich der Lektüre jener Blätter zu widmen.

Zu solchem Behufe war's nötig, sich mit einem Lichte zu versehen. Das Mädchen war schon seit langem in ihre Kammer gegangen, und so mußte ich mir wohl selber behelfen. Eine Lampe sowie das nötige Feuerzeug waren bloß in der Küche zu finden, und so entschloß ich mich sogleich, dieselbe aufzusuchen. Doch bedurfte ich des Lichtes ja bloß zum Lesen, denn ich wußte ganz genau den Platz des handgeschriebenen Buches auf dem Regal. Und ob ich zunächst das Buch holte oder aber die Lampe, war im Augenblick nicht von Bedeutung. So entschied ich mich, zuerst einmal das Buch herbeizuschaffen, und trat auf den Verschlag zu, darin, wie ich schon früher erwähnte, meine Papiere und Bücher verstaut waren.

Mit einem Male jedoch stand mir wieder vor Augen, was sich erst vor kurzem hinter jener Tür zugetragen! Ob die Mitternacht noch vor mir lag oder schon vorüber war, wußte ich nicht. Schutzlos und allein war ich so oder so. Der Wind kam von jener Richtung, aus der überm totenhaften Schlaf der Natur das leise Rauschen des Wasserfalls an mein Ohr tönte, und darein mischte sich noch der feierlich-zaubrische Ton, welchen ein Lufthauch im Astwerk der Fichten entfacht. So kam's, daß mir die Imagination aufs neue angestachelt ward von den Worten jenes rätselhaften Zwiegesprächs, von deren unheilvoller Bedeutung und von der Erinnerung an die kopflose Flucht, zu der mein Entsetzen mich gezwungen hatte. Die Füße wollten mir nicht länger gehorchen, und ich hielt inne, um meine Fassung wiederzugewinnen.

Schließlich aber brachte ich's über mich, meinen Weg zu dem Verschlag fortzusetzen. Ich berührte das Schloß, doch meine Finger hatten keine Kraft. Abermals befiel mich eine unbezwingbare Furcht. Irgendwie schoß mir's durch den Sinn, dort drinnen sei jemand verborgen, der Übles im Schilde führe. Noch suchte ich meine Furcht zu bekämpfen, als mir plötzlich der Gedanke kam, ich könnte ja noch vor dem Öffnen der Tür die Lampe herbeischaffen. So trat ich ein paar Schritte zurück, besann mich aber noch vor dem Erreichen der Kammertür eines andern. Die körperliche Bewegung schien mein Denken von sich aus zu beeinflussen, denn ich schämte mich jetzt meiner Schwäche. Und überdies, was hätte mir eine Lampe schon helfen können?

Meine Ängste hatten sich an kein bestimmtes Objekt gebunden. So wär' es schwierig, Eigenschaften und Aussehen des Phantoms in Worte zu fassen, von dem ich mich bedroht fühlte. Eine unsichtbare Hand von übernatürlicher Kraft, bewegt von menschlichen Leidenschaften und gegen mein Leben gerichtet – das war nur ein Teil des entsetzlichen Bildes. Und solcher Feind hatte Zutritt zu jedwedem Orte! Falls aber sein Machtbereich durch örtliche Schranken eingegrenzt war, so konnte ich dieselben auf keine Weise erkennen. Indes, war mir nicht von jemandem, der mit jenem Feind im Bunde stand, eröffnet worden, daß ich überall in Sicherheit wäre bis auf jenen Zufluchtsort am Ufer des Flusses?

So trat ich denn abermals auf den Verschlag zu und legte aufs neue Hand auf das Schloß. Doch oh – lieber sollten mir die Ohren ertauben, eh' daß sie noch einmal solch entsetzlichen Schrei vernehmen müßten! Nicht nur, daß mir das Hirn aussetzte in Anhörung solch gellenden Tons – er schnitt mir auch durch die Nerven gleich einer stählernen Klinge, ja schien mir die Fasern des Hirns zersägen zu wollen und zerrte schmerzvoll an meinen Gelenken!

Dennoch, so laut und durchdringend solcher Schrei auch war – er kam aus eines Menschen Kehle. Kein Wort war je deutlicher artikuliert worden. Und wiewohl der begleitende Atemhauch mir kein Haar bewegte, war ich doch so gut wie sicher, daß die Lippen, welche solchen Schrei hervorgebracht, nahezu meine Schulter berührt haben mußten!

»Halt ein! Halt ein!« Dies waren die Worte jenes entsetzlichen Verbotes, in dessen gewaltigem Klang mir die Seele vergehen wollte und dessen Energie zu nichts als Unwillen und Schrecken gewandelt schien.

Schaudernd warf ich mich gegen die Wand und fuhr, vom nämlichen Impulse getrieben, auch schon herum, um jenen geheimnisvollen Warner ins Auge zu fassen! Doch wiewohl das Mondlicht durch die Fenster fiel, so daß jeder Winkel des Zimmers deutlich zu sehen war, konnte ich niemanden erblicken!

Die Zeit zwischen jenem Schrei und meinem Herumfahren war zu kurz, als daß man sie hätte messen können. Wäre also ein Mensch hinter mir gestanden – wie hätt' er meinem

Blick entgehen können? Welcher meiner Sinne war nun die Beute solch verhängnisvoller Täuschung? Noch immer spürte ich im ganzen Körper den Schock, welchen der schreckliche Laut mir verursacht hatte. Der Schrei, den ich gehört, konnte also nur ein wirklicher gewesen sein, und daß ich ihn vernommen, war ebenso sicher wie daß jenes Wesen, welches ihn hervorgebracht, sich ganz nah an meinem rechten Ohr befunden hatte! Und doch war solcher Begleiter nicht zu sehen!

Was ich in jenem Augenblick gedacht – ich vermag's nicht zu beschreiben. Vom Staunen gelähmt waren all meine Fähigkeiten. Ein Schauder durchbebte meinen Körper, und das Blut wollte mir in den Adern gefrieren. Bis auf den Ansturm meiner Empfindungen nahm ich nichts mehr wahr. Solcher Zustand konnte freilich nicht von Dauer sein. Gleich einer Gezeitenwoge, die sich urplötzlich zu überwältigender Höhe türmt, dann aber nach und nach verebbt, gab meine Verwirrung langsam dem geordneten Denken Raum – wich meine Aufgewühltheit der Ruhe. Auch konnte ich mich wieder bewegen, gewann wieder Macht über meine Füße und trat in die Mitte des Zimmers. Nach allen Seiten warf ich spähende Blicke und gab mich nicht zufrieden mit solcher ersten Examination: der sich mir bisher nicht zeigen gewollt, mochte ja seinen Sinn geändert haben und schon bei meiner nächsten Umschau in Erscheinung treten!

Alleinsein ist wohl das untauglichste Mittel, uns die Phantasie zu zügeln. Das Dunkel gebiert nicht so viele Bilder wie der schwache Abglanz des Monds. Ich aber *war* allein, und rings jede Wand übersponnen von Schattenfiguren. Und im Vorüberzug der Wolken unterm Mond schienen die Schatten mit Leben begabt – schienen aus eigenem sich zu bewegen. Zugluft durchwehte das Zimmer und hob den Vorhang ab und an aus seiner Ruhe. Und solche Bewegung ward durchaus nicht lautlos vollzogen. So richtete ich Aug' und Ohr auf die raschelnde Regung: ich glaubte ja fest an die Nähe meines Warners und sah deshalb in jedem Luftzug, in jedem Schwanken des Gewebs ein Zeichen solcher Gegenwart. Und konnte dennoch nichts erspähen.

Wieder fähig geworden, das Vergangene im Geist zu überschlagen, fiel mir als erstes die Übereinstimmung der eben gehörten Worte mit denjenigen auf, die meinem Traum in der Sommerlaube ein Ende gemacht. Es gibt ja Mittel, die uns in den Stand setzen, Substantielles zu sondern von bloßen Schatten, Reales zu scheiden vom körperlosen Traumbild. Der Abgrund auf meinem Pfad; der mich zu sich winkende Bruder; der Griff nach meinem Arme und die hinterrücks ertönende Stimme: all das war ganz gewiß der Einbildung entsprungen. Daß jene Begebenheiten sich mir im Schlafe geformt, ist gestützt durch die nämliche, unbezweifelbare Erweislichkeit, welche mich zwingt, an mein gegenwärtiges Wachsein zu glauben. Und dennoch – Worte wie Stimme waren die gleichen! Damals hatte ein unerklärliches Etwas mir die drohende Gefahr vor Augen geführt, während weder meine Handlungen noch meine Gefühle von ihr wußten. War es denn dieses Mal anders? Traf es nicht ebenso zu, daß Handeln und Wissen nicht übereinstimmten? War ich nicht zu der Überzeugung gelangt, in jenem Verschlag laure ein Übel mir auf, und hatten meine Handlungen sich nicht dennoch auf eine durch nichts gerechtfertigte Sicherheit gestützt? Und die nämlichen Mittel wie damals waren angewendet worden, den Folgen meiner Verblendung vorzubeugen!

Der mich ins Verderben locken gewollt, war im Traume mein Bruder gewesen. Tod hatte gelauert auf meinem Pfad. Vor welchem Übel war ich diesmal errettet worden? Welcher Verüber, welches Werkzeug des Bösen war diesmal in jener Nische verborgen? Wer war's, dessen Würgegriff ich zu spüren bekäme, falls ich wagte, dort einzutreten? Welch monströse Vorstellung ist dies nun? Sollte mein Bruder? ...

Mitnichten! Schutz zu gewähren ist seines Amtes, nicht aber Leid zu verhängen! O sonderbarer, entsetzlicher Alptraum! Und doch, nicht sogleich konnt' ich mich davon freimachen. Gewißlich war's kein gewöhnliches Agens, das meinen Ängsten solche Form verlieh. Er, dem Künftiges wie Vergangenheit Gegenwart sind, Er, der den Zufall nicht kennt, war der Urheber jener Verzauberung, die mich nunmehr umfangen hielt! Teuer war mir das Leben, und keine Erwägung befiel mich, etwa darauf verzichten zu wollen. Geheiligte Pflicht im Verein mit jederlei spontanem Fühlen machte das Dasein mir lebenswert. Von welcher Art aber würde mein Gefühl sein, falls es Wielands Arm war, der sich da gegen mich erhob?

Ideen gibt's in unserem Denken, die durch keinerlei Gesetzmäßigkeit erklärbar sind. Weshalb nur hatte ich geträumt, der eigene Bruder stelle mir nach? Weshalb, wenn nicht ein Zeichen solchen Loses mir gegeben werden sollte? Allein, zu welchem gedeihlichen Ende sollte es führen? Wappnete es mich mit der nötigen Vorsicht, den Übeln auszuweichen, die mir vorbehalten waren, oder aber mit der Stärke, sie auf mich zu nehmen?

Kein Zweifel, die Art meiner gegenwärtigen Erwägungen verdankte sich der Ähnlichkeit zwischen den jetzigen Ereignissen und denjenigen meines Traumes. Gewißlich war es Wahnsinn, was mich zu meinem Verhalten trieb. Daß ein Schurke sich in jenem Verschlage verbarg, war eine Idee, die mich zu schleuniger Flucht hätte veranlassen müssen. Und Flucht war damals meine Reaktion gewesen. Wär' ich diesmal vom nämlichen Gedanken befallen worden, so hätt' ich auch den nämlichen Impuls wie damals empfunden. Nun aber war's mein Bruder, in welchem den Planer all des vorausgesagten Übels zu erblicken ich mich unwiderstehlich gedrängt fühlte. Solche Überzeugung milderte jedoch weder die Gefahr noch meine Angst vor derselben. Weshalb nur nahte ich mich dennoch aufs neue dem Verschlage und suchte dessen Verriegelung zu lösen? Ohne Zögern hatte ich solchen Entschluß gefaßt und mich an dessen Ausführung gemacht!

Die Tür war nur aus dünnem Holz, und ihr einfacher Verschluß ließ sich unschwer aus seiner Verankerung lösen. Danach öffnete sie sich nach innen und tat dies gewöhnlich ohne mein weiteres Zutun, indem sie von selber in ihren Angeln aufschwang. Diesmal aber bedurft' es solchen Zutuns, denn ich wollte sie möglichst rasch aufstoßen. Allein, meine Anstrengungen waren vergebens: die Tür ließ sich nicht öffnen!

Bei jeder anderen Gelegenheit hätte solcher Umstand mich nicht weiter beunruhigt. Wahrscheinlich hätte ich eine zufällige Hemmung vermutet und meinen Versuch wiederholt. Jetzt aber war mein Geist nur dem einen Gedanken zugänglich: ein Mensch steht hinter der Tür und stemmt sich gegen sie! Dies war ein neuer Anlaß für mein Erschrekken und eine Bekräftigung für mein weiteres Handeln. Jetzt gab's kein Zaudern mehr! Was blieb mir anderes zu tun als aus dem Zimmer zu stürzen und das Haus zu verlassen? Oder doch zumindest, keinen Versuch mehr zu wagen, diese Tür zu öffnen?

Allein, hab' ich nicht gesagt, daß Aberwitz meine Aktionen leitete? Eine Zeitlang waren meine Entschlüsse nicht von der Vernunft regiert oder eingegeben. So erneute ich meine Versuche und bot all meine Kräfte auf, das Hindernis zu überwinden, ohne jedoch Erfolg damit zu haben. Eine überlegene Kraft verhinderte das Öffnen der Tür!

Ein zufälliger Beobachter hätte vielleicht die Kühnheit meines Verhaltens beifällig vermerkt. Was, wenn nicht gewohnheitsmäßige Mißachtung der Gefahr, konnte hinter meiner Beharrlichkeit stehen? Allein, ich habe schon deutlich genug auf deren Ursache hingewiesen: die aberwitzige Annahme, mein Bruder befinde sich dort drinnen, und der Widerstand gegen meine Absicht rühre von ihm her, hatte sich in meinem Hirn festgesetzt. Wie groß meine Verblendung schon war, werdet ihr meiner Mitteilung entnehmen, daß ich im Anschluß an die vergebliche Anstrengung auch noch zu rufen begann: gewiß, ich war gänzlich von Sinnen gekommen!

Ich hatte ja nunmehr den Wendepunkt meines Schicksals erreicht. »Oh, hindre mich nicht länger am Öffnen der Tür«, rief ich in einem Ton, der nicht so sehr Angst denn Kummer verriet. »Ich weiß nur zu gut, wer du bist! So komm heraus, aber tu mir nichts! Ich fleh' dich an, komm hervor und zeig dich!«

Dabei hatte ich die Hand vom Schloß genommen und war ein wenig zurückgewichen. Doch kaum hatte ich die erwähnten Worte von mir gegeben, als die Tür auch schon aufging und mir den Blick ins Innre des Verschlages freigab. Aber wer auch immer sich darin befinden mochte – die Finsternis verbarg ihn vor mir. Sekunden verstrichen, ohne daß die Stille gestört worden wäre. Was nun zu erwarten oder zu befürchten stand – ich wußte es nicht. Unverwandt starrte ich in die schwarze Höhlung vor mir. Jetzt ward ein tiefer Seufzer hörbar! Die Richtung, aus der er gekommen, schärfte mir nur noch den Blick: von der Rückwand des Verschlages trat nun jemand auf mich zu! Alsbald erkannte ich die Umrisse einer menschlichen Gestalt. Langsamen, unentschlossenen Schrittes kam sie heran, und ich wich vor ihr zurück.

Erst an der Schwelle zum Zimmer ward der Herzutretende deutlich erkennbar. Ich aber hatte jemand ganz anderen erwartet! Das Antlitz, welches sich mir da präsentierte, war wohl das letzte, dem ich an diesem Ort und zu solcher

Stunde hätte begegnen mögen! Doch alles Staunen ward erstickt durch meine Furcht. Mordbuben hatten mir ja aufgelauert in diesem Verschlag, und eine göttliche Stimme hatte mich vor solchem Momente gewarnt. Ich aber hatte die Warnung in den Wind geschlagen und meinen Widersacher herbeigerufen!

Carwins rätselvolle Miene und sein zweifelhafter Charakter fielen mir wieder ein: konnten andre denn grausame Motive ihn hierhergeführt haben? Ich war allein. Meine Gewandung entsprach der Stunde, dem Ort und der warmen Jahreszeit. Alle Hilfe war weit. Er aber hatte sich zwischen mir und der Ausgangstür postiert! Ich zitterte am ganzen Körper vor Angst.

Und doch – ich fühlte mich nicht gänzlich verloren: vielmehr achtete ich gespannt auf das Mienenspiel meines Widersachers. Es wirkte ernst, doch waren da auch Anzeichen von Verstörung. Welcherlei Unruhe dieselben verrieten, konnte ich bei dem schwachen Lichte freilich nicht erkennen. Carwin verharrte regungslos, doch sein Blick wanderte unruhig von einem Ding zum anderen. Sobald aber dies machtvolle Auge auf mir ruhte, zog sich alles in mir zusammen. Als der nächtliche Besucher endlich sein Schweigen brach, war den ernsten Worten keinerlei Verlegenheit anzumerken. Auch trat er ganz nahe an mich heran, als er sprach:

»Welche Stimme war's, die da vorhin zu dir gesprochen?«

Er harrte meiner Antwort, fuhr aber, als er meines angstvollen Zustands inne geworden, im nämlichen, feierlichernsten Tone fort: »Fürchte dich nicht! Wer immer es war – er hat dir einen großen Dienst erweisen. Ob's eines Freundes Stimme gewesen, brauch' ich erst nicht zu fragen: ihr Umfang überstieg alles menschliche Maß. Und das Wissen, das jenen befähigt hat, dir zu sagen, wer in dem Verschlage sich befand, ward auf unerforschlichem Wege erworben.

Du wußtest, daß Carwin hier ist. Warst du dir auch über seine Absicht im klaren? Auch sie mag dir von der nämlichen Macht enthüllt worden sein. Und standest dennoch nicht ab von deinem Plan! Tollkühnes Mädchen! Hast du so sehr jenem Schutz und Schirme vertraut? So war dein Zutrauen gerechtfertigt. Mit einem Beistand von solcher Art magst du mir getrost die Stirn bieten. Er ist mein Feind seit Anbeginn. Er ist's, der mir die feinstgesponnenen Pläne zunichte macht. Schon zu zweien Malen bist du errettet worden durch sein verwünschtes Dazwischentreten. Gäb' es ihn nicht, so hätt' ich schon seit langem die Blüte deiner Tugend mit mir genommen.«

Noch schärfer als zuvor faßte der Widersacher mich ins Auge. Mit jedem weiteren Moment mußte ich stärker um meine Sicherheit bangen. Nur mit Anstrengung brachte ich die Bitte über die Lippen, er möge nun gehen oder, wo nicht, so doch *mich* gehen lassen! Er aber achtete nicht meiner Worte, sondern fuhr in noch leidenschaftlicherem Tone fort:

»Was ist's, das du fürchtest? Sagte ich nicht, du wärest sicher vor mir? Ist solche Sicherheit dir nicht bekräftigt worden von einem, auf den du mit größerem Recht dein Vertrauen gegründet? Und setzte ich gleich meinen Plan ins Werk – wär' dir damit ein Schaden zugefügt? Dein Vorurteil mag solchen Namen gebrauchen, doch trifft er ganz und gar nicht zu.

Ein Gefühl, das dir Ehre macht, hat mir meinen Plan eingegeben – eines, das meine Tat rechtfertigen würde. Doch wie immer dem sein mag, du bist sicher vor mir. Mag jenes Hirngespinst denn angebetet bleiben – ich werd' es nicht beflecken.« Solches gesagt, hielt der Sprecher inne.

Der Tonfall und die Gebärden dieses Mannes beraubten mich aller Beherztheit. Ganz gewiß, kein anderer Anlaß hätte mich dermaßen kleinmütig gefunden! Ich konnte ja meiner Lage keine Hoffnung mehr abgewinnen, sondern fühlte mich jenem Unhold ausgeliefert auf Gnade und Ungnade. Wohin immer ich die Blicke schweifen ließ – ich konnte keinen Ausweg mehr sehen. Für nichts erachtete ich meine Körperkräfte, meine Findigkeit, meine Eloquenz. Gewohnt, die Würde der Tugend und die Kraft der Wahrheit obenan zu stellen, hatte ich mich nur zu oft der Siege berühmt, die ich mit solcher Hilfe zu erringen gehofft.

Stets hatte ich geltend gemacht, gewisse Übel könnten demjenigen nichts anhaben, der da heilen Geistes sei; hatte gewähnt, die wahre Tugend gebe uns Kräfte, gegen die alles Laster machtlos wäre; hatte geglaubt, es liege stets in unsrer Macht, und wär's durch unsern selbstgewählten Tod, den Plänen jedes Feinds zu wehren, sofern er's nicht auf unser Leben abgesehen hätte. Wie aber war's gekommen, daß Verzweiflung mich befallen hatte und ich Schutz nur mehr vom Zufall erhoffte und oder vom Mitleid meines Verfolgers?

Seine Worte ließen ja die schandbare Untat erahnen, auf welche er gesonnen, doch hatte er auch von Hindernissen gesprochen, welche sich ihm in den Weg gestellt. So war er abgekommen von seinem ruchlosen Plan. Dergleichen gewährte mir etwelche Tröstung. Freilich, sicher konnt' ich nur sein, sobald er fort war. Beim Anblick meiner selbst jedoch und beim Gedanken an die Stunde und den Ort sah ich mich überkommen von Schrecken und Mutlosigkeit.

Er aber schwieg in Gedanken versunken, achtete meiner nicht länger, traf jedoch keine Anstalten zum Aufbruch. Auch ich verhielt mich still. Was auch hätte ich sagen sollen? Vernunft, dies wußt' ich nur zu gut, konnte in solchem Kampfe gar nichts helfen. So hing meine Sicherheit nur an meines Widersachers Plänen. Was immer ihn hierhergeführt haben mochte – er hatte sie geändert. Weshalb also blieb er noch hier? Vielleicht war er noch unentschlossen und entschied sich binnen kurzem doch noch für sein erstes Vorhaben!

Allein, war er nicht jener, den wir mit nimmermüder Freundlichkeit umsorgt hatten? Dessen Gesellschaft uns teuer geworden ob seines hohen Geistesflugs und seiner Trefflichkeiten? Der sich wohl tausendmal über Ersprießlichkeit und Schönheit der Tugend verbreitet hatte? Und solchen Menschen sollt' man fürchten müssen? Hätt' ich der Umstände vergessen können, die unser nächtliches Rencontre begleiteten, ich hätte Carwins Worte bloß für einen Scherz genommen! Indes, nun begann er von neuem:

»Hab keine Furcht vor mir: zwar trennt uns nur ein winziger Abstand, und alle sichtbare Hilfe ist weit. So glaubst du dich in meine Macht gegeben und vermeinst, an der Schwelle des Verderbens zu stehen. Doch sind dies grundlose Ängste. Keinen Finger vermag ich zu rühren, dir ein Leid anzutun. Leichter wär's, den Mond anzuhalten auf seiner Bahn, als dich zu verletzen. Die Macht, so dich beschützt, würd' mich im Augenblick zu Staub zermalmen – würd' mich abfallen lassen zu Asche, falls ich auf dein Verderben sänne.

Dergestalt also klären sich deine Erscheinungen auf. Daß sie aus solcher Quelle sich gespeist, hätt' ich wohl ganz zuletzt vermutet. Welch ein Los ist dir bemessen! Unterm Blicke solcher Geistigkeit wird dein Pfad ohne Fallgruben sein, dich zu verschlingen, und ohne Schlingen, dich zu umgarnen. Umschlossen von den Armen solchen Beschützers, wird alle Hinterlist an dir zuschanden und alle Bosheit in die Flucht geschlagen.«

Hier folgte eine weitere Pause. Noch immer merkte ich scharf auf jeden Blick, auf jegliche Gebärde meines Widerparts. Der ruhige, feierliche Ernst auf seinen Zügen begann nun einem anderen Ausdruck zu weichen, und nichts denn angstvolle Unruhe malte sich jetzt auf ihnen.

»Ich muß nun fort«, sprach er in stockendem Ton. »Wozu noch länger hier verweilen? Nicht will ich dich um Vergebung bitten. Ich sehe ja, daß dein Entsetzen ein unüberwindliches ist. So wäre denn jeglicher Pardon nur von der Furcht erpreßt, nicht aber diktiert vom Mitleid. Für ewig muß ich von dir lassen. Wer immer deiner Ehre nachstellt – er hat von dir und deinen Freunden nichts denn Verfolgung und Tod zu erwarten. So ist mein Teil das endlose Exil.«

Sprach's und verließ hastig das Zimmer. Ich lauschte seinen Schritten, als er die Treppe hinabstieg, ich hörte ihn die Außentür entriegeln und sich entfernen. Doch blickte ich ihm nicht nach, obschon das Mondlicht mir dies ermöglicht hätte. Erleichtert von seinem Fortgehn, und erschöpft von meinen widerstreitenden Ängsten, ließ ich mich in einen Sessel fallen und überantwortete mich jenen verwirrenden Gedanken, welche ein Vorfall wie der soeben erlebte unweigerlich hervorrufen mußte.

Zehntes Kapitel

Nicht sogleich gelang's mir, Ordnung in mein Denken zu bringen. Noch immer tönte jene Stimme mir im Ohr. Jede Silbe, die Carwin geäußert, haftete mir noch frisch im Gedächtnis. Das unwillkommene Herzutreten, das Erkennen seiner Person, der hastige Aufbruch – all das formte sich mir zum unauflöslich verworrenen, mit Worten nicht mehr umschreibbaren Erinnerungsbild. Ich mühte mich, meinen jagenden Gedanken zu gebieten und eine nachgerade schon schmerzende Verwirrung zu bemeistern. Doch alle Mühe war vergebens. Ich weiß nicht, wie lange ich so dagesessen, die Hand über den Augen und ohne jede Kraft, mit mir ins Reine zu kommen.

Stunden, so glaubte ich, war ich ganz allein im Hause gewesen, ohne daß ein Gedanke an persönliche Gefahr meine Ruhe gestört hätte. So hatte ich auch keinerlei Anstalten zur Gegenwehr getroffen. Wodurch aber war ich auf die Idee gekommen, in meines Vaters Manuskript nachschlagen zu wollen? Wär' ich statt dessen zu Bett gegangen und eingeschlafen – welch ein Los wär' mir da beschieden gewesen! Der Schurke, der wohl seinen Atem unterdrückt haben mußte, um nicht entdeckt zu werden, hätt' meine schlafenden Atemzüge vernommen und sich die Gelegenheit zunutze gemacht, so daß ich bloß erwacht wäre zu tödlichem Schrecken und tiefster Selbstverachtung. Hätte ich in Unkenntnis der Gefahr bleiben und Schlaf finden können inmitten so verderblich sich zuziehender Schlinge?

Wer aber war's, der mich mit dem Tode bedroht hatte? Und wodurch war's ihm möglich gemacht, sich in diesem Verschlag zu verbergen? Gewiß, so dacht' ich, er muß begabt sein mit übernatürlichen Kräften! Dies also ist der Feind, vor dessen Nachstellungen ich gewarnt worden bin! Und ich habe ihn täglich gesehen, habe geredet mit ihm! Nichts ist zu erkennen gewesen unterm undurchdringlichen Schleier seiner Falschheit! So oft ich Mutmaßungen angestellt über den Urheber des mir angedrohten Übels – nie bin ich im Geist auf sein Bild gestoßen! Allein, hat er sich nicht als mein Feind zu erkennen gegeben? Weshalb hätt' er hierherkommen sollen, wenn er nicht Übles im Schilde geführt?

Er bekennt, daß dies schon sein zweiter Versuch gewesen ist. Wo also hat er mir zum erstenmal aufgelauert? War's nicht er, den jenes Geflüster verraten hat? Täusche ich mich – oder war da nicht eine leichte Ähnlichkeit zwischen seiner und der Stimme dessen, der mir an die Kehle fahren und mich im Augenblick erdrosseln gewollt? Damals hatte er einen Komplizen für seine Untat; diesmal ist er allein. Damals war er auf meinen Tod bedacht; diesmal auf einen unsäglichen, noch viel entsetzlicheren Anschlag! Wie dankbar muß ich der Macht sein, durch deren Dazwischentreten ich errettet worden bin!

Diese Macht ist unsichtbar. Nur mit einem meiner Sinne kann ich sie erkennen. Wodurch kann ich dahinterkommen, welcher Natur sie ist? Sie hat sich vorgenommen, die Machenschaften eines Mannes zu durchkreuzen, der Vernichtung geschworen hat all dem, was mir teuer ist, und dessen Eindringen zu verhindern Menschenkraft nicht ausgereicht. Niemand war da, mich seinem Zugriff zu entreißen. Meine Überstürztheit hat sein Vorhaben nur noch begünstigt, hat's dem Täter unmöglich gemacht, sich seine Tat noch einmal zu überlegen, hat ihn der Möglichkeit beraubt, aus Reue davon abzustehen. Wäre ich gewarnt worden vor der Gefahr, so hätt' ich sehen müssen, wie mein Verhalten mich rettungslos in sie hineintrieb. Dies mag auch mein unsichtbarer Beschützer gefürchtet haben. Weshalb wohl sonst jene erschreckende Warnung, die Tür des Verschlages nicht zu öffnen? Und welch unerklärliche Verblendung zwang mich, es dennoch zu tun?

Und doch – ich habe weise gehandelt. Carwin, nicht fähig, meine Narrheit zu durchschauen, hielt meinem Wissen zugute, was ich getan. Er glaubte sich entdeckt noch vor der Tat, und da solches Wissen nur von *meinem* überirdischen Freunde und *seinem* Feinde herrühren konnte, wurde die Angst in ihm stärker.

Er weiß um die Natur und die Absichten jenes Wesens. Vielleicht ist es ein Mensch wie ich! Allein, unter solchem Aspekte sind seine Fähigkeiten unglaubliche! Und weshalb sollte ausgerechnet ich das erwählte Objekt seiner Obsorge sein? Wär's aber ein sterblich Wesen, könnt' es dann eines sein, das ob von mir empfangener Wohltat mich lieben gelernt? Wo sind die Grenzen solchen Schutzes, und wie lange mag er währen? War's mein guter Engel, den Gottes Güte mit diesem Amt betraut hat? Liegt's im Bereiche menschlicher Fähigkeiten, in Anbetracht der Existenz ungebundner und wohltätiger Geistwesen stärkere Beweise zu erhalten, als ich sie erhalten habe?

Wer aber war der Gehilfe dieses Mannes? Die Stimme, welche ihr Bündnis mit dem verräterischen Carwin einbekannt, hatte mich gewarnt, ich solle in Hinkunft die Sommerlaube meiden, und mir bedeutet, nur dort drohe mir Gefahr. Jene Versicherung, so hatte es nunmehr den Anschein, war aber eine unzutreffende gewesen. Steckte eine Hinterlist in solcher Mahnung? War der erwähnte Pakt in Wahrheit aufgelöst? Vielleicht steckte eine bestimmte Absicht dahinter, mich in Hinkunft von jenem Orte fernzuhalten? Weshalb war mir auferlegt worden, vor anderen zu schweigen über diese Mahnung, wenn dieselbe nicht einem unerlaubten, unrechtmäßigen Zwecke diente?

Außer mir pflegte ja niemand die Laube aufzusuchen. Nach hinten war sie gegen jeden Einblick durch den Felsabsturz geschützt, und nach vorn durch Pflanzengeschling und Astwerk der Zedern. Welcher Zufluchtsort hätte der Heimlichkeit günstiger sein können? Der Geist, der ihn ehedem bewohnt hatte, war einer der Reinheit und Verzückung gewesen. Jener Ort war ja ein den Kindheitstagen und auch den segensreichen Zukunftserwartungen geweihter Tempel gewesen! Welch finstre Verkehrung hatte sich vollzogen seit dem Auftreten des Fremden! Mag sein, daß solcher Ort nun zum Schauplatz seiner üblen Meditationen geworden ist! Schreckensvolle Pläne, welche das Licht des Tages scheuen und auf die Befleckung der Unschuld sinnen, werden hier gesponnen, gehegt – und zur Reife gebracht.

Dergleichen Gedanken waren's, welche die Nacht hindurch meinen ruhelosen Geist bestürmten. Jedwedes Gespräch, daran Carwin Anteil gehabt, ließ ich erneut an mir vorüberziehn. Ich mühte mich, den wahren Folgerungen auf die Spur zu kommen, soweit sie ableitbar waren aus der Konfrontation von Gehaben und Worten dieses Menschen mit seinem abenteuerlichen Vorleben und den geäußerten Ansichten. Auch den Erläuterungen sann ich nach, mit denen er das von mir in dem Verschlag belauschte Zwiegespräch kommentiert hatte. Doch auch das half mir nicht weiter. Schon beim Erzählen war ja meine Erwartung enttäuscht worden durch den geringen Grad an Verwunderung, welchen mein Bericht in Carwin ausgelöst hatte. Nie war er mit seiner wahren Meinung herausgerückt in Anbetracht der Natur jener Stimmen, nie hatte er sie eindeutig der Realität oder der Illusion zugeordnet. Auch hatte er keinerlei Vorsichts- oder Verhütungsmaßnahmen empfohlen.

Was aber war nunmehr zu tun? War die drohende Gefahr endgültig von mir gewendet? Stand nun nichts mehr zu befürchten? Ich war ja gänzlich auf mich gestellt und bar jeglichen Mittels zur Gegenwehr. Nicht konnt' ich die Motive jenes Menschen vorhersehn, nicht seine Schritte lenken! Welche Sicherheiten gab es denn, daß er sein finsteres Vorhaben nicht wieder aufnehmen und eilenden Fußes an dessen Verwirklichung schreiten würde?

Der Gedanke an solche Möglichkeiten versetzte mich erneut in Angst und Schrecken. Wie sehr beklagte ich nunmehr meine selbstgewählte Einsamkeit, wie brennend wünschte ich den Tag herbei! Doch gab's da keine Abhilfe – für das eine so wenig wie für das andere! Zwar kam mir zunächst in den Sinn, nach dem Mädchen zu rufen, auf daß es die Nacht in meiner Kammer zubrächte. Allein, die Unzulänglichkeit solchen Schutzes war nur zu augenscheinlich. Dann wiederum dacht' ich daran, das Haus zu verlassen und bei meinem Bruder Zuflucht zu suchen, sah mich jedoch abgehalten durch den Gedanken an die Unziemlichkeit der Stunde, an die Aufregung, die mein Erscheinen sowie dessen unvermeidliche Erklärung hervorrufen mußte, sowie auch durch die Erwägung der Gefahr, welche mir auf solch nächtlichem Wege drohen mochte. Auch kam's mir nunmehr äußerst unwahrscheinlich vor, daß Carwin zurückkehren werde, um mir aufs neue nachzustellen. Er war ja aus eigenem von seinem Plane abgestanden und hatte mein Haus aus freien Stücken verlassen.

»Ganz gewiß«, so sprach ich bei mir, »kann nur die Göttliche Allmacht den Sinn eines Menschen von Carwins Natur gewandelt haben. Und die Gottheit, die mich vor seinen Anschlägen bewahrt hat, wird auch fernerhin über meine Unversehrtheit wachen. Gäb' ich also meinen Ängsten nach, so verdiente ich nichts Besseres, als daß sie zur Wirklichkeit würden!«

Dies kaum gesagt, ward ich aus meinem Sinnen geschreckt durch das Geräusch sich nähernder Schritte! Jemand betrat den Vorplatz meines Hauses! Meine kaum erwachte Zuversicht – schon war sie dahin. Das ist Carwin, dachte ich. Er hat sein Fortgehn nur zu rasch bereut und kehrt nun eilends zurück! Daß solche Rückkehr auf meine Sicherheit bedacht sein könnte, kam mir überhaupt nicht in den Sinn. Ruchlose Bilder von Gewalttat und Mord stürzten erneut auf mich ein, und das dergestalt ausgelöste Entsetzen beraubte mich aller Kraft, auch nur einen Finger zu meiner Gegenwehr zu rühren. Kaum kam's mir zu Bewußtsein, daß ich den Schlüssel herumdrehte und die Verriegelung meiner Kammertür vorschob. Dies getan, warf ich mich in einen Sessel: ich zitterte ja dermaßen, daß die Füße mich nicht länger tragen wollten, und all meine Sinne waren so sehr aufs Lauschen gerichtet, daß mir beinahe der Herzschlag aussetzte!

Unten die Haustür schwang kreischend auf. Allein, sie ward nicht mehr zugeworfen, sondern blieb offen! Schritte polterten durch das Vorhaus und kamen die Treppe herauf! Wie tief verwünschte ich nun meine Narrheit, dem sich Entfernenden nicht nachgeeilt zu sein – nicht die Haustür hinter ihm verriegelt zu haben! Konnte solches Versäumnis ihm nicht den Gedanken eingeben, mein guter Engel habe mich verlassen? Konnt' solche Vermutung ihn nicht in seinem argen Vorsatz bestärken?

Jeder Schritt, der sich die Treppe herauf meiner Kammertür näherte, bestärkte mich in meiner Verzweiflung. Doch galt's, dem Übel, das mich da bedrohte, um jeden Preis zu entrinnen! Und dabei wußte ich gar nicht, wie ich mich in solcher Notlage zu verhalten hätte! Ihr werdet nun glauben, daß sowohl mein Denken als auch meine Verzweiflung mich zu derselben Handlungsweise getrieben hätten – nämlich, ungesäumt Zuflucht zu nehmen zu dem nächstbesten Verteidigungsmittel. Auf meinem Tische lag ein aufgeklapptes Federmesser. Mich seiner entsinnend, griff ich nach demselben. Nach dem Zweck solcher Handlung werdet ihr nicht weiter fragen: jedermann muß ja annehmen, daß ich in jenem Messer meine letzte Rettung sah und entschlossen war, falls alle anderen Mittel versagen sollten, es dem Schänder meiner Ehre ins Herz zu stoßen.

Allein, ich habe alles Vertrauen in die Beständigkeit menschlicher Entschlüsse verloren. In dem beschriebenen Sinne zu handeln, hatte ich mir in ruhigeren Zeiten vorgenommen. Nichts war mir bisher verächtlicher erschienen denn die Feigheit eines bedrängten Weibes, das im Augenblicke höchster Not lieber Hand an sich selber legt anstatt noch vor verübter Untat des Wüstlings Lebens zu vernichten. Und dennoch: dies Federmesser schien mir nunmehr einzig dazu gut, mich meinem Bedränger im letzten Moment zu entziehen und durch den selbstgewählten Tod die Untat zu vereiteln. Für weitre Überlegungen blieb keine Zeit, und so dacht' ich denn auch keinen Augenblick daran, die Waffe gegen meinen Verfolger zu richten.

Jetzt hatte der Eindringling das Obergeschoß erreicht! Jeder Schritt brachte ihn seinem beabsichtigten Werke näher, ohne indes die Gewißheit des Übels für mich noch vergrößern zu können. Doch blieb mir ein gewisser Trost in dem Bewußtsein, daß mich von der Gefahr zumindest noch die verriegelte Tür trennte. Und als mein Blick das Fenster streifte, kam mir ein weiterer Ausweg in den Sinn: sogleich war ich entschlossen, im Augenblick des Nachgebens der Tür mich aus dem Fenster zu stürzen. Es befand sich so hoch über dem Klinkerpflaster des Vorplatzes, daß mein Tod ein augenblicklicher sein mußte. Doch das kümmerte mich nicht.

Vor meiner Tür angelangt, hielten die Schritte inne. Horchte der Eindringling draußen, ob etwa meine Angst beschwichtigt, meine Vorsicht eingeschlummert wäre? Hoffte er, mich überrumpeln zu können? Doch wenn dem so war, weshalb hatte er sich dann so lärmend genähert? Jetzt trat er auf die Tür zu! Eine Hand legte sich draußen auf den Drücker und versuchte, das Schloß aufzuklinken. Hielt der nächtliche Besucher es für möglich, ich könnte vergessen haben, die Tür von innen zu verriegeln? Jetzt versuchte er behutsam, sie aufzudrücken, was ja bei zurückgezogner Verriegelung ohne weiteres möglich gewesen wäre.

Dies kaum gesehen, war ich auch schon am Fenster. Carwin bestand ja sozusagen nur aus Muskeln. Seine Kraft und Gewandtheit hatten sich bei zahlreichen Anlässen als nahezu wunderbar erwiesen. So hätt' es für ihn nur geringer Anstrengung bedurft, um die Tür zu zertrümmern. Hatte er vor, dies zu tun? Oh, ich erwartete es nur zu gewiß! Doch war ich entschlossen, mich schon im nächsten Augenblick aus dem Fenster zu stürzen! Mit angespannten Sinnen erwartete ich den entscheidenden Moment. Jederzeit solch gewaltsamen Eindringens gewärtig, ließ ich die Tür nicht aus den Augen. Doch nichts geschah. Der Lauscher draußen schien unentschlossen und rührte sich nicht.

Plötzlich schoß mir durch den Sinn, Carwin könnte glauben, ich sein schon über alle Berge. Daß ich noch nicht die Flucht ergriffen hatte, war ja in der Tat die unwahrscheinlichste Annahme, und so mocht' er in seiner Überzeugung noch bestärkt worden sein, als er die Haustür unverschlossen, die Kammertür aber versperrt vorgefunden hatte. Vielleicht war es weise, ihn in seinem Glauben zu lassen? Mein lautloses Verhalten im Verein mit anderen Umständen mochte ja bewirken, daß er sich zum andern Mal entfernte! Je länger ich dies bedachte, desto plausibler erschien mir solche Erwägung, und noch mehr bestärkt sah ich mich in derselben, als ich vernahm, daß die Schritte sich von meiner Tür entfernten. Das Blut kehrte mir wieder zum Herzen zurück, und ein frohlockendes Gefühl regte sich mir im Busen. Doch meine Freude war nur von kurzer Dauer. Anstatt die Treppe hinunterzusteigen, schritt der Eindringling weiter zur Tür am untern Ende des Korridors, öffnete sie, trat ein und schlug sie hinter sich mit einer Heftigkeit zu, die das Haus erzittern machte!

Wie sollt' ich mir diesen Umstand erklären? Zu welchem Ende mochte Carwin jene andere Kammer betreten haben? War das Zuschlagen der Tür ein Anzeichen für die Heftigkeit seines Ärgers? Die Kammer war im allgemeinen von Pleyel bewohnt. Wußte Carwin um dessen Abwesenheit? War ihm die Niedertracht eines Einbruchdiebstahls zuzutrauen? In solchem Falle hätte ich ihn auf keine Weise daran hindern können. Eigentlich hätt' ich die erste Gelegenheit zur Flucht wahrnehmen sollen. War aber mein Widersacher überzeugt, ich sei nicht mehr im Hause, so gab's keinen besseren Zufluchtsort als diese meine Kammer, denn wie hätt' ich das Haus verlassen können, ohne Lärm zu machen? Das aber hätte mir sogleich Carwins Verfolgung zugezogen.

Ohne auch nur im leisesten zu wissen, weshalb er Pleyels Kammer betreten hatte, erwartete ich, er werde dieselbe schon im nächsten Augenblick verlassen. Doch alles blieb still. Geraume Zeit lauschte ich vergebens auf das neuerliche Öffnen der Tür. Es gab ja keinen anderen Durchgang, ausgenommen die Tür zur Dienstbotenkammer. Sollte auch dem Mädchen ein ähnliches Unheil drohen wie mir?

Dies gab mir Anlaß zu neuen Befürchtungen, und sie vertieften nur noch meine Aufgewühltheit und Seelenpein. Was immer der Ärmsten drohen mochte – ich hatte keine Macht, es zu verhindern! Mich einzuschließen und keinen Laut zu geben, es war das einzige Mittel, von den Gefahren dieser Schreckensnacht verschont zu bleiben. Und immer wieder schwur ich mir feierlich, ich würde, sollt ich noch einmal das Licht des Tages erblicken, nimmermehr die Schwelle des Hauses betreten!

So schlichen die Minuten hin, doch keinerlei Anzeichen verriet, daß Carwin den Korridor zum andernmal betreten hatte. Was, so fragte ich mich erneut, mochte ihn davon abgehalten haben? Oder war's möglich, daß er umgekehrt war und sich lautlos davongemacht hatte? Doch alsbald erkannte ich, wie schwierig solches Unternehmen gewesen wäre. Trotzdem aber warf ich, als hätt' ich mich in diesem Punkte vergewissern können, einen angstvoll spähenden Blick durch das Fenster.

Was sogleich meine Aufmerksamkeit auf sich zog, war eine am Steilufer stehende menschliche Gestalt! Vielleicht war's nur die Hoffnung, die mich so scharfsichtig machte, doch glaubte ich, in jener Gestalt niemand anderen denn Carwin zu erkennen. Die Dunkelheit im Zimmer machte es ihm unmöglich, mich wahrzunehmen. Dennoch ließ er mir nur Zeit für einen kurzen Blick, denn er wandte sich sogleich ab und stieg den Steilhang hinunter, was an jener Stelle unschwer möglich war.

So traf denn meine Mutmaßung zu! Nachdem Carwin lautlos die Tür geöffnet, war er die Treppe hinuntergeschlichen und hatte sich davongemacht. Daß mir das Geräusch seiner Schritte entgangen war, wollte ich noch eher glauben, als daß meine Augen mich getäuscht hatten. Was aber blieb mir nun zu tun? Das Haus war endlich frei von solch abscheulichem Gast. Nur einen Zugang gab's für dessen Rückkehr. War es nicht weise, die Außentür zu verriegeln? Vielleicht aber hatte er sich durch die Küchentür aus dem Staub gemacht! Zu diesem Zwecke hätte er seinen Weg durch Judiths Kammer nehmen müssen. Verschloß ich beide Eingänge, so war alles getan, was ich in der gegenwärtigen Lage zu meiner Sicherheit tun konnte.

Die Angebrachtheit solcher Maßnahme war zu augenscheinlich, als daß meine Furcht mich noch länger davon hätte abhalten können. Dennoch wagte ich's nur unter Beobachtung der größten Vorsicht, meine Kammertür zu öffnen. Danach schlich die Treppe hinunter, als wähnte ich Carwin noch immer in Pleyels Kammer. Die Haustür war nur angelehnt. Mit bebendem Eifer machte ich mich daran, sie zu verriegeln. Dann, schon ein wenig beherzter, durcheilte ich leichten Schrittes das Wohnzimmer, fand aber zu meiner Überraschung die Küchentür versperrt. So blieb nur die Vermutung, daß Carwin durch die Vordertür verschwunden war.

Jetzt erst fiel die lastende Angst von meinem Herzen. Aufs neue kehrte ich in meine Kammer zurück, deren Tür ich von innen sorgfältig versperrte. An Ruhe zu denken, war nicht mehr die Zeit. Schon wich ja das Mondlicht dem heraufdämmernden Tag, und der nahe Morgen schickte seine Zeichen voraus. So sann ich denn nach über die Ereignisse dieser vergehenden Nacht und entschloß mich, in Hinkunft bei meinem Bruder Wohnung zu nehmen. Ob ich ihm das Geschehene berichten sollte oder nicht, war eine Frage, die erst noch einiger Erwägungen bedurfte, doch stand es außer Zweifel, daß ich im Interesse meiner Sicherheit den gegenwärtigen Wohnsitz aufgeben mußte. Je freier nunmehr mein Denken wurde, desto deutlicher trat mir Pleyels Bild sowie die Ungewißheit seiner Lage vor Augen. Zum andernmal ging ich im Geiste alle Möglichkeiten durch, die sein gestriges Fernbleiben verursacht haben konnten. Dabei war's mir recht schwer ums Herz. Mit einer Beharrlichkeit, die ich mir nicht zu deuten wußte, verweilte ich mich über seinem möglichen Tode. Ich malte mir seinen Todeskampf in den Wogen aus, ich sah im Geiste den ans Ufer gespülten Leichnam. Ich versetzte mich in die Rolle eines nächtlichen Wanderers, der am Strand unversehens über solchen Leichnam stolpert. Derlei traurige Bilder rührten mich sogar zu Tränen, doch versuchte ich nicht, denselben zu wehren. Sie brachten mir ja eine unerwartete Erleichterung. Und je rascher sie flossen, desto mehr glätteten sie die Wogen meiner inneren Aufgewühltheit, ja begannen nach und nach einer gewissen Ruhe zu weichen.

Vielleicht hätte sogar der so dringend nötige Schlummer sich eingestellt, wäre da nicht plötzlich ein neuer Anlaß zur Furcht gewesen.

Elftes Kapitel

Laute, die ganz offenkundig aus der Kammer am anderen Endes des Korridors drangen, rissen mich aus meinem Dämmerzustand. War's möglich, daß ich mich getäuscht hatte in der Gestalt, die ich am Ufer gesehen? Oder war Carwin auf unerforschlichen Wegen zum andernmal in jene Kammer gelangt? Die Tür am Ende des Korridors ging auf – Schritte näherten sich – und schon klopfte der Ankömmling bei mir!

Solch unerwarteter Vorfall beraubte mich aller Geistesgegenwart, so daß ich auffuhr und unwillkürlich »Wer ist draußen?« rief. Die Antwort erfolgte im Augenblick, doch was ich da vernahm, war zu meinem unaussprechlichen Staunen die Stimme Pleyels!

»*Ich* bin's. Bist du schon auf? Wo nicht, so eil dich! Ich muß mich mit dir unterreden, nur auf drei Minuten, im Wohnzimmer unten! Ich warte dort auf dich.« Dies gesagt, schritt er davon.

Durft' ich dem Zeugnis meiner Ohren trauen? Falls ja, so war Pleyel die ganze Zeit in der anderen Kammer gewesen – er, den meine angstvolle Phantasie sich ausgemalt in so vielen gräßlichen, ja verderblichen Situationen! Er, dessen Schritten ich mit so viel angstvoller Unruhe gelauscht! Was ist der Mensch, daß ihm das Wissen so karg bemessen sein kann! Daß sein Herz sich im Kummer verzehrt, daß seine Glieder ihm vor Angst den Dienst aufsagen, wiewohl seine Sicherheit geschützt ist von undurchdringlichen Mauern! Wo liegen die Grenzen menschlicher Torheit! Jener Unsichtbare, der gekommen war, mich zu warnen vor meines Feindes Gegenwart, hatte diesmal geschwiegen, wiewohl er mir so viele quälende Ängste hätte ersparen können.

Denn wer hätte Pleyel zu solcher Stunde erwartet? Sein Tonfall war besorgt, ja verzweifelt gewesen. Weshalb der zu solcher Unzeit ergangene Ruf? Und weshalb dies hastige Fortgehn? Vielleicht ist er der Überbringer irgendwelcher dunkler, unwillkommener Botschaft?

Meine Ungeduld ließ kein langes Nachdenken zu, und so eilte ich hinunter ins Wohnzimmer. Dort fand ich Pleyel am Fenster stehen, den Blick wie in tiefem Sinnen zu Boden gerichtet und die Arme über der Brust gekreuzt. Nichts denn Kummer stand ihm ins Gesicht geschrieben, und zu solchem Ausdruck kamen noch Blässe und Abgespanntheit. Als ich ihn zum letzten Mal gesehen, war er das gerade Gegenteil gewesen. Solcher Wandel erschreckte mich tief, und so war's meine erste Regung, den Freund nach der Ursache seiner Verdüsterung zu fragen. Allein, solcher Impuls ward alsbald verdrängt von einer Verwirrung, die der Gewißheit entsprang, daß hinter ihm allzu stark und wohl auch allzu merklich die Liebe stehe. So schwieg ich still.

Jetzt hob Pleyel den Blick und sah mich an. Ich las darin einen unaussprechlichen Seelenschmerz. Noch nie zuvor hatte ich dergleichen an dem Freunde wahrgenommen, ja noch nie war mir ein menschliches Antlitz begegnet, darin der Gram mit größerer Deutlichkeit zum Ausdruck gekommen! Pleyel schien nach Worten zu ringen. Da aber sein Bemühen zu nichts führte, schüttelte er den Kopf und wandte sich ab.

Vor Ungeduld vermocht' ich nicht, länger an mich zu halten. »Was«, so frug ich, »was um Himmels willen ist denn geschehen, mein Freund?«

Beim Klange meiner Stimme schrak er aus seinem Brüten. Sekundenlang verkrampften seine Züge sich zu einem Ausdruck, der weit entfernt von bloßem Kummer war. Und dann brach's mit zornerstickter Stimme aus ihm hervor:

»Geschehen! O Elende! – So herrlich anzusehen – Geschöpf, dran die Natur all ihre Anmut gewendet – mit Reizen ausgestattet, die so hehr sind und so keusch! Wie tief bist du gefallen! Und von welcher Höhe! Zu welch restlosem Ruin – zu welch unerhörter Verderbnis!«

Abermals verschlug's ihm das Wort im Ansturm seiner Emotionen. Gram und Mitleid mischten sich erneut auf seinen Zügen. So fuhr er mit vor Schluchzen halberstickter Stimme fort:

»Doch weshalb dich schelten? Könnt' ich dir wiedergeben, was du verloren hast – könnt' ich den fluchwürdigen Makel von dir nehmen und dich den Fängen jenes Unholds entreißen –, ich würd' es tun! Doch was könnte solche Mühe mir helfen? Ich hab' nicht die Waffen, mich zu messen mit solch abgrundtiefer, entsetzlicher Verworfenheit!

Wär' die Erweislichkeit geringer als sie ist, sie würde bloß Ärger und Verachtung in mir ausgelöst haben. Der Elende, welcher auch nur den geringsten Verdacht gegen deine Ehre hätt' verlauten lassen, wär' von mir ohne Unwillen angesehen worden: nicht Haß noch Neid, nur nacktester Aberwitz hätt' ihm dergleichen eingeben können. Daß aber meine eigenen Augen und Ohren zu Zeugen deines Absturzes werden mußten! Kein andres Mittel hätte vermocht, mir so abscheuliche Gewißheit zu verschaffen!

Weshalb aber steh' ich hier, um mit dir zu rechten? Weshalb setz' ich mich deinem Spotte aus? Alles Mahnen, alles Flehen kann hier zu nichts mehr frommen! Du kennst ihn schon als einen Mörder, einen Dieb! Ich aber hab' geglaubt, der erste zu sein, dir seine Niedertracht zu entdecken – dich zu warnen vor dem Abgrund, dem du so eilfertig dich genaht. Doch ob du auch die Augen offen hieltest – es war für nichts! O Schande, ekelhaft und unerträglich!

So bleibt nur eines noch zu tun. Ich weiß, ihr werdet gemeinsam das Weite suchen. Glückseligkeit und Ehre wie vieler Menschen reißest du mit dir in deinen Untergang! Allein, er muß kommen! Kein Zweifel, binnen kurzem wirst du deinen abscheulichen Buhlen wiedersehen. Jetzt aber soll die Szene nicht besudelt werden durch sein Dazwischentreten. Sie wird befleckt genug sein durch euer nächstes Stelldichein um Mitternacht! Dann magst du jenem Unhold die Gefahr eröffnen, die ihm droht. Sag ihm, daß seine Verbrechen ruchbar geworden sind, und mach, daß er im Augenblick das Weite sucht, so er dem Los entgehn will, das ihm schon in Irland gedroht!

Du aber – willst du nicht hierbleiben? Ach, Schande über meine Schwachheit! Ich weiß ja nicht mehr, was ich rede! Doch was ich vorgehabt, nun ist's getan. Noch länger zu verweilen, sich zu ergehn in Vorhaltungen und flehentlichen Bitten, ja dir die Folgen deines Handelns herzuzählen – zu welchem Ende könnt' es führen als zur Verklärung deiner Niedertracht und zur Vertiefung unsres Wehs? Und dennoch – oh, sei eingedenk, eh' es zu spät ist, all der Bitternis, die deine Flucht auf uns herabbeschwört! Sei eingedenk des niedrigen, gemeinen und auch grausamen Charakters jenes Schurken, an welchen deine Ehre du verkauft hast! Allein, was soll's? Ist deine Schamlosigkeit nicht eine unerschütterliche, und dein Herz, ist es nicht durch und durch verderbt? O trügerischste, verworfenste unter den Weibern!«

Was ich da vernommen hatte – es war gewißlich vom Wahnwitz diktiert oder gegründet auf einen verhängnisvollen, unverständlichen Irrtum! Nach den Schrecken dieser Nacht, nach all den Gefahren, die mir von jenem Manne gedroht, nun auch noch zu solcher Unterredung gerufen zu sein! Pleyels Überzeugung mit ansehn zu müssen, ich hätte anstatt den Freitod zu wählen, im Angesicht der mir von jenem Wüstling drohenden Schändung mich seiner Niedertracht hingegeben, ihm meine Keuschheit aufgeopfert, meinen fleckenlosen Namen, meine Freundschaften, meine Glückseligkeit! Nicht einmal dem Wahnwitz war's zu glauben, daß er derlei Anwürfe aushecken könne!

Und welche Erweislichkeit mocht' es erst sein, die solch ungeheuerlichen Verdacht erwecken gekonnt? Nach dem unerwarteten Rencontre in meiner Kammer hatte Carwin sich davongemacht. Konnte Pleyel seinen Fortgang beobachtet haben? Bald darauf war er ja selber gekommen. Hatte er aus jenem Vorfall so abscheuliche Schlüsse gezogen? Vermochte all mein untadeliges Handeln und Empfinden nicht, mich zu schützen vor so niederträchtigem Argwohn? Hätt's nicht vielmehr allen Gesetzen der Vernunft entsprochen, anzunehmen, daß Carwin Übles mit mir vorgehabt? Daß mein Leben in Gefahr gewesen durch die entfesselten Begierden eines, der auf irgendwelche Weise als ein Mordbube und Raubgeselle entlarvt worden war? Und daß meiner Ehre nachgestellt worden nicht durch Schmeicheleien, sondern durch Gewalttat?

Ohne mir Gehör zu schenken, hat Pleyel mich verurteilt. Aus höchst unsicheren Anzeichen hat er die unwahrscheinlichsten, die ungerechtesten Schlüsse gezogen und mich mit den zügellosesten Schimpfreden bedacht. Mit Schanddirnen und Dieben hat er mich in ein und denselben Topf geworfen. O nein, Pleyel, solche Ungerechtigkeit kann ich dir nimmer vergeben! Oder, der Verstand muß dir verwirrt worden sein. Wo nicht – wenn also dein Verhalten ein nüchternes, wohlerwogenes gewesen, so kann ich dir ein dermaßen unmännliches, ungeheuerliches Verhalten nimmermehr nachsehen!

Nur nach und nach gaben derlei Gedanken andern Überlegungen Raum. Ganz offenkundig war Pleyel von einem plötzlichen Wahne befallen! Irgendwelche scheinbaren Anzeichen hatten ihn zu so handgreiflichen Irrtümern verleitet. Wie hatte die Verblendung ihm so sehr den Verstand rauben können? Stand etwa Liebe dahinter? Von vornherein überzeugt, ich hätte ein Auge auf Carwin geworfen, hin und her gerissen zwischen Kummer und Eifersucht und durch irgendwelchen Antrieb zu so ungewohnter Stunde hierhergekommen, war ihm eine Mücke zum Elefanten geworden und hatte ihn dergestalt in seinen jämmerlichen Irrtum gestürzt.

Solche Vorstellung entbehrte nicht des Trostes. Meine Seele schwankte nunmehr zwischen Entrüstung ob der an den Tag gelegten Ungerechtigkeit und Entzücken in Ansehung der Ursache, die nach meinem Dafürhalten dahinterstand. Solcher Zwiespalt schloß für geraume Zeit jeden anderen Gedanken aus. Überraschung ist ja ein Gefühl, das unsre Kräfte insgesamt herabmindert. So stand denn nichts als Verwunderung über all meinem Denken: bald schlug ich mich mit meiner Ungewißheit herum, bald hängte ich mich an irgendein Bild mit einer Beharrlichkeit, welche den verwirrenden Einfluß der jüngsten Vorfälle genugsam bezeugte.

Nach und nach gelangte ich dazu, die Folgen von Pleyels Irrtum zu erwägen und über die Maßnahmen nachzudenken, welche ich zum Schutze vor Carwins künftigen Nachstellungen zu ergreifen hätte. Sollt' ich es der Zeit überlassen, jenen fatalen Irrtum aufzuklären? Würde Pleyel, nachdem der erste Sturm seiner Leidenschaften sich gelegt, nicht die Abscheulichkeit seines Unrechts erkennen und eilends Schritte unternehmen, es gutzumachen? Ziemte es denn meinem Wesen, Entrüstung an den Tag zu legen ob so schandbarer Rede und Aufführung? War's nicht vielmehr meines Amtes, im sicheren Bewußtsein meiner Unschuld und im festen Vertrauen auf den beruhigenden Einfluß von Zeit und Besinnung solch grundlosen Anwurf stumm und ohne Gegenwehr zu widerlegen?

Soweit's nun aber Carwins Gewalttat und die Mittel anbetraf, durch welche derselben zu entgehen war, gab's nur *einen* klar vorgezeichneten Weg: ich beschloß, alles meinem Bruder zu erzählen und mich ganz seinen Ratschlägen zu fügen. Zu diesem Zwecke machte ich mich, als der Morgen schon ein wenig vorgeschritten war, auf den Weg zu meines Bruders Haus. Daselbst traf ich die Schwägerin über ihren gewohnten Verrichtungen an. Gleich bei meinem Eintreten fiel ihr mein verändertes Aussehen auf. Ich aber war nicht willens, sie durch meinen Bericht in Unruhe zu versetzen, denn ihrem gegenwärtigen Gesundheitszustand wäre jederlei schreckensvolle Mitteilung ganz besonders abträglich gewesen. So vermied ich es, die gestellten Fragen zu beantworten, und fragte meinerseits nach Wieland.

»Nun denn«, versetzte sie, »ich glaube gar, heute morgen muß es was Rätselhaftes, Unerfreuliches gegeben haben. Wir waren kaum erst aus den Federn, als auch schon Pleyel zur Tür hereinkam. Was ihn veranlaßt haben mag, uns einen so unzeitigen Besuch zu machen, weiß ich nicht. Sein derangiertes Aussehn und seine verstörte Miene ließen jedenfalls einen außergewöhnlichen Vorfall vermuten. Indes, er ließ mich nur wissen, daß er die letzte Nacht nicht geschlafen, ja sich nicht einmal entkleidet habe. Dann hat er deinen Bruder zu einem Spaziergang aufgefordert. Irgend etwas muß die beiden gänzlich in Anspruch genommen haben, denn Wieland ist erst nach dem Frühstück zurückgekehrt, und zwar allein. Er wirkte recht verstört, mochte gar keine Fragen hören und hat mir nichts weiter verraten. Nur aus ein paar beiläufig hingeworfenen Andeutungen konnte ich mir zusammenreimen, daß es irgendwie um dich gegangen war. Aber Wieland versicherte mir, du befändest dich daheim und am Leben, ja wärest bei guter Gesundheit und aufs beste aufgehoben. Er hat kaum einen Bissen zu sich genommen und ist gleich nach dem Frühstück wieder fortgegangen, doch ohne mir zu sagen wohin. Nur, daß er unter Umständen erst spätabends zurück sein würde, hat er erwähnt.«

Diese Neuigkeiten machten mich staunen und erschrekken zugleich. Also hatte Pleyel sich meinem Bruder anvertraut und ihn durch eine plausible wenngleich übertriebene Darstellung gegen mich eingenommen. Indes, würde nicht Wielands korrekteres Urteil alsbald das Trügerische von Pleyels Schlußfolgerungen erkennen und ins rechte Licht setzen? Vielleicht rührte sein Unbehagen auch von irgendwelchen Einblicken in Carwins Charakter her oder von Befürchtungen in Anbetracht meiner Sicherheit. Die Anzeichen, von denen Pleyel sich hatte mißleiten lassen, mochten ja auch meinem Bruder den Gedanken eingeben, ich hegte eine heimliche, wenngleich nicht unehrenhafte Neigung zu Carwin. Das etwa war's, was ich mir hastig zurechtlegte, und ich war namenlos begierig, mich dieses mutmaßlichen

Sachverhaltes zu vergewissern. Zu solchem Ende bedurft' es jedoch einer Unterredung mit meinem Bruder. Er aber war fortgegangen, ohne zu sagen, wohin, und seine Rückkehr stand nicht so bald zu erwarten. Und ich hatte keinerlei Anhaltspunkt, der mir geholfen hätte, Wieland aufzuspüren.

Auf die Dauer war's mir unmöglich, meine Besorgnisse vor der Schwägerin zu verbergen, und so erhöhten dieselben nur Catharinens Begier, den Grund meines Zustands zu erfahren. Doch da gab es vielerlei Erwägungen, die mir Schweigen auferlegten. Zumindest wär' es eine nicht verantwortbare Unüberlegtheit gewesen, die jüngsten Geschehnisse zu enthüllen noch ehe ich meinen Bruder gesehen hatte. Doch fiel mir kein andres Mittel gegen das Drängen meiner Schwägerin ein, als die Rückkehr zu meinem Hause. Mein Entschluß kam mir wieder in den Sinn, Wohnung unter ihrem Dache zu nehmen, und ich erwähnte dies. Voll Freude akzeptierte sie solchen Plan und ließ mich um so leichter ziehen, als ich ihr sagte, ich müsse ja noch die Sachen zusammensuchen und herüberschicken, die mir in meiner neuen Unterkunft vonnöten sein würden.

So kehrte ich zum andernmal zu jenem Haus zurück, das der Schauplatz so großer Wirrungen und Fährnisse gewesen. Schon war ich ihm nicht mehr allzufern, als ich meinen Bruder aus der Tür treten sah. Bei meinem Anblick hielt er inne, trat aber, nachdem er sich meiner Richtung vergewissert hatte, noch vor mir wieder ins Haus. Ich sah das mit ehrlicher Freude und eilte mich, die Dinge, falls es noch möglich war, wieder ins Lot zu bringen.

Meines Bruders Antlitz verriet keineswegs jene stürmischen Emotionen, von denen Pleyel bewegt gewesen. Dies nahm ich für ein günstiges Omen, und so begann ich unverzüglich mit meiner Rede.

»Ich habe dich gesucht«, sagte ich, »und von Catharinen

erfahren, daß Pleyel dich in einer wichtigen und unangenehmen Sache mit sich genommen hat. Vor seinem Gespräch mit dir ist er auf ein paar Minuten bei mir gewesen. Diese kurze Spanne hat er dazu verwendet, mich für Übeltaten und böse Absichten zu schelten, derer ich mich auf keine Weise schuldig gemacht. Ich kann nur glauben, daß seine diesbezüglichen Annahmen auf sehr schwankem Grunde stehen. Sein Verhalten war im höchstem Maße überstürzt und ungerecht, so daß ich, bevor mir nicht Genugtuung geworden, ihn mit der gebührenden Verachtung strafen muß. Doch muß ich auch fürchten, daß er meinen Bruder gegen mich eingenommen hat. Dies aber ist ein Übelstand, den um jeden Preis abzuwenden ich keine Mühe scheuen will. Bin ich heute morgen wirklich der Gegenstand eurer Unterredung gewesen?«

Meines Bruders Miene verriet keine Überraschung ob solcher Anrede. Auch das Wohlwollen in seinem Blick war um nichts geringer denn sonst.

»Du hast recht«, sagte er. »Deine Aufführung war Gegenstand unsrer Erörterung. Ich aber bin dir so Freund wie Bruder. Keinen Menschen gibt's, den ich mit größerer Zärtlichkeit liebe und dessen Wohlfahrt meinem Herzen näher steht. So magst du ermessen, mit welchen Empfindungen ich Pleyels Bericht aufgenommen habe. Ich erwarte und begehre, daß du dich rechtfertigst angesichts so schmachvoller Anwürfe, falls eine Rechtfertigung noch möglich ist.«

Der Ton, in welchem er die letzten Worte geäußert, traf mich zutiefst. »Rechtfertigung? Noch möglich ist?« wiederholte ich. »So zwingt dein Wissen dich, eine förmliche Rechtfertigung für nötig zu erachten? Kannst du denn auch nur einen Augenblick an meiner Unschuld zweifeln?«

Er schüttelte schmerzvoll das Haupt. »Ich habe mich bemüht«, versetzte er, »solchen Argwohn von mir zu weisen. Du stehst vor einem Richter, dem jeder Vorwand recht sein wird, dich freizusprechen, ja der bereit ist, seinen eignen Sinnen zu mißtrauen, sobald sie gegen dich plädieren.«

Solche Worte riefen eine ganz neue Gedankenkette in mir wach. Ich begann zu argwöhnen, Pleyel hätte seine Anschuldigungen aus irgendwelchen mir unbekannten Gründen gegen mich erhoben. »Vielleicht sind die Ursachen deiner Annahme mir noch fremd«, sagte ich. »Pleyel überhäufte mich mit den ungehörigsten und bösesten Schimpfreden, doch hat er mir die Tatsachen vorenthalten, auf die er seine Verdächtigungen gebaut. Nun hat sich aber in der vergangenen Nacht einiges zugetragen, das von recht zweideutigen Umständen begleitet war, und so hab' ich angenommen, dieselben könnten zu seiner Kenntnis gelangt sein und seinem von Vorurteil und Leidenschaft umnebelten Geist den Vorwand für solche Aufführung geliefert haben. Doch war ich der Meinung, dein unbefangeneres Urteil werde dergleichen schon an seinen rechten Platz zu rücken wissen. Vielleicht hat Pleyel dir aber ganz anderes berichtet, als ich geglaubt. So hör denn, was *ich* zu sagen habe. Sollte irgend etwas in seinen Worten nicht mit den meinen übereinstimmen, so hat er die Unwahrheit gesagt.«

Sodann begann ich mit der ausführlichen Erzählung dessen, was sich in der letzten Nacht zugetragen hatte. Wieland lauschte meinem Bericht mit der größten Aufmerksamkeit. »Dies«, so fuhr ich am Ende meiner Darlegungen fort, »ist die reine Wahrheit und sonst nichts. Du siehst nun, unter welchen Umständen jene Unterredung zwischen Carwin und mir stattgefunden hat. Stundenlang ist er in dem Verschlag verborgen gewesen, und nur wenige Minuten war er in meiner Kammer. Danach hat er sich ohne besondere Eile, jedoch auch ohne Zögern entfernt. Sollte Pleyel ihn beim Verlassen des Hauses gesehen haben (und es ist sehr wohl möglich, daß er dies getan), so mag er zu seinen für mich so verletzenden Schlüssen gelangt sein. Daß er ihnen Raum gegeben, beweist freilich weniger Scharfsinn, als ich ihm vordem zugetraut.«

»Seine Beweise«, versetzte Wieland nach geraumer Zeit, »sind von anderer Art. Daß er getäuscht worden, ist so gut wie unmöglich. Und daß er selber mich täuschen gewollt, könnt' ich nur glauben, wenn sein Zeugnis unvereinbar wäre mit dem deinen. Indes, die Zweifel, welche ich gehegt, sind nun beseitigt. Zwar ist deine Erzählung in manchen Zügen nahezu unglaublich, ja wunderbar: die Stimme, welche dich abhalten gewollt, den Verschlag zu öffnen, dein Beharren auf dem gefaßten Entschluß unerachtet des ergangnen Verbotes, deine Annahme, ich selber könnte jener verborgene Schurke sein! Indes, all das will ich dir glauben, denn ich kenne dich von Kind auf und hab' wohl tausendmal die Beweise deiner Wahrhaftigkeit empfangen. Nur das Zeugnis meiner eigenen Augen und Ohren könnte bestehen gegen die Verwahrungen meiner Schwester, sie habe nichts zu tun mit all den vorgehaltenen Schlechtigkeiten.«

Dies vernommen, umhalste ich Wieland und benetzte seine Wange mit meinen Tränen. »Daran«, so rief ich, »erkenn' ich so recht meinen Bruder! Doch sprich, welches sind Pleyels Beweise?«

Er antwortete: »Pleyel hat mir berichtet, auf dem Weg zu deinem Hause zwei Stimmen vernommen zu haben. Die Sprecher, so sagt er, hätten sich im Schutze des Steilufers befunden und wären deshalb nicht zu sehen gewesen. An den Stimmen jedoch hätte er euch beide, dich und Carwin, erkannt. Ich will den Wortlaut des belauschten Zwiegesprächs nicht erst wiederholen. Sollte aber die Sprecherin tatsächlich meine Schwester gewesen sein, so hält Pleyel sie zu Recht für die Verworfenste unter den Weibern. Daher also kommen seine Anschuldigungen, und daher rührt auch sein Bemühen, mich für einen Plan zu gewinnen, der meine Schwester von jenem Menschen auf ewig trennen soll.«

Ich bat Wieland, mir das Gesagte zu wiederholen. Dies war in der Tat ein Bericht, welcher geeignet schien, mich mit den schrecklichsten Vorahnungen zu erfüllen. Müßig war mein Glaube gewesen, daß Tür und Gitter hinreichen würden, meine Geborgenheit zu garantieren, denn dies ist ein Widersacher, vor dessen Zugriff mich keine Göttliche Macht zu schützen vermag! Mein guter Ruf wie meine Glückseligkeit – von Stund' an werden sie seiner Heimtücke ausgeliefert sein! Wie sollt' ich seine Pläne durchkreuzen, wie seine Gehilfin entdecken? Er hat ja ein lästerliches, verworfenes Frauenzimmer gelehrt, meine Stimme nachzuahmen! Dergestalt wurde Pleyel zum Ohrenzeugen meiner vermeintlichen Ehrlosigkeit! Dies also ist das mitternächtliche Stelldichein, auf das er angespielt! Und so auch erklärt sich das Schweigen, welches er bewahrte, als er meine Kammertür öffnen gewollt. Er wähnte mich ja außer Hause und hatte vielleicht im Sinn, bei unverschlossener Tür mir in der Kammer seine auf einen Zettel hingeworfene Beschuldigung zu hinterlassen!

Nunmehr schien Pleyels Schuld mir um vieles geringer zu wiegen. Nahezu dankbar gedacht' ich jetzt der Aufrichtigkeit seiner Seelenpein und der Tiefe seiner Verzweiflung. Allein, war sein Handeln nicht dennoch ein überstürztes gewesen? War denn die Vermutung, mein Part sei von einer fremden Person gespielt worden, gar so weit hergeholt? Die Fähigkeit zu täuschender Nachahmung ist eine genugsam verbreitete. Pleyel, der ja Carwins Schlechtigkeit kannte, hätte demselben solch teuflisches Komplott durchaus zutrauen müssen, doch hatte er's vorgezogen, in *mir* die Schuldige zu sehen!

Wie aber war solcher Betrug aufzudecken? Was konnte ich andres in die Waagschale werfen denn meine eigenen Unschuldsbeteuerungen? Würden dieselben schwerer wiegen als die Wahrnehmungen seiner Sinne? Ich konnte ja keinerlei Zeugen beibringen für meine Anwesenheit im Hause! Was sich tatsächlich in der vergangenen Nacht begeben, grenzt ans Wunderbare. Kaum einer läßt sich denken, der solche Begebnisse, bekäme er sie zu Ohren, nicht unbedenklich verwürfe und ins Reich der Fabel verwiese! Und an Skeptizismus findet Pleyel nicht leicht seinesgleichen. Ich aber vermag nicht, Carwin herbeizuzwingen, auf daß er Zeugnis ablege für meine Unschuld und sich selber des Eindringens in mein Haus bezichtige.

Mein Bruder sah und verstand meine Notlage. Dennoch vermochte er dieselbe nicht in deren vollem Ausmaß zu erkennen. Er wußte ja nicht, wie viele Beweggründe mich anstachelten, vor Pleyel meinen guten Ruf wiederherzustellen. Indes, Wieland versuchte nach Kräften, mich zu trösten. Irgend etwas, so sagte er, werde schon eintreten, den Knoten zu entwirren. Auch meiner Beredsamkeit wollte er nicht alle Wirkung absprechen, falls ich es für schicklich ansähe, mich derselben zu bedienen. Weshalb also nicht eine Unterredung mit Pleyel herbeiführen und ihm eine genaue Beschreibung seines Erlebnisses abnötigen, in der ja etwas enthalten sein mochte, welches geeignet war, das Gebäude seiner irrigen Mutmaßungen zum Einsturz zu bringen?

Begierig griff ich nach solchem Strohhalm der Hoffnung. Indes, mein Eifer ward alsbald gezügelt durch neue Erwägungen: sollte ich, die in diesem Respekte untadelig und sonder Makel war, ungerufen vor Pleyel hintreten und mich dem Urteil seiner Laune unterwerfen?

»Falls du eine Aussprache herbeiführen willst«, fuhr Wieland fort, »so mußt du dich eilen. Nämlich, Pleyel hat mir seinen Entschluß mitgeteilt, noch heute abend oder aber morgen mit dem Frühesten eine lange Reise anzutreten.«

Nichts hätte unerwarteter, nichts unerwünschter kommen können! Ich fuhr empor von meinem Fenstersitze:

»Grundgütiger Himmel!« rief ich. »*Was* sagst du da? Eine Reise? Wohin denn? Und wann?«

»Wohin, kann ich nicht sagen. Es war ein plötzlicher Entschluß, so scheint mir. Erst heute morgen hab' ich davon erfahren. Doch hat Pleyel versprochen, mir zu schreiben sobald er angelangt ist.«

Ich bedurfte keines weitern Wortes über Sinn und Zweck solcher Reise. Die Pläne, welche Pleyel auf sein künftiges Glück gerichtet hatte, waren über Nacht zunichte gemacht worden durch jene vermeintliche, unselige Entdeckung. Daß ich ihm einen anderen vorgezogen hatte und dergestalt seiner weiteren Verehrung unwürdig geworden war, hatte für ihn festgestanden im Momente jenes belauschten Zwiegespräches. Der Gedanke, auf immer verlassen zu werden, und dies aus solchem Anlaß, dünkte mich der Vorbote des Wahnsinns zu sein! Daß Pleyel von mir gehen sollte als von einer, die keine Augen gehabt für seine Trefflichkeit und nun im Begriffe stand, die eigne Ehre zu besudeln und das Weib eines Schurken zu werden, wo doch ganz im Gegenteil mein Herz ein Altar der Keuschheit war und einzig für Pleyel schlug – dies war ein Los, das ich nimmermehr auf mich zu nehmen gedachte, solange ich noch einen Finger rühren konnte!

Ich überlegte, daß dies Unheil sich ja noch abwenden ließ – daß es noch in meiner Macht lag, solch verhängnisvolle Reise hinauszuzögern, wenn nicht gar für immer zu verhindern! Nichts stand ja einem Besuche im Weg, und was ich fürchtete, war bloß, daß solche Unterredung zu lange aufgeschoben werden könnte. Mein Bruder bestärkte mich in meiner Eile und stellte mir sogleich seine Chaise samt Diener zur Verfügung. Meine Absicht war's, unverzüglich nach Pleyels Landgut aufzubrechen, woselbst seine Geschäfte ihn tagsüber festzuhalten pflegten.

Zwölftes Kapitel

Mein Weg führte mich durch die Stadt. Kaum jedoch befand ich mich in derselben, als auch schon eine allgemeine Übelkeit mich befiel. Die Dinge ringsum wurden undeutlich und verschwammen mir vor dem Blick, und nur mit Mühe brachte ich es über mich, nicht auf den Boden des Wagens hinzusinken. So beschloß ich, mich zu Mrs. Baynton fahren zu lassen, in der Hoffnung, ein wenig Ruhe werde mich erfrischen und wieder auf die Beine stellen. Indes, meine verstörten Gedanken erlaubten mir nur eine kurze Rast, und als ich mich am Nachmittag ein wenig besser fühlte, nahm ich meine Fahrt wieder auf.

Meine Betrachtungen blieben auf immer dieselben Dinge beschränkt. Der Erfolg meines Vorhabens schien mir ja ein recht zweifelhafter zu sein. Ich hing zum Teil von den Eingebungen des Augenblicks ab sowie von dem, was Pleyel mir etwa eröffnen würde. Führte ich mir aber die Natur seiner Anschuldigungen vor Augen, so stieg mir eine brennende Entrüstung zu Kopfe. Mußten denn die Wahrheit und das Bewußtsein meiner Unschuld mir nicht zum schließlichen Triumphe verhelfen? Wie also hätt' ich solch abscheuliche Beschuldigungen nicht mit unwiderstehlicher Kraft von mir stoßen sollen.

Welch ein radikaler und trauriger Wandel hatte sich da binnen weniger Stunden vollzogen! Der Abgrund, der das Insekt vom Menschen trennt, kann nicht breiter sein als derjenige, welcher bei den Weibern die Verworfenen von den Wohlanständigen scheidet. Ich war heute die nämliche, die ich auch schon gestern gewesen, und es gibt einen Grad der Verderbtheit, zu dem hinabzusinken mir schlechterdings unmöglich ist. Dennoch, für einen anderen, für meinen altvertrauten Gefährten, den beständigen Zeugen meines Tuns und Lassens, den Teilhaber an meinem Denken, hatte ich aufgehört, ein und dieselbe zu sein! Schmutzig geworden und abgewelkt war in seinen Augen meine bisherige Reinheit: für die Komplizin eines Mordbuben hielt er mich nun, und für eines Raubgesellen Buhldirne!

Solche Meinung entbehrte nicht der Erweislichkeit. Allein, von welcher Art mußten die Beweise sein, um solchem Bilde den Anstrich von Wahrscheinlichkeit zu geben? Waren die Gefühle der vermeintlich belauschten Person unvereinbar mit dem Wortlaut der vernommenen Stimme, so stand solche Erweislichkeit auf recht schwankem Grunde! Dieser Mangel an Übereinstimmung hätte mir sogleich auffallen müssen, wäre ich der Lauscher und Pleyel der belauschte Bösewicht gewesen. Schon der bloße Gedanke an Verstellung hätte genügen müssen, dem Ohrenzeugen die Szene zu erklären! Doch ach! Es ist das Los der Clara Wieland, in die Hände eines überstürzten und unerbittlichen Richters zu fallen!

Was aber ist's, unseliger Carwin, worauf dein Sinnen und Trachten sich richtet? Enttäuscht in deinen ersten, ruchlosen Plänen, wirst du nimmer davon lassen, die Vernichtung deines Opfers zu betreiben! Nichts andres blieb dir ja, als meinen makellosen Ruf zu zerstören. Dies aber hat mein guter Schutzgeist zugelassen! So mag's unmöglich sein, Pleyel von seinem Vorurteile zu befreien. Und wär's gleich möglich, so stünde doch nicht zu erwarten, daß deine Tükken und Ränke damit zu Ende wären! Unzählige Wege wird deine Arglist ersinnen, den bösen Vorsatz doch noch ins Werk zu setzen.

Weshalb also gegen dich in die Schranken treten? Wollte Gott, ich könnte deiner Rache durch meine Verachtung den Stachel nehmen!

Führ' ich mir aber vor Augen, mit welchen Hilfsquellen dich Natur und Erziehung ausgestattet haben – bedenk' ich, daß deine Lieblichkeit sich auferbaut aus stählernen Muskeln und aus Organen von höchster Leistungskraft, betätigt durch einen Intellekt von beispielloser Schärfe und umfassendem Wissen: bedenk' ich all das, so seh' ich, daß mein Los besiegelt ist. Welches Hindernis könnte deinen Eifer ablenken, welches Bollwerk deinem Ansturme trotzen? Das Wesen, unter dessen Schutz ich bisher gestanden, hat ja die Furchtbarkeit deiner Anschläge bezeugt, denn nur ein übernatürliches Dazwischentreten hat vermocht, dir auf deinem Wege Einhalt zu gebieten.

Solchen Überlegungen nachhängend, langte ich gegen Abend auf Pleyels Landgut an. Vor Monatsfrist hatte ich den nämlichen Pfad genommen, allein, wie anders war's mir damals ums Herz gewesen! Diesmal war ich ja auf dem Wege zu einem, der mich für die Ausgeburt des Menschengeschlechtes hielt. Ich sollte die Sache meiner Unschuld verfechten gegen Zeugen, welche unser menschliches Wissen aufs klarste und untrüglichste verbürgen! Je näher ich solchem Punkte zusteuerte, desto mehr verließ mich mein Zutrauen. Und als der Wagen anhielt vor der Tür, sagten meine Füße mir den Dienst auf, so daß ich einer alten Magd in die Arme sank. Nicht einmal den Mut brachte ich auf, nach ihrem Herrn zu fragen: mich quälte ja die Angst, die beabsichtigte Reise sei schon unternommen worden. Allein, solche Befürchtung ward zerstreut durch die Frage der Alten, ob sie den jungen Herrn herbeiholen solle, welcher soeben auf sein Zimmer gegangen sei. Diese Mitteilung brachte mich wieder auf die Beine, und ich beschloß, Pleyel in dessen Zimmer aufzusuchen.

In meiner Konfusion vergaß ich, nach Gebühr anzuklopfen, und trat unangemeldet ein. Solche Abruptheit hatte ganz und gar nicht in meiner Absicht gelegen. Indes, die unerhörte Bedeutsamkeit meiner Reflexionen ließ mir keine Muße, auf die gebotne Schicklichkeit zu achten. Pleyel wandte der Tür den Rücken. Ein kleiner Reisekoffer, dessen

Deckel offenstand, befand sich vor ihm, und es hatte den Anschein, als wäre dessen Besitzer damit befaßt, seine Garderobe einzupacken. Bei meinem Eintritte war er in den Anblick eines Gegenstands versunken, den er in Händen hielt.

Dies gesehen, glaubte ich alles zu wissen! Kein Zweifel, das Bildnis, das Pleyel in Händen hielt und von dem er so gefesselt schien, war dasjenige meiner Person! Derlei Reisevorbereitungen, die Ursache, von der solcher Aufbruch ausgelöst worden, die Hoffnungslosigkeit meines Beginnens – all das stürzte im Moment über mich herein, so daß ich mich aufgelöst fand in einer Flut von Tränen.

Aufgestört von meinem Weinen, ließ Pleyel den Kofferdeckel fallen und fuhr herum. Augenblicklich wich die tiefe Trauer auf seinen Zügen dem heftigsten Erstaunen. Doch als er sah, daß ich mich nicht mehr aufrecht halten konnte, trat er wortlos auf mich zu und bot mir seinen Arm als Stütze. Die Freundlichkeit dieser Geste rief bei mir einen neuerlichen Tränenstrom hervor. Das Weinen war ja ein Trost, bei dem ich damals nur selten Zuflucht suchte, und der mich deshalb besonders köstlich dünkte. Aus des Freundes Zügen war alle Entrüstung gewichen, und so verrieten sie nichts denn Verwunderung und Mitleid. Solcher Ausdruck war mir nur zu gut verständlich: mein Besuch und meine Tränen waren ja für Pleyel ein Beweis meines schlechten Gewissens! Die Elende, welche er der unverbesserlichen und halsstarrigen Verderbtheit bezichtigt hatte, zeigte sich nunmehr den Regungen der Reue zugänglich und war gekommen, ein Schuldbekenntnis abzulegen.

Diese Überzeugung war freilich nicht geeignet, mich zu trösten, sondern bewies mir bloß aufs neue, wie schwierig die Aufgabe war, der ich mich da unterzogen hatte. Keiner von uns sprach ein Wort, und weniger denn je war's mir nach Reden zumute. So entzog ich mich Pleyels stützendem Arm und ließ mich auf das Sofa fallen. Er nahm neben mir

Platz und schien voll ungeduldiger Besorgnis meiner Worte zu harren. Doch was hätte ich schon sagen können? In Gedanken hatte ich mir freilich alles Nötige zurechtgelegt, allein, die Tränen erstickten mir die Stimme.

Auch Pleyel setzte mehrmals zur Rede an, doch schien seine Ungewißheit hinsichtlich der wahren Bedeutung solcher Szene ihn am Sprechen zu hindern. Schließlich begann er mit stockender Stimme:

»Teure Freundin! Wollte Gott, ich könnte dich weiterhin so nennen! Das Bild, welches ich einstmals so sehr angebetet – es hat ja nur in meiner Phantasie bestanden. Indes, wiewohl ich's nimmermehr verwirklicht sehen kann, magst du dennoch nicht gänzlich fühllos den Schrecken jenes Abgrunds gegenüberstehn, darein zu stürzen du im Begriffe bist. Welches Herz wäre denn auf immer entrückt dem heilsamen Stachel der Zerknirschung und dem wohltätigen Einfluß löblicher Antriebe?

Ich habe dich für vollendeter und klüger angesehen als den Rest der Weiber. Keine Empfindung, die du geäußert, keine Miene, die du angenommen, welche für mich nicht randvoll gewesen wären von höchster Rechtlichkeit und erhellt vom reinsten Geiste! Allein, jede Täuschung hat ihre Grenzen. Zwar kann deine Erziehung nicht ohne Einfluß an dir vorübergegangen sein – zwar mag ein scharfer Verstand nicht aller Tugend entraten –, doch war's dir auf die Dauer nicht möglich, Geistesschärfe und Kraft der Argumentation zu heucheln. Ich bin übereilt gewesen in meinen Schmähungen und möchte nicht ums Leben dir alle Hoffnung absprechen. So will ich mich denn jeglichem Beweise verschließen, der etwa sagen wollte, daß dein Herz ein unheilbar verworfenes sei.

Du bist also gekommen, mir mein Glück wiederzugeben und mich zu überzeugen, du hättest dem Laster die Maske abgerissen und empfändest nichts denn Abscheu vor jenem Part, den du bisher gespielt.«

Dies mitangehört, verließ mich aller Gleichmut. Für Sekunden vergaß ich der Beweise, von denen Pleyel seine Meinung hergeleitet, achtete nicht länger des wohlmeinenden Tones seiner Vorhaltungen und überhörte den Kummer, der aus seinen Worten sprach. Entrüstung und Entsetzen ob so finsterer Beschuldigungen erfüllten mich ganz und gar. Ich fuhr zurück und bedachte den Freund mit einem Blick voll Zorn und Verachtung, wobei meine Leidenschaft mir die folgenden Worte eingab:

»Oh abscheuliche Verblendung, die mich hierhergeführt! Weshalb nur duld' ich's, so entsetzliche Beleidigungen mitanzuhören? Meine Vergehen existieren ja bloß in deiner krankhaften Phantasie! Du stehst im Bund mit jenem verräterischen Schurken, der mir nach dem Leben getrachtet! Die Zerstörung meines Friedens und meiner Ehre hast du dir gelobt! Schmach und Schande über mich, daß ich so niederträchtigen Verleumdungen mein Ohr leihe!«

Pleyel nahm diese Rede ohne sichtbare Verstimmung hin. Zwar legte die alte Verdüsterung sich auf seine Züge, doch würdigte er mich keines Blickes. Mir aber kehrten die Gedanken, welche meiner plötzlichen Erbitterung Raum gegeben, wieder zurück und bewirkten meine neuerliche, tränenreiche Auflösung. »Oh«, rief ich unter bitterlichem Schluchzen, »welch ein Los ward mir da zuteil! Beschuldigungen mitanhören zu müssen, von denen ich weiß, daß sie falsch sind, die aber geglaubt werden von ihm, der sie gegen mich vorbringt – geglaubt auf Grund von Beweisen, die, wie irrig sie sein mögen, dennoch den Anstrich der Wahrheit tragen!

Nicht um zu bekennen bin ich hierhergekommen, sondern um die Sache meiner Unschuld zu vertreten. Ich weiß ja, worauf deine schmähliche Meinung sich gründet. Wieland hat mir eröffnet, auf welchen Argwohn du dich stützest. Solcher Argwohn wird aber von dir als eine Gewißheit gehegt, und nichts vermag mich vor solcher Meinung zu schützen, weder mein untadeliges Leben noch meine Gespräche und Briefe. Jedwedes Gefühl, das mir über die Lippen gekommen oder aus der Feder geflossen ist, hätte dir die Rechtschaffenheit meines Geistes bezeugen müssen, du aber weisest solches Zeugnis von dir! So seh' ich mich verurteilt als das verworfenste Geschöpf unter der Sonne – seh' mich in einen Topf geworfen mit der dümmsten und schmutzigsten Verderbtheit.

Wie aber steht's um die Beweise, welche herhalten müssen für so niederträchtige, so unwahrscheinliche Bezichtigung? Ein Zwiegespräch um Mitternacht hast du mit angehört! Stimmen sind an dein Ohr gedrungen, in welchen du die meine und diejenige eines entlarvten Schurken zu erkennen geglaubt! Und was da zum Ausdruck gekommen – es machte dich die zufällige oder beabsichtigte Ähnlichkeit der Stimmen nicht in Zweifel ziehen, wie sehr es auch gegen alles sprechen mochte, was mein bisheriger Lebenswandel bezeugt hat, und wie sehr's auch einen durch niederträchtige Lasterhaftigkeit beschmutzten Geist verraten mochte, der sich verbunden mit demjenigen eines Diebsgesellen und Mordbuben! Nein, was da geäußert worden, hat dich den Betrug nicht erkennen lassen, hat dir nicht eingegeben den Gedanken, meine Stimme könnte von einem fremden Weibe nachgeäfft worden sein!

Vorschnell bist du gewesen und nur zu sehr geneigt, mich zu verdammen! Anstatt die Betrüger auf frischer Tat zu überraschen und dich durch Augenschein von der Unwahrheit des Vernommenen zu überzeugen, standest du von ferne, ja suchtest dein Heil in der Flucht! Hättest du gehandelt nach meinen Worten, so müßt' ich nun nicht vor dir stehen und meine Unschuld verteidigen. Daß du nichts dergleichen getan, beweisen mir deine Gedanken unwiderleglich. Und doch wär' solches Handeln von einem Pleyel zu erwarten gewesen! Mit Recht durfte ich annehmen, daß er mich nicht vorschnell der schwärzesten Untat bezichtigen, daß er meinen ehrlichen Namen nicht verknüpfen werde mit der Niedertracht, um mich dergestalt aus geringfügigen, unzureichenden Gründen dem Ruine preiszugeben!« Ein neuerlich heraufsteigendes, krampfhaftes Schluchzen hinderte mich an meiner weiteren Rede.

Pleyel schien im Momente recht betroffen zu sein. Er maß mich mit unsicherem, zweifelndem Blicke, verfiel aber alsbald wieder in sein düsteres Brüten. Gedankenverloren richtete er die Augen zu Boden und sprach:

»Nur noch zwei Stunden, und auch dieser Ort liegt hinter mir. Soll mein trauriger Gast – soll der Kummer mich begleiten? Oder soll er gar zehnfältig mit mir ziehen? Was ist mir ihr, die nunmehr vor mir steht? Soll jede neue Stunde mir weitere Beweise einer beispiellosen Verderbtheit liefern? Schon halt' ich diese Unselige für das verworfenste, abscheulichste Geschöpf! Ihr Kommen und ihre Tränen haben mir ein wenig Hoffnung gegeben, allein, auch dieser Hoffnungsschimmer ist nunmehr verflogen!«

Jetzt erst richtete er den Blick voll auf mich, und sein Antlitz ward von einem krampfhaften Zucken entstellt. Hohl und furchterregend klang seine Stimme: »Du weißt sehr wohl, daß ich zum Zeugen deines Zwiegesprächs geworden, und bist dennoch gekommen, mich zu tadeln ob meiner Ungerechtigkeit! Mit glatter Stirne bringst du's fertig, vor mich hinzutreten und mich der Täuschung zu zeihen! Ein unerforschliches Geschick hat dich zu irgendwelchem Ende ausersehen. Kein Zweifel, du wirst leben, die Pläne deines Schöpfers zu erfüllen, falls er seiner Hände Werk nicht vor der Zeit bereut, und falls sein Rachestrahl dich nicht darniederstreckt noch ehe das Maß deiner Tage voll ist! Denn nichts, das Menschenantlitz trägt, vermag sich an Schlechtigkeit mit dir zu messen, dies ist wohl ausgemacht!

Ich hab' geglaubt, meinen Ingrimm schon bemeistert zu haben. Ich bin nicht stark genug, dein Richter zu sein. Meines Amtes ist, Anteil zu nehmen und die Dinge zu bessern, nicht aber, zu strafen und Schmähreden zu führen. Ich wähnte mich frei von stürmischer Leidenschaftlichkeit und war fast schon daran, deinen Absturz zu beweinen. Allein, ich bin so schwach wie der Staub, so wandelbar wie Wasser. Gelassen und mitleidsvoll kann ich nur sein, wenn du nicht da bist. Mach dieses Haus, mach dieses Zimmer zu deinem Obdach solange du magst, doch vergib mir, wenn ich vorziehe, die wenigen Stunden meines Bleibens hinzubringen in Einsamkeit!« Dies gesagt, traf er Anstalten, das Gemach zu verlassen.

Die stürmischen Leidenschaften dieses Mannes lösten eine Welle des Mitgefühls in mir aus. Ich hörte zu weinen auf. Starr und sprachlos vor Seelenpein saß ich da, die Hände gerungen und den stummen Blick auf den Fortgehenden geheftet. Nur zu gern hätt' ich ihn zurückgehalten, doch war ich nicht fähig, auch nur einen Finger zu rühren, ehe Pleyel aus dem Zimmer war. Dann aber brach's gellend und ohne mein Zutun aus mir hervor: »Pleyel!« schrie ich auf. »So gehst du wirklich und wahrhaftig fort? Willst mich für immer verlassen?«

Solcher Aufschrei rief ihn im Augenblick zurück. Er sah meine Verstörung, meine Blässe – sah, wie ich nach Atem rang. Schon sank mir das Haupt auf den Busen, ein peinvoller Schwindel befiel mich, und die Sinne schwanden mir.

Als ich wieder zu mir kam, fand ich mich im vorderen Zimmer hingestreckt auf ein Lager, das von Pleyel und zweien seiner Mägde umstanden war. Alle Wut und Verachtung, die des ersteren Züge noch vor kurzem entstellt hatten, waren verflogen, und nichts denn die zärtlichste Besorgnis malte sich nunmehr auf ihnen. Sobald er wahrnahm, daß mir die Sinne wiederkehrten, faltete er die

Hände und rief: »Gelobt sei Gott! Das Leben hat dich wieder! Schon war ich drauf und dran, an deinem Aufkommen zu verzweifeln! Ich fürchte, ich habe überstürzt und ungerecht gehandelt. Das Opfer eines unerklärlichen und plötzlichen Wahnes muß ich gewesen sein! Vergib mir, ich flehe dich an, vergib mir meine Vorwürfe! Mein Leben will ich in die Schanze schlagen für deine Keuschheit, von Stund' an und für immer!«

Und abermals drang er mit der brennendsten Zärtlichkeit in mich, ich möge mich wieder fassen und mich beruhigen. Dies gesagt, überließ er mich der Obhut seiner beiden Mägde.

Dreizehntes Kapitel

Welch bestürzende Veränderung war mit meinem Freunde vorgegangen! Was mocht' es nur sein, das seine festgegründete Überzeugung dermaßen erschüttert hatte? War während meiner Bewußtlosigkeit etwas geschehen, das geeignet gewesen, solch radikalen Wandel herbeizuführen? Die Frauen versicherten mir, Pleyel habe das Zimmer mit keinem Schritt verlassen, doch hätten die ungewöhnliche Dauer meiner Ohnmacht und das Fehlschlagen aller Versuche, mich ins Leben zurückzurufen, ihm viel Kummer und Angst bereitet. Sah er also in der Wirkung, welche seine Vorwürfe auf mich geübt, den Beweis für meine Unschuld?

Im Zuge solcher Erwägungen achtete ich nicht länger meiner körperlichen Mattigkeit. Ich richtete mich auf und begehrte, Pleyel vor meinem Aufbruche noch einmal zu sehen. Ich war ja fest entschlossen, sein Haus zu verlassen, unerachtet aller ernstlichen Vorstellungen, die Nacht unter seinem Dache zu verbringen. Schließlich willigte er in mein Verlangen.

Die zärtliche Besorgtheit, welche er noch eben an den Tag gelegt, war verflogen, und aufs neue sank er in seine brütende Schwermut.

Ich eröffnete ihm nunmehr meinen Entschluß, zu Wieland zurückzukehren, und daß ich bloß hierhergekommen sei, meine Unschuld gegen die niederträchtigen Vorwürfe zu verteidigen, welche Pleyel gegen mich erhoben. Mein Stolz hatte nicht Zuflucht genommen zu Schweigen und Fernbleiben. Nicht hatte ich der Zeit vertraut oder dem Einfluß seines ruhiger gewordenen Denkens, um den erhobnen Anschuldigungen zu wehren. Da ich mir meiner Unschuld vollkommen bewußt war und überdies Wert auf Pleyels gute Meinung legte, konnt' ich schlechterdings nicht glauben, daß meine diesbezüglichen Bemühungen nichts fruchten würden. Die Beweise, welche etwa gegen meine Schuldlosigkeit sprachen, mochten ja zahlreich und auch recht einleuchtend sein, doch waren sie zweifellos irrig. Auch war ich durchaus willens, dem Freunde ernstlich zu glauben, daß er von den gegen mich erhobenen Anklagen überzeugt war. Allein, sie ermangelten der Wahrheit! Der Boden, darauf er seine Meinung gegründet, war nur zu trügerisch, und mir lag daran, dies Trügerische vor Pleyel aufzudecken. So drang ich in ihn, er mög' mir doch im einzelnen berichten, was er vernommen und gesehen hatte.

Bei diesen Worten verdüsterte sich des Gefährten Miene. Nur mühsam schien er seinen Ingrimm bemeistern zu können. Schon tat er die Lippen auf, doch das Wort erstarb ihm, noch eh' es geformt worden. Solch innerer Zwiespalt währte mehrere Minuten, doch schließlich gewann Pleyels Seelenstärke die Oberhand, und so hub er an:

»Nur zu gern würd' ich solch widerwartiger Szene ein Ende machen. Alles, was ich zu sagen habe, ist müßige Atemverschwendung, die zu gar nichts führt. Auch die genaueste Erzählung wird dem, was du weißt, nichts Neues hinzufügen. Die Gründe für meine Meinung sind dir bewußt, und dennoch beteuerst du deine Unschuld. Weshalb also jene Ursachen erst noch erörtern? Gut genug kennst du Carwins Charakter. Weshalb also die Entdeckungen herzählen, die ich in Anbetracht deiner Person gemacht habe? Indes, da du nun einmal darauf bestehst – da es in Ansehung unsrer begrenzten Fähigkeiten möglich ist, daß irgend ein Irrtum sich in meine Beobachtungen eingeschlichen hat –, will ich in aller Kürze berichten, was ich weiß.

Muß ich mich erst noch verweilen über den Eindrücken, welche deine Gespräche und dein Gehaben von Anfang an auf mich geübt? Schon in früher Kindheit mußten wir von einander scheiden. Indes, unser brieflicher Verkehr war ein reger und ging ohne Unterbrechung weiter. Mit welch innigem Entzücken nahm ich ein Wiedersehen vorweg mit einer, deren Briefe mich gelehrt hatten, in ihr den Gipfel fraulicher Vollkommenheit zu sehen, und wie sehr wurden all meine Erwartungen schließlich erfüllt!

›Dies‹, so sprach ich bei mir, ›ist ein Geschöpf, das den Weisen für ihre Gleichnisse, den Malern für ideale Schönheit zum Vorbild dienen könnte! Hier ist beispielhaft bezeugt jene Vereinigung von Geist und Gestalt, welche bisher bloß in den Entwürfen unsrer Poeten existiert hat!‹ Jeden deiner Blicke hab' ich beobachtet, und an deinen Lippen bin ich gehangen, auf daß mir kein einziges deiner Worte entginge: Gefragt hab' ich mich, ob denn der Zauber deiner Stimme mehr von deren feiner Melodik oder aber von deren klangvoller Beredsamkeit herrühre. Gemerkt hab' ich auf die Übergänge deiner Rede, auf deine glückliche Wortwahl, auf deine feinsinnige Argumentation und glühende Bildsprache – und sah mich dergestalt veranlaßt, sämtliche andere Entzückung für schal und verächtlich anzusehen im Vergleich zu derjenigen, welche mir das Sehen deiner Person, das Anhören deiner Rede bereitete. Deine Prinzipien hab' ich erwogen, und das Staunen kam mich an ob ihrer festen Verankerung und der Vollkommenheit ihres Baues. Bis unter dein Obdach hab' ich dir nachgespürt und dich im Verkehre mit deinen Dienstboten, deiner Familie, deinen Nachbarn und der übrigen Umwelt gesehen. Hab' erkannt, wie geschickt du's einzurichten verstandest, dir und anderen die mühseligsten und verwickeltsten Obliegenheiten zu erleichtern; wie tagtäglich dein Gedächtnis an Stärke zugenommen vermöge deiner weisen Selbstzucht; welch exaktes, überreiches Wissen du dir mit jedem neuen Tag erworben zufolge deines nimmermüden Umgangs mit Büchern und schriftlicher Arbeit. ›Wenn sie, die in der Blüte ihrer Jugend schon so vieles ihr Eigen nennt, dermaßen fortfährt in der Mehrung ihres Wissen‹, so sprach ich bei mir, ›welch ein Bild wird sie dann erst im reifen Alter für uns sein?‹

Du weißt nicht, wie akkurat ich dich studiert habe! Mir lag ja daran, daß auch andre Nutzen ziehen könnten aus so seltenem Beispiel. Jegliches Detail deiner Lebensführung hielt ich derhalben mit der Feder fest. Begierig war ich, zu profitieren von einer sonst wohl nie mehr sich bietenden Gelegenheit. So mühte ich mich, auch nicht die leiseste Schattierung, nicht die geringfügigste Linie an deinem Porträt zu vernachlässigen. Nichts anderes war mir ja aufgegegen, als nachzuzeichnen: da bedurft' es keiner Übertreibung und keines Weglassens, um etwa ein noch makelloseres Vorbild zu schaffen. Was ich vor Augen hatte, war ein Zusammenwirken von Harmonie und Anmut, das man weder abschwächen noch verstärken durfte, ohne solcher Vollkommenheit Eintrag zu tun.

Kein Absehn fand ich und keine Grenzen in meinem Tun. Nichts Überflüssiges, keine Weitschweifigkeit konnt' es geben in solcher Abschilderung. Noch die Farbe eines Schuhs, die Schürzung eines Bandes, die Linie deines Nackens beim

Pflücken einer Rose – es war bedeutsam genug, um der Nachwelt überliefert zu werden. Ja sogar die Art, wie du den Frühstückstisch zu decken und dich zu kleiden pflegtest, ward von mir aufs reichste beschrieben.

Die Menschheit, ich weiß es, läßt sich zur Tugend durch das Beispiel leichter verführen denn durch dürre Vorschrift. Und nicht minder weiß ich, daß die Absolutheit eines Vorbilds, sobald Erfindung dasselbe zu verbessern sucht, dessen heilsamen Einfluß verkleinert, da wir ja glauben, es wäre sinnlos, einem Ideale nachzueifern, von dem wir wissen, daß es außerhalb unsrer Reichweite liegt. Das Bildnis aber, an dem ich malte, war kein Hirngespinst: als ein Vorbild entriet es aller Mängel. Zu jener Höhe emporzustreben, die es allbereits erreicht hatte, war durchaus nicht unvernünftig. Und noch ein zweites, bei weitem fesselnderes Ziel, hatt' ich im Sinn. *Eine* gab es ja, die alle meine zärtlichen Empfindungen auf sich vereinte. Ich aber hatte nunmehr ein Modell geschaffen, das in jeglicher Hinsicht des emsigsten Studiums und der unermüdlichen Nachahmung wert war. Und so bat ich denn jene Person, falls ihr meine zunehmende Wertschätzung am Herzen läge, all ihr Denken, Fühlen, Sprechen, Betragen und Handeln nach solchem Muster zu formen.

Die gestellte Aufgabe ward mir zum überreichen Born der Freude, und so gab ich mich solchem Bemühen zur Gänze hin, bis ein Unheilsbote und Zwietrachtsäer auf den Plan trat, und zwar in Carwins Gestalt. Ich bewunderte sein Wissen und seine Fähigkeiten, und so nahm's mich nicht wunder, daß auch du sie bewundertest. Indes, dein gerechtes Urteil schien mir Sicherheit genug, und so sagte ich mir, du würdest solche Bewundrung schon in den gebührenden und schicklichen Grenzen zu halten wissen. Ich bestärkte mich in dem Glauben, die Sonderbarkeit von Carwins Gehaben und das Undurchsichtige seines Lebenswandels werde dich die nötige Vorsicht lehren. Meine Kenntnis deines Charakters sagte mir ja, daß von allen Mißgriffen derjenige mit Carwin dir wohl am wenigsten zustoßen könnte.

Sein erstes Auftreten beeindruckte dich über die Maßen. Behext warst du von seinen Zügen und von seiner Stimme. Deine Beschreibung war voll der brennendsten Gefühle, und ich lauschte ihr mit einiger Bestürzung. Das Porträt, welches du nach seinem Fortgehn angefertigt sowie die Intensität, mit der du darüber gesonnen, waren mir neue, unerwartete Züge. Dieselben verrieten eine gar zu lebhafte Empfindung, von der ich indes, da sie ja gezügelt war von einem Verstand wie dem deinen, nichts weiter befürchten zu müssen glaubte.

Danach kam's zwischen euch zu einer weniger mittelbaren Beziehung. Ich brauche die Besorgnisse, welche ich in Anbetracht deiner Sicherheit hegte, nicht erst näher zu erörtern. Er da droben, der mich befähigt hat, das Vortreffliche zu erkennen, zwang mich ja auch, es zu lieben, und so kam's, daß noch in Schmerz und Gefahr dein Bildnis mir Kraft und Zuversicht einflößte. Verglichen mit deiner Person, erschien mir alles andere geringfügig und ohne Wert. Kein Preis war mir zu hoch, mit ihm deine Sicherheit zu erkaufen. Um ihretwillen hätt' ich gern meine Ruhe, meine Gesundheit, ja sogar das Leben hingeopfert. Was wunder also, daß ich das Fühlen und Gehaben jenes Mannes mit unablässiger Wachsamkeit verfolgte, daß ich auf jedes deiner Worte, auf jeden deiner Blicke merkte sobald der andere zugegen war, und daß mir tiefste Beunruhigung erwuchs aus jeglichem Anzeichen, welches mir zu beweisen schien, du habest dein Glück in jenes Mannes Hände gelegt?

Indes, ich war vorsichtig in meinem Urteil. Ich gedachte der vielen Gespräche, darin von Liebe und Heirat die Rede gewesen. Dir als einem jungen, schönen, ungebundenen Weibe ziemte es, in Anbetracht solchen Gegenstands die

Seele mit festen, rechtlichen Grundsätzen zu wappnen, und deine Prinzipien waren denn auch überaus gerechte. Hatte ihre Rechtlichkeit und Stärke sich nicht zur Genüge erwiesen in der Abfuhr, welche du dem trügrischen Verführer Dashwood zuteil werden gelassen? So neigte ich zu dem Glauben, die nämlichen Prinzipien würden dich auch bei Carwin vor jeder Gefahr schützen. Nicht zum wenigsten war's ja auch ich, der dieses Mannes beispiellose Fähigkeiten bewunderte und seiner Beredsamkeit, seinem Einfühlungsvermögen jede Achtung zollte. Zwar ließ ich mir's nicht anmerken, doch war ich überzeugt, daß seinen Blikken und seiner Stimme eine magische Kraft innewohnte, die ihn wahrhaft furchtbar machte. Allein, aus der Doppeldeutigkeit seiner Züge – die du ja als erste erkannt hattest –, sowie aus der Undurchdringlichkeit seines Wesens und dem verdächtigen Schweigen, das er in Ansehung seiner Person beobachtete, zog ich den Schluß, daß du vor solchem Manne sicher wärest. So wehrte ich allen scheinbaren Anzeichen und führte dein Gehaben auf irgendwelche Grundsätze zurück, die du uns bisher noch nicht eröffnet hattest, die aber gleichwohl vereinbar sein mochten mit den uns allbereits bekannten.

Allein, solche Ungewißheit sollte nicht von langer Dauer sein. Vielleicht entsinnst du dich noch, daß ich eines Abends dein Haus betrat, um nach Gewohnheit dort zu nächtigen. Ich war ein wenig früher dran als sonst und sah, als ich mich dem Hause näherte, einen Lichtschein aus deiner Kammer dringen. Auf meine diesbezügliche Frage beschied mich Judith, du hättest noch zu schreiben. Als dein Anverwandter und Freund, ja Mitbewohner, hielt ich mich zu einer gewissen Vertraulichkeit berechtigt. Du warst zwar schon in deiner Kammer, doch die Art deiner Beschäftigung sowie die frühe Stunde ließen es nicht als eine Verletzung des Dekorums erscheinen, dir dorthin zu folgen. Auch hatt' ich im

Sinn, dir einen Schabernack zu spielen, und so schlich ich auf Zehenspitzen zu deiner Tür. Du nahmst mein Eintreten nicht wahr, und so nahte ich dir heimlich, bis ich über deine Schulter spähen konnte.

So weit in meinem Irrtum gegangen, bracht' ich's nicht mehr übers Herz, mich zurückzuziehen. Wie sehr hätten wir doch auf der Hut zu sein vor den ersten Anfechtungen der Versuchung! Es war mir zwar bewußt, daß das Ausspionieren deiner Papiere einer sträflichen Handlung gleichkam, doch ich sagte mir, daß keines deiner Gefühle von einer Art war, die dich gezwungen hätte, es zu verbergen. Du schriebst ja stets viel mehr, als du deinen Freunden zu lesen erlaubtest. So war meine Neugierde groß, und es bedurfte, um sie zu befriedigen, nur mehr eines kurzen Blickes über deine Schulter! Niemals hätt' ich aus freien Stücken solche Handlung begangen: das geringste Hindernis hätt' mich davon abgehalten! Allein, mein Auge glitt wie von selbst über das Papier. Ich nahm bloß Teile von Sätzen wahr, doch umfaßte mein flüchtiger Blick mehr als erwartet, weil der Text in Kurzschrift abgefaßt war. So las ich die Wörter *Sommerlaube, Mitternacht* sowie eine Stelle, darin von der Schicklichkeit und den Auswirkungen die Rede war, welche von einer *zweiten* Zusammenkunft zu erwarten standen. All das begab sich im Bruchteil einer Sekunde, denn gleich danach zügelte ich meine Neugierde und gab mich zu erkennen durch einen leichten Schlag auf deine Schulter.

Wärest du auf gewöhnliche Weise erschrocken, so hätt' ich das verstehen können und nichts weiter daran gefunden. Indes, deine zitternde Bestürzung und dein Erröten überstiegen alles Maß. Du fegtest das Papier aus meinem Blickfeld und hattest zu viel Angst vor der Frage, ob mir der Inhalt des Blattes nun bekannt sei, als daß du dieselbe gewagt hättest. Solche Anzeichen der Bestürzung verwunderten mich zwar, doch ließ ich sie mir erst durch den Kopf gehen nachdem ich dich verlassen hatte. Sobald ich aber allein war, drängten sie sich nur um so stärker in mein Denken.

Auf welches Geschehnis, auf welche Zusammenkunft, so fragte ich mich, hattest du angespielt? Und abermals gedacht' ich deines Wegganges an jenem Abend, da ich dich am Flußufer aufgespürt, gedachte ferner deines Schweigens, meines zweimaligen Rufens, deiner ausweichenden Antworten und der Verlegenheit, die du nicht bemeistern gekonnt, als du zu mir heraufstiegst. Konntest du jene Sommerlaube gemeint haben? Eine gewisse Scheu, ja Schuldbewußtheit hatte dich befallen, als wir jenen Vorfall und Zufluchtsort zum Gegenstand unsrer Erörterung gemacht, ja ich bildete mir sogar ein, daß beim letzten Mal, als dies Thema in Carwins Gegenwart zur Sprache gekommen, die Miene des letzteren eine gewisse Erregung gezeigt. War's möglich, daß du dich mit *ihm* verabredet hattest?

Dies war eine Frage, deren Beantwortung all meinen Scharfsinn erforderte. Eine Unterredung zu solcher Stunde, an jenem dunklen Ort, mit einem Manne von so rätselhaftem, doch furchtbarem Charakter! Ein heimliches Stelldichein, und noch dazu eines, welches du nachher mit so viel Eifer verbergen gewollt! Das war ein schreckliches, unheilvolles Ereignis! Ich konnte Carwins Macht über dich nicht ermessen, noch auch seine Absichten ergründen. Hatte er dir das Geheimnis deiner Liebe entrissen und dich zu dessen Verheimlichung und zu nächtlichen Zusammenkünften überredet? Selten hab' ich eine so ruhelose Nacht gehabt!

Ich wußte nicht, was tun. Zunächst schien's vonnöten, sich des Charakters und der Absichten solchen Mannes zu vergewissern. Hätte er offen um deine Hand angehalten, so wär' es uns möglich gewesen, direkte Fragen zu stellen. Da er aber diesen lichtscheuen Pfad vorgezogen hatte, schien die Schlußfolgerung gerechtfertigt, daß sein Charakter nicht ganz einwandfrei sein könne. Zumindest sahen wir uns nun genötigt, auf andre Mittel zu sinnen, uns Gewißheit zu verschaffen. Indes, die Unwahrscheinlichkeit der Annahme, du könntest dermaßen vorschnell gehandelt haben, führte mir erneut vor Augen, auf wie schwanken Grund doch mein Verdacht gebaut war, und so hätt' ich mich um seinetwillen fast schon selber verurteilen mögen.

Wiewohl es die reine Mutmaßung war, das erwähnte Stelldichein habe zwischen dir und Carwin stattgefunden, ließen mir doch zwei Erwägungen keine Ruhe und stürzten mich in die peinvollsten Zweifel. Dieses Mannes Argumentation mochte ja so schillernd, seine Arglist dermaßen abgründig sein, daß er, unterstützt von der Leidenschaft, die du für ihn gefaßt hattest, sich vielleicht schon am Ziel seiner Wünsche befand! Oder aber seine Lage war von einer Art, die deine Verschwiegenheit rechtfertigte. Doch nicht einmal meine ärgsten Befürchtungen, weder in dem einen noch in dem anderen Falle, gaben mir den Gedanken ein, daß deine Ehrenfestigkeit bloß eine vorgetäuschte sein könnte!

Es war mir nicht möglich, diesen Gegenstand mit dir zu erörtern. War meine Beschuldigung irrig, so hätt' sie mir zu Recht deine Empörung eingetragen, und ich hätte dann erklären müssen, wodurch ich zu meiner Annahme verleitet worden war. Traf mein Argwohn aber zu, so konnte dessen Erwähnung erst recht zu nichts führen. Aus irgendwelchen Gründen hattest du dich für die Verheimlichung entschieden, und ob diese Gründe nun richtig sein mochten oder falsch – jedenfalls galt es, sie erst einmal klarzustellen und aus dem Wege zu räumen. So gab ich mich schließlich mit der am wenigsten schmerzlichen Vermutung zufrieden, was immer gegen sie sprechen mochte: nämlich, daß Carwin ein rechtschaffener Mensch wäre und daß die Gründe für dein Heimlichtun, erst einmal offenbar geworden, sich als ebenso rechtschaffen erweisen würden.«

Vierzehntes Kapitel

»Drei Tage sind nun seit jenem Ereignis verstrichen, und ich bin meine Unruhe nicht mehr losgeworden. Es war mir einfach nicht möglich, ohne Entsetzen an Carwin zu denken oder mir einzureden, du wärest sicher vor ihm. Allein, es bot sich keine Möglichkeit, meinen Zweifeln ein Ende zu setzen. Wär' in die wahren Verhältnisse dieses Menschen auch nur ein wenig Licht gedrungen, so wäre das gleichbedeutend gewesen mit einem direkten Weg, denn hätte Carwin sich, anders als in seinen Gesprächen, als hinterhältig und übelwollend gezeigt, so hätte die Mitteilung solchen Sachverhalts dich veranlaßt, auf deiner Hut zu sein. Hätt' Carwin sich aber als schuldlos und bloß vom Unglück verfolgt erwiesen, so hätt' ich aufs bereitwilligste seine Sache verfochten, und wären seine Absichten in Anbetracht deiner Person ehrenhafte gewesen, so hätt' ich deine Wahl mit Nachdruck gutgeheißen.

Allein, es war müßig, Carwin nach dessen Tun und Trachten zu fragen. Da war's noch immer besser, nichts darüber zu wissen, als durch falsche Geschichten hinters Licht geführt zu werden. Was er nicht preisgeben wollte (und solches Widerstreben hatte er zu wiederholten Malen bekundet), das konnte man ihm nicht entreißen. Er hätte unsre Zudringlichkeit mit irgendwelchen Ausflüchten abgespeist und uns durch irreführende Darstellungen ein falsches Bild seiner Absichten vermittelt. Niemand kannte ihn ja außer uns. Schon oft hatte ich bei meinen Bekannten die Rede auf ihn gebracht, doch die Leute waren seiner höchstens da oder dort ansichtig geworden. Niemand war ihm schon früher begegnet, und was ich zufolge meines Zusammentreffens in Valencia und auf Grund meiner gegenwärtigen Bekanntschaft über ihn zu erzählen wußte, war jedermann neu. Wieland aber war dein Bruder. Hatte nun Carwin dich wirklich zum Gegenstand seiner Verehrung gemacht – war's dann nicht Wielands Geschäft, Carwin zu stellen und ihn nach seinen Absichten zu fragen? Indes, worauf fußten denn all meine Mutmaßungen? Hätten sie solchen Schritt gerechtfertigt? Doch ganz gewiß nicht!

Im Zuge meiner rastlosen Erwägungen gelangte ich schließlich zu der Überzeugung, es wäre meine Pflicht, dir offen gegenüberzutreten, dir die Ungehörigkeit zu gestehen, derer ich mich schuldig gemacht, und dir alle daraus erwachsenen Schußfolgerungen mitzuteilen. Es waren keineswegs selbstsüchtige oder niedrige Motive, die mich dazu drängten. Mein eigenes Herz war mir nicht teurer denn deine Sicherheit, und mit Freuden hätt' ich mein Leben gewagt, jedwede Gefahr von dir abzuwenden. Würde meine Handlungsweise deine Mißbilligung finden? Doch nein: warst du dir erst über meine Motive im klaren, so hatte ich nicht nur keinen Tadel zu fürchten, sondern durfte sogar Anspruch erheben auf deine Dankbarkeit!

Wir hatten die Lesung des neuen Trauerspiels auf den gestrigen Tag festgesetzt, und ich hatte versprochen, dabei zugegen zu sein. Meine innere Verfassung war freilich kaum dazu angetan, mich zum tauglichen Leser oder Zuhörer zu machen. Indes, ich überlegte, daß wir im Anschluß an unsere Veranstaltung gemeinsam den Heimweg antreten würden und daß ich dergestalt Gelegenheit fände, die ganze Sache rückhaltlos ehrlich mit dir zu besprechen. Dieser mein Entschluß war nicht ganz frei von Zweifeln in Ansehung seiner Schicklichkeit, und als ich von hier zu dem versprochenen Besuche aufbrach, ward ich von Befürchtungen und Mutlosigkeit geplagt. Die Ungewißheit, ob unser Gespräch zustande kommen werde, die Furcht, mein Dazwischentreten könnte zu spät erfolgen, und meine vage Hoffnung, du wärest am Ende gar nicht in Carwin verliebt oder hättest dich zumindest von ihm nicht zu mitternächtigen Zusammenkünften überreden lassen – all das stürzte mich in die zwiespältigsten Vermutungen und rief recht unbehagliche Gefühle in mir wach.

Ich kann's nicht begründen, weshalb ich bei Mrs. Baynton eingesprochen. Noch am Morgen des nämlichen Tags hatte ich sie besucht und wußte daher, daß sie wohlauf war. Die Stunde unsrer Verabredung stand nahe bevor, und dennoch ritt ich die zu Mrs. Bayntons Hause führende Straße hinauf und sprang dortselbst vom Pferd. Danach betrat ich den Salon und ließ mich in einen Sessel fallen. Für nichts hatte ich Augen, nach niemandem fragte ich, sondern fühlte mich insgesamt überkommen von den trübsten, trostlosesten Empfindungen. Besessen war ich von einem einzigen Gedanken: wie bitter notwendig es war, Carwins geheime Absichten und seinen wahren Charakter zu entlarven, und wie schwierig, ja unmöglich dies Unterfangen sein würde. Irgendwie fügte sich's, daß ich eine Zeitung zur Hand nahm, deren Inhalt ich der Hauptsache nach schon von meinem Vormittagsbesuch her kannte. Es war eine eher mechanische Handlung. Ich warf einen teilnahmslosen Blick auf die nächstbeste Kolumne, und das erste, was mir daran auffiel, war eine ausgesetzte Belohnung von dreihundert Guineen für die Dingfestmachung eines zum Tode verurteilten, aus dem Dubliner Newgate-Gefängnis entsprungenen Häftlings. Grundgütiger Himmel! Wie ging's mir durch Mark und Bein, als ich beim Weiterlesen sah, daß der Name des gesuchten Verbrechers Francis Carwin lautete!

Die Beschreibung von Person und Gehaben war eine überaus genaue. Die geschilderte Statur, das Haar, die Farbe und der ungewöhnliche Zuschnitt des Gesichts, die plumpe, unproportionierte Körperlichkeit, die Gebärdensprache und Haltung – alles stimmte bis ins letzte mit der Erscheinung unsres geheimnisvollen Gastes überein! Er war in zwei Anklagepunkten für schuldig befunden worden –

des Mordes an der Lady Jane Conway und der Beraubung des ehrenwerten Mr. Ludloe.

Ich las die betreffende Stelle zu wiederholten Malen. Was mir dabei durch den Sinn ging, dünkte mich wie der plötzliche Übergang vom Tode zum Leben! Was meinem Herzen am nächsten gelegen, nunmehr war's Wirklichkeit geworden zu einem Zeitpunkte und auf einem Wege, an den ich wohl zu allerletzt gedacht hätte! Doch zu welchem Ende mochte das führen? Carwin war nun entlarvt. Untaten der schwärzesten, schmutzigsten Art hatte er verübt. Mir aber waren Beweise in die Hand gegeben, welche mich mit der klarsten Gewißheit erfüllten. Name, Gesicht und Gehaben – alles traf bis ins kleinste zu. Zwischen Carwins Flucht und seinem Auftauchen bei uns lag eine hinreichende Zeitspanne. Dergestalt also war's um den Mann bestellt, mit welchem im geheimen Einverständnis zu stehen ich dich verdächtigte! Wie hätt' ich nicht eilen sollen, dich den Krallen solchen Aasgeiers zu entreißen. Sollt' ich zusehen, wie du auf einen schwindelerregenden Abgrund zutriebst, und nicht die Hand ausstrecken, um dich zurückzuhalten? Dies braucht' ich gar nicht erst zu überlegen. Ich schob die Zeitung in die Tasche und beschloß, sogleich eine Unterredung mit dir herbeizuführen. Eine Zeitlang fand nichts anderes in meinem Denken Raum. Schließlich wollt' es mich dünken, daß, wiewohl meine derzeitige Information durchaus hinreichte, es wünschenswert wäre, nach Möglichkeit noch mehr in Erfahrung zu bringen. Die betreffende Zeitungspassage war einem britischen Blatte entnommen, und so konnt' es sein, daß man nicht alles wiedergegeben hatte. Der Drucker aber war im Besitze des Originals!

Unverweilt schwang ich mich aufs Pferd und ritt zu des Druckers Behausung. Dieser förderte das betreffende Blatt zutage, doch war demselben nichts Neues zu entnehmen. Während ich den Text noch aufmerksam prüfte, trat der

Drucker neben mich. Er bemerkte, wonach ich da suchte. ›Ach‹, sagte er, ›das ist eine sonderbare Geschichte. Niemals wär' ich darauf gestoßen, hätte mir Mr. Hallet nicht dies Blatt übersandt mit der ausdrücklichen Bitte, die Anzeige nachzudrucken.‹

Mr. Hallet also! Welche Gründe mochten ihn zu solcher Bitte veranlaßt haben? Hatte der ihm zugesandten Zeitung irgendwelche Mitteilung in Anbetracht des entsprungenen Häftlings beigelegen? Waren's persönliche oder sonstige besondere Gründe, denen zufolge er den Nachdruck begehrt hatte? Dies zu erfahren, gab's nur einen Weg: ich ritt eilends zu seinem Hause. In Beantwortung meiner Fragen erklärte er mir, Mr. Ludloe habe ehedem Amerika bereist, und dabei sei es während des letzteren Aufenthalts in unserer Stadt zu näherer Bekanntschaft zwischen ihnen gekommen. Aus ihr habe sich ein Vertrauensverhältnis entwickelt, das auch späterhin durch gelegentlich gewechselte Briefe aufrechterhalten worden sei. Erst neulich habe er, Hallet, ein Schreiben von Ludloe erhalten, dem jene Zeitung beigeschlossen gewesen, daraus der Nachdruck stamme. Er händigte mir den betreffenden Brief aus und wies mir die Passagen, welche von Carwin handelten.

Ludloe bestätigt darin die Tatsache von Verhaftung und Flucht. Er fügt hinzu, es bestehe Grund zu der Annahme, Carwin habe sich nach Amerika eingeschifft. Ferner beschreibt er den Flüchtling generell als den undurchschaubarsten und fürchterlichsten Menschen, der auf Pläne sinne, die man wohl für im höchsten Grad verbrecherische halten müsse, wiewohl sie von keinem Menschen enträtselt werden könnten. Auch behauptet Ludloe, daß Carwin seine Ziele mit Mitteln verfolge, die einen zweifeln machen, ob er nicht mit höllischen Geistern im Bunde stehe und daß er seine bisher begangnen Verbrechen mit Hilfe unbekannter, jedoch verzweifelter Komplizen verübt haben müsse, ja daß er sich in einem ununterbrochenen Krieg befinde gegen die Glückseligkeit der Menschen und daß er seine zerstörenden Kräfte gegen jedes Objekt ansetze, das ihm unterkomme.

Soviel in groben Zügen zum Inhalt jenes Briefes. Hallet bekundete einige Überraschung ob der von mir in diesem Punkte an den Tag gelegten Wißbegier. Indes, ich war zu sehr in Anspruch genommen von den in jenem Schreiben gemachten Andeutungen, als daß ich auf des anderen Äußerungen sonderlich hätte achten können. Mich schauderte es, wenn ich daran dachte, welchen Gefahren wir zufolge unsrer unbedachtsamen Vertrautheit mit jenem Manne möglicherweise ausgesetzt waren, und so brannte ich vor Ungeduld, dich zu sehen und alles in meinen Kräften Stehende zu tun, das drohende Unheil von uns abzuwenden. Es ging nun schon auf fünf Uhr nachmittags. Nur zu bald würde die Nacht hereinbrechen, und so durfte man keine Zeit mehr verlieren! Wer aber begegnete mir, nachdem ich Hallets Haus verlassen hatte? Kein anderer war's denn Bertrand, mein getreuer, in Deutschland zurückgebliebener Diener! Sein Aussehen wie seine Aufmachung verrieten mir sogleich, daß er eine lange und beschwerliche Reise hinter sich hatte. Ich war auf sein Kommen freilich nicht ganz unvorbereitet gewesen, doch im Momente gab's keinen Menschen, der meinem Denken ferner gelegen hätte. Du weißt ja, welche Gründe mich begierig auf die Einzelheiten von Begebnissen gemacht, die mit diesem Manne zusammenhängen. So war denn Carwin im Augenblick vergessen. Auf meine stürmischen Erkundigungen hin brachte Bertrand ein umfängliches Paket zum Vorschein, doch will ich im Momente weder auf dessen Inhalt zurückkommen noch auf die Maßnahmen, welche derselbe mir auferlegte. Ich unterzog jene Papiere nur einer flüchtigen Durchsicht und machte mich, nachdem ich Bertrand einige diesbezügliche Anweisungen erteilt hatte, sofort auf den Weg zu dir. Mein Reitpferd hatte ich freilich Bertrand überlassen müssen, da dessen Aufträge die größte Eile erforderten. Inzwischen hatte es schon zehn Uhr geschlagen, und noch immer waren's fünf Meilen bis nach Mettingen. Ich aber mußte diese Wegstrecke zu Fuß hinter mich bringen, ein Umstand, der mich zu noch größerer Eile anspornte.

Während ich in aller Gehetztheit voranschritt, überschlug ich zum andernmal die sämtlichen Einzelheiten, von denen Erscheinen wie Gehaben Carwins begleitet gewesen. Unter den jüngsten Ereignissen gab es einige, die so unerklärlich und rätselhaft waren wie kaum etwas, das ich je zuvor gelesen oder gehört, und die sich um die Zeit von Carwins Auftauchen begeben hatten. Ich weiß mir ihre Ursache und wechselseitige Bedingtheit nicht zu deuten, glaube deshalb aber nicht, daß sie übernatürlichen Ursprunges sind. Ob nicht dieser Mann die treibende Kraft ist? Manche jener Vorfälle schienen ja günstiger Natur zu sein. Was aber soll ich von den Morddrohungen halten, welche dich letzthin beunruhigt haben? Blutvergießen ist das Geschäft, Entsetzen das Lebenselement dieses Menschen. Der Prozeß, in dessen Verlauf die natürliche Harmonie aus unseren Herzen getilgt und ihnen dafür das Böse eingepflanzt wird – der Vorgang, welcher bewirkt, daß wir nur mehr darauf bedacht sind, andren ein Leid anzutun und darin unsre einzige Freude zu sehen, ist ja augenfällig genug. Und in Anbetracht der Allianz mit dem Bösen läßt sich sagen, daß der Dämonen Macht und Bosheit sich schon zahllose Male in bestimmten Menschen manifestiert hat. Jeglicher Teufel ist aber von der Selbstsucht gezeugt und aufgezogen von der Hinterlist.

In der Tat, nun hatte alles ein gänzlich anderes Gesicht bekommen! Nicht länger war's der verborgene Dolch, was ich fürchtete, sondern vielmehr der Erfolg von Carwins Anstrengungen, dich für deine eigene Vernichtung zu gewinnen und deinen Willen zu jenem Werkzeug zu machen, mit dessen Hilfe er dich deiner Freiheit und Ehre berauben würde.

Wie gewöhnlich nahm ich meinen Weg über die Ländereien deines Bruders. Lautlos und rasch schritt ich längs des Flusses dahin und nahte mich schon der Einfriedung, welche Wielands Besitz von dem deinen trennt. Der bewußte Einschnitt im Flußufer war ganz nahebei, so daß ich ihn nicht vermeiden konnte. Das Denken war mir erfüllt von hartnäckigem Argwohn gegen dich, und solcher Argwohn hinwiederum war die Folge von Ereignissen, welche mit diesem Orte zusammenhingen. Was wunder, daß ich nicht von ihm loskam?

Ich erkletterte den Zaun, hielt aber, oben angelangt, inne, um einen Blick auf die Gegend zu werfen. Rings das betaute, im Mondlicht glitzernde Blätterwerk, darin nichts sich regte, nichts die tiefe Ruhe störte, flößte mir Sicherheit und neue Hoffnung ein. So verließ ich meinen luftigen Aussichtsplatz und schritt weiter voran. Wie aber, wenn du schliefest? Wie sollt' ich dir, ohne dich zu erschrecken, meine Ankunft zur Kenntnis bringen? Ich mußte ja unverzüglich mit dir sprechen! Der Gedanke an einen durch Lässigkeit oder Hinauszögern verursachten Zeitverlust dünkte mich unerträglich! Sollte ich an deine Tür klopfen? Oder mich unter deinem Fenster postieren, von dem ich annahm, daß es offenstehe, und dich durch Rufen wecken?

Derlei Überlegungen gingen mir durch den Sinn, als ich oberhalb der Sommerlaube vorüberkam. Kaum lag sie hinter mir, als ein Laut mir ans Ohr drang, der um diese Stunde und an solchem Ort nicht zu erwarten gewesen! Fast war er zu schwach, zu flüchtig, als daß ich ihn deutlich hätte wahrnehmen können. Lauschend hielt ich inne. Da war er wieder, und diesmal ein wenig lauter! Kein Zweifel, es war ein Lachen, und zwar von einer weiblichen Stimme! Und ich kannte diese Stimme – es war die deine!

Woher sie kam, konnt' ich zunächst nicht ermitteln. Als sie aber zum dritten Male hörbar ward, gab's keine Ungewißheit mehr, und ich spähte zurück zu dem Einschnitt im Flußufer. Anderer Sinne bedurft' ich nicht mehr – sie hätten mir nichts genützt. Auch machte ich mir keinerlei Gedanken und zog keine Schlußfolgerungen aus der Stunde, dem Ort oder der Heiterkeit, welche der vernommene Laut bekundete. Ja nicht einmal aus dem Umstand, daß er unstreitig einen Gefährten voraussetzte! Im Augenblick ward's mir eiskalt ums Herz, und der Pulsschlag schien mir stillzustehn!

Weshalb noch weitergehen? Weshalb umkehren? Hätt' ich nicht vielmehr eilends das Weite suchen sollen vor einem Laut, der mir vordem so süß und angenehm gewesen, jetzt aber häßlicher in den Ohren gellte denn einer Eule Schrei?

Indes, ich fand keine Zeit, solchem Impuls nachzugeben: schon war mir ja der Gedanke gekommen, näherzuschleichen und zu lauschen! Nicht länger gab's einen Zweifel für mich, doch konnt' ich meine Gewißheit noch vertiefen. Auch trieb ein Gefühl mich voran, das schon an blinde Wut grenzte, und nicht minder drängte mich der unklare, doch hitzige Entschluß, einzubrechen in euer Beisammensein und dich unter der Wucht meiner Vorwürfe tot hinsinken zu sehen!

Unter Beobachtung der größten Vorsicht schlich ich näher. Am Rande des Steilabfalls über der Sommerlaube angelangt, glaubte ich von unten ein Zwiegespräch zu vernehmen. Die in den Felsen gehauenen Stufen sind frei von Gestrüpp und erlaubten mir, unentdeckt bis zu einer Höhlung neben der Sommerlaube hinabzugelangen. Dergestalt auf der Lauer zu liegen, ließ sich freilich nur durch die Tragweite des gegebenen Anlasses rechtfertigen.«

An diesem Punkte angelangt, unterbrach Pleyel seinen Bericht und heftete den Blick auf mich. Meine Lage brachte es mit sich, daß der Schrecken und das Staunen ob solcher Erzählung dem Mitleid wichen in Anbetracht des tiefen Seelenschmerzes, der sich auf des Freundes Zügen malte. Den Inhalt des belauschten Zwiegesprächs konnt' ich ja unschwer erraten. Carwin hatte seinen Anschlag auf eine Weise eingerichtet, die den Charakteren seiner beiden Opfer aufs feinste angemessen war. Auch sah ich, daß Pleyel von seiner Überzeugung sich nicht werde abbringen lassen. So gab ich's lieber gleich auf, mich gegen solchen Sturm zu stemmen, denn all meine Anstrengungen wären vergebens gewesen. Ich war ganz ruhig, doch war solche Ruhe die Folge meiner dumpfen Verzweiflung und nicht etwa meiner seelischen Gefaßtheit. Was immer Pleyel in seinem Kummer und Zorn noch vorbringen mochte – es würde meine Starre nicht mehr lösen. Er aber fuhr fort:

»Weib! Willst du mich wirklich noch weiter anhören? Soll ich dir auch noch jenes Zwiegespräch wiederholen? Oder sind's Schmach und Schande, die dich so mundtot machen? Soll ich weitersprechen – oder ist's dir an dem allbereits Gesagten schon genug?«

Ich neigte das Haupt. »Sprich weiter«, sagte ich. »Doch äußere ich diese Bitte nicht, weil ich etwa hoffte, dich von deinem Irrtum befreien zu können. Nicht mehr will ich ankämpfen gegen meine Schwachheit. Der Sturm ist losgebrochen, und so laß ich mich denn treiben von seiner Wut. Doch jetzt sprich weiter. Dies alles soll mir ja nur einen klareren Ausblick auf mein Los verschaffen. Indes, auch er wird mir ein wenig Genugtuung sein, und so will ich nicht ohne ihn von dir scheiden.«

Was war's, das Pleyel bei diesen Worten zögern machte? Hatte ein plötzlicher Zweifel sich in ihm erhoben? War's mein Aussehen, das ihn in seinem Glauben schwanken machte – waren's meine Worte oder sonst ein neuer Umstand? Indes, woher auch immer solches Zögern kommen mochte – es hielt der Überlegung nicht stand. Schon nach wenigen Minuten flammte Pleyels Zorn lichterloh wieder auf, und so fuhr der Freund in seiner gewohnten Vehemenz fort:

»Ohrfeigen könnt' ich mich um meiner Torheit willen! Weshalb erzähl' ich dir das alles? Und doch, ich fühl' mich unwiderstehlich dazu gezwungen! Sie, die mir zuhört, kennt jede Einzelheit meines Berichtes! Nichts hab' ich zu tun, als ihre eigenen Worte zu wiederholen! Und sie wird mir in aller Ruhe lauschen, bis mich das Schauspiel solcher Verstocktheit zu einer Verzweiflungstat hingerissen hat! Weshalb also fortfahren? Und doch – ich kann nicht anders!«

Abermals hielt er inne. »Nein!« rief er dann. »Unmöglich, deine Liebesbeteuerungen zu wiederholen – deine Berufung auf frühere Bezeugungen deiner schnöden Gunst, auf deine schon erfolgte Entehrung, auf die Umstände, unter denen euer erstes Stelldichein sich begeben in jener Nacht, als ich dich in eurem Schlupfwinkel aufgespürt! Dorthin hatte er dich gelockt, und dort, durch seine Erhörung, hast du mit ihm jenen verruchten Bund geschlossen!

Der Allmächtige ist mein Zeuge, welche Qualen mir in jenem Augenblick die Brust zerrissen! Er hat mitangesehen, wie ich mich aufgelehnt gegen das Zeugnis meiner eigenen Ohren! Nicht genug war's mir, daß du so ausführlich jene Verwirrung geschildert, welche dich im Moment meines unerwarteten Erscheinens überkommen hatte – jene Gedankenträgheit, welche dich gehindert, sogleich eine schickliche Ausflucht zu finden – deinen Ärger in Anbetracht meines unverschämten Auftauchens, das eurem bezaubernden *tête à tête* ein unzeitiges Ende gesetzt – und deine Enttäuschung, für welche durch die Häufigkeit und Dauer eurer späteren Zusammenkünfte du dich schadlos zu halten gesucht!

Nicht genug war's mir, daß du dich über Geschehnisse

verbreitetest, von denen nur du allein wissen gekonnt: Geschehnisse, bei denen außer dir nur deine engsten Anverwandten zugegen gewesen. Und nicht genug war's mir, daß deine Rede gekennzeichnet war von Besonderheiten des Fühlens und der Sprache, wie sie einzig dir zu eigen sind. Vielmehr hat's erst des Zusammenwirkens all der genannten Anzeichen bedurft, mich von deiner Niedertracht zu überzeugen. Nur solcher Erweislichkeit, welche mich aller Kraft beraubte, noch länger an deine Unschuld zu glauben, gab ich mich schließlich geschlagen.

Meine Augen konnten mit gar nichts helfen. Undurchdringliche Finsternis herrschte hinter dem dichten, schattenden Laubwerk. So war mein Gehör das einzige Wahrnehmungsmittel, welches die Umstände mir gelassen hatten. Ich kauerte kaum drei Fuß von dir entfernt – weshalb also hätt' ich mich noch näher heranpirschen sollen? Mit deinem Verführer konnt' ich mich nicht messen, und wozu wär' solcher Kampf auch gut gewesen? Du brauchtest ja keinen Beschützer mehr. Was also blieb mir zu tun, als mich heimlich davonzustehlen, übermannt von Verwirrung und Schrecken? So ging ich auf meine Kammer und versuchte, meine Fassung wiederzugewinnen. Die offene Haustür, dein späteres Kommen und Absperren sowie der Umstand, daß du erst jetzt deine vordem verlassen gewesene Kammer betratst – all das war mir nur eine weitere Bestätigung der traurigen Wahrheit.

Weshalb sollt' ich dir das stürmische Auf und Ab meiner Gedanken schildern, dies Hin- und Hergerissensein zwischen Trauer und Rachegelüst, zwischen Ingrimm und Verzweiflung? Weshalb erst noch wiederholen mein Schwören ewiger Unversöhnlichkeit und Vergeltung sowie die rasche Widerrufung solcher Schwüre?

Ich hab' genug geredet. Nicht länger besitz' ich deine Wertschätzung. Mein Denken und mein Fühlen, sie gelten nichts mehr in deinen Augen. Mag denn die Achtung, die ich mir selber schulde, mich in den Stand setzen, dein Leben zu vergessen! Nur noch wenige Minuten, und ich bin fort von hier. Befind in Hinkunft selber über dein Geschick! Und möge das Unglück dir jene Weisheit vermitteln, welche durch deine Erziehung dir nicht zuteil werden gekonnt!«

Dies waren Pleyels letzte Worte. Er trat aus dem Zimmer, und meine neuen Empfindungen bewirkten, daß ich solchem Fortgange beiwohnen konnte, ohne die äußere Fassung zu verlieren. Alleingelassen, sann ich dem Geschehenen nach. Nichts war ja offenkundiger, als daß ich vom Glück nun auf ewig Abschied genommen. Jetzt, da mir dies Gut entrissen worden, schien mir das Leben ohne Lebenswert. Indes, das Gefühl, das mich nunmehr beherrschte, überstieg nicht meine Kräfte und vermochte deshalb nicht, mein Handeln zu lähmen. Ich sah, daß das Tageslicht schon abnahm und daß es schicklich wäre, dies Haus zu verlassen. So nahm ich aufs neue in der Chaise meines Bruders Platz und ließ mich langsam zur Stadt zurückfahren.

Fünfzehntes Kapitel

Noch ehe wir die Stadt erreicht hatten, brach die Dunkelheit herein. Meine Absicht war's, die Nacht in Mettingen zu verbringen. Solange ich mich in der Begleitung eines treuen Dieners wußte, hatte ich's aber nicht eilig, dorthin zu gelangen. Mein erschöpfter Zustand bedurfte ja der Erquickung. Im Hinblick auf dieselbe und weil ich jemandem meine Aufwartung machen wollte, der für mich wahrhaft mütterliche Gefühle hegte, ließ ich vor Mrs. Bayntons Hause halten. Indes, sie war ausgegangen. Ich aber hatte das Haus kaum betreten, als einer ihrer Dienstboten mir einen Brief überreichte. Ich öffnete ihn und las das folgende:

An Clara Wieland

Was soll ich sagen, den Fehltritt der letzten Nacht zu beschönigen? Und doch fühl' ich mich verpflichtet, ihn nach Kräften wiedergutzumachen. Freilich, ich fürchte, Ihr werdet Euch nicht übermögen lassen, dem einzig möglichen Wege zuzustimmen: derselbe bestünde ja im Gewähren einer Unterredung in Eurem Hause, und zwar heute nacht um elf Uhr. Die Furcht zu zerstreuen, welche Ihr in Ansehung meiner Absichten hegen mögt, hab' ich kein anderes Mittel als meine schlichten und feierlichen Worte. Nach dem Vorgefallenen werdet Ihr aber denselben jedwede Glaubwürdigkeit absprechen. Dem vermag ich nicht zu steuern. Meine Torheit und Unbedachtheit haben mir alle anderen Wege versperrt. So werd' ich um die genannte Stunde vor Eurem Hause sein. Und falls Ihr's für gut befändet, mir eine Unterredung zu gewähren, so würd' ich Euch, unser Alleinsein vorausgesetzt, Dinge eröffnen, deren Kenntnis für Euer künftiges Glück von größter Bedeutung ist. Lebt wohl.

Carwin.

Welch ein Brief! Ein Mensch, der als Mörder und Räuber entlarvt war – einer, der fähig gewesen, mir nach Leben und Ehre zu trachten, ja, der mir in meiner Kammer aufgelauert und sich der schändlichsten, furchtbarsten Pläne bezichtigt hatte, bat mich da um die Gewährung einer mitternächtlichen Zusammenkunft, bei der keine Zeugen zugegen sein sollten! Konnt' er wirklich erwarten, meine Zustimmung zu solcher Bitte zu finden? Was in mir hatte er gesehen, das ihn zu solch aberwitzigem Glauben berechtigte? Und doch – die Bitte war in aller Feierlichkeit vorgetragen! Auch haftete ihr kein übertriebener Eifer an. Wäre der Fehltritt, auf den hier angespielt war, von leichter, herkömmlicher Art gewesen, und hätte die erbetene Zusammenkunft inmitten meiner Freunde stattfinden können, so hätt' ich nichts weiter an solchem Briefe auszusetzen gefunden. Wie die Dinge aber lagen, mußte der Schreiber dieser Zeilen den Verstand verloren haben!

Immer wieder studierte ich die Botschaft. Das darin geltend gemachte Verlangen hätte man vermessen oder auch töricht nennen können, wäre der Schreiber eine andere Person gewesen. Bei Carwin jedoch, der ja in Anbetracht der Wirkung solcher Zeilen und der Art meiner Antwort nicht im unklaren sein konnte, war dergleichen völlig unerklärlich. Meine Zustimmung zu erwirken, mußte er auf das Gelingen irgendwelchen geheimen Anschlages zählen! Kein einziges der Motive, von denen ich mich gemeiniglich leiten lasse, hätte mich jemals dazu bewogen, irgendein männliches Wesen zu solcher Stunde und an solchem Orte zu empfangen! Um so weniger war meine Zustimmung zu erwarten bei einem Manne, der sich befleckt hatte mit den abscheulichen Verbrechen, und durch dessen Anschläge meine Sicherheit so sehr gefährdet, mein Glück so unwiederbringlich zerstört worden war. Mich schauderte es bei dem Gedanken an die bloße Möglichkeit solcher Unterredung, ja, ich empfand sogar etwas wie Widerwillen gegen einen Ort, an dem Carwin noch immer verkehrte.

Dies waren die Gedanken, welche sich mir bei der Lektüre des Briefes als erste aufdrängten, und sie auch waren es, unter denen ich meine Fahrt fortsetzte. Das Thema ließ mich nicht los. Erst nach und nach gelangte ich wieder dazu, über meine Unterredung mit Pleyel nachzudenken. Ich rief mir die Einzelheiten des von ihm belauschten Zwiegesprächs ins Gedächtnis, und aufs neue sank mir der Mut in Anbetracht der unentwirrbaren Verflochtenheit solcher Täuschung und des unseligen Zusammenwirkens von Ereignissen, das ihn in jenem Irrtume nur noch bestärken mußte: als er auf meine Kammertür zugetreten war, hatte mein Entsetzen mich stumm gemacht. Vielleicht hatte er sogar das Ohr an einen Türspalt gelegt, aber keines Menschen Laut vernommen! Hätt' ich gerufen oder sonst ein Zeichen meiner Anwesenheit von mir gegeben, so wär's zu einer Aussprache gekommen, und da meine Allgegenwart ja ein Ding der Unmöglichkeit war, so würde die Entdeckung meiner Anwesenheit und die schlichte Erzählung des eben Vorgefallenen mich vor Pleyels mörderischen Anwürfen bewahrt haben. So aber war er in seine Kammer gegangen, und ich hatte mich nach einiger Zeit die Treppe hinuntergeschlichen, ängstlich bedacht auf die Vermeidung jedweden Geräusches. Und nach Verriegelung der Haustür war ich, nun schon bei weitem sorgloser, zurückgekehrt. So hatte Pleyel mich zwar nicht hinunterschleichen, sehr wohl aber heraufkommen hören. Dies, so nahm er an, war meine Rückkunft von jenem heimlichen Stelldichein in der Laube! Wie auch hätt' er sich derlei Anzeichen anders deuten können?

Wie irrig und vorschnell war meine Handlungsweise gewesen! Carwins Anschlag verdankte seinen Erfolg einem kaum glaublichen Zusammenspiel gewisser Vorfälle! Um eines Haares Breite war die Balance verschoben worden! Doch hätt' ich gleich das Gespräch begonnen mit dem Bericht alles dessen, was mir in meiner Kammer zugestoßen war, so hätte meine voraufgegangne Unterredung mit Wieland den Freund dennoch veranlaßt, mich der Falschheit zu verdächtigen. Hätt' ich aber tatsächlich in der Laube mit jenem Schurken Zwiesprach gehalten, während Pleyel die Hand auf meinen Türdrücker gelegt und danach die eigene Tür so heftig zugeschlagen – wie hätt' ich dann, so mocht' er sich fragen, ihm diese Vorfälle berichten können? Vielleicht hatte er sie meinem Bruder gegenüber gar nicht erst erwähnt, so daß ich sie auch von Wieland nicht in Erfahrung gebracht haben konnte! Dergestalt wäre dann meine Unschuld aufs unwiderleglichste zutage getreten!

Auf Grund solcher Überlegungen war's mein erster Entschluß, auf dem Fuße kehrt zu machen und eine weitere Unterredung mit Pleyel herbeizuführen. Allein, er war ja schon abgereist! Und schmerzlich gedachte ich seiner Abschiedsworte.

»Pleyel!« rief ich aus. »So hast du mich für immer verlassen! Läßt denn dein Irrtum sich nimmermehr aufklären? Soll ich hilflos in solcher Schlinge gefangen sein? Allein, der diesen Anschlag ausgesonnen, ist ja zur Hand! Er spricht sogar im Tone der Zerknirschung! Er bittet mich um eine Unterredung, die, so beteuert er, mit der Entdeckung von etwas enden soll, das für mein künftiges Glück bedeutsam ist! Was aber könnt' er sagen, das all dem Übelstand ein Ende machte? Weshalb aber sollte seine Reue bloß eine vorgetäuschte sein? Ich habe ihm kein Leid getan, und seine Schlechtigkeit ist nur mehr der Verzweiflung fähig, ja bisweilen schlagen die Wogen seiner Reue vielleicht schon über ihm zusammen! Weshalb sollt' sich dergleichen nicht schon begeben haben? Weshalb also sollt' ich nicht mit ihm zusammentreffen?«

Doch nur für Augenblickes Kürze kam mir dieser Gedanke, und sogleich schrak ich vor ihm zurück, zutiefst betroffen von dem Aberwitz, der mir auch nur sekundenlang solchen Plan eingegeben hatte! Und doch, da war er wieder – ja schließlich schien er mir sogar erwägenswert zu sein! Ja wohl, ich fragte mich in allem Ernste, ob's nicht etwa doch angebracht wäre, an einsamem Orte und zu bedeutsamer Stunde diesem mit so furchtbaren, unergründlichen Fähigkeiten ausgestatteten Manne gegenüberzutreten – ihm, dem Verüber entsetzlicher Untaten, ihm, dessen Gegenwart ganz dazu angetan war, unerhörte und namenlose Schrecknisse auf mich herabzubeschwören?

Was nur hatte mich dermaßen durcheinandergebracht? Beraubt fühlte ich mich aller Kraft, den Motiven zu widerstehen, die mich zu solcher Zusammenkunft trieben! Mir war's, als hätt' etwas mir den Sinn gespalten und als befänden die gespaltnen Teile sich nunmehr in wütendem, unerbittlichem Kampfe gegen einander. Mit der Zeit aber legte sich solch innerer Aufruhr, und die Erwägungen, welche dafür sprachen, weiterhin auf jenes Dazwischentreten zu bauen, das mich bisher vor aller Gefahr beschützt hatte, und dergestalt die in Carwins Schreiben enthaltenen Reuebekundungen ernstzunehmen, ja, in jener Zusammenkunft ein taugliches Mittel zu sehen, das mir die Fleckenlosigkeit meines Charakters wiedergeben und meinen Freund von all seinen Trugbildern befreien werde – solche Erwägungen nahmen beständig zu an einleuchtender Kraft.

Was hatt' ich schon zu fürchten von Carwins Gegenwart? Dies Schreiben sah gar nicht danach aus, als wollt' er mich in seine Bande locken. Und war's gleich eine Hinterlist – zu welchem Ende hätt' sie führen sollen? Die Freiheit meines Denkens war unberührt geblieben, und solche Freiheit würde allem Blendwerk, aller Hexerei schon widerstehen! Nur der Gewaltsamkeit konnt' ich nicht wehren. Beim vorigen Mal, dies war freilich nur zu wahr, hatte mich mein Mut im Augenblick unmittelbarer Gefahr verlassen, doch war mir in jenem Moment keinerlei Zeit zur Überlegung geblieben. Alles war so unvorhergesehen über mich gekommen, und die voraufgegangenen Gedanken hatten mich abgestumpft und aller Entschlußkraft beraubt. Das Opfer jüngst erlebter Enttäuschung und vorausgeahnten Unheils war ich gewesen. Man denke nur an das Öffnen jenes Verschlages unerachtet der empfangenen, göttlichen Einschärfung!

Nun entsprang aber möglicherweise meine gegenwärtige Beherztheit einem nicht minder irrigen Grundsatz! Pleyel war mir für immer verloren. Vergebens mühte ich mich, in Anerkennung seiner Person meine Empörung zu bemeistern. Vergebens trachtete ich, dem lindernden Einfluß der Zeit zu vertrauen, den Blick zu richten auf die Heraufkunft neuer Hoffnung und das Wiederaufsteigen jenes Himmelslichtes, in dessen strahlendem Glanz ich so lange und so unbefangen mich sonnen gedurft.

Was aber hatt' ich Schlimmeres zu fürchten, als mir allbereits zugefügt worden?

War Carwin etwa nicht mein Feind? Mein widriges Los dankte ich seiner Verräterei. Mußte ich nicht, statt seine Gegenwart zu fliehen, all meine Kräfte aufbieten, um eine Unterredung mit ihm herbeizuführen, und ihn zwingen, alles Übel, das er angerichtet, wieder aus der Welt zu schaffen? Weshalb ihn der Argumentation für unzugänglich halten? War die Vernunft nicht auf meiner Seite, und mit ihr die Kraft der überzeugenden Rede? Sollt' es unmöglich sein, ihn von der Billigkeit der Auflösung jenes Netzes aus Irrtümern zu überzeugen, darein Pleyel so unrettbar verstrickt war?

Zumindest aber der Angst mochte Carwin zugänglich sein. Oder hatte er wirklich nichts zu fürchten von dem entfesselten Ingrimm eines zutiefst getroffenen Weibes? Doch gesetzt, er wär' auch solchen Regungen verschlossen gewesen; gesetzt, er hätte weiterhin beharrt auf seinen abscheulichen Plänen: waren mir nicht die Mittel in die Hand gegeben, Widerstand zu leisten und mich zur Wehr zu setzen?

Aus solcherart fortschreitenden Überlegungen ging schließlich mein Entschluß hervor. Ich hoffte ja, Carwin habe zu löblichem Ende um die bevorstehende Zusammenkunft gebeten. Doch wie auch immer, ich vertraute darauf, dieselbe durch entschlossenes Argumentieren oder auch Handeln zu einem gedeihlichen, zumindest aber harmlosen Abschluß zu bringen.

Solcher Vorsatz war natürlich den unvermeidbaren Schwankungen unterworfen. Das schöpferische Chaos im Busen des Poeten – es war kein unzutreffender Vergleich in Anbetracht meines Gemütszustandes. Auch in meinem Busen tobte ja ein Sturm, der sich erst legen würde, sobald jene Zusammenkunft hinter mir lag und ihre Konsequenzen klar zutage traten. Daher rührte wohl auch die Ungeduld, mit welcher ich der von Carwin festgesetzten Stunde entgegenbangte.

Mittlerweile sah ich mich aber von den tumultuarischsten Erwägungen überkommen. Alsbald nämlich stellten sich der Ausführung meines Planes neue Hindernisse in den Weg. Ich hatte ja Catharine von meiner Absicht in Kenntnis gesetzt, ab heute unter ihrem Dache zu nächtigen. Ihr Gemahl aber wußte von dieser Übereinkunft und hatte derselben voll Eifer zugestimmt. Meine Schwägerin und Wieland pflegten jedoch schon vor elf Uhr zur Ruhe zu gehen. Mit welcher Entschuldigung sollt' ich also meine Sinnesänderung bemänteln? Oder sollte ich Wieland lieber gleich diesen Brief zu lesen geben und mich den Anweisungen des Bruders fügen? Ich wußte ja schon, was von ihm zu erwarten stand: er hätte mir mit allem Nachdruck von meinem Vorhaben abgeraten. Oder hätt' er nicht noch mehr getan? Er wußte ja um Carwins Verbrechen und kannte die Höhe der ausgesetzten Belohnung. Würde er sich nicht die Gelegenheit zunutze machen, an einem Übeltäter Gerechtigkeit zu üben? Dies war ein gänzlich neuer Gedanke! Zum andernmal sah ich mich von Zweifeln überkommen. Forderte nicht die Billigkeit von mit, Carwins Dingfestmachung nach Kräften zu befördern? Nein. Ich verabscheute solche Verräterei! Carwin wußte nichts von der ihm drohenden Gefahr, und seine Absichten waren möglicherweise von wohlwollender Art. Sollt' ich also Schergen um das Haus postieren und dergestalt eine Handlung, die vielleicht zu meinem Besten unternommen war, zum Instrument von meines Wohltäters Vernichtung machen? Wieland mochte ja gerechtfertigt sein in seiner Anwendung des von mir erworbenen Wissens. Ich aber – sollte ich mich durch dessen Mitteilung noch ärger beflecken, als ich's durch die so unverdient gegen mich erhobnen Anschuldigungen ohnedem schon war? Derlei Erwägungen bewirkten, daß ich solchen Plan ohne Zögern verwarf. Das aber machte es nötig, die wahren Absichten, welche mich zur Rückkehr ins eigene Haus bewogen, vor Wieland geheimzuhalten. Allein, ein Vorwand mußte noch ersonnen werden! Ich aber war gänzlich unerfahren in dem Geschäft der Lüge. War aber die wohlerwogne Verschweigung der Wahrheit etwas anderes denn Falschheit? Ob man jemanden durch Worte oder durch Schweigen hinters Licht führt – es läuft auf das nämliche hinaus.

Was aber konnt' eine Lüge mir nützen? Welcher Vorwand mochte meinen Sinneswandel rechtfertigen? Würden Ausflüchte nicht vielmehr dazu beitragen, Pleyels Anschuldigungen zu erhärten? Daß ich aus freien Stücken in ein Haus zurückkehrte, darin man mich erst vor kurzem an Leben und Ehre bedroht hatte, ließ sich auf keine Weise erklären, *ohne* daß meine Integrität in ein übles Licht geraten wäre.

Derlei Überlegungen änderten zwar nichts an meinem Entschluß, doch sie zögerten ihn hinaus. Im Zustand solcher Ungewißheit stieg ich vor der *Hütte* aus dem Wagen. Mit solchem Namen bezeichneten wir die Behausung unsres Bauern und seines Gesindes. Sie lag am Rande von meines Bruders Landbesitz und in beträchtlicher Entfernung vom Herrenhaus. Der Zufahrtsweg zu demselben war beiderseits gesäumt von je einer Reihe Walnußbäume. Mutterseelenallein schritt ich diesen Pfad hinan. Ich betrat das Wohnzimmer, darin die Kerze in ihrem Leuchter am Erlöschen war. Niemand befand sich im Raume. Die an der Wand stehende Uhr zeigte mir, daß es schon auf elf ging, und ich erschrak ob solcher Vorgerücktheit der Stunde. Was war mit der Familie vorgefallen? Für gewöhnlich gingen meine Anverwandten schon eine Stunde früher zu Bett! Die noch brennende Kerze jedoch sowie die unverschlossene Tür deuteten darauf hin, daß man noch auf war! Ich trat wieder in den Vorraum und ging danach von Zimmer zu Zimmer, fand aber auch dort keine Menschenseele vor.

So nahm ich denn an, daß schon die nächsten Minuten eine Aufklärung solchen Sachverhalts mit sich bringen würden. Inzwischen, so überlegte ich, war die vereinbarte Stunde herangekommen, und Carwin mochte schon meiner Ankunft harren. Brach ich aber sogleich nach meinem Hause auf, so würde niemand von meinem Fortgange wissen, ja vielleicht war's sogar möglich, nach Beendigung jenes Gesprächs schon in etwa einer halben Stunde zurück zu sein! Somit wäre dann keinerlei Heuchelei mehr vonnöten!

Solche Aussicht bewirkte, daß ich sogleich Anstalten traf, diesen Plan ins Werk zu setzen. Allein, da war der ungewöhnliche Zustand des Hauses! Auch meldete sich etwelche vage Besorgnis in Anbetracht der Familie. Es erschien mir als nahezu gewiß, daß mein Bruder noch nicht zu Bett gegangen war. Welche Gründe ihn aber bewogen haben konnten, sein Haus zu so ungewöhnlicher Stunde zu verlassen, wußt' ich mir auf keine Weise zu deuten. Zumindest aber mußte Louisa Conway sich im Hause befinden, mochte sich aber schon auf ihre Kammer begeben haben. Vielleicht, daß sie mir die gewünschte Auskunft geben konnte!

So stieg ich denn zu ihrer Kammer hinauf, woselbst ich das Mädchen schlafend antraf. Überrascht und hocherfreut ob meiner Ankunft sagte sie mir, mit wieviel Ungeduld und Besorgnis mein Bruder und dessen Weib meiner Rückkehr geharrt hatten. Aus Angst, es könnte mir ein Ungemach zugestoßen sein, waren sie länger als gewöhnlich aufgeblieben. Unerachtet der vorgerückten Stunde hatte Catharine die Hoffnung nicht aufgegeben, mich doch noch erwarten zu können. Louisa sagte, sie hätte die beiden noch im Wohnzimmer verlassen und wisse keinen Grund für deren Abwesenheit.

Damit war die Sorge um der beiden persönliche Sicherheit freilich nicht von mir genommen. Weit davon entfernt, in diesem Punkte völlig beruhigt zu sein, hegte ich indes keine deutliche Vorstellung von irgendwelcher Gefahr, die ihnen hätte drohen können. Vielleicht hatten sie, um sich die Zeit bis zu meiner so sehr verspäteten Rückkunft zu verkürzen, einen Spaziergang längs des Flußufers unternommen? Die Nacht, wiewohl nur vom Licht der Sterne erhellt, war eine recht friedliche. Mich aber drängte es aufs neue zu jener Unterredung mit Carwin, und so entschloß ich mich endlich, sie hinter mich zu bringen.

Hastigen Schrittes und von Zweifeln geplagt, folgte ich dem Fußpfad zu meiner Behausung. Von ferne wirkte sie düster und verlassen. Niemand wohnte ja darin, denn meine Dienstmagd war zufolge der neuen Übereinkunft nach Mettingen verzogen. Die Unbesonnenheit, ja Tollkühnheit meines Unterfangens stellte sich mir nun schon in lebhafteren Farben dar. Wer sich im Besitz eines spitzen Stahles weiß, ist freilich nicht wehrlos, allein, in welcher Gemütsverfassung muß ich mich befunden haben, daß ich ohne zu schaudern den Gebrauch solch mörderischer Waffe erwägen und mich in Sicherheit wähnen konnte, bloß weil ich mich für fähig hielt, dieselbe durch eines anderen Tod zu gewährleisten! Doch traf dies in Wahrheit ja gar nicht zu: vielmehr kam's mir vor, als hastete ich hinein in eine tödliche Verstrickung und fände nicht mehr die Kraft, innezuhalten oder zurückzuweichen vor solcher Gefahr.

Sechzehntes Kapitel

Sobald das Haus in Sicht kam, zog ein Licht meine Aufmerksamkeit auf sich: es kam aus meiner Kammer! Dieser Umstand war mir völlig unerklärlich! Zwar sollte ich dort oben mit Carwin zusammentreffen, doch daß er meine Kammer schon vor mir betreten, ja sich mit einem Lichte versehen haben sollte, konnt' ich nicht glauben. Welcher Beweggrund hätt' ihn zu solcher Handlungsweise veranlassen sollen? Durft' ich's wagen, meinen Weg fortzusetzen, ehe dieser Umstand seine Erklärung gefunden? Vielleicht würde aus einiger Entfernung, falls ich mich entsprechend postierte, irgend jemand sichtbar werden. Ein seitlicher, schwacher Lichtstrahl aus dem Fenster erhellte eben noch den krüppligen Kiefernbestand des Flußufers. Doch während ich noch hinsah, begann der Strahl zu wandern, glitt eine Zeitlang her und hin – und erlosch. So blickte ich abermals auf das Kammerfenster: es war noch erhellt. Also war das Wandern des Lichtstrahls durch einen Positionswechsel der Lampe oder Kerze bewirkt worden! Daraus folgerte unvermeidlich, daß eine Person sich dort oben aufhielt!

Ich ließ mir Zeit, um zu überlegen, ob es wohl angebracht wäre, noch weiterzugehen. Vielleicht sollt' ich mich in aller Vorsicht und deshalb gefahrlos an das Haus heranpirschen – sollte mich dann durch Klopfen oder Rufen bemerkbar machen, um mich auf diese Weise zu vergewissern, wer denn eigentlich im Hause war? Also schlich ich mich bis an die Haustür und horchte, konnte aber nichts erlauschen. Dann klopfte ich: zunächst zaghaft, doch nach und nach lauter. Keine Antwort erfolgte! Ich trat zurück und blickte zum Fenster hinauf: das Licht war nicht mehr zu sehen! War es von Menschenhand ausgelöscht worden? Zu welchem Zwecke konnte dies geschehen sein, wenn nicht mit der Absicht, sich zu verbergen? Aber weshalb hatte man dann Licht gemacht, wenn es so plötzlich wieder gelöscht wurde? Und weshalb blieb alles so still, wiewohl jemand sich im Hause aufhielt?

Die Lösung all dieser Fragen war, dies lag auf der Hand, mit Gefahr verbunden. Würde solche Gefahr, gemessen an der Angst eines Weibes, nicht gigantische Ausmaße annehmen? Plötzlich war mir alles wieder gegenwärtig: die Todesdrohungen aus dem Verschlag; die betäubende Gewalt jener warnenden Stimme; Carwins bekannte und auch unbekannte Eigenschaften; unser kürzlich dort oben erfolgtes Gespräch; und schließlich die Festsetzung einer zweiten Unterredung am nämlichen Ort und zur gleichen Stunde! Was war nun zu tun?

Mut ist nichts Definitives, Unveränderliches. Mag jeder, der's da etwa unternimmt, die Taten anderer motivieren zu wollen, ob solcher Torheit schamrot werden und dergleichen in Hinkunft füglich unterlassen! Und nicht minder vermessen wäre es, wollte sich da einer unterfangen, die Natur oder das Planen überlegener Intelligenz pedantisch einzuteilen. Wohl eine Minute lang starrte ich zu dem Fenster hinauf, und ebensolang hielt ich danach den Blick zu Boden gerichtet. Dann zog ich ein Federmesser aus der Tasche und klappte es auf. »Dies«, so sprach ich bei mir, »mög' nun mein Beschützer sein oder mein Rächer. Einer wird fallen – entweder mein Gegner oder ich.«

Ich hatte das Haus heute morgen versperrt, führte aber den Schlüssel zur Küchentür noch mit mir. So beschloß ich, meinen Weg durch den hinteren Eingang zu nehmen. Ich hastete zur Rückseite des Hauses, schloß auf und trat ein. Verlassenheit und finstere Öde umgaben mich. Da mir aber jeder Fußbreit Bodens vertraut war, stand ich alsbald vor dem Küchenschrank, zog aus demselben ein Wachslicht hervor sowie Feuerstein, Zunder und Stahl – und hatte mich im Handumdrehn mit einem schützenden und auch wegweisenden Lichte versorgt.

Worauf war ich eigentlich aus? Sollt' ich nun wirklich hinaufsteigen zu meiner Kammer und vor denjenigen hintreten, der es gewagt, dortselbst einzudringen und sich dann zu verbergen? Bedeutete das Verlöschen jenes Lichts, daß er sich bloß verstecken gewollt, oder aber, daß er beabsichtigte, meiner Arglosigkeit einen Hinterhalt zu legen? Oder lag die Annahme näher, daß er ungestört zu bleiben wünschte – daß er mich fernhalten wollte, indem er tat, als wäre niemand im Hause? Doch unerachtet aller Hindernisse – ich würde diesem Manne gegenübertreten! Noch vor meinem Tode würd' ich ihn von Angesicht erblicken und ihn zur Verantwortung ziehen, ganz gleich, welchen Preis solche Unterredung mir abfordern mochte! Leben und guten Ruf konnte man mir rauben, doch Ehre und Rechtlichkeit lagen ganz allein bei mir und waren sicher vor jedem Zugriff!

Ich nahte mich der Treppe zum Oberstock. Man könnte nun glauben, in so angespannter Situation sei ich unfähig gewesen, einen klaren Gedanken zu fassen, doch gingen mir beständig vage Erinnerungsbilder von dem rätselhaften Dazwischentreten durch den Sinn, welches ich erst gestern nacht erlebt hatte. Meine gegenwärtige Lage war aber der gestrigen nicht unähnlich: stand also, falls mein guter Engel seiner fruchtlosen Bemühungen nicht müde geworden war, eine neue Warnung zu erwarten? Wer konnte schon sagen, ob seine Abwesenheit der Grund dieses Schweigens war, oder aber das Fehlen einer Gefahr?

Was wunder, daß mir in solcher Gemütsverfassung ein kalter Schauder durch die Adern kroch – daß ich unschlüssig verharrte und angstvoll hinter mich blickte?

Ach! Das Herz will mir sinken und die Finger werden mir kraftlos. Zwar, mein Denken ist so lebhaft wie je, doch die Sprache dafür reicht nicht aus. Nun erst weiß ich, was es heißt, Gefühle zu haben, die sich aller Mitteilung entziehen!

In meinem Sinn reihen die Ereignisse sich zur Kette und bewirken, sobald sie sich mit den vorangegangenen verbinden, daß meine gequälte Seele der Hoffnungslosigkeit anheimfällt!

Dennoch, ich will durchhalten bis zum bitteren Ende. Mag mein Bericht auch verschwommen wirken und sich in Konfusionen verwickeln: solange ich lebe, will ich an seiner Vollendung arbeiten. Kann man denn mehr erwarten als Verschwommenheit, Hast und unklare Übergänge von einem Chronisten, der gleichzeitig auch das Opfer all des geschilderten Unheils ist?

Ich sagte schon, daß ich angstvoll hinter mich geblickt. Irgend etwas mußte dort zu sehen sein – weshalb sonst wär' ich herumgefahren? Und in der Tat: ich hatte eine doppelte Sinneswahrnehmung! Der nämliche, durchdringende Aufschrei *»Halt ein! Halt ein!«* gellte mir aus nächster Nähe ans Ohr, und die damit verbundene Luftbewegung sowie der Schock, der mich dabei durchzuckte, waren durchaus real. Ob aber das Schauspiel, das sich meinen *Augen* bot, bloß eine Ausgeburt meiner Phantasie war, mag dahingestellt bleiben.

Ich hatte die Tür des soeben verlassenen Raumes nicht wieder hinter mir geschlossen. Die Treppe, an deren Fuß ich nun stand, war zwei bis drei Schritte von der offenen Tür entfernt und an deren Wand gebaut. Deshalb konnte ich an dieser Wand nur entlangsehen und hatte keinen Einblick in das Zimmer.

Nun ward aber durch jene Türöffnung ein Kopf dermaßen schnell vorgeschoben und wieder zurückgezogen, daß es den Eindruck erweckte, als hätt' eine sonst unsichtbare Gestalt sich sekundenlang manifestiert! Das Gesicht war mir zugekehrt, ein jeder Muskel darin war gespannt gewesen: Stirn und Brauen hatten sich zu leidenschaftlichem Ausdruck verzerrt, die Lippen waren verformt wie zu einem

Kreischen, und die Augen hatten dermaßen gefunkelt, daß sie, hätt' ich kein Licht mit mir getragen, dem Aufleuchten eines Meteors vergleichbar gewesen wären. Aufschrei und Erscheinung waren zur selben Zeit erfolgt und im nämlichen Momente wieder erloschen, doch war der Schrei nah an meinem Ohr erklungen, das Gesicht aber mehrere Schritte entfernt gewesen.

Jenes Gesicht war ganz dazu angetan, an ein übermenschliches Wesen denken zu machen, wiewohl die Züge denjenigen geglichen, die ich schon von früher kannte. Carwins Aussehen war ja auf tausenderlei Weise mit meinem Denken verknüpft, und so mochte die Erscheinung wohl meiner Phantasie zuzuschreiben sein. War dem so, dann mag es nicht wundernehmen, daß sie einige seiner Züge getragen. Dennoch war die Ähnlichkeit nur eine entfernte gewesen und hatte sich im Aufblitzen ganz anderer Eigenschaften verloren.

Was sollte ich von alledem halten? Mochte das Gesicht nun einem Menschen gehören oder nicht – jedenfalls war der Ruf von oben an mich ergangen! Aus Erfahrung wußte ich, daß jenes Wesen es gut mit mir meinte. Schon einmal hatte es mich vor Unheil bewahrt, und die weiteren Ereignisse hatten die Nützlichkeit jenes ersten Dazwischentretens nur noch bestätigt. Und nun war ich abermals gewarnt worden, von meinem Beginnen abzulassen! Ich war ja dabei, mich dem nämlichen Abgrund wie damals zu nähern, und so war die nämliche Macht auf den Plan getreten, mich davon abzuhalten. Wie hätte ich da nicht gehorchen sollen? War ich fähig, auf meinem gefahrvollen Pfade weiterzuschreiten? Jawohl – ich war es!

Die Warnung war eine unvollkommene gewesen: sie hatte mir nicht die Art der Gefahr gezeigt und mir keine bestimmten Grenzen gewiesen. Schon einmal hatte ich sie in den Wind geschlagen und war dennoch unverletzt geblieben. Sollt' ich nicht auch jetzt auf solchen Ablauf vertrauen? Vielleicht war's auch diese Erwägung, die mich unmerklich beeinflußte. Jedenfalls beharrte ich auf meinem Vorhaben. Doch das allein war's nicht. Ich vermag nicht, die Motive zu umreißen, welche mich vorantrieben. Was ich hier sage, klingt ja, als hätte ich keinerlei Zweifel an dem übernatürlichen Ursprung jenes Rufes gehegt, doch liegt dergleichen bloß an der Unzulänglichkeit meiner Sprache. Was ich meine, ist lediglich, daß mein nüchternes Denken durch solchen Glauben viel stärker beeinflußt war als durch die gegenteilige Ansicht. So bestand der unmittelbare Effekt bloß in der Schwächung meiner Urteilskraft und in der Überstürzung meiner Entschlüsse.

Nun aber galt's, entweder voranzuschreiten oder umzukehren. Ich entschied mich für das erstere und machte mich daran, die Treppe zu erklimmen. Die Stille ward nicht mehr unterbrochen, und ich fand meine Kammertür zwar geschlossen, doch unversperrt vor. Indem ich all meinen Mut zusammennahm, drückte ich sie auf und spähte in das Gemach.

Nichts Entsetzliches, nichts Ungewohntes zeigte sich. Wie leicht hätte das, was mir da drohte, sich verbergen, mich bei meinem Eintritte anspringen und mit eisernen Krallen zerfleischen können! Ich aber war blind gegen solche Gefahr und betrat, wenngleich in aller Vorsicht, die Kammer.

Alles und jedes hier drinnen sah aus wie gewöhnlich. Weder Lampe noch Kerze fanden sich vor. Zum erstenmal stiegen mir nun Zweifel auf in Anbetracht der Natur des von mir wahrgenommenen Lichtes. Gehörte es am Ende zu jenem übernatürlichen Gesicht? War's ein meteorhaftes Leuchten, das nach dem Willen dessen erstrahlte, dem jenes Antlitz zugehörte, ja war's von der Art des Lichtes, das meines Vaters Tod begleitet hatte?

Der Verschlag befand sich gleich nebenan, und ich gedachte des vielfältigen Entsetzens, das er mir bereitet hatte. Vielleicht verbarg sich dort drinnen die Ursache meiner Gefährdung und die Stillung meiner Wißbegier! Sollte ich zum andernmal wagen, sein Inneres zu ergründen? Der Entschluß war nicht leicht zu fassen! So stand ich denn da und erwog das Für und Wider, als mein Blick auf den Tisch fiel und ein darauf liegendes Handschreiben wahrnahm! Es war Carwins Schrift, wie ich sogleich erkannte. Ich nahm das Papier und las:

»Torheit war's, in Anbetracht meines Vorschlages auf Eure Einwilligung zu rechnen. Ermeßt meine Enttäuschung, als ich an Eurer Statt jemand anderen vorfinden gemußt! Zwar hab' ich gewartet, doch wär' es gefährlich, mich noch länger hier zu verweilen. Ich werde auch fürder auf eine Unterredung mit Euch bedacht sein, doch müßte dieselbe an anderem Orte und zu anderer Zeit vor sich gehen. Mittlerweile bringe ich dies zu Papier. – Wie werdet Ihr's ertragen – wie unverständlich wird Euch dieser ganze Handel dünken! – solch unerwartetes Ereignis – solch entsetzlicher Anblick!«

Dies der Inhalt der gehetzten, nichts weniger denn zufriedenstellenden Botschaft. Die Handschrift war diejenige Carwins, und die Tinte war noch feucht. Solcher Umstand ließ nur den Schluß zu, daß der Schreiber dieser Zeilen die Kammer erst vor kurzem verlassen haben konnte oder sich sogar noch innerhalb ihrer vier Wände befand. Ich blickte über die Schulter in der Erwartung, ihn hinter mir stehen zu sehen.

Welchen anderen mochte er wohl gemeint haben? Welcher Handel hatte stattgefunden, der da meinen Erwartungen zuwiderlief? Welches Bild war es, das sich mir zufolge Carwins Worten bieten würde? Abermals blickte ich rundum, konnte aber nichts Befremdliches entdecken. Aufs neue gedacht' ich des Verschlages und war sogleich entschlossen, hinter seiner Tür die Lösung dieses Rätsels zu suchen. Dort drinnen lag vielleicht jene Szene beschlossen, die mein Entsetzen hervorrufen und all meine Voraussicht über den Haufen werfen sollte!

Ich habe schon erwähnt, daß der Zugang zu dem Verschlag sich gleich neben meinem Bette befand, welches nach zweien Seiten hin mit Vorhängen gegen jede Sicht abgeschirmt war. An der dem Zugang nächstliegenden Seite war der Vorhang zurückgeschlagen. Als ich daran vorüberkam, fiel mein Blick auf das offenliegende Bett. Ich erschrak und sah zum andern Male hin. Dann führte ich das Licht, welches ich mit mir trug, näher an meine Augen, um den täuschenden Nebel zu zerteilen, der vor ihnen zu schweben schien. Und abermals heftete ich den Blick auf das Bett, in der Hoffnung, solch beständigerer, prüfender Augenschein werde das Objekt, welches ich wahrgenommen, zu einem Nichts zerrinnen lassen.

Dies also war der Anblick, den Carwin mir angekündigt hatte! Dies das Ereignis, welches meinen Verstand übersteigen sollte! Dies das Los, welches mir vorbehalten gewesen, aber durch irgendwelchen widrigen Zufall einem anderen zuteil geworden war!

Keine leeren Drohungen hatten mich geängstigt! Gewalttat und Tod hatten in dieser Kammer auf mich gelauert! Doch ein unergründlicher Zufall hatte eine andere vor mir hierhergeführt, und die gnadenlosen Fänge, zu deren Beute *ich* ausersehen gewesen, hatten sich im Opfer geirrt und *ihr* Herz durchbohrt. Wie aber stand's um meine Sicherheit? War des Unholds Mordbegier gestillt – hatte er das Weite gesucht? Noch eben vorhin hatte der Mörder sich in dieser Kammer befunden: er konnte noch nicht weit sein! Schon im nächsten Moment mochte er hervorbrechen und über mich herfallen, so daß ich umkommen würde unter dem nämlichen blutbesudelten und erstickenden Würgegriff!

Mein ganzer Körper bebte, und die Knie wollten mich nicht länger tragen. Bald starrte ich auf die Tür des Verschlages, bald auf diejenige meiner Kammer. Durch einen dieser Zugänge würde der Übeltäter eintreten, um mein Leben und meine Ehre auszulöschen! Ich war zur Gegenwehr gerüstet gewesen, doch jetzt, unterm Eindruck der unmittelbaren Bedrohung, fand ich mich von aller Kraft verlassen. Weder Erziehung noch Erfahrung hatten mich gelehrt, Gefahren wie dieser die Stirn zu bieten. Vielleicht aber war an meiner Kraftlosigkeit die Bestürzung schuld, welche mich aufs neue überkommen hatte: keinerlei Voraussicht hatte mir den Geist gewappnet gegen die Szene, welche sich mir darbot!

Erneut verdrängten Erwägungen in Anbetracht dieser Szene meine persönlichen Ängste. Ich heftete den Blick auf das Antlitz der leblos hingestreckten Gestalt: die wohlvertrauten, geliebten Züge meiner Schwägerin waren von Todeskampf und Leichenblässe nicht entstellt worden. ›Welch schrecklicher Wahn‹, so frug ich mich, ›hat dich hierhergeführt? Deiner Gegenwart beraubt – welches Glück verbleibt dann deiner Nachkommenschaft und deinem Ehegemahl? Hart genug wär's schon gewesen, dich verlieren zu müssen durch einen natürlichen Tod! Aber so unverhofft umzukommen – solch gräßlichem Ende zur Beute zu fallen! Und wie soll erst Wieland dies Schauspiel ertragen! Nicht war's deinem Feinde genug, dich unter seinem Würgegriff sterben zu sehen! Solcher Tod war vielmehr die Erlösung von dem, was der Unhold dich vorher erleiden gemacht! Nach solchem Unheil mag der Tod jene Wohltat für dich gewesen sein, um deren Gewährung du den Täter angefleht! Er hegte ja keine Feindschaft gegen dich – vielmehr bin's *ich* gewesen, der er so verräterisch nachgestellt hat! Allein, durch einen ungeheuerlichen Zufall ward seine Wut auf ein andres Opfer gelenkt!

Wie aber bist du hierhergekommen? Und wo ist Wieland gewesen in der Stunde deiner größten Not?‹

Ich trat an den Leichnam heran, ergriff die noch immer biegsame Hand und drückte einen Kuß auf die nimmer atmenden Lippen. Das wallende Gewand der Toten war aus aller Ordnung geraten. Ich stellte dieselbe wieder her, nahm dann neben dem Bette Platz und heftete den Blick erneut auf der Toten Antlitz. Was ich in jenem Augenblick gedacht – ich weiß es nicht mehr. Unklar, doch darum nicht weniger zwingend befiel mich die Überzeugung, daß mit Catharinens *Leben* auch alle *Hoffnung* erloschen war. Alles Glück und alle Würde – hinfort waren sie aus Wielands Hause verbannt! Was ihm verblieb, war nur mehr ein qualvoll hinzufristendes, kurzes Leben, das für die Welt ein Monument sein würde der vernichteten Hoffnung und der Wandelbarkeit allen Glückes. Pleyel war mir ja schon verloren gewesen, doch solange Catharine noch gelebt hatte, war mir das Leben noch als lebenswert erschienen. Nunmehr jedoch, hinweggerissen von der Gefährtin meiner Kindertage, die teilgehabt an all meinen Gedanken, Sorgen und Wünschen, fand ich mich ausgesetzt auf sturmzerwühlter See, ja glich ich dem Schiffbrüchigen, dessen Leben nur mehr an einer dahintreibenden Planke hängt. Schon brach die Nacht über ihn herein, und eine plötzliche Sturzsee hatte ihn auch noch des letzten Haltes beraubt, ja schlug nun für immer über ihm zusammen.

Siebzehntes Kapitel

Weder empfand ich irgendwelche Neigung noch auch die Kraft, mich von dem unheilvollen Orte loszureißen. Länger denn eine Stunde waren mir Geist wie Körper so gut wie gelähmt. Dies ging so hin, bis unten die Haustür in ihren

Angeln knarrte und Schritte die Treppe heraufpolterten. Solches Geräusch rief sogleich meine verworren schweifenden Gedanken zurück, und ich trat, nachdem ich den Vorhang vors Bett gezogen, an eine Stelle meiner Kammer, von wo aus ich jedweden Eindringling sofort erkennen konnte. So großen Schwankungen ist unser Gemüt unterworfen, daß ich, unerachtet der offenkundigen Bestätigung meiner Ängste und im Angesicht der drohenden Gefahr, keinerlei Verstörung empfand, sondern nichts denn nackte Wißbegier!

Schließlich trat der Ankömmling ein, und ich erkannte in ihm meinen Bruder. Er sah nicht anders aus als sonst, doch malte sich ein Ausdruck auf seinen Zügen, wie ich ihn vordem noch nie bei Wieland wahrgenommen. Noch glaubte ich ja, er wisse nichts von dem Los seines Weibes, und sein Aussehen bestärkte mich in diesem Glauben. Nie zuvor hatt' ich ja solch frohlockende Miene an ihm gesehen, wie er sie nunmehr zur Schau trug. Also war er nicht nur in Unkenntnis des hereingebrochenen Unheils, sondern es mußte ihm ein freudiges Ereignis begegnet sein! Welch ein Umschwung solch vergänglicher Glückseligkeit stand ihm nun bevor! Kein Ehegemahl, der jemals so vernarrt in sein Weib gewesen wäre wie er – kein Eheweib auch, die sich solch anbetender Liebe hätt' rühmen gedurft! So war ich der Wirkung nur allzu gewiß, welche die Entdeckung von Catharinens traurigem Los auf Wieland üben mußte. Nicht länger vertraute ich auf seine Vernunft und Frömmigkeit: zwar gab's nur wenige Übel, welchen sein Denken nicht alsbald ihren Stachel genommen hätte, hier jedoch war alle Beschwichtigung des Kummers, war jedes Zureden zur Geduld vergebliche Liebesmüh'. Der bevorstehende Anblick würde gefolgt sein von einem Paroxysmus der Verzweiflung und vom alsbaldigen Tod!

Im Augenblick fragte ich mich nicht nach dem Beweggrund von Wielands Erscheinen. Zu sehr bangte ich dem Effekt entgegen, welchen der Anblick der teuren Toten auf ihn üben mußte. Konnte solches Bild noch länger vor ihm verborgen werden? Schon binnen kurzem würde er die volle Wahrheit wissen! Keinerlei Winkelzüge konnten solche Gewißheit noch allzulange hinauszögern. Was mir zu tun blieb, war lediglich, die Plötzlichkeit solchen Schlages abzuschwächen und die ärgste Verzweiflung, ja den Ausbruch des Wahnsinns von dem Ärmsten abzuwenden. Allein, ich kannte meinen Bruder gut genug, um zu wissen, daß meine Tröstungsversuche zu nichts führen konnten.

Was auch hätt' ich sagen sollen: mundtot gemacht wie ich war, vergoß ich nun in Anbetracht seiner Person jene Zähren, die mein eigenens Unglück mir nicht abnötigen gekonnt. Doch inmitten meiner tränenreichen Auflösung hatte ich noch ein Auge für des Bruders Emotionen. Dieselben waren von einer Art, die nichts weniger denn Kummer in mir auslösten oder demselben doch zumindest beträchtliches Erstaunen beigesellten.

Mit einem Male nämlich legte Verstörung sich auf Wielands Züge. Er faltete die Hände mit einer Kraft, welche die Nägel tief in das Fleisch eindringen ließ. Sein Blick blieb auf meine Füße geheftet. Das Hirn schien ihm den Schädel sprengen zu wollen! Zwar atmete er weiter, doch war's mehr ein ersticktes Geröchel. Noch nie hatte ich solchen Sturm menschlicher Leidenschaft mitangesehn! Bis vor kurzem war ja mein Element nichts denn Sonnenschein und innerer Friede gewesen. Unvertraut wie ich war mit den höchsten Höhen und der Gewaltsamkeit allen Gefühls, stand ich nunmehr gebannt unterm Einfluß des namenlosen Schreckens, welchen die Szene vor meinen Augen mir einflößte.

Nach einigem Schweigen und einem inneren Kampfe, den ich mir nicht zu deuten wußte, hob Wieland den Blick gen Himmel und rief mit stammelnder Zunge: »Dies ist zu viel! Jedwedes Opfer denn dies eine, und Dein Wille geschehe! Hab' ich denn meinen Gehorsam und Glauben nicht schon zur Genüge erhärtet? Die eine, die dahingefahren ist, und auch die anderen, so ihr nachgefolgt sind, waren meiner Seele durch Bande verbunden, die einzig Dein Gebot lösen gekonnt! Hier aber sind Reinheit und Vortrefflichkeit, die alles Menschenmaß übersteigen! Dies ist das Werk Deiner Schöpferhände, und so kann's nimmermehr Dein Wille sein, es der Vernichtung anheimfallen zu lassen!«

Dies gerufen, löste er die verkrampften Hände, bedeckte mit der einen die Stirn und fuhr fort: »Oh über dich Elenden! Wer machte dich so scharfsichtig, den Ratschluß deines Schöpfers zu erkennen? Befreiung von den Fesseln der sterblichen Hülle ist diesem Wesen verheißen, und du sollst Vollstrecker sein solchen Gebots!«

Solches sagend, trat Wieland auf mich zu. Seine Worte, seine Handlungen waren ohne allen Sinn, man hätte denn unterstellt, er wisse schon um Catharinens Tod, und dies Wissen habe ihm, wie vorauszusehen gewesen, den Geist zerstört. Ich hatte dergleichen ja befürchtet. Doch nun, da ich das Verlöschen eines der strahlendsten und schärfsten Geister, von welchem Menschenwesen je geadelt worden, mit ansehen mußte, fand ich mich überkommen von erneuter, unerträglicher Seelenqual.

Allein, ich hatte nicht die Zeit zu überlegen, was meiner eignen Sicherheit nun drohen mochte von solchem Umschwung – was ich zu fürchten hätte von den aberwitzigen Plänen eines Tollhäuslers. Schon kam er auf mich zu! Doch im nämlichen Momente wehte der Wind ein fernes dumpfes Getöse heran: verworrener Stimmenlärm ward gefolgt von einer Vielzahl über den Rasen sich nähernder Schritte, welche gleich darauf den gepflasterten Vorplatz erreichten.

Solcher Lärm brachte meinen Bruder von seinem Vorhaben ab: lauschend hielt er inne. Das Getöse vervielfachte sich – ward lauter und lauter! Dies wahrgenommen, wandte Wieland sich herum und stürzte davon. Alles ringsum war angetan, mich mit fassungslosem Staunen zu erfüllen: meiner Schwägerin Leichnam, Wielands aberwitzige Aufführung, und jetzt auch noch die aufgeregte Menge dort draußen, die ich so wenig vorausgesehen hatte, daß mein Hirn mir nunmehr den Dienst aufsagte. Die Kraft, aus der mein Denken sich zu speisen pflegte, war zur Gänze erloschen!

Schritte polterten die Treppe herauf, und gleich danach zwängten sich viele Gesichter durch die Türöffnung meiner Kammer. Aufgeregt und wachsam spähten sie umher, ja durchforschten jeden Winkel, als suchten sie nach einem verborgenen Flüchtling. Dann erst faßten sie mich ins Auge, und ihre Blicke verrieten alle Anzeichen von Entsetzen und Mitgefühl. Schon fragte ich mich, ob nicht auch diese Gesichter von der nämlichen Art wären wie dasjenige, welches ich am Fuße der Treppe wahrgenommen – ob's nicht Ausgeburten meiner Phantasie sein mochten oder aber luftige Geistwesen?

Ich blickte von einem zum anderen, bis mein Auge auf einem mir wohlvertrauten Antlitz haften blieb: es war dasjenige von Mr. Hallet. Derselbe war ein entfernter Anverwandter meiner Mutter und erfreute sich allgemeiner Verehrung ob seines Alters, seiner Rechtschaffenheit und Urteilskraft. Das Amt des Friedensrichters hatte er seit langem zurückgelegt, doch sein Erscheinen genügte, die etwa in mir noch vorhandenen Ängste zu zerstreuen.

Er trat auf mich zu, ergriff mitleidsvoll meine Hand und sprach mit sanfter Stimme: »Wo, teuerste Clara, sind denn dein Bruder und deine Schwägerin?« Ohne zu antworten, wies ich auf das Bett. Hallets Begleiter zogen den Vorhang zur Seite, und während ihre Augen ob des dargebotenen

Anblicks vor Entsetzen sich weiteten, füllten diejenigen Mr. Hallets sich mit Tränen.

Nach geraumer Weile wandte er sich mir neuerlich zu. »Mein liebes Kind«, sagte er, »dies ist kein Anblick für dich. Möchtest du dich nicht unter meine und Mrs. Bayntons Obhut begeben? Wir werden nach allem sehen, was die Umstände erfordern.«

Ich aber widersetzte mich solchem Begehr auf das nachdrücklichste und bestand darauf, bei der teuren Toten zu bleiben bis sie der Erde überantwortet wäre. Indes, Mr. Hallets Vorhaltungen im Verein mit meinen Gefühlen führten mir die Schicklichkeit einer zeitweiligen Ortsveränderung vor Augen. Die arme Louisa bedurfte ja einer Trösterin, und auch meines Bruders Kinder brauchten jemanden, der nach ihnen sah. Ja sogar mein unglücklicher Bruder war nunmehr zu einem Objekt der Teilnahme und Fürsorge geworden. So stimmte ich schließlich zu, von dem Leichnam zu lassen und zu meinem Bruder zu gehen, dessen Haushaltung, so machte ich geltend, nunmehr einer leitenden Hand, und dessen Kinderschar einer Pflegemutter aufs dringendste bedürftig wären.

Schon während solchen Wortwechsels hatte mein betagter Freund gegen seine Tränen ankämpfen müssen, doch meine letzten Worte brachten dieselben zum heftigsten Ausbruch. Mittlerweile umstanden uns die Begleiter in trauervollem Schweigen und blickten bald mich, bald einander an. Ich wiederholte nun meinen Entschluß und traf Anstalten, denselben ins Werk zu setzen. Mr. Hallet aber ergriff meine Hand, um mich davon abzuhalten. Seine Miene verriet Unschlüssigkeit und Widerstreben. Also frug ich ihn nach dem Grunde seines Widerstands und flehte ihn an, er mög' mir doch all das erklären! Auch sagte ich ihm, mein Bruder sei eben noch hier im Hause gewesen und so kennte ich seine Gemütsverfassung. Wieland sei über dem großen

Unglück wahnsinnig geworden, und seine Nachkommenschaft bedürfe recht sehr einer Beschützerin. Wenn's also recht wäre, so würd' ich Mr. Hallets Obsorge lieber den beklagenswerten Bruder anvertrauen. Dessen arme, unschuldige Kinder aber bedürften der ehebaldigsten Betreuung durch eine Pflegemutter, und solches Amt würd' ich, solange noch ein Funke Leben in mir wäre, nimmermehr einem anderen Menschen überlassen.

Doch was immer ich da geltend machte – jedes meiner Worte schien Mr. Hallets Bestürzung und Not nur noch zu vergrößern. Schließlich faßte er sich ein Herz und sprach: »Clara, ich glaube, mir's um dich verdient zu haben, daß du auf meine Worte hörst, und du hast auch versprochen, dies zu tun. So bitte ich dich nun, mir diese deine höchste Verpflichtung zu übertragen. Erlaube Mrs. Baynton, während der nächsten paar Tage den Haushalt deines Bruders zu führen. Danach magst du dort nach Belieben schalten und walten. Weshalb ich dies Begehren stelle, tut jetzt nichts zur Sache. Mag sein, daß ich glaube, deine Jugend und dein Geschlecht, oder auch das Elend, das solches Unglück in dir auslösen muß, machen dich untauglich für dies Geschäft. Und gewißlich zweifelst du nicht an Mrs. Bayntons liebevollem Zartgefühl.«

Solche Worte riefen einen neuen Gedanken in mir wach. Ich blickte Mr. Hallet scharf in die Augen. »Sind sie wohlauf?« fragte ich. »Geht es Louisa gut, sind Benjamin, Wilhelm, Constanze und die kleine Clara gut aufgehoben? Sagt mir die Wahrheit, ich bitt' Euch!«

»Ihnen ist allesamt wohl«, versetzte er, »und sie sind in guter Hut.«

»Ihr müßt nicht fürchten, daß eine weibische Schwäche mich anwandle: ich kann die volle Wahrheit ertragen! Sagt mir also aufrichtig: sind sie wirklich wohlauf?«

Aufs neue versicherte er mir, daß sie allesamt wohl seien.

»Was also«, fuhr ich fort, »fürchtet Ihr dann? Wär's denn möglich, daß irgendwelche Nöte mich abhalten könnten, meine Pflichten an jenen hilflosen Unschuldigen zu erfüllen? Ich bin ja willens, mich mit Mrs. Baynton in solche Obsorge zu teilen, und werd' ihr dankbar sein für ihr Mitgefühl und ihre Hilfe. Was aber wäre ich, wollt' ich in solcher Stunde die lieben Kleinen im Stich lassen?«

Doch genug der traurigen Kontroverse: ich will's kurz machen, indem ich bloß berichte, daß ich weiterhin auf meinem Vorhaben bestand, und daß Mr. Hallet sich demselben nicht minder hartnäckig widersetzte. Solcher Widerstand rief aufs neue meinen Argwohn wach, doch wurde derselbe beschwichtigt durch die feierlichsten Beteuerungen, die Kinder befänden sich wohl und seien gut aufgehoben. Ich wußt' mir meines Freundes Haltung nicht zu deuten, stimmte aber seinem Begehren zu, mich in die Stadt zu begeben. Doch stellte ich die Bedingung, ich müsse die Kleinen erst noch zu Gesicht bekomen und am Morgen zu ihnen zurückkehren.

Indes, nicht einmal solchen Vorschlag wollte man gelten lassen. Schließlich eröffnete mir Mr. Hallet, man habe Louisa zusamt den Kindern bereits in die Stadt gebracht. Weshalb man dies getan, forschte ich, und wo man sie untergebracht? Nun ließ ich mich nicht mehr mit Ausflüchten abspeisen: hellwach war mein Argwohn geworden, und keine List, keine Ausrede mehr war geeignet, ihn zu beschwichtigen. Viele der Umstehenden begannen nun, ihren Gefühlen in Tränen Luft zu machen. Auch Mr. Hallet schien solchen Kampf nicht länger ertragen zu können. Eine innere Stimme flüsterte mir zu, dies Blutbad sei in Wirklichkeit viel größer als ich bis jetzt angenommen! Man spielte vor mir Verstecken, weil man die Folgen fürchtete, welche die volle Wahrheit auf mich üben mochte! So flehte ich Mr. Hallet abermals an, er mög' mir rückhaltlos sagen, wie es den Kindern gehe! Und um mein Flehen zu unterstützen, gab ich mir den Anschein von Fühllosigkeit: »Ich kann mir ja denken«, sagte ich, »was geschehen ist: sie sind in der Tat gut aufgehoben und aller Unbill entrückt, denn sie sind tot. Nicht wahr, so ist es doch?« Und die Stimme wollt' mir versagen über meinem vorgetäuschten Mut.

»Nur zu wahr«, versetzte da der Gefragte und sprach: »Sie sind tot. Gestorben durch das nämliche Los und die nämliche Hand – zusamt ihrer Mutter!«

»Tot!« wiederholte ich. »Wie? Alle ohne Ausnahme?«

»Alle ohne Ausnahme!« bekräftigte er. »*Nicht eines* hat er verschont.«

Erlaubt mir, Freunde, die Augen zu schließen vor dem, was noch folgte! Weshalb eine Geschichte noch verlängern, die, ich fühl' es nachgerade, ohnedem schon zu lang wird? So laßt mich zumindest über diese Szene den Mantel des Vergessens breiten. Denn an eben der Stelle müßte meine Erzählung unzulänglich werden. Herz und Hirn waren mir nichts denn eine einzige, stürmische Aufgewühltheit, und so umfaßt mein Erinnern nichts denn ein Gewoge ineinander überfließender Gedanken und trauervoller Bilder. Nimmermüd und unerschöpflich war ich in der Erfindung immer neuer Qualen. Keinen Anblick ersparte ich mir, sofern er nur geeignet schien, meinen Kummer zu vergrößern: jedes der totenbleichen, entstellten Körperchen preßte ich an den Busen. Die von mir mit so unaussprechlicher Leidenschaft geliebte Louisa ward mir zunächst vorenthalten, doch auch über solchen Widerstand trug meine bohrende Beharrlichkeit am Ende den Sieg davon.

Man führte mich in ein verdunkeltes Gemach. Nur die von der Decke hängende Ampel war unverhüllt und beleuchtete einen Tisch: auch noch des letzten, erbärmlichsten Trostes hatte der Mordbube mich beraubt. Nicht, daß ich auf der Entseelten Antlitz des Morgens Röte oder den Abglanz des Himmels zu sehen gehofft – dergleichen war dahingeschwunden im Tode! Allein, ich hatte gehofft, einen letzten Abschiedskuß auf dies für immer geschlossene Lippenpaar drücken zu dürfen. Doch ach, auch dies war mir nimmer möglich: der todbringende Hieb war dermaßen gnadenlos gewesen, daß auch nicht *ein einziger, vertrauter* Zug übriggeblieben war!

Schließlich brachte man mich zur Stadt. Mrs. Hallet wich nicht von meiner Seite und leistete mir Beistand. Weshalb erst noch die Hitze des Nervenfiebers und die Ausgeburten des Deliriums schildern? Carwins Phantom durchgeisterte meine Träume und ward zum ungeheuerlichsten Alp, dessen ausholender Arm mich jetzt und jetzt zu zerschmettern drohte! Starker Muskeln bedurft' es, meine Flucht zu vereiteln und stählerner Herzen, um der Beredtheit meiner Ängste zu widerstehen. Vergebens flehte ich meine Helfer an, doch um Gottes willen aufzublicken und auf Carwins funkelnde Wut und grollende Verachtung zu merken! Ich wollte ja einzig seinem zermalmenden Hieb entgehen! So überhäufte ich meine Wächter mit den vehementesten Vorwürfen oder flüchtete mich in bittere Wehklagen ob der Hilflosigkeit meiner Lage.

Allein, mit der Zeit ebbte meine Krankheit ab, und die weinenden Freunde durften auf meine Wiederherstellung hoffen. Ab und an erhellte nun auch das Licht der Erinnerung die Finsternis meines Geistes. Aufs neue stiegen die durchlebten Szenen vor meinem inneren Auge herauf, wurden zum Gegenstand bewußter Erwägung und Deduktion, ja rückten meinen Kummer in den Bereich verünftigeren Denkens.

Achtzehntes Kapitel

Ich war noch lange nicht bei vollen Kräften, als man mich von der Ankunft Thomas Cambridges in Kenntnis setzte. Es war dies der Bruder meiner Mutter. Vor einem Jahrzehnt war er nach Europa gegangen und hatte dortselbst während der gesamten Dauer des letzten Krieges bei den britischen Streitkräften in Deutschland als Wundarzt gedient. Nach Friedensschluß hatte ihn seine Bekanntschaft mit einem irischen Offizier bewogen, in dessen Heimatland Aufenthalt zu nehmen. Mit den Kindern der Schwester war er in stetem und pünktlichem Briefverkehre geblieben, und so hatte begründete Hoffnung bestanden, er werde binnen kurzem heimkehren in das Land seiner Väter, um daselbst seinen Lebensabend in unserer Gesellschaft hinzubringen. Und nun war er gekommen – in der Stunde des Unheils.

Ich begehrte ihn zu sehen aus vielen und drängenden Gründen. Kaum nämlich war der Verstand mir notdürftig zurückgekehrt, als ich auch schon begonnen, voll ängstlicher Begier nach dem Los meines Bruders zu forschen. Während meiner Krankheit hatte ich ihn ja kein einziges Mal zu Gesicht bekommen, und all mein Fragen war bloß ausweichend und unbefriedigend beschieden worden. Aufs dringlichste hatte ich Mrs. Hallet und deren Gemahl beschworen, sie mögen mir doch eine Unterredung mit dem Unglücklichen gewähren. Sie aber hatten sich in dunklen Andeutungen ergangen, des Inhalts, meines Bruders Verstand sei noch immer verwirrt, und auch seine sonstigen Umstände ließen die Erfüllung meines Wunsches nicht zu. Und als nicht minder unzugänglich erwiesen die beiden sich in Anbetracht der Einzelheiten jenes Gemetzels und der Person von dessen Urheber.

Eine Zeitlang, nachdem all meine Mühe vergebens gewesen, hatte ich mich allen direkten Fragens und Flehens enthalten und den Entschluß gefaßt, sobald ich wieder voll bei Kräften wäre, nach anderen Mitteln Ausschau zu halten und dergestalt meiner Ungewißheit ein Ende zu machen. So lagen die Dinge, als mir die Ankunft meines Oheims gemeldet ward. Fast schrak ich davor zurück, dieses Mannes Antlitz nunmehr erblicken zu sollen: der Gedanke an das Unheil, welches über uns hereingebrochen, nahm mir nahezu den Willen, die Betrübnis und den Kummer auf des Besuchers Zügen mit anzusehen. Allein, ich nahm ja an, man habe ihm schon alles eröffnet, und vertraute darauf, daß meine Beharrlichkeit schon hinreichen werde, mir die so dringend erwünschte Gewißheit zu verschaffen.

In Anbetracht der Person unsres Erzfeindes gab's ja für mich keinen Zweifel. Hingegen wußte ich so gut wie nichts über die Motive, die ihn zu solcher Schreckenstat veranlaßt hatten, über die Mittel, mit denen er seinen mörderischen Anschlag ins Werk gesetzt, sowie über des Täters gegenwärtige Umstände. So war es einleuchtend, in diesen Punkten etwelche Aufschlüsse von meinem Oheim zu erwarten, und deshalb auch harrte ich seinem Erscheinen voll Ungeduld entgegen. Und schließlich, schon um die Dämmerstunde und in meiner einsamen Kammer, kam es zu der so sehnlich erwarteten Zusammenkunft.

Mein Oheim war unser nächster Anverwandter und hatte uns stets eine wahrhaft väterliche Zuneigung entgegengebracht. So konnte unser Beisammensein nicht ohne die überströmendste Zärtlichkeit und ein – von den düstern Ereignissen freilich überschattetes – inniges Entzücken bleiben. Er aber, statt mir zu wehren, ermunterte mich noch zu den Tränen, mit welchen ich seine Arme benetzte, und nahm das Amt des Trösters voll und ganz auf sich. So ließ denn die Erwähnung des jüngst über uns hereingebrochenen Unheils nicht lange auf sich warten. Ein Wort gab das andere, und schließlich erwähnte und beklagte ich auch die

Unwissenheit, in der man mich in Anbetracht von meines Bruders Los sowie der näheren Umstände unseres Unglücks gehalten. Und flehentlich drang ich in meinen Besucher, er mög' mir doch sagen, wie's um meinen Bruder bestellt sei und welche Fortschritte man in der Entdeckung oder Bestrafung des Urhebers so unerhörten Blutbades gemacht habe.

»Des Urhebers!« wiederholte er. »So kennst du ihn denn?«

»Ach!« versetzte ich. »Nur zu gut bin ich mit ihm vertraut! Indes, die Geschichte der Begründung meines Argwohns wär' allzu schmerzlich und auch zu zeitraubend! Ich weiß ja nicht, wie weit man Euch von allem in Kenntnis gesetzt hat, doch gibt's nur drei Personen, die in der Lage sind, von gewissen Dingen zu berichten: Wieland, Pleyel und mich.«

»So spar dir diesen Schmerz«, sprach da der Oheim. »Was Wieland und Pleyel erzählen können, ist mir allbereits bekannt. Gibt's aber irgend etwas, das nur du allein weißt und dessen Mitteilung deine gegenwärtigen Kräfte nicht überfordert, so will ich frei bekennen, daß ich begierig bin, es zu hören. Mag sein, daß du auf einen Menschen namens Carwin anspielst. So will ich deiner Wißbegier zuvorkommen, indem ich sage, daß seit jenen unheilvollen Ereignissen von Carwins Person nichts mehr gesehen noch gehört worden ist. So bleibt sein Part in diesem Handel ein noch immer ungelöstes Rätsel.«

Ich kam dem geäußerten Wunsche aufs willfährigste nach und berichtete nun so klar ich konnte, wenn auch in allgemeiner Form, von den Geschehnissen, welche sich in der Sommerlaube und in meiner Kammer zugetragen. Der Oheim lauschte ohne merkliches Erstaunen meiner Schilderung von Pleyels irrigem Verdachte, und mit noch größerem Ernste merkte er auf die mir zuteilgewordenen Warnungen, auf jene unerklärliche Vision sowie auf den Inhalt des von mir in der Kammer vorgefundenen Zettels. Am Ende meines Berichtes angelangt, harrte ich der Erklärungen meines Zuhörers.

»So schließt du aus alledem«, sagte er, »Carwin sei der Urheber solchen Elends gewesen?«

»Ist dies«, so versetzte ich, »nicht ein unabweislicher Schluß? Was aber wißt Ihr in diesem Punkte? Ist's denn möglich gewesen, solche Untat ohne Augenzeugen, ja ohne Helfershelfer ins Werk zu setzen? Oh, sagt mir, ich flehe Euch an, wann und aus welchem Grunde Mr. Hallet herbeigerufen ward, und wer als erster dies ganze Unheil geargwöhnt oder aufgedeckt hat! Gewißlich muß irgend jemand Argwohn erweckt haben, so daß man die Verfolgung eingeleitet hat.«

Mein Oheim erhob sich und begann, hastig im Raume auf und ab zu gehen. Den Blick zu Boden gerichtet, schien er gänzlich verstört zu sein. Schließlich hielt er inne und sprach voll Nachdruck: »Es ist nur zu wahr: der Verüber solcher Untat ist bekannt. Carwin mag dieselbe ja ausgeheckt haben, doch ins Werk gesetzt ward sie von der Hand eines anderen. Diesen anderen hat man ergriffen und seines Verbrechens überführt.«

»Allmächtiger!« rief ich aus. »Was sagt Ihr da? Nicht Carwin war der Mörder? Ist's denn die Möglichkeit, daß eine andre Hand denn die seine solch entsetzlichen Anschlag verwirklichen gekonnt?«

»Hab' ich nicht allbereits gesagt«, versetzte er, »daß ein anderer der Täter war? Vielleicht ist's Carwin gewesen, vielleicht der Himmel oder auch der Wahnsinn, was den Mörder getrieben zu seiner Tat. Doch von Carwin weiß man nichts. Den wirklichen Täter jedoch hat man schon seit langem vor Gericht gestellt und abgeurteilt. Zum gegenwärtigen Zeitpunkt schmachtet er unter der Last seiner Ketten im tiefsten Kerker.«

Ich blickte zum Himmel und hob die Hände. »Wer aber ist jener Mordbube?« rief ich. »Wo und auf welche Weise hat man ihn aufgespürt? Und welches ist das Zeugnis seiner Schuld?«

»Sein eignes Zeugnis hat ihn überführt, im Verein mit demjenigen einer Dienstmagd, welche in einem Verschlage versteckt dem Kindermorde beigewohnt hatte. Der Friedensrichter war ja von dir sogleich zum Hause deines Bruders geeilt. Dort war er eben dabei, die Aussage der einzigen Augenzeugin zu Protokoll zu nehmen, als der Verbrecher von sich aus, unerwartet, ungerufen, unverfolgt, den Raum betrat, sich selber der Untat bezichtigte und sich der Gerechtigkeit überlieferte.

Mittlerweile ist er vor Gericht gestellt worden. Der Verhandlung haben tausende Menschen beigewohnt, welche durch die gerüchtweise Verbreitung jener unerhörten Ereignisse von weit und breit herbeigerufen worden waren. Eine lange und unparteiische Einvernahme ist erfolgt, und danach hat man den Gefangenen zu dessen Verteidigung aufgerufen. Solchem Rufe gehorchend, hat er eine lückenlose Darstellung seiner Beweggründe und seiner Handlungsweise geliefert.«

Dies gesagt, hielt mein Oheim inne.

Ich bestürmte ihn nunmehr, er mög' mir doch den Namen des Übeltäters nennen und auch die Motive, welche den letzteren zu seiner Untat gezwungen. Mein Oheim aber schwieg still. So wiederholte ich meine Frage in noch dringlicherem Ton. Auch brachte ich mein eigenes Wissen ins Spiel und suchte, aus demselben zu irgendwelchen Schlußfolgerungen zu gelangen. Ich überschlug die dürftige Liste der mir näher bekannten Menschen, konnte aber niemanden ausfindig machen, der zur Verübung solch ungeheuerlicher Missetat fähig gewesen wäre. So nahm ich aufs neue Zuflucht zu meinem eindringlichen Fragen. War mir der

Verbrecher jemals zu Gesicht gekommen? War's reine Grausamkeit oder aber satanische Rachsucht, durch welche so tödliches Gemetzel ausgelöst worden?

Geraume Zeit blickte der Oheim forschend auf mich und lauschte wortlos meinen Fragen. Schließlich aber hub er an und sprach: »Clara, ich kenne dich bloß vom Hörensagen und nur zum geringen Teil vom persönlichen Augenschein. Du bist nicht von der gewöhnlichen Art. Bisher haben deine Freunde dich als ein Kind behandelt. Sie haben's gut gemeint, vielleicht aber deine Stärke nicht voll erkannt. Ich jedoch bin so gut wie sicher, daß deine Kräfte so leicht nichts überfordern wird.

Du bist also begierig, den Namen dessen zu erfahren, der deine Familie ausgetilgt hat, und wünschest Klarheit über seine Handlungen und Motive. Soll ich ihn herbeirufen und ihn sein Bekenntnis vor dir ablegen lassen? Soll ich ihn zum Erzähler seiner eigenen Geschichte bestellen?«

Ich sprang auf und blickte furchtsam um mich, als wär' der Mörder schon in meiner Kammer. »Was soll dies heißen?« frug ich. »Ich fleh' Euch an, macht dieser Spannung ein Ende!«

»Hab keine Angst. Nimmermehr wirst du den Übeltäter von Angesicht erblicken, er wäre denn begabt mit übernatürlichen Kräften und sprengte seine Ketten und Riegel, als wären's Fäden von Zwirn. Ich sagte ja schon, daß man den Mordbuben vor Gericht gestellt und daß die Verhandlung geendet habe mit der Aufforderung des Richters, der Angeklagte möge seine Schuld bekennen oder aber sich rechtfertigen. Die Antwort erfolgte sogleich, und zwar mit solcher Signifikanz der Gebärde und mit dermaßen majestätischer Ruhe, daß dergleichen nicht mehr menschlich, sondern nachgerade schon göttlich wirkte. Richter, Advokaten und Zuhörerschaft waren von panischem Schrecken gelähmt und lauschten nahezu atemlos. Einer der Ohrenzeugen solcher Verteidigungsrede hat dieselbe getreulich aufgezeichnet. Hier ist sie«, setzte er hinzu, indem er mir eine Rolle beschriebener Blätter überreichte. »Du magst sie bei Gelegenheit lesen.«

Dies gesagt, ließ der Oheim mich allein. Meine Wißbegier duldete keine weitere Verzögerung, und so glättete ich die Papiere und machte mich an deren Studium. Hier ist ihr Wortlaut.

Neunzehntes Kapitel

»Theodor Wieland, der Häftling und Angeklagte, ward nunmehr zu seiner Verteidigung aufgerufen. Eine Zeitlang blickte er wortlos und mit ruhiger Gefaßtheit um sich. Schließlich hub er an und sprach:

›Wie sonderbar: meine Richter und meine Zuhörerschaft kennen mich. Wem unter den Anwesenden wäre Wielands Charakter nicht vertraut? Wer kennte ihn nicht als Ehemann, Vater und Freund? Und dennoch steh' ich hier als ein Angeklagter vor Gericht. Bezichtigt bin ich der satanischen Bosheit – beschuldigt des Mordes an Weib und Kindern!

Es ist wahr, sie sind von mir umgebracht worden: ein jedes von ihnen ist durch meine Hand umgekommen. Allein, wie schmachvoll ist es, solche Tat auch noch verantworten zu müssen! Wofür denn *hätt'* ich mich zu verantworten? Und vor wem?

Jedermann im Saale weiß, daß sie tot sind und daß ich es bin, der sie umgebracht hat. Was also will man sonst noch von mir? Hat man vor, mir noch die Beweggründe meines Handelns abzupressen? Hat man sie denn noch immer nicht erkannt? Böswilliger Absichten klagt man mich an, wiewohl der Ankläger Augen nicht mit Blindheit geschlagen sind und jedermann hier bei klarer Vernunft ist. Auch hat keiner das Gedächtnis verloren. Man weiß also gut genug, *wer* da angeklagt ist. Seine Lebensgewohnheiten sind allgemein bekannt, und nicht minder bekannt ist sein gutes Verhältnis zu Weib und Kindern. Seine unerschütterliche Rechtlichkeit kennt man ebensowohl wie die Unwandelbarkeit seiner Prinzipien. Und dennoch hält man die Anklage aufrecht! Als einen Übeltäter, in Ketten, hat man mich hierhergebracht und findet mich wert eines schmach- und peinvollen Todes!

Wer sind sie, die ich dem Tode geweiht? Mein Weib – die Kleinen, welche ihr Leben von mir empfangen haben – und jenes Geschöpf, das vortrefflicher gewesen denn sie und mir größere Zuneigung abgefordert hat denn jene, welche meinem Herzen durch die Bande des Blutes verbunden waren. Glaubt man also, mich könnte Böswilligkeit zu solcher Tat veranlaßt haben? So verberge man solch dreiste Stirn vor dem prüfenden Blicke des Himmels! So verkrieche man sich in einer Höhle, die menschlichem Einblick entzogen ist! Dort mag man dann die eigene Schlechtigkeit und Torheit zwar beklagen können, aber nimmermehr sühnen!

Glaube keiner von denen, die hier zugegen sind, mir liege daran, ihn sehend zu machen! Mag vielmehr ein jeder vernarrt bleiben in die eigene, blind-schnöde Blödigkeit! Mag man mich immer für einen Mordbuben halten und aufs Hochgericht zerren zu unzeitigem Tod! Nicht will ich mich mühen, den Klägern ihr Trugbild zu zerstreuen, und kein Wort will ich sprechen, sie von ihrer blutdürstigen Narrheit zu heilen. Doch mag es sein, daß einige wenige von weither gekommen sind. Um ihretwillen, die nicht in den Stand gesetzt wurden, mich zu kennen, will ich hier vorbringen, was ich getan und warum.

Müßig zu sagen, daß GOtt meine höchste Leidenschaft ist. Vor Seinem Angesicht habe ich mir ein schlichtes und rechtliches Herz bewahrt. Stets hab' ich danach gedürstet,

Seinen Willen zu ergründen, und meine brennendste Begierde war's, Ihm meinen Glauben und Gehorsam zu erweisen.

Meine Tage hab' ich hingebracht über der Suche nach Seiner Willens-Offenbarung. Sie aber waren von Trauer überschattet, denn mein Suchen ist fruchtlos geblieben. Gefleht hab' ich um einen Fingerzeig, und jedem Lichte bin ich nachgegangen, dessen Schimmer sich mir aus der Ferne gezeigt. Nicht gänzlich unbelehrt bin ich geblieben: allein, um ein Haar war's mir versagt, zur letzten Gewißheit vorzudringen. So kam's, daß Unzufriedenheit und Enttäuschung nisteten in meinem Denken. Stets ist mein Trachten rein, mein Wünschen unermüdlich gewesen, doch erst vor kurzem ist mir das eine voll ermöglicht, das andre zur Gänze erfüllt worden.

Ich danke Dir, Vater im Himmel, für solche Wohltat, und daß Du kein geringeres Opfer von mir gefordert denn dieses! Daß Du mich dergestalt in den Stand gesetzet, Dir meine Ergebung in Deinen Willen zu bekunden! Was auch hätt' ich Dir geweigert, das von mir zu fordern Du für gut befunden? Nun kann ich aufrecht und unerschrocknen Blickes vor Dich hintreten und auf meinem Lohne bestehen, hab' ich Dir doch meinen Seelen-Schatz dahingegeben!

In meinem Hause ist's gewesen, schon spät in der Nacht. Meine Schwester war zur Stadt gefahren, wollte aber noch am nämlichen Abend zurücksein, und so war's in Erwartung ihrer Heimkunft, daß ich und mein Weib die gewohnte Schlafenszeit hinausschoben. Die übrige Familie jedoch war schon zu Bett gegangen.

Still und nachdenklich war mir der Sinn gestimmt, obschon ich nicht frei von Sorge war in Anbetracht des langen Ausbleibens der Schwester. Gewisse, kaum erklärbare Vorfälle der letzten Zeit hatten das Bestehen einer Gefahr angedeutet, doch hatte dieselbe noch nicht Gestalt gewonnen in unserem Denken und tat unsrer Ruhe keinen sonderlichen Eintrag.

Die Zeit verstrich, doch meine Schwester wollte sich nicht zeigen. Ihr Haus liegt in einiger Entfernung von dem meinen. Wiewohl wir übereingekommen waren, sie werde die Nacht unter unserem Dache verbringen, war's dennoch möglich, daß Vergeßlichkeit oder das Eintreten unvorhergesehener Umstände sie bewogen hatten, in ihre Behausung heimzukehren.

So schien's wohl angebracht, mich erst einmal zu vergewissern, indem ich im Hause meiner Schwester Nachschau hielt. Gesagt, getan. Auf dem Wege dorthin ging mir alles mögliche durch den Kopf, wie es meinem damaligen Gemütszustande entsprach. So kam's, daß mir über der entfesselten Gewalt so brennender Gedanken mein anfangs gefaßter Vorsatz aus dem Sinn kam. Bald blieb ich stehen, bald irrte ich ab von meinem Pfade und konnt' ihn, erwachend aus meiner Versonnenheit, nur mit Mühe wiederfinden.

Auf welche Weise die Gedanken sich mir aneinanderreihten, ist bald gesagt. Zunächst war das Herz mir übervoll von jenen Wonnen, wie einzig derjenige sie empfindet, dessen eheliche wie Vaterliebe keine Grenzen kennt, und dem die unermeßliche Schale seines frommen Begehrs überträuft von innerer Freudigkeit. Nicht weiß ich freilich zu sagen, weshalb die altvertrauten Gefühle mich plötzlich mit solcher Gewalt überkamen, doch war der Übergang von innerer Glückseligkeit zu dankerfülltem Empfinden mir kein neuer. Der mir das Leben verliehen, war ja auch der Spender jeglicher Gaben, die mir dies Dasein verschönten, und so ließ die Ergebenheit, auf welche solch himmlischer Wohltäter Anspruch hatte, sich mit Worten nimmermehr umreißen. All meine menschlichen Bindungen dankten ihren Wert ja einzig der engen Verflechtung mit der Frömmigkeit.

Niedrig sind alle Leidenschaften, schwächlich alle Freuden und aufs Böse gerichtet alle Kräfte, so sie nicht gespeiset sind aus solchem Borne!

So erhabener Gedankenflug trug mich für geraume Zeit hoch hinaus über dies Erdenrund und dessen Bewohner. Die Hände wie den Blick hob ich gen Himmel und rief: ›Daß ich doch treten dürfte vor Dein Angesicht, oh Du mein HErr und GOtt! Daß mir doch zuteil würde die höchste Glückseligkeit, Deinen Willen erkennen und nach ihm handeln zu dürfen! O seliges Vorrecht, endlich eins zu werden mit Dir, endlich mit eigenem Ohr zu vernehmen, wessen es bedarf, Dir ein Wohlgefallen zu sein!

Welche Last würd' ich nicht frohen Mutes auf mich nehmen, welche Entbehrung nicht freudigen Herzens ertragen, Dir meine Liebe zu bezeugen! Doch ach! Vor meinen Blikken verbirgest Du Dich, und nur flüchtig lässest Du erahnen Deine Größe und Deine Schönheit! Möcht' es mir doch vergönnet sein, auch nur für eine einzige Sekunde der Emanation Deiner Glorie teilhaft zu werden und meine Sinne erleuchtet zu finden durch ein vollgültiges Zeichen Deiner Gegenwart!‹

Also gestimmt, betrat ich meiner Schwester Haus. Es war leer. Kaum vermocht' ich mich noch zu entsinnen, zu welchem Zwecke ich hierhergekommen. Ein Denken gänzlich anderer Art hatte so sehr Besitz ergriffen von meinem Sinn, daß mir alles Gefühl für Raum und Zeit erloschen war. Indes, es gelang mir, solch schweifenden Gedanken zu gebieten, und so stieg ich denn zur Kammer der Schwester empor.

Zwar trug ich kein Licht mit mir, hatte jedoch schon aus dem äußeren Anblick des Hauses ersehen können, daß niemand sich darin aufhielt. Allein, damit wollt' ich mich nicht zufriedengeben. So betrat ich meiner Schwester Schlafkammer und traf erst Anstalten zur Rückkehr, als ich niemanden darin vorgefunden.

Die herrschende Finsternis gebot einige Vorsicht beim Abwärtssteigen, und so tastete ich nach dem Treppengeländer, auf daß ich meine Schritte danach richten könnte. Wie aber soll ich die gleißende Helle jener Licht-Erscheinung beschreiben, welche im nämlichen Momente über mich hereinbrach?

Geblendet stand ich und unfähig, mich zu rühren. Die Lider hielt ich halb geschlossen, die Hand vom Geländer zurückgezogen. Namenlose Furcht hatte mich befallen, und ich wagte keine Bewegung. Doch das Leuchten schien nicht abnehmen zu wollen: vielmehr hüllte es mich ein wie ein Mantel aus Licht.

Ich tat die Augen auf und fand mich umgeben von glühender Helle! Kein Zweifel, was mich da rings umwogte, war das Leuchten himmlischen Lichtes! Nichts denn ein Strom von Feuer ließ fürs erste sich wahrnehmen, doch alsbald hörte ich mich hinterrücks angerufen von einer gewaltigen Stimme.

Ich fuhr herum. Doch was ich erblickte, entzieht sich aller Beschreibung. Worte würden dafür nicht hinreichen. Die strahlenden Züge jenes Wesens, von dem sich nunmehr der Schleier gehoben, lassen sich weder mit dem Zeichenstifte noch auch in menschlicher Sprache wiedergeben.

Und als dies Wesen zu sprechen anhub und mich anredete, traf ein jedes seiner Worte mich mitten ins Herz: ›Dein Beten ist erhöret worden. Zum Zeichen deines Glaubens aber sollst du mir dein Weib überliefern. Sie ist das Opfer, das ich mir erwählet habe. So ruf sie hierher und gib ihr den Todesstoß.‹ Dies gesagt, erloschen Klang, Antlitz und Licht in ein und demselben Momente.

Welch ein Begehren! Catharinens Blut sollte vergossen werden! Durch diese meine Hand sollte mein mir angetrautes Weib umkommen! Zwar hatte ich die Gelegenheit herbeigesehnt, Gehorsam und Tugend beweisen zu dürfen, doch hätt' ich wohl erst ganz zuletzt erwartet, daß solches Opfer von mir gefordert würde!

›Wie – mein Eheweib!‹ rief ich denn auch. ›O HErr! Steh ab von solchem Opfer und laß ein andres dafür gelten! Mach mich nicht zum Schlächter meines Weibes! So mag's denn gut und gern mein eigen Blut sein! Willigen Herzens werd' ich es vor Dir vergießen! Allein, ich fleh' Dich an, verschone dieses kostbare Leben oder gebiet einem anderen, er mög' an meiner Statt solch blutiges Werk vollbringen!‹

Doch da half kein Flehen. Die Forderung war gestellt, der Ratschluß des Allmächtigen war an mich ergangen, und nichts blieb übrig, als ihn ins Werk zu setzen. Also stürzte ich aus dem Hause, hastete über die Felder und hielt erst inne in solcher Hetzjagd, als ich mein Wohnzimmer betreten hatte.

Mein Weib hatte daselbst ausgeharrt in angstvoller Erwartung meiner Rückkehr, hoffend auf etwelche Kunde von ihrer Schwägerin. Ich aber konnt' ihr nichts dergleichen berichten. Auch verstrich einige Zeit, ehe ich wieder zu Atem kam. Solcher Umstand und auch die Tatsache, daß ich am ganzen Leibe zitterte, ja verstört um mich blickte, versetzte sie in große Besorgnis. Sogleich mutmaßte sie ja, ihrer Freundin sei ein Unheil zugestoßen, und so verschlug das Entsetzen ihr die Rede nicht minder denn mir selber.

Sie blieb also stumm, doch ihre Blicke verrieten nur um so beredter die Ungeduld, mit welcher sie meiner Nachricht entgegenbangte. So hub ich denn zu reden an, doch geschah dies mit solcher Überstürztheit, daß kaum zu verstehen war, was ich da sagte. Und gleichzeitig packte ich ihren Arm und zerrte sie von ihrem Sitze.

›So komm schon‹, drängte ich, ›eil dich, komm mit mir – keinen Moment gilt's zu verlieren, sonst ist die Zeit dahin und die Tat bleibt ungetan! So zaudre nicht länger und frag auch nicht, sondern eil dich und komm mir mir!‹

Solche Aufführung verstärkte indes nur Catharinens Angst. Sie suchte meinen Blick und sprach: ›Was ist geschehen? Um Himmels willen, was denn nur? Wohin ist's, daß ich soll?‹

Während ihrer Worte ließ ich sie nicht aus den Augen und gedachte dabei ihrer Vortrefflichkeit, sah sie als Mutter meiner Kleinen und als mein mir angetrautes Weib. Auch rief ich mir den Zweck ins Gedächtnis, zu welchem ich auf ihre Begleitung drängte. Das Herz wollt' mir verzagen, und ich erkannte, daß solches Vorhaben all meine Kräfte erfordern würde. Schon der geringste Verzug mochte hinreichen, meinen Plan ernstlich zu gefährden!

So wandte ich den Blick von ihr und bot aufs neue all meine Kräfte auf, die Widerstrebende zur Tür zu zerren. ›Du *mußt* mit mir‹, rief ich. ›Wahrhaftig, du *mußt*!‹

Sie aber, verängstigt wie sie war, widersetzte sich meinen Anstrengungen und rief zum andernmal: ›Grundgütiger Himmel! Was ist's, das du im Sinn hast? Wohin denn nur? Was ist geschehen? Hast du Clara gefunden?‹

›So folg mir schon und sieh selber!‹ versetzte ich, noch immer bestrebt, die Zaudernde mit mir zu zerren.

›Was ist über dich gekommen? Es muß etwas passiert sein! Ist dir ein Unheil zugestoßen? Hast du sie gefunden?‹

›So komm doch schon und sieh! Folg mir und überzeug dich!‹

Sie aber ließ nicht ab von ihren Einwendungen und bestürmte mich um eine Erklärung meines rätselhaften Verhaltens. Allein, ich traute mir keine Antwort zu, ja wagte nicht, die Fragerin auch nur anzusehen. Bloß ihren Arm hielt ich umklammert und zerrte sie hinter mir her. Sie jedoch zauderte noch immer, doch war's mehr aus Verwirrung denn aus Ungehorsam. Indes, mit der Zeit ward sie ruhiger, und so kam sie schließlich mit mir, wenngleich noch immer unschlüssig und unter beständigen Ausrufen der Verwundrung und des Schreckens. Unablässig tönte mir ihr drängendes Fragen nach dem Warum und Wohin in den Ohren.

Ich aber versuchte nach Kräften, allem Nachdenken zu wehren. Aufgewühltheit und innerer Zwiespalt sollten mir helfen, jedwede klare Erwägung und jegliche Empfindung, wie sie durch Catharinens Stimme etwa in mir wachgerufen werden mochten, von mir fernzuhalten. Deshalb schwieg ich still und war bloß darauf bedacht, den Weg nach Möglichkeit abzukürzen und all meine Aufmerksamkeit in wildem Gestikulieren zu betäuben. In solcher Gemütsverfassung langten wir vorm Hause meiner Schwester an. Zu den Fenstern hinaufblickend, sah Catharine, daß alles öd lag und verlassen. ›Weshalb sind wir hierhergekommen?‹ rief sie. ›Es ist ja gar niemand hier! Nein, ich mag dies Haus nicht betreten!‹

Noch immer bewahrte ich Stillschweigen, zerrte sie aber, nachdem ich die Tür aufgestoßen, in den Vorraum. Nun waren wir am angegebenen Schauplatz: hier also sollte sie umkommen! Jetzt erst ließ ich Catharinens Arm los, preßte die Hände gegen die Schläfen und bot all meine Kräfte auf, mich zu sammeln für das mir auferlegte Werk.

Allein, es war vergebens. Der Mut war mir geschwunden, alle Kraft aus den Armen gewichen. So sprach ich ein Stoßgebet, auf daß mir von oben beigestanden würde. Doch auch dies wollte nicht helfen.

Entsetzen senkte sich auf mich herab. Das Wissen um meine Feigheit und Auflehnung machte mich kalt und starr, als wär' ich von Marmor. Aus solchem Zustand riß mich die Stimme meines Weibes, das neuerlich in mich drang, ich mög' doch endlich erklären, weshalb wir hierhergekommen seien und wie es um meine Schwester stehe.

Was hätt' ich schon sagen sollen? Nur unartikulierte Laute brachte ich hervor. Derlei Anzeichen jedoch vergrößerten nur Catharinens Furcht, doch führte dieselbe zu der irrigen Schlußfolgerung, meiner Schwester sei irgendein gräßliches Unheil zugestoßen.

Händeringend und in höchster Seelenpein rief die Geängstete: ›O sag mir, wo sie ist! Was ist ihr geschehen? Ist sie erkrankt? Oder gar tot? Ist sie in ihrer Kammer? Oh, so laß mich zu ihr, und wär's um der schlimmsten Gewißheit willen!‹

Solches Begehr brachte mein Denken wieder in Bewegung: vielleicht, daß ich dort oben genug Kraft fände, das zu vollbringen, dem mein rebellisches Herz sich hier widersetzte?

›So komm denn‹, sprach ich. ›Laß uns nach oben gehen!‹

›Dies will ich tun, doch nicht im Finstern. Erst einmal ist uns ein Licht vonnöten.‹

›So eil dich und schaff eines zur Stelle! Doch, hörst du, säume nicht zu lange! Ich warte hier auf dich.‹

Während sie nach dem Lichte sah, schritt ich im Vorraume auf und ab. Der schwarze Ingrimm des Orkans ist nur ein schwaches Abbild dessen, was mir das Gemüt durchtobte. Das Opfer mußte vollbracht werden um jeden Preis, und dennoch hatten meine Muskeln mir den Dienst verweigert! Keine Ersatzhandlung war mir freigestellt worden, und ebensowenig gab's ein Auflehnen gegen das ergangene Gebot. Gehorchte ich aber, so mußt' ich meines Weibes Henker sein. Mein Wille war ja stark, allein die Glieder sagten mir den Dienst auf!

Sie kam mit einem Lichte zurück, und ich führte sie hinauf zur Kammer. Sie hielt darin Umschau – hob auch den Bettvorhang –, sah aber nichts.

Schließlich blickte sie forschend auf mich. Jetzt erst, bei Lichte, war es ihr möglich, in meinen Zügen das zu sehen, was ihr die Finsternis bisher verborgen hatte. So galt ihre

Sorge nun nicht länger meiner Schwester, sondern mir, und sie sprach mit bebender Stimme: ›Wieland, dir ist nicht wohl – was fehlt dir? Kann ich nichts tun für dich?‹

Wie nicht anders zu erwarten, machten so einnehmende Worte und Blicke all meine Entschlossenheit zunichte. Aufs neue sah ich mich in die tumultuarischste Verwirrung gestürzt. Um Catharinen nicht sehen zu müssen, spreizte ich die Hand vor den Augen und antwortete ihr bloß mit einem Stöhnen. Indes, sie griff mit beiden Händen nach meiner andern Hand, preßte dieselbe ans Herz und sprach in jenem Ton, der meinen Willen noch stets besiegt und alle Sorgen von mir genommen hatte:

›Mein Freund – mein Seelenfreund, sag mir den Grund deines Kummers! Bin ich nicht wert, an deinen Sorgen Anteil zu haben? Bin ich nicht dein dir angetrautes Weib?‹

Dies war zuviel für mich! Ich riß mich von ihr los und suchte Zuflucht in einem Winkel des Gemachs. Solche Unterbrechung gab mir neuen Mut, und ich beschloß, nunmehr an die Erfüllung meiner Pflicht zu schreiten. Catharine aber folgte mir in jene Ecke und erneute ihre flehentlichen Bitten, ich mög' ihr doch um Gottes willen die Ursache meiner Betrübnis kundtun.

Jetzt erst hob ich das Haupt und begegnete ihr mit festem Blick. Dabei ließ ich etwelche Worte verlauten über ihren bevorstehenden Tod und die in Anbetracht meiner Pflicht empfangenen Einschärfungen. Solches vernommen, schrak sie vor mir zurück und blickte unter allen Anzeichen neuerlicher Seelenangst auf mich. Nach einigem Schweigen faltete sie die Hände und rief:

›Ach Wieland – Wieland! Geb' GOtt, daß ich mich täusche! Allein, etwas ist ganz gewiß im argen mit dir! Ich seh' es dir ja an, es ist gar zu offenkundig! Du bist ja ganz mit dir zerfallen – bist mir wie dir verloren!‹ Bei diesen Worten starrte sie mich an in größter Angst und dennoch hoffend, daß etwelche Anzeichen einer Besserung sich zeigen würden. Ich aber versetzte voll Heftigkeit:

›Zerfallen? Keineswegs! Ich kenne meine Pflicht und danke meinem Schöpfer, daß aller Kleinmut nun überwunden ist und Er mir die Kraft verliehen hat, meinen Auftrag getreulich zu erfüllen. Catharine, mich dauert deine Schwachheit, du tust mir herzlich leid, allein, ich darf deiner nicht schonen! Meine Hände verlangt's nach deinem Leben – nun muß gestorben sein!‹

Jetzt erst gesellte echte Furcht sich ihrem Schmerze. ›Was willst du damit sagen?‹ frug sie. ›Weshalb sprichst du vom Sterben? So faß dich, Wieland, faß dich doch, und diese Anwandlung wird vorübergehn! Ach, weshalb nur bin ich dir hierher gefolgt? Warum hast du mich an diesen Ort gezerrt?‹

›Ich habe dich hergebracht, um ein göttlich Gebot zu erfüllen. Bestellt bin ich worden zu deinem Vernichter, und also muß ich dich vernichten.‹ Solches sagend, umspannte ich Catharinens Handgelenke. Sie kreischte gellend auf und suchte sich meinem Zugriff zu entwinden. Allein, das half ihr nicht.

›Nein, Wieland, nein, dies kann doch ganz gewiß nicht dein Ernst sein!‹ rief sie in höchster Angst. ›Bin ich denn nicht dein Weib? Und *du* wolltest mich töten? Nein, das kannst du nicht wollen! Und doch – ich seh' es ja – du bist nicht länger mein Wieland! Besessen bist du von unwiderstehlicher, gräßlicher Raserei! – O schone meiner, Wieland, – schone meiner . . . zu Hilfe . . . zu Hilfe . . .‹

Bis ihr der Atem aussetzte, schrie sie um Hilfe, flehte sie um Gnade. Und als sie nimmer sprechen konnte, waren's ihre Gesten, ihre Blicke, die mich um Erbarmen baten. Und abermals erwiesen meine fluchwürdigen Hände sich als unentschlossen und kraftlos! O Weib – einen plötzlichen Tod hatt' ich dir zugedacht und einen kurzen Todeskampf!

Doch ach! Mein Herz war zag, und meine Entschlossenheit erwies sich als nur zu wandelbar! Zu dreien Malen löste ich meinen Würgegriff, und so blieb das Leben unerachtet alles Todespein in dir! – Die Augen traten dir aus den Höhlen, und zur scheußlich entstellten Fratze ward, was ehedem die Quelle meiner Entzückung und Verehrung gewesen!

Mein Auftrag war's, dich zu töten, nicht aber, dich zu foltern mit der Vorausschau auf dein nahes Ende. Nicht sollt' ich deine Ängste vervielfachen und deine Todespein hinauszögern. Doch erst nach geraumer Zeit ließest du ab, dich gegen dein Schicksal zur Wehr zu setzen – ein schlaffes, bleiches, lebloses Bündel.

Dies aber war der Moment meines frohlockenden Triumphes. Nun war's doch noch gelungen, den Eigensinn menschlicher Leidenschaft in mir niederzuringen! Das geforderte Opfer – nun war es dargebracht: unwiderruflich war nun meine Tat!

Ich hob den Leichnam auf, trug ihn zum Lager und bettete ihn auf dasselbe. Voll Entzücken blickte ich darauf nieder, und so hochgemut war mein Denken, daß ich sogar in ein Gelächter ausbrach. Ich klatschte in die Hände und rief ein ums andere Mal: ›Es ist vollbracht! Meine geheiligte Pflicht, nun hab' ich sie erfüllt! Ihr hab' ich, oh Du mein HErr und mein GOtt, Deine späteste und beste Gabe – ihr hab' ich mein Weib aufgeopfert!‹

Dergestalt behielt ich eine Zeitlang die Oberhand über meine Schwäche. Ich bildete mir ja ein, alle Eigensucht für immer von mir gestreift zu haben, doch war dies ein trügerischer Glaube. Alsbald nämlich ebbte mein Freudentaumel ab, und ich blickte zum andernmal auf mein leblos darniedergestrecktes Eheweib. Sogleich stürzte alle freudvolle Aufwallung in sich zusammen, und ich fragte mich, wer denn da nun eigentlich vor mir liege? Mich wollt' es nämlich bedünken, dies sei gar nicht Catharine! Nein, dies konnte nie und nimmer die Frau sein, welche durch Jahre in meinem Herzen ihren Platz gehabt – die Nacht für Nacht an meinem Busen geschlummert, ja in ihrem Mutterleibe ausgetragen und an ihrer Mutterbrust genähret hatte jene Wesen, die mich Vater nannten! Die Frau, auf der mein Auge voll Entzücken geruht und die ich mit stets wachsender Zuneigung umhegt hatte! Nein, diese Frau konnt' es nie und nimmer sein!

Wo war nun ihre Erblühtheit! Ach, diese leblosen blutunterlaufenen Augäpfel, wie wenig glichen sie der azurnen, ekstatischen Zärtlichkeit ihres einstigen Blickes! Und was diesen Busen so strahlend belebt hatte – dies und auch das Schimmern der Liebe, welches beständig ihre Wangen verklärte: wie wenig hatte es gemein mit den todfahlen Flecken und all der gräßlichen Entstellung. Ach! Es waren ja die Spuren eines Todeskampfes, erlitten unterm würgenden Zugriff des Meuchelmörders!

Nicht will ich mich verweilen über meinem Rückfall in die Verzweiflung grenzenlosen Kummers. Der Atemhauch des Himmels, welcher mich getragen, war ja nunmehr erloschen, und ich fand mich herabgesunken zum *gewöhnlichen Menschen!* Aufspringend vom Boden, auf dem ich zusammengebrochen, rannte ich mit dem Schädel gegen die Wand, stieß Entsetzensschreie aus und lechzte nach Marter und Pein. Die ewige Feuerqual der flackernd aufzüngelnden Hölle dünkte mich ein Bett von Rosen zu sein gegen das, was ich nunmehr empfand.

Ich danke GOtt dem HErrn, daß er solch niedrige Schwäche an mir vorübergehen ließ – daß er geruhte, mich aufs neue zu sich emporzuheben. Alsbald erblickte ich in dem, was ich getan, ein pflichtgemäßes Opfer und *ward ruhig.* Mein Weib war freilich tot – doch wenn auch dieser Born menschlichen Trostes für immer versiegt war, so gab's noch andere Quellen, aus denen ich schöpfen konnte. Waren mir eines Eheherrn Freuden hinfort auch versagt, so blieb noch Raum genug für diejenigen eines liebenden Vaterherzens. Und drohte jemals die Erinnerung an die Mutter meiner Kinder mich zu übermannen, so würd' ich auf die lieben Kleinen blicken *und getröstet sein*!

Während ich derlei Gedanken bei mir erwog, strömte neue Wärme mir zum Herzen. Doch ach, ich täuschte mich! Solche Empfindungen waren nichts denn Ausgeburten meiner Eigensucht. Noch war ich mir dieses Umstands freilich nicht bewußt, und so bedurft' es, um so schädlichen, die Wahrnehmung verdunkelnden Nebel von mir hinwegzunehmen, eines neuen himmlischen Strahles und Gebots.

So ward ich denn aus meiner Versonnenheit aufgeschreckt durch einen die Kammer durchzuckenden, blendenden Strahl! Und die Stimme, die ich schon vordem vernommen, hub an und sprach: ›Was du getan hast, ist wohlgetan. Noch aber ist's nicht zur Gänze vollbracht – noch bedarf es des letzten Opfers: auch deine Kinder müssen dargebracht sein. Verderben müssen sie zusamt ihrer Mutter! –‹ «

Zwanzigstes Kapitel

Nimmt's euch noch wunder, daß ich nicht weiterlas? Werdet ihr nicht vielmehr staunen, daß ich so weit gekommen? Welche Kraft mich dazu befähigt hat – ich weiß es nicht. Vielleicht war's der Zweifel, von dem ich nicht loskommen konnte – der Zweifel, ob die geschilderte Szene nicht bloß ein schlimmer Traum wäre –, was mich in meiner Beharrlichkeit bestärkt hatte. Müßig war nun der Gedanke an des Oheims feierlich-ernste Einleitung, als er meine Seelenstärke hervorgehoben und etwelche Andeutungen gemacht hatte im Hinblick auf etwas Ungeheuerliches, das er mir da eröffnen gewollt! Müßig auch die Erinnrung an die trauervolle Bestürzung zusamt dem rätselvollen Schweigen und all den unbestimmten Antworten, darin meine Krankenwärter sich ergangen, sobald ich sie nach meines Bruders Umständen gefragt. Ich rief mir meine in der Kammer gehabte Unterredung mit Wieland ins Gedächtnis, entsann mich seiner unnatürlichen Gelassenheit, und wie sie gefolgt gewesen von Ausdrücken der Leidenschaft und von bedrohlichen Aktionen. All das stimmte nur zu trefflich zu dem Inhalt der Papiere in meiner Hand!

Catharine, ihre Kinder und auch Louisa lebten nicht mehr! Wodurch sie umgekommen, war eine im höchsten Grade unmenschliche Tat, wie sie sonst nur Wilden zuzutrauen war, die da den Mord als ein Handwerk betreiben und frohlocken im Angesicht fremder Seelenpein.

Und wer war der Verüber solcher Untat? Niemand anderer als Wieland! Mein leiblicher Bruder! Der Gemahl und Vater seiner Opfer! Ein Mensch voll der zartesten Tugend und des unerschöpflichen Wohlwollens! Versöhnlich und sanft – ein Verehrer des häuslichen wie des Seelenfriedens! »Ganz gewiß«, so sprach ich bei mir, »dies ist nur ein böser Traum. Viele Tage hindurch hab' ich im Fieberwahn gelegen, und so fühl' ich noch immer seine unheilvolle Macht – so erstehen mir noch immer Gestalten und Bilder, die meine Qualen vervielfachen und erschweren!«

Die Papiere entglitten meiner Hand. Ich folgte ihnen mit dem Blick und schrak vor ihnen zurück, als müßt' ich dem versteinernden Einfluß wehren, der von ihnen auszugehen schien. Die Zunge war mir gelähmt, und all meine Fähigkeiten waren zum Stillstand gekommen. Die Sinne schwanden mir, und leblos sank ich zu Boden.

Das Getöse, welches mein Zusammenbruch hervorrief, brachte, wie ich später erfuhr, meinen Oheim auf den Plan. Er hatte sich im Untergeschoß befunden, woselbst seine Befürchtungen ihn zurückgehalten. Meinen Sturz vernommen, eilte er spornstreichs in meine Kammer, woselbst er mir den erforderlichen Beistand leistete. Als ich die Augen wieder auftat, erblickte ich ihn an meinem Lager. Es bedurfte all seiner Überredungskunst und ärztlichen Erfahrung, um die schädlichen Folgen jener Enthüllungen von mir abzuwenden. Indes, er hatte meine körperlichen und seelischen Kräfte allzusehr überschätzt: der neuerliche Schock brachte mich abermals an den Rand des Grabes, und die nun ausbrechende Krankheit erwies sich als schwieriger zu heilen denn mein voraufgegangener Zustand.

Ich will mich nicht des langen und breiten ergehen über die schier endlose Reihe trostloser Empfindungen und die grausige Verwirrung meines Verstandes. Nur langsam stellte die darüber hingehende Zeit dessen Klarheit und auch meine gewohnten Körperkräfte wieder her. Die in meinem Geist durch jene fatalen Papiere ausgelösten Vorstellungen waren durch die Krankheit zu einem gewissen Grade verwischt worden. Obskur und unzusammenhängend wirkten sie nunmehr, als wären's die Fragmente eines Fiebertraums. Mein heißer Wunsch war es, die Imagination aus solchem Chaos zu lösen. Zu diesem Ende richtete ich allerlei Fragen an meinen Oheim, der mir damals beständig zur Seite blieb. Er aber war noch voll Angst ob der Folgen seines ersten Versuches und gab sich alle Mühe, meiner Wißbegier auszuweichen oder dieselbe zu entmutigen. Dergestalt sah er sich bisweilen gezwungen, Zuflucht zu nehmen zu irreführenden Darstellungen, ja sogar zur Unwahrheit.

Doch die Zeit war da von vielleicht noch wohltätigerer Wirkung. Im Verlaufe meines Meditierens traten nämlich die Erinnerungen an das Geschehene nach und nach mit größerer Deutlichkeit zutage. Ich aber überschlug das alles, ohne ein Wort darüber verlauten zu lassen, und da meine erste Bestürzung von mir gewichen war, haftete meinem

Denken kein dermaßen todesträchtiger Einfluß mehr an. Zwar hatte ich die Lektüre jener Aufzeichnungen mittendrin abgebrochen, doch was ich allbereits gelesen, reichte im Verein mit meinen anderwärts erworbenen Kenntnissen hin, genugsam Licht in den ganzen abscheulichen Handel zu bringen. Dennoch war meine Wißbegier nicht gestillt, und so beschloß ich, auch noch den verbliebenen Rest zu lesen.

Freilich gesellte sich meiner Begier, alle Einzelheiten jenes Geschehens in Erfahrung zu bringen, auch der Widerwille gegen die noch ausstehenden Enthüllungen. Derhalben traf ich fürs erste keinerlei Anstalten, meine Absicht ins Werk zu setzen. Zwar begehrte ich nach der Wahrheit, schrak aber im nämlichen Atem vor deren voller Erkenntnis zurück.

Eines Morgens, ich befand mich allein in der Kammer, erhob ich mich von meinem Ruhebett und trat zu der Kommode, darin mein Sonntagsstaat aufbewahrt lag. Ich zog die betreffende Lade heraus und das erste, was ich erblickte, waren jene fatalen Aufzeichnungen. Unwillkürlich griff ich danach und schritt zu einem Stuhle. Während der folgenden Minuten war ich unschlüssig, ob ich die Rolle nun öffnen und darin weiterlesen sollte oder nicht. Doch nunmehr, da ich meine Kräfte auf die Probe gestellt sah, ließen sie mich im Stich. Ich fühlte mich nicht imstande, aus freien Stücken den Blick auf den Schauplatz dermaßen großer Schrecknisse zu richten. Schon war ich versucht, die Blätter in ihre Lade zurückzulegen, als solcher Entschluß wieder verflog. So entschied ich mich, wenigstens einen Teil des Ganzen durchzusehen. Ich blätterte in dem Manuskripte bis kurz vor dessen Ende. Der Übeltäter hatte seine Erzählung schon abgeschlossen, der Schuldspruch war von den Geschworenen widerstrebend gefällt worden, und man fragte nunmehr den Angeklagten, weshalb er das auf Tod lautende Urteil nicht annehmen wolle? Die Antwort war kurz und erfolgte mit feierlichem Nachdruck.

»Mitnichten nehm' ich es an. Im übrigen jedoch hab' ich nichts mehr zu sagen. Meine Geschichte ist erzählt, meine Motive hab' ich der Wahrheit gemäß dargelegt. Sind aber meine Richter außerstande, die Reinheit meiner Absichten zu erkennen oder den von mir abgegebenen Erklärungen zu glauben, ja können sie nicht sehen, daß mein Handeln unterm Beistand des Himmels erfolgt ist und daß mein Gehorsam nichts war denn die Erprobung meiner Tugendhaftigkeit sowie der vollkommene Sieg über Eigensucht und Irrglauben – ist man dazu außerstande, so muß man mich wohl oder übel zum Mordbuben stempeln.

Man weigert meinen Worten allen Glauben. Man schreibt mein Handeln dämonischen Einflüssen zu. Man stellt mich hin als ein Beispiel der abgründigsten Verderbtheit, deren ein Mensch überhaupt fähig sein kann. Man verdammt mich zu Tod und zu Schande. Steht's nun in meiner Macht, solchem Übel zu entrinnen? Wenn dem so ist, darf man gewiß sein, daß ich von meiner Macht Gebrauch machen werde! Nicht will ich den Tod von Henkershand empfangen, wo ich doch Anspruch habe auf das Gegenteil! So will ich ihn bloß erleiden, wenn ich mich ihm nicht entziehen kann.

Man spricht mich schuldig. O ruchlose Überstürzung, sich dergestalt des Schöpfers Vorrecht anzumaßen! Die eigene, begrenzte Einsicht und lahme Vernunft als das Maß der Gerechtigkeit zu setzen!

O Du allmächtiger, heiliger GOtt – Du allein weißt, daß meine Tat Dir wohlgefällig war! Verbrechen ist mir fremd. Ich weiß nicht, welche Handlungen von Übel sind in ihrem letzten, umfassenden Sinne, und welche man dem Guten zurechnen muß. Dein Wissen aber, ganz wie Deine Macht, hat keine Grenzen. Du bist mein Stab und Stecken, und so kann ich nimmer irregehn! So leg' ich denn mein Los in Deine Vaterhände. Deiner himmlischen Gerechtigkeit vertrauend, harre ich meines Lohns.

Wann immer der Tod mich ankomme – ich bin in guter Hut! Mögen Verleumdung und Abscheu mein Los sein unter den Menschen. Was mir rechtens zukommt, kann mir nimmermehr genommen werden. Der Seelenfriede des Tugendhaften und der Ruhm des Gehorsams werden dort drüben mein Teil sein.«

Hier endete der Redner, und ich blickte von dem Blatte auf. Indes, noch ehe ich Zeit gefunden, über das Gelesene nachzudenken, betrat Mr. Cambridge das Gemach. Er sah auf den ersten Blick, womit ich da beschäftigt gewesen, und verriet einige Besorgnis in Anbetracht meiner Gemütsverfassung.

Seine Befürchtungen waren jedoch müßig, wiewohl das Gelesene mich in einen Zustand versetzt hatte, der sich nur schwer beschreiben läßt, dem aber weder Schmerz noch Ingrimm anhafteten. Was mich innerlich lähmte, waren Verwunderung und Entsetzen, und so war ich im Momente keines Wortes fähig. Deshalb wies ich nur stumm auf die Manuskriptrolle und blickte den Freund forschend an. Er verstand den Sinn solcher Frage sogleich und nickte in düsterer Zustimmung. Erst nach einiger Zeit war ich wieder imstande, meine Gedanken in Worte zu fassen.

Dies also war's, was mein Bruder getan hatte, dies waren seine Worte, und dies auch war's, wofür man ihn zum Tode verurteilt hatte. Zum schmählichen Tod unterm Galgen! Welch grausames, unverdientes Los! »Und trifft dies wirklich und wahrhaftig zu?« fuhr ich fort, um das rechte Wort ringend, das sich mir angesichts dieser neuen Überlegung schon wieder versagen wollte. »Ist er – tot?«

»Nein. Er lebt. Es konnt' ja keinen Zweifel geben über die Ursache solcher Gewalttat. Sie war die Folge eines plötzlich zum Ausbruch gekommenen Wahnes. Und das solcher Wahnsinn fortbesteht, hat man Wieland zu lebenslangem Kerker verurteilt.«

»Wahnsinn, sagt Ihr? Sind jene Erscheinungen nicht tatsächlich gesehen und vernommen worden?«

Solche Frage schien meinen Oheim zu überraschen. Unter allen Anzeichen der Unruhe blickte er mich an. »Kannst du denn zweifeln«, fragte er, »daß dies alles Trugbilder gewesen? Glaubst du wirklich, der Himmel könnte in unser Leben eingreifen zu solchem Ende?«

»Oh, keineswegs glaube ich das! Nimmermehr kann der Himmel uns zu solch unerhörter Schreckenstat ermuntern wollen. Die treibende Kraft ist das *böse* Prinzip gewesen, nicht aber das *gute*!«

»Nun denn, mein liebes Kind«, versetzte da mein väterlicher Freund, »laß dergleichen Phantastereien getrost beiseite. Weder Engel noch Teufel haben mit diesem Handel auch nur das geringste zu schaffen.«

»Ihr habt mich mißverstanden«, entgegnete ich. »Ich halte dafür, daß jene treibende Kraft zwar von außen gekommen ist, aber real war und keineswegs übernatürlich.«

»Wahrhaftig?« sprach mein Oheim in überraschtem Ton. »Doch wen hältst du dann für jene treibende Kraft?«

»Ich weiß nicht. All das sind nur wirre Mutmaßungen. Immerfort muß ich an Carwin denken und werde den Verdacht nicht los, daß er es war, der all diese Schlingen gelegt hat. Was aber gibt uns das Recht, an Wahnsinn zu denken? Hat Wahnsinn jemals solche Formen angenommen?«

»Nur zu oft. Bloß hat jene wahnhafte Einbildung in unserem Fall zu schrecklicheren Konsequenzen geführt, als die mir bisher bekannt gewesenen es waren. Doch wiederhole ich, daß derlei Wahnvorstellungen keineswegs selten sind. Hast du nie von einem ähnlichen Fall gehört, der sich in der Familie deiner Mutter zugetragen?«

»Nein! Ich bitt' Euch, erzählt mir davon! Soviel ich weiß, hat mein Großvater einen besonderen Tod gefunden, doch ist mir nichts Näheres darüber bekannt. Ein Bruder, dem er recht sehr angehangen, war schon als Knabe gestorben, und jener frühe Tod, so hab' ich gehört, hat meines Großvaters Schicksal auf bedeutsame Weise bestimmt. Die Einzelheiten aber sind mir nicht bekannt.«

»Nach dem Tode jenes Bruders«, sprach da der Oheim, »ward mein Vater von einer Trübsinnigkeit befallen, die aus zwei Quellen zu erfließen schien. Nicht nur, daß er den Verlust eines ihm teuren Menschen betrauerte – nein, er hegte auch den festen Glauben, solcher Tod werde alsbald das eigene Ende zur Folge haben. So erwartete er täglich jenen Streich, der, wie er voraussagte, auch ihn selber fällen werde, und das in Bälde. Dennoch gewann er nach und nach seinen frohen Mut und sein Zutrauen wieder. Er nahm ein Weib und spielte seine Rolle in der Welt. Nun begab sich's gegen Ende des einundzwanzigsten Jahres seiner Ehe, daß er den Sommer zusammen mit seiner Familie an der Küste von Cornwall in einem Hause verbrachte, das ihm gehörte. Besagtes Haus stand aber unweit einer himmelhohen Felsenklippe, die weit über das Wasser hinausragte. Ihren Gipfel bildete ein Plateau, auf dem man sicher stehen konnte und das vom Land her leicht zu erreichen war. Bei schönem Wetter pflegte die Gesellschaft jenen Ort aufzusuchen, denn die Luft dort oben war rein, und die Aussicht eine unbegrenzte. So war's auch an einem Abend im Juni, als mein Vater mit seinem Weibe und etwelchen Freunden sich dort oben aufhielt. Jedermann war guter Dinge, und mein Vater schien der Großartigkeit jenes Ausblicks ganz besonders aufgetan zu sein.

Mit einem Male jedoch begann er zu zittern, wobei ein bleicher Schrecken sich auf seine Miene legte. Sodann nahm er die Haltung eines aufmerksam Lauschenden an und blickte scharf in eine Richtung, in der seine Freunde absolut nichts wahrzunehmen vermochten. Dies währte eine volle Minute. Hierauf wandte mein Vater sich den Gefährten zu, sagend, soeben habe sein Bruder ihn gerufen, und er müsse solchem Rufe im Augenblick gehorchen. In aller Eile nahm er feierlich Abschied von jedem der Anwesenden, hastete, noch ehe die überraschten Freunde sich's recht versehen hatten, zum Rand der Felsenklippe, stürzte sich kopfüber in den Abgrund und ward nicht mehr gesehen.

Während meiner Armee-Praxis in Deutschland sind mir viele ähnlich bemerkenswerte Fälle untergekommen. Fraglos waren auch jene Trugbilder vom Wahnsinn hervorgerufen, obschon man gemeinhin anderer Meinung war. Doch läßt sich all das auf ein und dasselbe Leiden zurückführen* und nicht schwieriger erklären, ja sogar kurieren, als die meisten anderen Affektionen unserer Leiblichkeit.«

Diese Ansicht suchte mir mein Oheim auf manchfältige Weise einzuprägen, und ich lauschte seiner Argumentation und Erläuterung in stummem Respekte. Groß war ja mein Staunen, andere Beispiele für eine Beeinflussung vorzufinden, die ich bisher für beispiellos gehalten. Doch blieb ich weit davon entfernt, in unserem speziellen Falle an Erscheinungen zu glauben, wie mein Oheim sie geschildert hatte. Eine unauflösliche Fülle von Einfällen und Gedanken bedrängte mich, und ich überlegte, daß ja, falls es wirklich Wahnsinn war, solcher Wahn mich und Pleyel ebenso befallen hatte wie den armen Wieland. *Pleyel* hatte eine geheimnisvolle Stimme vernommen. *Ich* hatte sowohl gehört als auch gesehen. Ganz wie meinem Bruder war auch mir eine Gestalt erschienen. Solche Enthüllung war an ein und demselben Ort erfolgt, und die Erscheinung war in beiden Fällen von der gleichen Wunderbarkeit gewesen. Was immer ich daraus schließen mochte – hatte ich nicht ebensoviel Ursache wie Wieland, vor den Folgen zu zittern? Konnt' ich mich

* Mania mutabilis. Siehe Darwin's Zoonomia, vol. ii, Abt. III, 1, 2, wo ähnliche Fälle angeführt sind.

denn sicher fühlen in Anbetracht von Einflüssen, die so schreckensvoll wie unwiderstehlich waren?

Vergebens wär's, den Gemütszustand beschreiben zu wollen, in welchen solcher Gedanke mich versetzte. Von Staunen war ich erfüllt gewesen ob der Verwandlung, die vom einen Moment auf den anderen mit meinem Bruder vor sich gegangen. Nunmehr aber war ich betäubt von zehnfacher Verwundrung in Ansehung meiner selbst! Sah ich mich nicht gleichfalls verwandelt vom vernunftbegabten, menschlichen Wesen in ein Geschöpf mit namenlosen, entsetzlichen Eigenschaften? Stand ich nicht unversehens am Rande des nämlichen Abgrunds? Vielleicht waren noch vor Anbruch des neuen Tages auch meine Hände schon blutbefleckt – vielleicht stand's auch mir bevor, die noch verbleibenden Tage eingekerkert und in Ketten hinbringen zu müssen?

Bei meinem Zartgefühl in allen Dingen der Moral kann's nicht wundernehmen, daß solch neue Drohung mich noch weniger erträglich dünkte denn alle kürzlich erlebte Seelenpein. Der Kummer trägt sein eignes Gegengift in sich. Sobald aber das Denken zum Vehikel von nichts als Qualen geworden, gilt es, ihm Einhalt zu gebieten. Hier ist der Tod das Heilmittel, welches uns entweder von der Natur oder aber von uns selber verabreicht werden muß. Auf solches Mittel blickte ich nunmehr voll düsterer Genugtuung.

Indes, mein Schweigen vermochte nicht, derlei Gedanken vor meinem Oheim zu verbergen, und so war er unermüdlich in seinen Anstrengungen, mein Augenmerk von so unheilschwangerem Ausblick abzulenken. Im Verein mit der Zeit war seine Mühe bis zu gewissem Grade von Erfolg begleitet: aufs neue faßte ich Zutrauen in die Stärke meiner Entschlußkraft und in meine gesunden Fähigkeiten. So war's mir wieder möglich, über meines Bruders Verfassung und über die Ursachen des hereingebrochenen Unheils nachzudenken.

Meine Ansichten in diesem Punkte waren jedoch einem unablässigen Wandel unterworfen. Bisweilen war ich geneigt, jene Erscheinung für eine überirdische anzusehen. Worauf auch hätt' ich meinen diesbezüglichen Unglauben gründen sollen? Wie hätt' ich den Beweisen, welche meine Religion mir lieferte, meinen Glauben weigern können? Auch das Zeugnis der Menschen war laut und einmütig. Insgesamt also trug dies alles zu meiner Überzeugung bei, daß es böse Geister gebe und daß deren Kräfte nur zu oft wirksam würden auf dieser Welt.

Dergleichen Erwägungen waren untrennbar verbunden mit Carwins Bilde. »Wo ist der Beweis«, so sprach ich bei mir, »daß Dämonen dem Menschen nicht botmäßig werden könnten? Solche Wahrheit mag entstellt und verfälscht werden in den Gemütern der Unwissenden. Was das gemeine Volk in diesem Punkte für wahr hält, ist einfach absurd und sonst nichts. Indes, die Tatsache, daß dergleichen von den Wissenden mit Fug verworfen wird, berechtigt uns noch lange nicht, den Glauben an die Möglichkeit übernatürlicher Hilfe gänzlich zurückzuweisen.

»Was der Aberglaube sich träumt«, so sprach ich bei mir, »ist einzig unsrer Verachtung wert. Die Hexerei zusamt ihrer Gerätschaft und ihrem Mirakelplunder, die Pakte, die mit dem eigenen Blute besiegelt werden, das ganze Drum und Dran aus Schwefeldünsten und Donnergetöse – all das ist monströs und die reine Phantasterei. Nichts dergleichen findet sich auf jenem Schauplatz, darüber Carwins Genius sein Zepter schwingt. Daß denkende obschon nichtmenschliche Wesen, die gleichwohl moralisch und aus eigenem Antrieb handeln, irgendwo existieren, läßt sich kaum in Abrede stellen. Und daß man sich ihrer Hilfe für heilsame oder auch böse Zwecke bedienen mag, läßt sich auf keine Weise widerlegen.

Carwins Anschläge sind in undurchdringliches Dunkel

gehüllt. Niemand weiß um das Ausmaß seiner Kräfte: allein, ist es nicht erwiesen, daß er von ihnen Gebrauch gemacht hat?«

Ich ging meine eigenen Erlebnisse durch: hier hatte Carwin tatsächlich eine gewichtige Rolle gespielt. Indes, das alles lag im Bereiche menschlicher Erfahrung. Eine Stimme hatte zu mir gesprochen, eine Erscheinung sich mir gezeigt: doch die eine wie die andre waren aufgeboten worden, um Carwins Pläne zu durchkreuzen, nicht aber, sie zu befördern. Kräfte hatten sich also bemerkbar gemacht, die Carwin feindlich gesinnt waren. Er war der Bösewicht, dem ein Werkzeug des Himmels sich entgegenstellte. Wie aber war dergleichen vereinbar mit jenem Kräftespiel, das meinen Bruder vernichtet hatte? In seinem Falle war ja das Agens ein zugleich übernatürliches und böses gewesen.

Die Erwägung dieser Fakten lenkte mein Denken in eine neue Bahn. Die Bösartigkeit jener Kraft, unter deren Einfluß mein Bruder seine Untat verübt hatte, war für mich bisher außer Zweifel gestanden. Sein Weib und seine Kinder waren umgekommen, hatten ihr Leben in Qual und Todesangst ausgehaucht. Stand es aber wirklich außer Frage, daß ihr Mörder ein Verbrecher war? Vor Gericht hatte sein Gewissen ihn freigesprochen. Sein Gehaben während der Verhandlung und auch nach derselben war mir getreulich berichtet worden. Der Eindruck war ein ungeteilter: auch nicht für eine Sekunde hatte Wieland sich der Hoheit seiner Tugend begeben, sondern vielmehr alle Anwürfe von sich gewiesen unter Berufung auf die Gottheit und das Insgesamt seiner bisherigen Lebensführung. Darin lag gewiß etwas Wahres: denn nur ein vom Himmel ergangenes Gebot konnte seinen Willen beeinflußt haben, und nichts denn der untrügliche Beweis göttlicher Zustimmung konnte seinem Geist die gegenwärtige Hochstimmung verleihen.

Einundzwanzigstes Kapitel

Solcherart waren die Erwägungen beschaffen, denen ich mich zeitweilig hingab. Meine körperliche Schwäche und auch meine Unlust, zum Gegenstande der allgemeinen Bestürzung und des öffentlichen Mitleids zu werden, hielten mich davon ab, unter die Leute zu gehen. Voll Eifer blieb ich bedacht, die Besuche all derer zu meiden, welche kamen, ihr Mitgefühl zu bekunden und ihre Wißbegier zu stillen. So war der Oheim meine einzige Gesellschaft. Nichts war ja besser geeignet, mich zu trösten, als seine Gespräche mit mir.

Soweit es Pleyel anbetraf, schienen meine Gefühle einen totalen Umschwung erfahren zu haben. Es kommt ja oft genug vor, daß die eine Leidenschaft verdrängt wird von einer zweiten. Das jüngst erlebte Unheil hatte mir das Herz zerfleischt, und nunmehr, da die Wunden sich notdürftig zu schließen begannen, schien auch die Liebe, welche ich für diesen Mann empfunden hatte, verflogen zu sein.

Bisher hatte ich freilich keinen Grund gehabt, die Hoffnung aufzugeben. Ich trug ja keine Schuld an den Beleidigungen, die ihn meiner Gegenwart entfremdet hatten und konnte mit Recht erwarten, daß meine Unschuld sich eines Tages unwiderleglich erweisen und daß dergestalt mit der neugewonnenen Wertschätzung meiner Person sich auch Pleyels Liebe zu mir erneuern werde. So bestand mein Unbehagen, von ihm für schuldig gehalten zu werden, zwar weiterhin, doch war's nicht mehr begleitet von der alten Ungeduld. Es lag mir daran, seinen Argwohn zu zerstreuen, doch war's nun nicht mehr um seiner Liebe, sondern um der Verehrung willen, die ich für solch trefflichen Menschen empfand – für ihn, der wohl auch selber hocherfreut sein würde, meine Unbescholtenheit zur Gänze wiederhergestellt zu sehen.

Gleich zu Beginn hatte mein Oheim mir mitgeteilt, er und Pleyel hätten seit des letzteren Rückkehr aus Europa einander des öfteren gesehen. Bei ihren Gesprächen, so stellte sich heraus, hatte Pleyel es sorgfältig vermieden, jene Geschehnisse zu erwähnen, welche mir seinen Abscheu zugezogen hatten. Solches Schweigen in diesem Punkte wußt' ich mir nicht zu deuten. Vielleicht hatte die seither verflossene Zeit oder aber eine neue Entdeckung die Meinung des Freundes zum Bessern gewendet? Vielleicht auch wollt' er mich, obschon von meiner Schuld überzeugt, nicht herabsetzen in den Augen meines ehrwürdigen Anverwandten? Durch diesen erfuhr ich ja auch, daß Pleyel mich während meiner Krankheit häufig besucht und viele aufeinanderfolgende Nächte hindurch an meinem Lager gewacht hatte, dergestalt seine höchste Besorgnis bekundend in Ansehung meiner Person.

Die Reise, welche er nach unsrer letzten Unterredung antreten gewollt, hatte er verschoben um der Katastrophe willen, welche in der darauffolgenden Nacht über uns hereingebrochen war. Ich aber hatte mir die Beweggründe für solche Reise bisher vollkommen falsch gedeutet. Erst mein Oheim klärte mich darüber auf, und seine Darlegung rief mein höchstes Erstaunen hervor, ohne mich indes mit Bedauern zu erfüllen. In anderer Gemütsverfassung hätte solche Nachricht mein Elend wohl namenlos vermehrt, jetzt aber war sie eher ein Quell der Freude denn des Schmerzes. Doch mag dies noch nicht der letzte ungewöhnliche Umstand meines Berichtes sein und wird noch weniger wundernehmen, wenn ich hinzufüge, daß meine Gleichgültigkeit nur eine zeitweilige war und mich der Verlauf der nächsten Tage lehrte, daß meine Empfindungen noch nicht endgültig in mir ertötet waren.

Theresa de Stolberg war am Leben! Sie hatte den Entschluß gefaßt, ihrem Geliebten nach Amerika zu folgen. Um ihre Flucht zu verheimlichen, hatte sie die Kunde von ihrem Tod in Umlauf gesetzt. Danach vertraute sie sich der Führung des getreuen Bertrand an. Das Paket, welches Pleyel aus des Dieners Händen empfangen, hatte die Kunde von ihrer glücklichen Ankunft in Boston enthalten, und so war's Pleyels Absicht gewesen, sogleich dorthin aufzubrechen, um die Geliebte in die Arme zu schließen.

Solche Entdeckung rückte Pleyels Charakter in ein gänzlich neues Licht. Ich hatte den Heroismus der Freundschaft für blinde Verliebtheit genommen! Von ihm, der meine liebende Zuneigung erworben, hatte ich ja zu Recht annehmen gedurft, er sei mir schon von Anfang an voll Verehrung gegenübergetreten. Und überdies hatte ich die Meinung gehegt, die Tiefe seiner Empfindungen sei bloß verdeckt gewesen durch seine damals zur Schau getragene Leichtlebigkeit. Es entging mir nicht, daß, da ja die Dame noch am Leben war, jene Stimme im Tempel, welche ihren Tod bekräftigt hatte, entweder die Lauscher hatte täuschen wollen oder selber einer Täuschung zum Opfer gefallen war. Diese letztere Vermutung schien aber so unvereinbar mit dem Charakter eines Geistwesens wie das erstere mit demjenigen eines wohlmeinenden Unbekannten.

Seit in meinem Befinden eine Besserung eingetreten war, hatte Pleyel seine Besuche eingestellt und sich vor kurzem nach Boston auf den Weg gemacht. Dies bewies mir, daß der Freund mich noch immer für schuldig hielt. Solch irrige Meinung machte mir zwar Kummer, doch hegte ich das feste Vertrauen, es werde früher oder später schon noch zu meiner glänzenden Rechtfertigung kommen.

Mittlerweile ward ich durch einen Vorschlag meines Oheims aufs neue in stürmischen Zwiespalt versetzt. Nämlich, mein Oheim war der Meinung, ein Klimawechsel werde meiner erschlafften Konstitution wieder aufhelfen, und eine neue Umgebung könnte mich den Schock vergessen machen, der mein Gemüt so sehr erschüttert hatte. Zu solchem Ende schlug er mir vor, ich solle mein Domizil zusammen mit ihm in Frankreich oder Italien aufschlagen.

Zu gedeihlicheren Zeiten hätte dieser Plan schon um seiner selbst willen meine begeisterte Zustimmung gefunden. Jetzt aber siechte mein Herz mir dahin im Angesicht aller Natur. Die Menschenwelt war mir zum Ekel geworden und schien mir in nichts denn Elend und Blut getaucht zu sein. Nur zu willig schloß ich die Augen zum Schlaf und bedauerte bloß, daß die Frist, welche er mir gewährte, nur eine so kurze war. Voll Genugtuung merkte ich auf meinen fortschreitenden Kräfteverfall und war meines Lebens einzig froh in der Hoffnung auf das gnädige Walten der Natur, die mich alsbald und für immer von meiner Bürde erlösen mochte. Und als der Oheim mir weiterhin mit seinen Reiseplänen in den Ohren lag, stimmte ich denselben nur zu, weil ich mich ihm zu Dank verpflichtet fühlte und weil meine Weigerung ihn geschmerzt hätte.

Kaum aber war er meiner Zustimmung gewiß, als er mir auch schon eröffnete, ich müsse unverzüglich meine Reisevorbereitungen treffen, weil das Schiff, auf dem er Plätze für die Überfahrt belegt hatte, schon nach drei Tagen in See stechen werde. Solche Hast kam mir gänzlich unerwartet. Auch lag eine Ungeduld in der Art, mit der er auf so eiligem Aufbruche bestand, die mich in Bestürzung versetzte. Als ich ihn nach der Ursache solchen Drängens fragte, machte er allgemeine Gründe geltend, gegen deren Vernünftigkeit zwar nichts einzuwenden war, die mir aber, als ich sie genauer erwog, nicht recht zureichend schienen. So argwöhnte ich, der Oheim verberge mir seine wahren Beweggründe, und nahm an, daß dieselben im Zusammenhange mit meines Bruders Los stünden.

Jetzt auch entsann ich mich, daß alle Mitteilungen in Anbetracht von Wielands Person, die man mir von Zeit zu Zeit gemacht hatte, begleitet gewesen waren von einer gewissen Zurückhaltung und Geheimniskrämerei. Was mir im Augenblick als genugsam einleuchtend erschienen war, dünkte mich nunmehr recht unsicher und verschwommen zu sein. So entschloß ich mich, meinen diesbezüglichen Zweifeln durch einen Besuch meines unglücklichen Bruders im Kerker ein Ende zu machen. Dieser Gedanke war mir schon früher gekommen, doch wie hätt' ich die Schrecken solchen Aufenthaltsortes, die verstörte und doch so sanfte Physiognomie, das verwahrloste Haar, die in Ketten geschlagenen Glieder, deren Beschreibung mir schon furchtbar genug gewesen – wie hätt' ich den Anblick von alledem ertragen sollen?

Nunmehr aber, da ich im Begriffe stand, für immer Abschied zu nehmen vom Lande meiner Geburt, nun, da hinfort ein Weltmeer mich von meinem Bruder scheiden würde – wie hätt' ich da abreisen sollen, ohne ein letztes Mal mit ihm gesprochen zu haben? Nein, erst noch wollte ich mich mit eigenen Augen von seiner Lage überzeugen – wollte wissen, ob man mir alles wahrheitsgetreu geschildert hatte! Vielleicht sogar mochte der Anblick seiner Schwester, die er ja stets mit mehr denn brüderlicher Leidenschaft geliebt, einen wohltätigen Einfluß auf seine Umnachtung üben.

Diesen Entschluß gefaßt, harrte ich der passenden Gelegenheit, Mr. Cambridge davon in Kenntnis zu setzen. Ich war mir im klaren, daß ohne des Oheims Einverständnis nicht viel Aussicht bestand, meinen Plan zu verwirklichen, konnte aber keinen Grund für die Verweigerung solcher Zustimmung entdecken. Hatte man mich in Anbetracht von Wielands Umständen nicht getäuscht, so konnten aus der Gewährung meiner Bitte ja keinerlei Unzukömmlichkeiten erwachsen. So würde des Oheims Billigung mir auch seine Aufrichtigkeit beweisen.

Auch in diesem Punkte war mir die Gelegenheit eine

höchst erwünschte, doch ward mein Argwohn mir nur zu sehr bestätigt durch die Art und Weise, in der ich meine Bitte aufgenommen sah. Nach einigem Schweigen, während dessen des Oheims Züge alle Anzeichen der Bestürzung verrieten, hub er an und sprach: »Was soll dieser Besuch? Zu welch gedeihlichem Ende könnte er führen?«

»Wir schicken uns an«, so entgegnete ich, »diesem Land für immer den Rücken zu kehren. Welch ein Scheusal wär' ich doch, den Bruder in Bedrängnis hinter mir zu lassen, ohne ihm nicht zumindest etwelche Worte des Abschieds gegönnt zu haben? So verstattet mir, ihn nur für drei Minuten zu sehen! Um wieviel wird's mir das Herz erleichtern, in Wielands Gegenwart etwelche Zähren vergossen zu haben!«

»In diesem Punkte bin ich andrer Meinung. Sein Anblick würde dein Elend bloß vergrößern, ohne daß dein Besuch auch nur im geringsten zu Wielands Wohle beitragen könnte.«

»Da bin ich nicht so sicher«, versetzte ich. »Ganz gewiß muß das Mitgefühl seiner Schwester im Verein mit der Erweisung ihrer ungebrochnen Zuneigung ihn mit Genugtuung erfüllen. Wie die Dinge im Augenblick liegen, muß er ja die gesamte Menschheit für nichts denn seine Feinde und Verleumder ansehen. Und vielleicht hält er auch dafür, daß seine leibliche Schwester in der nämlichen Verblendung befangen ist, ja daß sie einstimmt in solchen Chor des Abscheus, welcher allenthalben sich gegen ihn erhoben hat. Ihm in diesem Respekte die Augen zu öffnen, ihm zu zeigen, daß ich, obschon sein Handeln einem Wahne zuschreibend, ihm dennoch anhange in geschwisterlicher Liebe und voll der Verehrung für die Lauterkeit seiner Beweggründe – dies muß ihm gewißlich Freude bereiten. Käm' ihm aber zu Ohren, ich hätte das Land verlassen, ohne dem Zurückbleibenden auch nur meine förmliche Aufwartung gemacht zu haben – was sollte er dann von mir denken? Zwar mag seine Großherzigkeit ihn hindern, mir zu grollen, doch wird er mein Verhalten gewißlich für ein grausames und fühlloses erachten. Ihr seht also, teuerster Oheim, daß ich nicht umhin kann, Wieland vor unsrer Abreise zu besuchen. Unmöglich, mich mit Euch einzuschiffen, ohne solch letzten Besuch abgestattet zu haben! Mag ja sein, daß er dem Bruder keinerlei Nutzen bringt – mir aber wird er helfen, mich einer Aufgabe zu entledigen, die ich nun einmal für meine Pflicht halte. Und überdies«, so fuhr ich fort, »gesetzt, er wär' in der Tat nur einer temporären Sinnesverwirrung zum Opfer gefallen – wär's da nicht die Möglichkeit, daß meine Gegenwart einen heilsamen Einfluß auf ihn übte? Ja wohl, mein bloßer Anblick könnte durchaus angetan sein, Wieland aus seiner Verstörung zu erwecken!«

»Nur zu wahr«, stimmte der Oheim mir voll Eifer zu. »Es ist durchaus nicht unmöglich, daß eure Unterredung dergleichen nach sich zieht. Doch schon aus diesem Grunde möcht' ich dir aufs dringlichste davon abraten!«

Ob solcher Erklärung bekundete ich eine nicht geringe Verwunderung. »Wie! Ist's denn nicht wünschenswert, solch verhängnisvollen Wahn beseitigt zu sehen?«

»Deine Frage setzt mich in Erstaunen. Führ dir doch die segensreichen Folgen solchen Wahnes vor Augen! Hat Wieland denn nicht sein geliebtes Weib gemeuchelt, hat er nicht seine vergötterten Kinder hingemordet? Was sonst könnt' ihn befähigen, die Erinnrung an solche Untat zu tragen, wenn nicht der feste Glaube, in Erfüllung der heiligen Pflicht gehandelt zu haben? Willst du wirklich so unbedacht sein, ihn solchen Glaubens zu berauben? Willst du ihn wieder zu sich bringen, bloß damit er sehe, wie er angestachelt worden zu so gräßlicher Untat durch eine Verirrung seiner Sinne oder durch höllisches Blendwerk?

Zur Zeit ist ihm der Sinn erhoben durch freudvolle Visionen. Er vermeint ja, nunmehr zu höherer Tugend aufgestiegen zu sein denn jedweder andere Mensch. Die Verdienstlichkeit seines Opfers, so glaubt er, wird in den Augen der Überirdischen nur noch vergrößert durch den Abscheu, welchem er hienieden ausgesetzt, durch die Leiden, zu denen er von den Menschen verdammt ist. So kann der Glaube, auch seine Schwester habe ihn verlassen und sich auf die Seite der Feinde geschlagen, Wielands erhabne Gefühle nur noch vermehren und sein Vertrauen stärken in Gottes Wohlgefallen und den verheißenen Lohn.

Öffnest du ihm jedoch die Augen in diesem Punkte – welche Sturzflut aus Verzweiflung und Entsetzen muß dann über ihn hereinbrechen! Wird er, anstatt sich in Gottes Gnadenstrahl und eitel Hoffnung zu sonnen, nicht eine Beute der Selbstverachtung und der qualvollsten Gewissensbisse werden? Wird er nicht mit dem Kopf gegen die Kerkerwände anrennen, ja schlimmer, am Ende noch Hand an sich legen? So beschwör' ich dich denn, steh ab von deinem Plane! Hast du ihn erst in aller Ruhe erwogen, so wirst du von selber erkennen, daß es vielmehr deine Pflicht ist, dem Bruder mit Vorbedacht aus dem Wege zu gehen.«

Mr. Cambridges Argumentation eröffnete meinem Denken gänzlich neue Gesichtspunkte. Ich konnte nicht umhin, ihre Stichhaltigkeit anzuerkennen. Allein, sie rückten mir den unheilvollen Abgrund, darein mein Bruder gestürzt war, in ein verändertes Licht. So schwieg ich still, nicht fähig, zu einem Entschluß zu gelangen.

Ich erwog bei mir, daß es ja durchaus ungewiß war, ob wir nun in Wieland einen Tollhäusler, einen treuen Diener seines Gottes, das arme Opfer höllischen Blendwerks oder aber menschlichen Betruges zu sehen hätten. In solcher Gemütsverfassung ziemte es mir, bei der geplanten Zusammenkunft strengstes Stillschweigen zu beobachten. Mein Besuch sollte ja bloß von kurzer Dauer sein. Schon mit einem flüchtigen Blick auf den Bruder wollt' ich mich zufriedengeben. Da ein Wandel seiner Meinung zugegebenermaßen nicht wünschenswert war, bestand nun von mir aus keine Gefahr mehr, daß ein solcher durch mein Verhalten bewirkt würde.

Allein, es war mir nicht möglich, des Oheims Abneigung gegen diesen Plan zu bezwingen. Dennoch beharrte ich auf meinem Vorsatz. So erkannte der Oheim, daß er, um mich von meinem Plane abzubringen, mir schon deutlicher kommen mußte. Er faßte mich an beiden Händen, durchforschte voll Besorgnis meine Züge und sprach: »Clara, dieser Besuch darf nimmermehr stattfinden! Vielmehr gilt's, dies Land so rasch als möglich zu verlassen. Töricht wär's, dir noch länger die volle Wahrheit zu verhehlen. Und da nur die Enthüllung solcher Wahrheit es vermag, dich von deinem Vorhaben abzubringen, so mag sie denn vor dir enthüllt sein.

Ach, mein teures Kind«, fuhr er mit vermehrtem Nachdruck fort, »deines Bruders Wahnsinn übersteigt in der Tat alle Grenzen des Vorstellbaren. Was einstmals seinen Leib beseelt hat, ist entschwunden. Dieser Leib ist freilich noch der alte, doch den weisen und wohlwollenden Wieland gibt es nicht mehr. Eine blindwütige Blutgier hat ihn befallen, welche ihm nahezu übermenschliche Kräfte verleiht und all seine Energie nur auf die Zerstörung dessen richtet, was ihm einstmals am teuersten gewesen.

Du darfst seinen Kerker keinesfalls betreten. Deiner ansichtig zu werden und all seine Kräfte zu deiner Vernichtung aufbieten, wäre eins. Schon im nächsten Momente würd' er seine Ketten gesprengt und sich auf dich gestürzt haben. Und kein Dazwischentreten wär' dann stark und rasch genug, dich aus des Bruders Klauen zu erretten!

Der Wahn, so ihn zum Meuchelmord an Catharinen und seinen Kinder gezwungen, ist noch nicht von ihm gewichen. Nun ist's *dein* Leben und auch dasjenige Pleyels, welches jenes imaginierte Wesen ihm abverlangt. Er aber ist voll Eifer drauf bedacht, solches Gebot zu erfüllen. Schon zweimal ist er aus dem Gefängnis ausgebrochen: beim ersten Mal befand er sich kaum auf freiem Fuße, als er auch schon zu Pleyels Behausung eilte. Und weil's um die Mitternacht war, hatte der letztere sich schon zur Ruh' begeben. Unbemerkt gelangte Wieland bis in die Kammer seines Opfers, ja zog schon den Bettvorhang zur Seite! Zum großen Glück erwachte Pleyel gerade noch im rechten Moment und entging der Wut seines Anverwandten mit knapper Not, indem er durchs Fenster in den Hof hinabsprang. Gottlob tat er sich dabei nichts zuleide. Man schlug Alarm und spürte nach eifervoller Suche den Flüchtigen in einer Kammer deines Hauses auf, woselbst er nach dir gesucht hatte.

Seine Ketten wurden verdoppelt, und nicht minder die Wachsamkeit der Posten. Doch abermals gelang's ihm wie durch ein Wunder, die Freiheit wiederzugewinnen. Unbedachtsamses Gerede setzte ihn in Kenntnis deines gegenwärtigen Zufluchtsortes, und wär' des Mörders Ausbruch nicht allsogleich gemeldet worden, so hätte dein gewaltsames Ende die Zahl seiner Bluttaten um eine weitere vermehrt.

Du wirst nunmehr einsehen, welche Gefahren dein Vorhaben in sich birgt. Nicht nur, daß du den Bruder in Hinkunft meiden mußt – nein, willst du ihn davor bewahren, seine Hände auch noch mit deinem Blute zu beflecken, so ist's vonnöten, dies Land auf immer hinter dir zu lassen. Keine Hoffnung gibt es ja, daß solche Krankheit vor seinem Tode enden könnte, und keine Vorkehrung vermag deine Sicherheit zu gewährleisten, es wäre denn, du legtest den Ozean zwischen dich und ihn.

Ich bekenne frei, herübergekommen zu sein in der Absicht, unter euch zu leben. Allein, dies Desaster hat meinen Sinn geändert. Deine Sicherheit und mein Wohl fordern gebieterisch, daß du mich auf meiner Rückkehr nach Europa begleitest, und so bitt' ich dich denn, frohgemut einzuwilligen in solche Vorkehrung.«

Nach dieser Einrede meines Oheims war's mir nicht mehr möglich, auf meinem Plane zu beharren. Bereitwillig stimmte ich zu, mich von Wieland fernzuhalten, und nicht minder gern willigte ich in den Vorschlag, nach Europa zu gehen. Nicht daß ich erwartet hätte, jemals dort einzutreffen: vielmehr schien der Ortswechsel mir bloß dazu angetan, die kurze, noch verbleibende Lebensfrist erträglicher zu machen, da ja meine Prinzipien es mir verboten, selber Hand an mich zu legen.

Welch eine Kunde war mir da geworden! Ein Verfolger saß mir auf den Fersen, den nicht etwa mein Mißverhalten in Wut versetzt hatte, und der nun, getrieben von Böswilligkeit, sein Ziel durch Hinterlist und Überrumpelung zu erreichen suchte: vielmehr trachtete mir jemand nach dem Leben, der sich zu solcher Tat vom Himmel berufen wähnte! Der solche Schreckensbahn für den Gipfel aller Tugend ansah! Dessen Unerbittlichkeit nicht minder groß war denn seine Verehrung und Liebe für mich, und der keine Furcht mehr kannte vor Strafe oder Schmach.

Nichts würd' es helfen, seinem Arme Einhalt zu gebieten durch Berufung auf meine Eigenschaft als Schwester und Freundin: eben dies war's ja, was ihn auf mein Verderben sinnen machte. Wär' ich für ihn eine Blutsfremde, ja wär' ich das verworfenste Geschöpf unter der Sonne gewesen – ich hätte von solchem Verfolger nichts zu fürchten gehabt!

»Ganz gewiß«, so sprach ich bei mir, »ist mein Schicksal sonder Beispiel. Der Wahn, den man meinem Bruder nachsagt, muß wohl auch der meine sein. Mein Widersacher liegt in Ketten und unter schwerer Bewachung. Allein, aus alldem erwächst mir keine Sicherheit. Zwar leb' ich nicht unter Wilden, doch auf Schritt und Tritt – ob ich nun unter

Menschen wandle oder aber die Einsamkeit suche – ist mein Leben zur Beute ausersehen für unmenschliche Gewalttat. Beständig bin ich in Gefahr umzukommen – mein Leben aushauchen zu müssen unterm Würgegriff des leiblichen Bruders!«

Ich gedachte der Vorzeichen solchen Geschicks; des Abgrunds entsann ich mich, in welchen mein Bruder im Traume mich locken gewollt; ich führte mir vor Augen, wie meine Angst mir an der Schwelle der Gefahr deren Urheber in der Gestalt des Bruders gezeigt: auf solche Weise waren die Hervorbringungen meines Wahrtraumes eins geworden mit denjenigen des wachen Entsetzens!

Derlei Bilder waren untrennbar verbunden mit demjenigen von Carwin. Im Übermaße meines Elends ward er mir zum Großmeister allen Betruges, zum eigentlichen Urheber solch schwarzer Verschwörung, zur geistigen Potenz, welche all den Aufruhr nach ihrem Willen lenkte.

Inmitten unsrer Leiden empfinden wir eine gewisse Erleichterung, sobald wir deren Urheber, und wär's auch nur vermeintlich, entdeckt und damit das Objekt gefunden haben, die Schale unsres Zornes und unsrer Rache darüber auszugießen. Ich überschlug nunmehr all die Begebenheiten, welche sich seit dem Beginn unsrer Bekanntschaft zugetragen hatten, und verglich dies alles mit dem Bericht, den wir Ludloe verdankten. Im Verein mit meiner Annahme, daß übernatürliche Kräfte am Werke gewesen, formte sich in mir der dringende Verdacht, daß Carwin der große Widersacher war, an dessen Machenschaften wir allesamt zuschanden geworden.

Ich dürstete nach Gewißheit und nach Rache. Voll Widerstreben blickte ich auf meine überstürzte Abreise, da mich dieselbe aller Mittel berauben würde, die ersehnte Gewißheit zu erlangen, und auch aller Gelegenheit, meine Rache zu kühlen. Schon in zwei Tagen sollten wir uns einschiffen –

dies würde der Moment sein, meinem Heimatland auf ewig ade zu sagen. Wie hätt' ich da dem Schauplatz unsres Unglücks nicht einen letzten Besuch abstatten – wie hätt' ich die Grabhügel meiner Schwägerin und ihrer Kinder nicht mit meinen Tränen benetzen sollen? Und wie hätt' ich vollends ihre verödete Behausung nicht noch einmal betreten sollen, um durch einen letzten Blick auf Wände und Einrichtung mich mit Wegzehr zu versehen für die Tage der endlosen Schwermut?

Solcher Einfall war gefolgt von einem heimlichen Schauder. Irgendwelcher verderblicher Einfluß schien sich über mir zusammenzuballen. Allein, wie viele Stätten des Gedenkens galt's doch zu besuchen, auf daß ich mir jene Teuren wieder heraufriefe, die ich verloren hatte!

Schon war ich versucht, von meinem Vorhaben abzustehen, als ich mich plötzlich entsann, bei meinen Papieren auch ein in Kurzschrift abgefaßtes Tagebuch zurückgelassen zu haben. Es war das nämliche, an dem ich in der Nacht von Pleyels unbedachtem Spionieren geschrieben hatte, und zwar war's der Bericht über mein Abenteuer in *der Laube* gewesen, den Pleyel, als er mir über die Schulter geblickt, so verhängnisvoll mißdeutet hatte.

In Anbetracht meiner sonstigen Besitztümer war von mir schon alles Nötige veranlaßt worden. Dies eine Manuskript jedoch, welches die privatesten Aufzeichnungen meines Lebens enthielt, wollt' ich erst noch vernichtet wissen. Zu solchem Ende mußt' ich aber wohl oder übel mein Haus aufsuchen, und so entschloß ich mich im Augenblick, dies zu tun.

Da ich nicht willens war, mich durch Erwähnung meines Plans den Einwendungen meiner Freunde auszusetzen, fragte ich, ob ich Mr. Hallets Chaise zu einer Spazierfahrt benutzen dürfe, um den herrlichen Tag ein wenig zu genießen.

Solchem Begehr ward bereitwillig stattgegeben, und so wies ich den Diener an, er mög' mich hinaus nach Mettingen kutschieren. Vor dem Tore des Anwesens eingetroffen, schickte ich Diener und Wagen zurück, denn es war meine Absicht, mich für die Rückkehr eines der Gefährte zu bedienen, die meinem Bruder gehörten.

Zweinundzwanzigstes Kapitel

Die Bewohner der *Hütte* nahmen mich teils mit Freude, teils mit Überraschung auf. Ihr anheimelnder Willkomm und die schlichte Zuneigung, welche sie an den Tag legten, taten mir wohl. Bei allen Erkundigungen nach meiner Gesundheit enthielten sie sich jeglicher Anspielung auf die Ursache meiner Erkrankung. Sie waren grundehrliche Geschöpfe, und ich mochte sie darum gut leiden. Sobald ich meinen knapp bevorstehenden Aufbruch nach Europa erwähnt hatte, brachen wir allesamt in Tränen aus, und ich versprach den Hausleuten, während meines langen Fernseins von meinem Wohlergehen hören zu lassen.

Als ich sie aber von dem beabsichtigten Besuch meines Wohnsitzes in Kenntnis setzte, zeigten sie sich recht bestürzt. Furcht und schlimme Vorahnung malten sich auf ihren Zügen, und allesamt trachteten sie, mich vom Betreten meines Hauses abzubringen, von dem jedermann glaubte, es spuke dort von allen möglichen Geistern und Erscheinungen.

Dergleichen Befürchtungen hatten jedoch keine Macht über mich, und so wählte ich den gewundenen Pfad zu meinem Hause. Alles lag leer und verlassen ringsum. Eine winzige Einfriedung, an welcher der Pfad mich vorüberführte, umschloß die Grabstätten meiner Familie. Hier durfte ich keinesfalls eintreten! Ursprünglich hatt' ich dies ja tun gewollt, um all die Embleme und Inschriften zu betrachten, welche mein Oheim auf den Grabsteinen Catharinens und der Kinder hatte anbringen lassen, jetzt aber sank mir im Näherkommen das Herz und ich schritt hastig voran, auf daß der kleine Gottesacker mir sobald als möglich aus den Augen käme.

Als ich mich der *Laube* näherte, verließ mich der Mut zum andernmal. Abgewendeten Blickes eilte ich so schnell ich konnte daran vorüber und hielt erst inne, als ich mein Haus erreicht hatte. Dort herrschten abgründige Stille und eine Dunkelheit, die von den geschlossenen Türen und Fensterläden herrührte. Jegliches Ding war hier verbunden mit meiner und meines Bruders Lebensgeschichte. Ich durchquerte das Vorhaus, stieg die Treppe hinauf und öffnete die Tür zu meiner Kammer. Nur mit Mühe vermocht' ich meiner Einbildungskraft und den daraus erwachsenden Ängsten zu gebieten: jede winzige Regung, jeder zufällige Laut wandelten sich mir zu winkenden Schatten und rufenden Gestalten.

Ich trat auf den Verschlag zu, öffnete dessen Tür und warf einen furchsamen Blick rundum. Jegliches Ding stand an seinem gehörigen Ort. Auch das gesuchte Tagebuch fand ich an dessen gewohntem Platz. Dies geschehen, gab es nichts mehr, was meines längeren Bleibens bedurft hätte. Dennoch verweilte ich mich und gab mich eine Weile der Betrachtung meiner Kammer hin. Ich dachte daran, für wie lange Zeit mir diese Wohnstatt eine köstliche, friedvolle Zuflucht gewesen. Ich zog Vergleiche zwischen ihrem früheren Zustand und der jetzigen düsteren Öde, ja führte mir vor Augen, daß ich mich nun zum letzten Mal in meinem Leben hier befand.

In diesem Raume war ich zum Zeugen von Carwins unverständlicher Aufführung geworden. Dies war der Schauplatz, auf dem solcher Menschenhasser für eines Augenblickes Dauer die Maske hatte fallen lassen. Hier auch waren jene Morddrohungen an mein Ohr gedrungen, die sich in der Folge zu so schauriger Wirklichkeit gewandelt hatten!

Derlei Gedanken waren ganz dazu angetan, mich meiner Selbstbeherrschung zu berauben. Nicht länger wollten mich die geschwächten Glieder tragen, und so sank ich auf einen Stuhl. Unzusammenhängende, fast nicht mehr artikulierte Ausrufe kamen mir über die Lippen. Auch Carwins Name war dabei, und ich gedachte der endlosen Qualen, welche seine Bosheit uns angetan. Den alles sehenden Himmel beschwor ich, er mög' diesen Verräter doch ans Licht zerren und der gerechten Bestrafung zuführen, und ich klagte die Vorsehung an um des Hinauszögerns einer Vergeltung willen, die solch ungeheuerlicher Schuld schon seit langem gebührte.

Ich habe schon gesagt, daß die Fensterläden geschlossen waren. Dennoch herrschte ein spärliches Zwielicht in der Kammer, welches durch die Ritzen und Spalten drang. Der Verschlag war durch eine winziges Fenster erhellt, und diese Helle fiel durch das Schlüsselloch der zugemachten Tür als ein dünner Strahl zu mir herein. Dergestalt kam's zu einem Dämmerlicht, das ein undeutliches Sehen eben noch erlaubte, alle kleineren Gegenstände jedoch im verhüllenden Dunkel ließ.

Solches Düster entsprach durchaus meiner inneren Gestimmtheit. Mir wollte übel werden beim Gedanken an das Vergangene, und auch der Blick in die Zukunft verursachte mir nichts denn Ekel. »Weshalb noch länger leben?« raunte ich vor mich hin. »Weshalb dies elende Dasein noch weiter hinschleppen? Diejenigen, für die zu leben sich gelohnt hätte, sind umgekommen. Und ich selber – werd' nicht auch ich zu Tode gehetzt?«

Dies war der Moment, da meine Verzweiflung plötzlich

umschlug zu neuer Kraft. Nicht länger waren mir die Nerven gelähmt. Die so lange erstorben gewesenen Energien erwachten zu neuem Leben und bewirkten, daß der Busen sich mir hob und mich die Überzeugung durchströmte, es wäre wohl das beste und auch nicht weiter schwierig, meinen Qualen ein Ende zu machen.

Ich wußte ja, wo das Leben an seiner Wurzel zu treffen ist. Ich verstand mich auf den Gebrauch des Lanzettmessers und konnte Vene von Arterie wohl unterscheiden. Durch einen tiefen Einschnitt in die letztere konnt' ich den Übeln entrinnen, welche die Zukunft für mich bereithielt, und Zuflucht finden vor allem weiteren Weh – Zuflucht in einem friedvollen Tod.

So erhob ich mich wieder, denn meine Schwäche war verflogen, und trat eilends zu dem Verschlag. Eine Lanzette und auch andere kleine Schneid-Instrumente lagen in einer Schatulle, welche ich dort drinnen aufbewahrte. Wiewohl ich jeder sonstigen Erwägung verschlossen war, lauschte ich noch immer auf jegliches Geräusch, das etwa von unerklärlicher Bedeutung gewesen wäre. So kam's, daß ich vom Vorhaus herauf das Tappen eines Schrittes zu vernehmen glaubte. Sogleich ließ ich von meinem Plane ab und spähte scharf nach der offenstehenden Kammertür. Doch niemand zeigte sich, falls nicht der Schatten, den ich draußen auf dem Gange wahrnahm, von einem Menschen herrührte. War dem so, dann lag der Argwohn nahe, jemand habe schon die ganze Zeit an meiner Tür gelauert und am Ende gar noch meine Ausrufe belauscht!

Die Zähne klapperten mir, und meine bisherige Ruhe wich einer panischen Angst! Es war nicht anders als in jener Nacht, da ein fürcherliches Antlitz sich mir gezeigt und Wielands vorbestimmtes Verhängnis begonnen hatte, körperhafte Umrisse anzunehmen. Welch entsetzliche Erscheinung stand mir dieses Mal bevor?

Noch immer starrte ich lauschend ins Dunkel. Doch alsbald begann jener Schatten sich zu regen: ein großer, ungeschlachter Fuß zeigte sich, und gleich darauf trat eine Gestalt aus ihrem Versteck und betrat das Gemach. Es war Carwin!

Ich begann gellend und aus Leibeskräften zu schreien und mit den Armen zu fuchteln, auf daß die Erscheinung sich in Nichts auflöse. Allein, dies ging nur kurze Zeit, und alsbald sank ich erschöpft in eine Ohnmacht.

Oh, daß dies gnädige Vergessen doch ewig gewährt hätte! Doch nur allzu rasch kam ich wieder zu Sinnen. Kaum aber hatte ich mein Sehvermögen wiedergewonnen, als jene gräßliche Gestalt sich mir zum andern Male zeigte, so daß mein Bewußtsein mich aufs neue verließ. Zum zweiten Mal riß die erbarmungslose Natur mich aus dem Todesschlaf. Nunmehr fand ich mich hingestreckt auf mein Lager. Sobald ich jedoch Kraft genug hatte, um aufzublicken, entsann ich mich bloß meiner entsetzlichen Angst. In meiner zerrütteten Phantasie formte sich nichts mehr zum deutlichen Bilde. Doch als ich mit todesmatten Augen um mich sah, fiel mein Blick erneut auf Carwin.

Er saß auf dem Boden, mit dem Rücken gegen die Wand gelehnt. Die Knie hielt er an den Leib gezogen und das Gesicht in den Händen vergraben. Nur die Tatsache, daß er sich in einiger Entfernung befand, daß er keine drohende Haltung einnahm und sein unheilvolles Antlitz vor mir verbarg, ersparte mir einen neuerlichen Schock. Zwar wandte ich die Augen ab, doch schwanden die Sinne mir nicht mehr.

Sobald er sah, daß ich wieder bei Bewußtsein war, hob er das Haupt. Solche Bewegung zog mein Augenmerk auf sich. Carwins Gesichtszüge waren ohne Arg, doch gezeichnet von kummervollem Staunen. Erneut wandte ich den Blick von ihm und rief mit ersterbender Stimme: »Oh, hinweg –

weit fort und für immer! – Dein Anblick bringt mir den Tod!«

Er jedoch erhob sich nicht, sondern faltete die Hände und sprach in flehentlichem Tone: »Ich will ja fortgehn. Zum Träger des Bösen bin ich geworden, zu jemandem, dessen bloßer Anblick schon Verderben sät. Doch nenn mir meine Missetat! Mit Flüchen hast du meinen Namen bedacht, und der monströsen, infernalischen Bosheit hast du mich bezichtigt! Ich aber, um mich blickend, gewahre nichts denn Verlassenheit und Öde! Dies Haus und auch deines Bruders Obdach – sie stehen leer und ausgeräumt! Mein Anblick bringt dich an den Rand des Todes! So raunt mir meine Angst ins Ohr, daß eine Schreckenstat sich hier ereignet haben muß – und auch, daß *ich* es bin, der sie unwillentlich verursacht hat.«

Wessen Sprache war dies? Hatte er sich nicht aus freien Stücken als einen Schänder der Mädchenehre bezeichnet? Hatte nicht diese Kammer sein grausiges Vorhaben mitangesehen? Erneut drang ich in ihn, er mög' das Weite suchen!

Er aber hob den Blick. »Grundgütiger Himmel!« sprach er. »Was hab' ich angerichtet? Nun erst vermein' ich das volle Ausmaß meiner Taten zu erkennen! Ja wohl, ich bin's gewesen, doch fürchte ich, daß mein Handeln bei weitem mehr bewirkt hat als ich vorgehabt! Nur diese Furcht hat mich zurückgerufen von meinem Zufluchtsort. Nun bin ich hier, daß Übel gutzumachen, das meine Unbedachtheit angerichtet, und weiteres Elend zu verhüten! Gekommen bin ich, meinen Irrtum zu bekennen!«

»Nichtswürdiger Schurke!« rief ich, sobald mein atemraubender Grimm mir zu reden erlaubte. »Die Geister meiner Schwägerin und ihrer Kleinen – stehn sie denn nicht vor dir und klagen dich der Blutschuld an? Wer ist's gewesen, der Wielands Geist zerstört hat? Wer war's, der ihn in solche Raserei versetzte, der ihn zu Mord und Totschlag angestiftet? Wer, wenn nicht du und jener Teufel, mit dem du so unheiligen Pakt geschlossen?«

Bei diesen meinen Worten befiel ein neuer Ausdruck seine Züge. Zum andern Mal hob er den Blick gen Himmel. »So wahr ich mich entsinne – so wahr ich lebe –, ich trage an dem allen keine Schuld! Ich hab' nichts Böses vorgehabt! Doch mag wohl meine Narrheit es von ferne und auf Umwegen bewirkt haben. Allein, was sagst du da? Dein Bruder wahnsinnig? Und seine Kinder tot?«

Was sollte ich von alledem halten? War die Unkenntnis, welche aus solchen Worten sprach, eine echte – war sie bloß vorgetäuscht? Wie aber hätt' ich hinter allem, was da über uns hereingebrochen, bloß Menschenkraft vermuten sollen? War aber so unheilvoller Einfluß übersinnlich oder dem Wahn entsprungen in meines Bruders Fall, so mußte solcher Wahn auch mich ergriffen haben! Zum andern Mal entsann ich mich, daß jene Stimme sich erhoben hatte, mich vor Carwins Anschlag zu erretten. Solcher Gedanke hatte aber zur Folge, daß mein Abscheu vor diesem Menschen in sich zusammensank, ja daß mir die Ungeheuerlichkeit meiner Anschuldigungen so recht bewußt wurde.

»Ach!« sprach ich, »ich habe niemanden anzuklagen. So überlaß mich meinem Schicksal. Flieh und such das Weite vor diesem Schauplatz, den so viel Grausamkeit befleckt hat, und der zum Orte der Verzweiflung geworden ist!«

Eine Zeitlang stand Carwin in kummervolles Nachdenken versunken. Schließlich aber hub er an und sprach: »Was ist geschehen? Ich bin gekommen, meine Vergehen wieder gutzumachen und zu sühnen. So laß mich sie in ihrem vollen Ausmaß wissen! Mich quälen entsetzliche Ahnungen! Was ist in Wahrheit vorgefallen?«

Ich blieb stumm. Doch als ich mich der Andeutungen entsann, welche dieser Mann hatte verlauten lassen, nachdem er sich in seinem Verschlag entdeckt gesehen – jener Reden, welche einige Kenntnis der Macht verrieten, die sich zu meinem Gunsten ins Mittel gelegt, frug ich voll Begier: »Wessen war die Stimme, welche mir einzuhalten gebot, als ich versuchte, diesen Verschlag hier zu öffnen? Und was für ein Antlitz war's, das sich mir am Fuß der Treppe gezeigt? Antworte mir der Wahrheit gemäß!«

»Sie zu bekennen, bin ich hier. Deine Andeutungen sind so entsetzlich wie sonderbar. Vielleicht hab' ich nur einen leisen Begriff von dem Unheil, das meine Verblendung angerichtet. Doch soweit's an mir liegt, will ich alles sagen: es war *meine* Stimme, die du gehört, und es war *mein* Gesicht, das du gesehen hast.«

Im ersten Augenblick war ich im Zweifel, ob sich mir die Erinnerung nicht verwirrt habe. Wie hätt' es denn möglich sein können, daß er sich direkt an meinem Ohr und zugleich hinter der Tür des Verschlages befunden? Daß er neben mir gestanden und dennoch unsichtbar gewesen? Hatten aber die gellende Stimme und das feurige Antlitz, die ich wahrgenommen, in der Tat Carwin gehört, so war's er, der meinen Bruder in dessen Unheil getrieben – dann war er der Urheber all der entsetzlichen Untaten!

Aufs neue wandte ich den Blick ab und rang nach Worten. »Hinweg!« rief ich schließlich. »Heb dich von hinnen, du unheilvoller Mensch! Fort von hier, gewissenloser, unerbittlicher Schurke!«

»Ich will gehorchen«, sprach er mit untröstlicher Stimme. »Allein, wie verworfen ich auch sein mag – bin ich denn gar nicht würdig, das Übel, welches ich angerichtet, wiedergutzumachen? Als ein reuiger Sünder bin ich gekommen. Du bist's, der ich so Arges angetan, und vor die Schranken deines Gerichts will ich treten, meine Verbrechen zu bekennen und zu sühnen. Ich habe dich getäuscht. Mutwillig hab' ich mit deinem Entsetzen gespielt. Deinen guten Ruf hab' ich zerstören gewollt. Nun aber bin ich hier, dich von deinen

Ängsten zu befreien und dich für immer aus deren Bereich zu rücken. Auch will ich nach Kräften deinen Ruf wiederherstellen.

Dies ist das ganze Ausmaß meiner Schuld, dies auch die Frucht meiner Reue. Willst du mir nicht Gehör schenken? So vernimm denn mein Bekenntnis und befinde dann über meine Strafe. Was ich begehre, ist nichts denn in Ruhe angehört zu werden.«

»Wie!« versetzte ich. »Ist's denn nicht *deine* Stimme gewesen, die meinem Bruder geboten hat, seine Hände mit dem Blut der Kinder zu besudeln? Den sanften Engel zu erwürgen, der sein Weib gewesen? Hat er nicht auch mir und Pleyel auf dein Gebot hin den Tod geschworen? Warst's nicht du, der ihn zum Schlächter der gesamten Familie gemacht? Der ihn vom rühmlichsten der Menschen zu einer reißenden Bestie, ja zu noch schlimmerem gewandelt, der ihn aller Vernunft beraubt und für den Rest seiner Tage einem Dasein in Ketten und unter Peitschenhieben überantwortet hat?«

Solches vernommen, starrte Carwin mich an, als wär' er zu Stein geworden. Keines weiteren Wortes mehr hätt' es bedurft, ihn von derlei Ungeheuerlichkeiten freizusprechen. Indes, im Augenblick nahm ich solche entlastenden Anzeichen überhaupt nicht wahr. Er aber schritt ans andere Ende der Kammer und rang nach Fassung. Erst als er dieselbe halbwegs wiedergewonnen, hub er an und sprach:

»Solch ein Schurke bin ich nicht. Ich habe keinen Menschen umgebracht und auch niemanden zu solcher Tat angestiftet. Nichts weiter hab' ich getan, als mich einer Gabe von wunderbarer Wirksamkeit zu bedienen, und dies ohne böse Absicht. Trifft's aber zu, daß mein Tun zu solch unseligem Ende beigetragen, so wird die Strafe für meine Vermessenheit eine fürchterliche sein.« Er verstummte.

Auch ich sagte kein Wort, sondern bot alle meine Mühe

auf, dem, was da folgen sollte, in Ruhe zu lauschen. Dies wahrgenommen, fuhr Carwin in seiner Rede fort:

»Du kennst nicht jene Gabe, welche mir verliehen ist, und ich weiß nicht, mit welchem Namen ich sie bezeichnen soll.*

Sie setzt mich in den Stand, die Stimme jedwedes Menschen aufs täuschendste nachzuahmen, ja dergestalt zu modifizieren, daß sie aus jeder von mir gewünschten Richtung und Entfernung zu kommen scheint.

Ich vermag nicht zu sagen, ob jedermann diese Fähigkeit besitzt. Zwar bin ich in meiner Jugend nur durch Zufall dieser meiner Gabe innegeworden, doch mag es sein, daß sie eine Kunst ist, die jeder Mensch erlernen kann. Wollte GOtt, ich wär' gestorben, ohne jemals dies Geheimnis er-

* *Biloquium* oder *Ventrilocution* (= Bauchrednerei). Die Stimme kann sich aus verschiedener Richtung und Distanz vernehmbar machen. Die Kunst des Bauchredners besteht in der Modifikation seiner Worte nach Maßgabe obgenannter Varianten, ohne den eigenen Standort zu wechseln. Vergl. dazu das Werk des Abbé de la Chapelle, darin über die Stimm-Evolutionen solch eines Künstlers getreulich berichtet ist, sowie etwelche geistvolle wengleich nicht recht zufriedenstellende Spekulationen angestellt sind im Hinblick auf die Mittel, durch welche solcher Effekt zustande kömmt. Genannte Fähigkeit mag eine von der Natur verliehene sein, doch läßt sie sich zweifelsohne durch Übung verbessern wenn nicht gar künstlich erwerben. Möglicherweise beruht sie auf einer ungewöhnlichen Flexibilität oder Dehnbarkeit der Zungenwurzel und des Gaumensegels. Als erwiesen muß angesehen werden, daß allein diese beiden Organe zur Rede befähigen können, da uns die Anatomen von zwei Fällen berichten, in denen Personen ohne Zunge zu sprechen vermocht. In dem einen Falle war die Zunge von Geburt zu einem Knötchen verkümmert, wogegen das Gaumensegel normale Beschaffenheit aufwies. Im anderen war die Zunge durch Krankheit zerstört worden, doch mag ein Stumpf zurückgeblieben sein.

Die Fähigkeit zur Bauchrede ist als solche schwierig zu erklären, ihr Bestehen aber ein unleugbares. Erfahrung lehrt uns, daß der Mensch imstande ist, jedes andern Menschen Stimme ebenso nachzuahmen wie diejenige aller kleineren Tiere. Auch der Klang von Musikinstrumenten, ja sogar das Aneinanderschlagen unbelebter Substanzen ist schon mit täuschender Echtheit imitiert worden. Daß es Tierstimmen-Imitatoren gibt, ist ja allgemein bekannt, und Dr. Burney (»Streifzüge durch das Reich der Musik«) erwähnt jemanden, der es verstand, eine Flöte oder Geige so meisterlich nachzuahmen, daß sogar des Autors Kenner-Ohr getäuscht ward.

kannt zu haben! Nichts hat es ja nach sich gezogen denn Erniedrigung und Elend.

Eine Zeitlang erfüllte der Besitz solch wirksamer, erstaunlicher Begabung mich mit Stolz. Allein, ungefestigt durch Prinzipien und der Armut ausgesetzt, ja angestachelt durch blinde Leidenschaften wie ich war, machte ich solch bedeutsame Gabe der Stillung meiner Bedürfnisse und meiner Eitelkeit dienstbar. Ich brauche nicht erst zu erwähnen, wie eifervoll ich die mir verliehene Fertigkeit pflegte: sie schien ja der unbegrenzten Verbesserung fähig zu sein. Und ebensowenig will ich mich verweilen über den vielfältigen Anlässen, zu denen ich anderer Leute Aberglauben schürte, ihre Habgier überlistete oder sie in Angst und Schrecken versetzte.

Schon in früher Jugend verließ ich Amerika, das Land meiner Geburt. Seither hab' ich mich in den mannigfältigsten Situationen befunden, darin mir meine spezielle Begabung mehr oder minder von Nutzen war. Schließlich aber ward ich von jemandem, der sich als mein Freund bezeichnete, zu Taten verleitet, welche sich zwar entschuldigen, aber keineswegs rechtfertigen lassen.

Die Gemeinheit jenes Menschen zwang mich, Europa den Rücken zu kehren. So kam ich in meine Heimat zurück, doch ohne die Gewähr, daß mein Untertauchen mich von nun an vor des falschen Freundes Hinterlist bewahren werde. Ich hielt mich in der Umgebung eurer Stadt auf, kleidete mich als ein Tölpel und nahm auch dessen Gehaben an.

Am wohlsten fühlte ich mich beim Durchstreifen der Gegend. Dabei bevorzugte ich die Wiesen und Gärten von Mettingen. Hier war die Überfülle der Natur verfeinert worden durch eine verständige Hand, so daß jeder weitere Besuch mir neue, zauberhafte Dinge enthüllte.

Ich war darauf bedacht, für mich allein zu bleiben. Des Umgangs mit den Menschen war ich überdrüssig geworden, und auch die Klugheit gebot mir, mich von ihnen fernzuhalten. Aus diesen Gründen vermied ich es lange Zeit, mich deiner Familie bemerkbar zu machen, und suchte deren Domäne vornehmlich im Dunkel der Nacht auf.

Nicht müde wurde ich, die schöne Lage und bauliche Zier eures *Tempels* zu bewundern. So manche Nacht hab' ich mich unter seinem Dache verweilt, den düstersten Betrachtungen hingegeben. Sah ich auf meinen häufigen Streifzügen, daß jemand sich im Tempel aufhielt, so schlug ich eine andre Richtung ein.

Eines Abends, soeben war ein Regenschauer abgezogen, stieg ich abermals hinauf, denn alles dort oben war still, und so hielt ich den Tempel für verlassen. Oben angelangt, blickte ich flüchtig umher und gewahrte ein offenes Handschreiben auf dem Sockel der Cicero-Büste. Dasselbe zu lesen, verstieß zweifellos gegen den Wohlanstand, indes, ich machte mich solchen Verstoßes schuldig.

Ich hatte den Brief erst zur Hälfte entziffert, als das Herannahen deines Bruders mich aus meiner Lektüre scheuchte. Den Felsabsturz zum Flusse hinunterzuklimmen, war ein Ding der Unmöglichkeit. Ich aber war nicht vorbereitet, einem Fremden gegenüberzutreten! Abgesehen von der Peinlichkeit solchen Rencontres war's für meine Sicherheit unerläßlich, mich von niemandem blicken zu lassen. Wohl tausendmal hatte ich mir gelobt, nie mehr von meiner gefährlichen Gabe Gebrauch zu machen, allein so zwingend waren eingefleischte Gewohnheit und Erfordernis des Augenblicks, daß ich mich aufs neue meiner Fähigkeit bediente, um den sich Nähernden von mir fernzuhalten und ihn unverrichteter Dinge in sein Haus zurückkehren zu lassen. Oft genug hatte ich ja vom Fuße des Felsens her eure Reden mitangehört, so daß mir die Stimme deiner Schwägerin wohlvertraut war.

Einige Wochen nach diesem Vorfall weilte ich zum andernmal an jenem Zufluchtsorte. Ich verhielt mich mäuschenstill, und die vorgerückte Stunde bewirkte, daß ich mich sicher fühlte vor jeglicher Störung. Das aber war ein Irrtum, denn jemand kam den Felsen herauf: es waren Wieland und Pleyel, wie ich an den eifrig disputierenden Stimmen erkannte.

Ich war mir nicht bewußt, durch die zuletzt erfolgte Anwendung meiner Gabe irgendwelche Unzukömmlichkeiten verursacht zu haben. Trotzdem war mein Handeln von Reue gefolgt gewesen, denn ich war ja von dem Pfade abgewichen, den ich mir vorgeschrieben hatte. Diesmal aber ward mir meine Zurückhaltung erleichtert durch eine ungerechtfertigte Neugierde sowie durch das Wissen um eine buschwerkbestandene Senke am Rande des Felsens, wo ich vor aller Entdeckung sicher sein würde. In jener Vertiefung suchte ich Zuflucht.

Die beiden erörterten voll Hitze das Für und Wider einer Übersiedelung nach Europa. Pleyel gab zu verstehen, wie sehr Theresa de Stolbergs langes Schweigen ihn zur Abreise dränge. Dies mitangehört, überkam mich die unwiderstehliche Versuchung, mich in solches Gespräch einzumengen. Vergebens kämpfte ich gegen meine eingefleischten Gewohnheiten an. Vielmehr bemäntelte ich vor mir die Ungehörigkeit meines Verhaltens mit den Vorteilen, die durch mein Handeln bewirkt werden mochten. Pleyels Vorschlag war zwar unklug, doch geltend gemacht mit einleuchtenden Argumenten und vorgetragen mit unermüdlichem Eifer. Dein Bruder mochte dadurch verwirrt und gelangweilt, doch nimmermehr überzeugt werden. Ich hatte den Eindruck, die Beendigung solcher Kontroverse zugunsten des letzteren könnte für alle Beteiligten nur von Nutzen sein. Zu diesem Ende wartete ich eine passende Stelle des Gespräches ab und versicherte dann die beiden der unüberwindlichen Abneigung Catharinens gegen den in Rede stehenden

Plan sowie des Todes der sächsischen Baronin. Diesen letzteren mutmaßte ich bloß, doch schien er Pleyels Darlegungen zufolge mit großer Wahrscheinlichkeit eingetreten zu sein. Daß ich meinen Zweck erreichte, brauch' ich wohl nicht erst zu betonen.

Dergestalt war meine Leidenschaft für alles Geheimnisvolle, ja für eine Art der Täuschung, welche ich für harmlos hielt, aufs neue geweckt worden. Dieser zweite Rückfall in meine irrige Haltung machte mir's noch schwieriger, davon loszukommen. Ich vermag nicht, dir einen Begriff zu vermitteln von der Art jener Befriedigung, welche ich aus derlei Handlungen zog. Indes, ich dachte mir nichts weiter dabei. Stets war mein Blick nur auf das Hier und Jetzt gerichtet, und mein Tun entsprang einzig den Erfordernissen des Augenblicks.

Ich darf hier nichts beschönigen oder bemänteln. Deine Prinzipien haben dich gelehrt, jedwedes wollüstige Temperament zu verabscheuen. Dennoch muß ich, wenngleich nur widerstrebend, zugeben, daß solches Temperament mir zu eigen ist. Du bist befangen in dem Glauben, deine Dienstmagd Judith sei so unschuldig wie sie hübsch ist. Allein, du hast sie dir aus einer Familie geholt, die sich Heuchelei und Ausschweifung zur Methode gemacht hat. Judiths Reize zogen mich sogleich in ihren Bann, und ich sah nur zu bald, wie locker des Mädchens Prinzipien waren.

Du mußt mich nicht für so verderbt halten, daß ich ein Menschenkind verführen könnte. Deine Dienstmagd entbehrt nicht gewisser fraulicher Tugenden, nur hat man Judith gelehrt, der beste Gebrauch ihrer Reize liege in deren Verkäuflichkeit. Von Stund an war's also ein zwiefacher Grund, der mich zur Nachtzeit nach Mettingen führte, und meine Verbindung mit deiner Dienstmagd verschaffte mir jetzt zu jedem gewünschten Zeitpunkt Zutritt zu deinem Hause.

In der zweiten Nacht nach unserem so kurzen, beiderseits unvorhergesehenen Gespräch an der Tür ritt mich der Teufel und verleitete mich zu einem groben Unfug. Den Berichten meiner Gefährtin zufolge mußtest du ja der reine Ausbund an Vortrefflichkeit sein, denn ihr plumpes, jedoch eifriges Geschwätz stellte dich hin als ein anbetungswürdiges Wesen. Sonderlich verbreitete Judith sich über deine Beherztheit, da sie selber dieser Tugend ja durchaus ermangelt. Für Erscheinungen und Gespenster, so sagte sie, hättest du nichts denn Verachtung übrig. Auch träfest du keinerlei Vorkehrungen gegen Diebe und Räuber und lebtest so sicher und ruhig in deiner einsamen Behausung, als befändest du dich mitten unter den Menschen.

Aus dergleichen Reden erwuchs mir der zunächst noch unklare Plan, deinen Mut auf die Probe du stellen. Ein Weib, so sprach ich bei mir, das gefaßt bleibt im Angesicht jeglicher Gefahr, das alle kopflose Panik von sich weist, das Schein und Wirklichkeit reinlich von einander zu scheiden weiß und jederzeit aus ihren besten Quellen schöpft – solches Weib ist ein wahres Wunder! Also ward ich begierig, zu sehen, ob du solch ein Wunder wärest.

Das Mittel dazu lag auf der Hand und war ein recht simples. Ich brauchte ja bloß ein Zwiegespräch zwischen zwei Mordbuben vorzutäuschen, bei dem aber nicht von dir, sondern von einem andren Opfer die Rede zu sein hatte. So kam ich gar nicht erst auf den Gedanken, du könntest die erlauschten Drohungen auf dich beziehen. Wärest du ruhig in deinem Bette geblieben und hättest du weiter zugehört, dann hättest du auch das Zappeln und Flehen des Opfers vernommen, dessen Stimme als diejenige von Judith gleichfalls aus dem Verschlag gedrungen wäre. Solche Szene hätte dein Mitleid wachrufen und mir zeigen sollen, ob du nun kleinmütig in deinem Bette verbleiben oder aber voll Mut den Verschlag betreten würdest, um dem vermeintlichen

Mordopfer beizustehen. Einige Beispiele, die mir Judith in Anbetracht deiner Furchtlosigkeit und raschen Handlungsweise berichtet hatte, ließen mich eher an die zweite Möglichkeit glauben.

Mit Hilfe des Mädchens fand ich eine Leiter und stieg auf derselben bis zum Fenster deines Verschlages. Dies Fenster ist kaum groß genug, den Kopf hindurchzulassen, doch erwies es sich als für mein Vorhaben wie geschaffen.

Deine schleunige Flucht verwirrte und verblüffte mich über die Maßen. In aller Eile räumte ich die Leiter fort und folgte dir nach einiger Zeit, getrieben von meiner Neugierde und auch von der Sorge um deine Sicherheit. So fand ich dich vor der Tür deines Bruders leblos auf den Rasen hingestreckt und ward von tiefstem Bedauern überkommen ob solch unvorhergesehener Folge meines Tuns. Im Moment wußte ich nicht, was zu deiner Rettung zu unternehmen wäre. Natürlich hätt' ich deine Familie aus den Federn holen können, doch war das ein gefahrvoller Schritt, und ich hatte keine Zeit für lange Erwägungen. So gab ich einer Regung nach, die mich urplötzlich überkam: ich setzte den Mund an das Schlüsselloch der Haustür und ließ einen Weckruf erschallen, der sämtliche Schläfer sogleich aus ihren Betten scheuchte. Schon von Natur war ja meine Stimme eine sehr kräftige gewesen, und ich hatte sie durch ausdauernde Übung nur noch weiter verbessert.

Lange und bitterlich hab' ich hinterher diesen Plan bereut, doch ward mir auch etwelcher Trost bei dem Gedanken, daß ja mein Trachten sich auf nichts Böses gerichtet. So erneute ich mein fruchtloses Gelöbnis, nie wieder solch gefahrvolle Spielereien zu wagen, und brachte es eine Zeitlang tatsächlich fertig, solchem Entschlusse in der löblischsten Enthaltsamkeit treu zu bleiben.

Mein Leben ist ein hartes und schwerer Unbill ausgesetztes gewesen. Zur Sommerszeit pflegte mein Bett von weichem Grase zu sein, und zumeist nahm ich mit dem Obdach einer Sommerlaube vorlieb. Auf meinen Streifzügen hab' ich keinen anderen Ort gefunden, der so viel malerische Schönheit und ländliche Erquickung in sich vereint hätte wie Mettingen. Und kein Fleckchen deiner kleinen Liegenschaft gewährt Verschwiegenheit und balsamische Luft in so vollkommenem Grad wie jenes Tusculum am Flußufer. Der Duft des Blätterwerks, die Kühle des Schattens sowie das melodische Rauschen des Wasserfalls waren mir schon früher aufgefallen. Jener Ort wandelte meine Betrübnis zu friedvoller Schwermut, verhalf mir zu gesundem Schlummer und trug zur Vertiefung meiner spärlichen Freuden bei.

Da man dort zumeist vor aller Störung sicher war, wählte ich ihn zum Schauplatz meiner mitternächtlichen Kurzweil mit Judith. Eines Abends nun – die Sonne war schon im Sinken begriffen, und ich hatte mir's in jener Laube bequem gemacht – ward ich aus meiner beschaulichen Ruhe geschreckt durch dein Herannahen. Nur mit Mühe gelang's mir, mich eben noch rechtzeitig und von dir unbemerkt aus dem Staube zu machen.

Zur vereinbarten Stunde kehrte ich zu deiner Behausung zurück und erfuhr daselbst durch Judith von deinem ungewohnten Ausbleiben. Halb und halb argwöhnte ich schon dessen wahre Ursache und dachte voll Unbehagen an die Gefahr, meines Refugiums beraubt zu werden, ob dies auch nur vorübergehend der Fall sein mochte. Auch vertraute Judith mir an, eine weitere Eigenheit von dir sei es, mitten in der Nacht aufzustehen und die Gegend zu durchstreifen, auf daß du die Nachtluft genießen und dich unterm Licht der Sterne deinen Betrachtungen hingeben könntest.

Mir lag daran, solcher Unzukömmlichkeit vorzubeugen, und ich wußte ja, wie leicht es ist, dich ins Bockshorn zu jagen. Als Mittel dazu wählte ich nach Gewohnheit meine Gabe, deren unfehlbarer Wirkung ich nur zu gewiß war.

Was ich voraussah, war aber lediglich, daß du in Hinkunft jenen Ort auf das sorgfältigste meiden würdest.

Unter Beoachtung jeder erdenklichen Vorsicht näherte ich mich der Laube und erkannte sogleich an deinen Atemzügen, daß du eingeschlafen warst. Die unvorhergesehene Deutung, die du meinem ersten Täuschungsmanöver gegeben, legte mir diesmal die Worte in den Mund. Die Art und Weise, in der, wie der Dichter sagt, der Himmel sich ins Mittel legt, um ein Verbrechen zu verhindern*, entsprach ja der meinen und empfahl sich unabweislich für Anlässe, wie dies einer war. Zunächst aber schien's vonnöten, dich aus deinem Schlummer zu erwecken. Zu solchem Ende ließ ich mein eindrucksvollem ›Halt ein! Halt ein!‹ erschallen. Gewiß, keinerlei Notwendigkeit schrieb mir dergleichen vor, doch haftete meiner Absicht auch nichts Grausames oder Böswilliges an. Sie ins Werk zu setzen, wählte ich bloß die falschen Worte, welche freilich im Augenblicke zum Erfolg führten. Doch lag mir nichts ferner, als dich zu schädigen, ja das Übel, welches ich vordem angerichtet, schien mir zum Teil wiedergutgemacht durch meine Zusicherung, du würdest an jedem anderen Ort in Sicherheit sein, nur nicht an diesem.

Dreiundzwanzigstes Kapitel

Meine moralischen Grundsätze werden dir als nichts weniger denn streng erscheinen, und dennoch bleibt mein Handeln hinter deinem Argwohn zurück. Zwar muß ich nunmehr Dinge einbekennen, die weniger entschuldbar sind als die bisher berichteten, doch werden auch sie mir nicht den Namen eines verzweifelten oder niederträchtigen Übeltäters eintragen.

* – »Durchbricht des Dunkels Hülle und ruft Halt ein! Halt ein.« Shakespeare!

Dein Haus stand zufolge deines häufigen und langen Fernseins mir und meiner Neugierde so gut wie offen. Mein Zusammentreffen mit Pleyel war bloß das Vorspiel zu meiner Bekanntschaft mit dir gewesen. Ich hatte viel von der Welt gesehen, doch lag in deinem Wesen etwas, das mir gänzlich neu war. Durch meinen Umgang mit deiner Dienstmagd brachte ich außerdem einiges über deine häuslichen Gepflogenheiten in Erfahrung, und so wurde mir, obschon ich ein Mann bin und noch einer dazu, der's nicht einmal zu deinem Freunde gebracht, dein Wesen so sehr vertraut wie dergleichen sonst nur bei ehelichem Umgang der Fall zu sein pflegt. Ja in einigen Punkten übertraf meine Kenntnis deiner Person sogar solche eheliche Vertrautheit. Deine gesamte Häuslichkeit stand ja meinem Einblick offen, da Judith mir in allen Stücken hörig war.

Es wird dich nicht sonderlich überraschen, daß ich mir dein Fernsein bisweilen zunutze machte und hinaufschlich in deine Kammer, mich in derselben umzutun. Dein rechtliches, lauteres Wesen war abhold allem Argwohn und den daraus erwachsenden Vorkehrungen. So konnte ich jeglichen Gegenstand aufs genaueste prüfen und dir überallhin nachspionieren. Nur der an deine Kammer grenzende Verschlag war stets abgesperrt, doch wollt' es ein glücklicher Zufall, daß ich eines Tages den Schlüssel dazu auf einer Kommode fand. Ich öffnete jene Tür und hatte nunmehr an deinen Büchern neue Nahrung für meine Wißbegier. Eines davon war handgeschrieben und in Zeichen abgefaßt, die im wesentlichen mit jenem Kurzschrift-System übereinstimmten, das mich ein jesuitischer Missionar gelehrt hatte.

Ich kann meine Handlungsweise nicht rechtfertigen, doch bestand mein einziges Vergehen in meiner Wißbegier. Voll Eifer machte ich mich an das Studium jenes Bandes. Die Geistesschärfe, welche er verriet, überstieg bei weitem mein begrenztes Fassungsvermögen. Vor allem war ich natürlich erpicht auf deine Gedanken in Anbetracht meines Gehabens und der rätselhaften Vorfälle, die sich vor kurzem ereignet hatten.

Du weißt ja, was du niedergeschrieben hast – weißt, daß jenes Buch den Schlüssel zu deiner innersten Seele enthält. Wär' ich ein abgründiger, böswilliger Betrüger – welchen Überfluß an Stoff hätt' ich vorgefunden für meine Tücken und Ränke!

Die Übereinstimmung deines Traumes in der Sommerlaube mit meinen *Halt-ein-Rufen* grenzte ans Wunderbare. Jene Stimme, welche dich vor dem Weitergehen gewarnt hatte, war zweifellos die meine gewesen, hatte sich aber, wie das in unseren Phantastereien nun einmal der Fall ist, verbunden mit der Bilderfolge deines Traumes.

Dies zeigte mir in noch stärkerem Lichte denn je, wie gefahrvoll das von mir benutzte Instrument war, und trug zur Erneuerung meines Entschlusses bei, mich in Hinkunft solcher Dinge zu enthalten. Allein, mir war's verhängt, meinen Entschlüssen immer wieder untreu zu werden. Immer wieder brachte ein widriges Geschick mich in eine Lage, darin die Anwendung meiner verhängnisvollen Kräfte den einzigen und besten Ausweg bildete.

In der denkwürdigen Nacht unsrer letzten Unterredung kam ich wie gewohnt nach Mettingen. Dort erfuhr ich von deiner Verabredung mit dem Bruder, von der ich dich erst spät zurückerwartete. Irgend etwas brachte mich darauf, deine Kammer zu besuchen. Bei den Büchern, die ich noch nicht durchgesehen hatte, mochte sich ja noch manches finden, das zum Bilde deines Charakters oder deiner Familiengeschichte beitragen würde. Du selber hattest gesprächsweise die Andeutung fallen lassen, es gebe da eine Niederschrift von deines Vaters Hand über ein bedeutsames Geschehnis in seinem Leben.

So war ich denn begierig, einen Blick in dies Buch zu werfen. Meine gewohnheitsmäßige Vorliebe für alles Heimlichtun ging aber so weit, daß ich auch jenen Band nur insgeheim studieren wollte. Soviel über die Motive, die mich zu meinem Tun veranlaßten. Judith war außer Hause, und so versah ich mich mit einem Licht und stieg und hinauf zu deiner Kammer.

Übung hatte mich gelehrt, deinen Verschlag auch ohne Schlüssel aufzuschließen und wieder zu versperren. So schloß ich mich denn ein und machte mich an die Durchsuchung deiner Regale. Über solchem Geschäfte vernahm ich, daß jemand das untere Zimmer betrat. Nun wußt' ich aber nicht, wer das wohl sein mochte – du selber oder deine Dienstmagd. In solcher Ungewißheit hielt ich es für das klügste, mein Licht zu löschen. Dies kaum getan, betrat der Eindringling auch schon deine Kammer. An den Schritten erkannte ich, daß du es warst.

Nunmehr befand ich mich in einer gefahrvollen Lage, und dementsprechend groß war auch meine Bestürzung. Eine Zeitlang hegte ich die Hoffnung, du würdest die Kammer wieder verlassen – zumindest für so lange, daß ich mich inzwischen unbemerkt aus dem Staub machen könnte. Doch mit dem Hingang der Stunden verließ mich solche Hoffnung. Es lag auf der Hand, daß du dich schon für die Nacht eingerichtet hattest.

Ich wußte nicht, wie bald es dir einfallen würde, den Verschlag zu betreten. So empfand ich schon im voraus alle Schrecken des Entdecktwerdens. Unablässig sann ich darüber nach, wie ich mich in solchem Augenblick wohl zu verhalten hätte. Indes, es wollte mir keine taugliche Ausrede einfallen, mit der ich meine Gegenwart hätte erklären können.

Schließlich kam's mir in den Sinn, dich für kurze Zeit aus der Kammer zu locken durch die Vortäuschung einer von draußen kommenden Stimme, etwa mit der Nachricht von deinem Bruder, du mögest unverzüglich zu seinem Hause kommen. Allein, der Gedanke an den von mir gefaßten Vorsatz und an die möglichen üblen Folgen meines Tuns hielt mich von solchem Plane ab. Überdies war's ja möglich, daß du schon bald zu Bett gingest, so daß es mir bei Beobachtung der nötigen Vorsicht gelingen mochte, unbemerkt das Weite zu suchen.

Mittlerweile lauschte ich mit der größten Besorgnis auf jeden Laut, der von draußen an mein Ohr drang, vernahm aber nichts, das auf dein Zubettgehen hätte schließen lassen. Statt dessen hörte ich dich von Zeit zu Zeit tief aufseufzen und gelegentlich halblaute, trauervolle Ausrufe tun. Daraus schloß ich, daß du dich unglücklich fühltest. Deine wahren Gefühle in Anbetracht von Pleyel waren mir zwar von deinen Aufzeichnungen her bekannt, doch hielt ich dafür, du wärest aus zu festem Holze, als daß ein vorübergehendes Leid dich auf Dauer einem herzzerbrechenden Kummer anheimgeben könnte. Dennoch ward alle Sorge um meine eigene Sicherheit für kurze Zeit verdrängt durch das Mitleid mit deinem Elend.

Allein, meine Angst ward alsbald wieder wachgerufen durch eine Bewegung von dir, die ich mir nicht zu deuten wußte. Noch immer wollt' ich mir einreden, du wärest nun im Begriff, zu Bett zu gehen. Statt dessen aber tratest du auf den Verschlag zu, so daß meine Entdeckung unausweichlich schien! Schon legtest du die Hand auf das Türschloß! Ich aber wußte noch immer nicht, wie ich mich aus der Schlinge drehen sollte, die sich mit dem Öffnen der Tür unweigerlich über mir zusammenziehen würde! Alles in mir lehnte sich auf gegen solches Entdecktwerden. In dieser verzweifelten Lage hielt ich unwillkürlich die Tür fest, entschlossen, sie keinesfalls öffnen zu lassen.

Doch mit einem Mal gabst du nach und tratest zurück.

Dies Verhalten wußt' ich mir nicht zu deuten, doch sollte die Erleichterung, die es mir gewährte, nur von kurzer Dauer sein: alsbald nämlich erneutest du deine Anstrengungen, so daß ich zum andernmal in tiefste Bestürzung geriet! Der Entschluß, welcher sich mir dergestalt aufdrängte, war aber ein überstürzter und unkluger: ich erhob meine Stimme und ließ meinen *Halt-ein*-Ruf erschallen!

Daß du dennoch auf deinem Vorhaben bestandest, erfüllte mich mit Staunen. Abermals hielt ich die Tür fest und widersetzte mich deinen Bemühungen. Da mein Warnruf erfolglos gewesen, wußt' ich ja nicht, was ich sonst noch hätte tun können. Wie groß aber ward erst mein Erstaunen, als ich dich plötzlich rufen hörte.

Jetzt war es klar, daß du um mein Hiersein wußtest! Jeder weitere Widerstand war nutzlos geworden und konnte zu nichts führen. Die Tür ging auf, und ich drückte mich rücklings in die hinterste Ecke des Verschlages. Kaum je zuvor hatt' ich eine tiefere Zerknirschung, eine peinvollere Bestürzung an mir erfahren! Nicht kam's mir in den Sinn, daß die schlichte Wahrheit weniger verletzend sein würde denn jedwede Lüge, die ich in aller Eile ersinnen mochte. Schuldbewußt wie ich war, erkannte ich nur, daß du den abscheulichsten Argwohn hegen würdest. Auch mußte die Wahrheit unzulänglich bleiben, solange sie nicht gefolgt war von der Erklärung des geheimnisvollen Warnrufes. Solche Erklärung war indes allzu bedeutsam und hätte zu schwerwiegende Folgen nach sich gezogen, als daß ich mich so rasch zu ihr hätte entschließen können.

Es war mir klar, daß du meine nunmehr erfolgte Entdekkung sogleich in Zusammenhang bringen würdest mit dem seinerzeit aus dem Verschlag vernommenen Zwiegespräch. Also mußte dein Argwohn sich noch vertiefen, und es würde mir dergestalt unmöglich sein, mich jemals wieder davon reinzuwaschen. Anderseits war aber auch die reine

Wahrheit schimpflich genug und ganz dazu angetan, mich für immer deiner Wertschätzung zu berauben.

In solch verzweifelter Lage befand ich mich also, und überschlug nunmehr krampfhaft alle früheren Vorfälle, aus denen ich etwa hätte Nutzen ziehen können. Nun denn – ein guter Genius mochte erschienen sein, um dich vor dem von mir geplanten Anschlag zu bewahren. ›Warum‹, so sprach ich bei mir, ›– da ich in ihrer Meinung nun einmal sinken soll –, warum nicht solchen Glauben auch noch befestigen? Warum mich nicht für ihren Feind ausgeben und so tun, als hätte der Himmel sich ins Mittel gelegt und meinen üblen Anschlag zunichte gemacht? Fliehen muß ich in jedem Falle: so mag's denn Verwundrung und Furcht sein, was ich hinterlasse! Späterhin wird's noch immer möglich sein, dies Rätsel aufzuklären. Ich werde ihr nichts zuleide tun, sondern bloß von dem geplanten Übel reden, das aber nunmehr abgewendet ist.‹

Auf diese Weise beschönigte ich vor mir selber mein Verhalten. Allein, ich glaube kaum, daß dies eine hinreichende Erklärung sein kann für die darauffolgende Szene. Wie könntest du auch wissen um meine eingefleischten Gewohnheiten und tiefverwurzelten Leidenschaften, welche mich nachgerade zwingen, Angst und Bestürzung um mich zu verbreiten! Daß ein Mensch aus freien Stücken sich der schandbarsten Absichten bezichtige, wird dir kaum als glaublich erscheinen, selbst wenn du dir vor Augen führst, daß mein guter Ruf zufolge meiner eigenen Torheit schon unwiderbringlich dahin war, wiewohl's in meiner Macht gestanden hätte, die Wahrheit zu bekennen und meinen Fehler wieder gutzumachen.

Ich suchte das Weite und überließ dich deiner Ratlosigkeit. Der Sinn war mir verwirrt von jagenden, widersprüchlichen Gedanken. Zerknirschung, Selbstvorwürfe, Hoffnungslosigkeit, Genugtuung in Anbetracht jener Wirkungen, die aus meinem neuen Plan erfließen mochten, Zweifel ob dessen gutem Ausgang – all das ergriff Besitz von meinem Denken und rang darin um die Vorherrschaft.

Allein, ich war zu weit gegangen, als daß mir der Rückzug noch offen gewesen wäre. Ich hatte mich dir dargestellt als Meuchelmörder und Schänder der Mädchenehre, der nur durch die Stimme des Himmels von seiner Schandtat abgehalten worden war. Dergestalt hatte ich aufs neue den Pfad des Irrtums eingeschlagen und war nun an einem Punkte angelangt, der meinen weiteren Abstieg als unwiderruflich erscheinen ließ. ›Ich muß‹, so sprach ich bei mir, ›diese Gefilde für immer verlassen. Was ich getan, hat meinen guten Ruf in den Augen der Wielands zerstört. Bloß um eine rätselhafte Bedrohung zu schaffen, hab' ich mich zum niederträchtigen Schurken gestempelt. Und mag ich auch meinen finsteren Plan durch weitere Täuschungsmanöver vervollkommnen – erschwert wird dadurch meine vermeintliche Schuld nimmermehr!‹

Mein Entschluß war gefaßt, und schon sann ich in aller Eile auf die Mittel, ihn zu verwirklichen, als Pleyel in mein Gesichtsfeld trat. Dies entschied über meine weiteren Schritte. Zwar lag's auf der Hand, daß er dir in Liebe ergeben war, doch gleichzeitig war er auch ein Mann der kühlen Überlegung und des scharfen Urteils. Ihn hinters Licht zu führen, mußte zum größten Triumph meines Lebens werden! Die Täuschung würde freilich nur eine vorübergehende, aber darum um nichts weniger vollkommene sein. Und daß sie alsbald aufgeklärt würde, lag durchaus in meiner Absicht, denn ich schätzte Pleyel zu sehr, als daß ich ihn andauernden Seelenqualen hätt' überliefern mögen.

Es blieb mir nicht viel Zeit zum Nachdenken, denn er hatte es eilig, dein Haus zu erreichen. So ward ich unwillentlich getrieben von einem mechanischen Impuls. Ich folgte Pleyel, bis er die Laube am Flußufer hinter sich gelassen, schlüpfte dann hinein und ließ sogleich zwei Stimmen vernehmen, deren Klang – dessen war ich gewiß – ihm alsbald Einhalt gebieten würde.

Er hielt auch inne, wandte sich herum, horchte, kam lautlos zurück – und belauschte nun ein Zwiegespräch, dessen Zweck es war, des Horchers Glauben in einem Punkte zu erschüttern, der bisher nahezu unerschütterlich gewesen. All meine Kunst bot ich auf, um nicht nur deine Stimme so täuschend wie möglich nachzuahmen, sondern auch das Insgesamt deines Fühlens und deiner Sprache. Durch die Lektüre des Tagebuchs war ich in Kenntnis deiner Lebensumstände, ja deiner geheimsten Gedanken, und so war meine Mühe von um so größerem Erfolg begleitet. Denk' ich zurück an den Tenor solch vermeintlichen Zwiegesprächs, so *muß* ich glauben, daß Pleyel dadurch getäuscht wurde. Denk' ich hingegen an deinen Charakter und an die Schlußfolgerungen, die solcher Dialog wecken sollte, so scheint's mir noch immer unglaublich, daß jene Täuschung gelang.

Nämlich, ich schonte mich nicht im geringsten. Einen Meuchelmörder nannt' ich mich, einen Dieb und Räuber, der sich schuldig gemacht unzähliger Meineide und Missetaten. Daß du so tief gesunken sein solltest, dich mit solchem Unmenschen einzulassen – dies Pleyel glauben zu machen, so dünkte mich, konnte auch die feinstgesponnene Lüge nicht ausreichen. Dazu kannte er dich viel zu gut. Und dennoch gedieh solche Täuschung mir zu einer Beweiskräftigkeit, die auch der argwöhnischesten Prüfung standgehalten hätte!

Hals über Kopf verließ Pleyel seinen Lauscherposten und eilte von dannen in Richtung deines Hauses. Ich ersah daraus, daß seine irrige Meinung nur von kurzer Dauer sein konnte: du warst ja noch nicht zu Bett gegangen, und so mußt' es zwischen euch alsbald zu einer Aussprache kommen. Anfangs erfüllte mich solche Erwägung mit Bedauern, doch sobald die Zeit mir die Augen geöffnet hatte für die möglichen Konsequenzen meines Tuns, empfand ich Befriedigung bei dem Gedanken an solch glimpflichen Ausgang.

Schon binnen kurzem begann die Verblendung, welche mich zu solchem Schritt getrieben, von mir zu weichen. Aufs neue mußt' ich an meine früheren Erwägungen und Taten denken. Wie oft schon hatte ich die Anwendung meiner unheilvollen Gabe bereut! Wie vieles unvorhergesehene Böse war durch sie schon bewirkt worden! Welch reichen Anlaß für die bitterste Zerknirschung hatte sie mir schon eingetragen! All das ging mir nunmehr durch den Sinn. Der finstren Reihe meiner Missetaten hatte sich eine weitere gesellt! Angst und Schrecken hatte ich dir eingejagt; den Glauben an Schatten und das Vertrauen in Träume hatt' ich dir eingegeben; Pleyels gute Meinung hatte ich zerstört und ihn mit schwärzestem Argwohn gegen dich erfüllt; hatte dich ihm hingestellt als ein den gemeinsten Vergnügungen hingegebenes Geschöpf von vollendeter Heuchelei. Und die scheinbare Beweiskraft solchen Täuschungsmanövers würde unerschütterlich sein für jemanden, dessen Urteilskraft schon durch Leidenschaft getrübt, dessen Eifersucht im Hinblick auf meine Person schon geweckt war, und der aus solchen Gründen das aus der Laube Vernommene für unumstößlich halten mußte! Welch unheilvollen Verzweiflungs- oder Racheakt mochte solcher Irrtum nicht nach sich ziehen?

Soweit es mich selber betraf, hatte ich in einem Wahne gehandelt, der schlechterdings unglaublich war. Gegen den eigenen Seelenfrieden, gegen den eigenen Ruf war ich zu Felde gezogen! Verbannt hatte ich mich aus der Gesellschaft reiner, hochmögender Geister. Mit eigner Hand hatt' ich mich aus Gefilden gejätet, die von der Freigebigkeit der Natur ausgestattet waren mit beispielloser Schönheit – hatte mich ausgeschlossen von einem Zufluchtsort, an welchem sämtliche Musen und klassischen Wissenschaften sich ein Stelldichein gegeben!

Hin- und hergerissen sah ich mich zwischen Angst und stürmischer Reue, und die Nacht verging mir über solch innerer Aufgewühltheit. Am Morgen jedoch mußt' ich in der Gazette, die ich an jenem verborgenen Orte vorfand, die Beschreibung meiner Person lesen sowie die Höhe der Belohnung, welche auf meine Ergreifung ausgesetzt war! Aus einem irischen Gefängnis sollt' ich entkommen sein, darin ich, so hieß es, eingekerkert gewesen ob der Verübung beispielloser Untaten!

Es war dies das Werk eines Feindes, der durch Falschheit und Hinterlist meine Verurteilung erwirkt hatte. Tatsächlich war ich ja im Gefängnis gewesen, doch war's mir dank der Anwendung meiner besonderen Fähigkeiten gelungen, dem Los, zu dem man mich unverdientermaßen verdammt hatte, zu entfliehen. Wie sehr hatte ich gehofft, meines Feindes Böswilligkeit wäre nunmehr erloschen! Allein, ich mußte gewahren, daß meine Vorkehrungen weise gewesen waren: nicht einmal das zwischen uns gelegte Weltmeer reichte ja hin, meine Sicherheit zu gewährleisten.

Laß mich hinweggehen über die Art der Empfindungen, die solche Entdeckung in mir auslöste! Auch ist's nicht vonnöten, erst lange zu erklären, welche Gründe mich veranlaßten, eine Unterredung mit dir zu suchen, um dir die Wahrheit zu enthüllen und nach Möglichkeit die Folgen meiner Fehltritte wieder gutzumachen. Unweigerlich mußte ja dies Zeitungsblatt auch in deine Hände geraten und würde dergestalt dein falsches Bild von mir in all seinen Zügen bestärken!

Nach der von mir gesuchten Aussprache wollte ich mir einen Zufluchtsort in der Wildnis suchen, der mich deiner Wißbegier und der Bosheit meines Widersachers entrücken sollte. Ich trug mich mit der Absicht, dortselbst einen wahrheitsgetreuen Bericht meiner Handlungen zu verfassen. Derselbe sollte zu meiner Rechtfertigung dienen in Anbetracht der schmutzigen Verleumdungen, die mein Wesen in ein falsches Licht gerückt hatten, und als eine Lehre für die Menschen, welche ihnen die bösen Auswirkungen sowohl der Leichtgläubigkeit als auch des Betruges vor Augen führen sollte.

Im Hause deiner mütterlichen Freundin hatte ich für dich eine Nachricht hinterlassen, überzeugt, daß dieselbe alsbald in deine Hände gelangen werde. Noch immer hegte ich die leise Hoffnung, du würdest meiner Einladung Folge leisten. Freilich war ich ungewiß, ob du solches Stelldichein nicht für die Dingfestmachung meiner Person nützen würdest, allein ich war entschlossen, derselben aus dem Wege zu gehen, und zweifelte nicht, daß die erforderliche Umsicht sowie auch notfalls die Anwendung meiner Gabe mir dies ermöglichen würden.

Tagsüber verbarg ich mich in der Umgebung von Mettingen. Erst zur festgesetzten Stunde nahte ich mich deiner Behausung und verschaffte mir heimlich Zutritt durch eine Falltür, welche zum Keller führt. Dieselbe war ehedem von innen verriegelt gewesen, doch hatte Judith gleich zu Beginn unsrer Bekanntschaft dies Hindernis beseitigt. Ich stieg zum Erdgeschoß hinauf, traf aber niemanden an. Nichts deutete auf die Gegenwart eines menschlichen Wesens hin.

So schlich ich denn weiter zum Obergeschoß und gewahrte schließlich, daß deine Kammertür offenstand und daß Licht hinter ihr brannte. Nunmehr war's von Bedeutung, zu ermitteln, wer denn solchen Lichtes bedurfte. Eingedenk der Ungelegenheiten, in die mein Entdecktwerden durch den in der Kammer Befindlichen mich bringen würde, rief ich mit zwar unverstellter Stimme, doch so, daß sie vom Hofe heraufzudringen schien: ›Wer ist's, der sich in der Kammer aufhält? Etwa Fräulein Wieland?‹

Keine Antwort erfolgte. Ich lauschte, konnt' aber keinerlei Regung wahrnehmen. So wiederholte ich nach einer Weile meinen Ruf, doch mit ebensowenig Erfolg.

Nunmehr wagte ich mich bis an die Tür und tat einen Blick in die Kammer. Eine brennende Lampe stand auf dem Tisch, doch von einem Menschen war keine Spur zu sehen. So trat ich in aller Vorsicht ein, umgeben von nichts als Einsamkeit und Stille.

Ich wußte nicht, was beginnen. Hätte jemand sich im Hause befunden, so wäre mein Ruf vernommen worden. Dennoch konnt' ich den Verdacht nicht loswerden, daß man mir auflauere – daß ich in eine Falle gelockt werden sollte. Ich hatte mich in aller Behutsamkeit eingeschlichen, und die Stille war auch vor meinem Rufe durch keinen Laut unterbrochen worden. Dieser Umstand trug dazu bei, meine Befürchtungen zu zerstreuen.

Schließlich kam's mir in den Sinn, Judith könnte sich in ihrer Kammer aufhalten, und schlich hinüber, um daselbst Nachschau zu halten. Doch auch von Judith war nichts zu entdecken. Ich blickte in die anderen Gemächer und hatte mich alsbald überzeugt, daß kein Mensch sich im Hause befand. So kehrte ich in deine Kammer zurück, beunruhigt von den widersprüchlichsten Mutmaßungen. Die festgesetzte Stunde war vorüber und ich konnte nicht länger auf eine Unterredung hoffen.

Angesichts solcher Sachlage entschloß ich mich, dir einige Zeilen auf deinem Putztische zu hinterlassen und danach meinen Weg in die Berge anzutreten. Kaum aber hatt' ich die Feder zur Hand genommen, als mir auch schon Zweifel aufstiegen, was ich dir denn mitteilen sollte. So ließ ich es denn sein, erhob mich und durchmaß die Kammer. Dabei fiel mein Blick auf dein Bett und enthüllte mir ein Schauspiel, das meine schlimmsten Befürchtungen in den Schatten stellte!

Während ich noch in schaudervollem Entsetzen verharrte, klangen deine Schritte vom Hofe herauf und brachten mich wieder zu Sinnen. Die Untat konnte erst vor kurzem verübt worden sein, und nur ich allein befand mich am Tatort. Nun waren aber die Ereignisse der letzten Zeit ganz dazu angetan, auch den schlimmsten Verdacht gegen mich zu rechtfertigen! Es war offenkundig, daß du von dem Unheil noch nicht wußtest. Welch entsetzlichen Aufruhr würde seine Entdeckung in deinem Busen entfesseln! Ich sah mich außerstande, meiner Verwirrung zu gebieten und erkannte bloß, daß dies nicht der rechte Zeitpunkt wäre, unsre Unterredung zu dem von mir gewünschten Ende zu bringen.

Bei solchem Stand der Dinge schien es angezeigt, mein Hiersein zu verheimlichen. Ich löschte das Licht und hastete die Treppe hinunter. Du aber, zu meiner sprachlosen Überraschung und unter Hintansetzung aller Furcht, stecktest eine Kerze an und stiegst hinauf zu deiner Kammer!

Ich flüchtete mich in jenen unteren Raum, von dem eine Tür zum Keller führt. Diese Tür verbarg mich vor deinen Blicken, als du vorüberschrittest. Ich aber dachte an den Anblick, der sich dir schon im nächsten Moment dort oben bieten würde! In solch plötzlicher, so wenig vorhergesehner Notlage sah ich mich aufs neue der Mechanik meiner eingefleischten Impulse ausgeliefert. Ich fürchtete ja die Auswirkungen, die solch entsetzliches Schauspiel auf deine ahnungslosen Sinne üben mußte.

Dergestalt zur Tat getrieben, eilte ich zur Tür, schob den Kopf durch deren Öffnung und ließ ein weiteres Mal meinen geheimnisvollen Warnruf erschallen! Im nämlichen Moment jedoch wollt' es ein widriges Geschick, daß du hinter dich blicktest und mich beim Ausstoßen meines Rufes gewahrtest. Ich aber suchte das Weite auf jenem dunklen Weg, durch den ich hierher eingedrungen war, doch nunmehr schamerfüllt ob solch unzeitiger Entdeckung.

Voll Eifer und angestachelt von zahllosen unbeschreiblichen Empfindungen machte ich mich auf den beabsichtigten Weg in die Berge. Ich habe dort einen Bruder, dessen Landgut inmitten einer fruchtbaren Einöde liegt, nicht weit von den Quellen des Lehigh-Flusses. Dort suchte ich Unterschlupf.

Vierundzwanzigstes Kapitel

Viel und eingehend dachte ich nach über die jüngst vergangnen Ereignisse. Nichts jedoch setzte mich so sehr in Erstaunen wie der Umstand, daß du mich in jenem Verschlage erkannt hattest noch eh' ich daraus hervorgetreten war. Du schienst solche Entdeckung in dem Augenblick gemacht zu haben, als du versuchtest, die Verschlagtür zu öffnen: wie hättest du sonst so lange Zeit in aller Ruhe und ohne Furcht in deiner Kammer verweilen gekonnt? Und dennoch: wie hattest du nach jener Entdeckung darauf beharren können, mich aus meinem Versteck zu ziehen unerachtet eines so feierlich und bedeutsam ergangnen Verbotes?

Der Tod deiner Schwägerin hingegen war ein abscheuliches, unheilvolles Ereignis. Dem fürchterlichsten Meuchelmorde war sie erlegen. Wie aber in eurem Falle solch mörderische Absicht hatte bewirkt werden können, blieb mir gänzlich unverständlich.

Nicht, daß ich den Plan aufgegeben hätte, dir den Part auseinanderzusetzen, welchen ich innerhalb eurer Familie gespielt. Nur hinausschieben wollt' ich solche Absicht bis zur Vollendung der Aufgabe, die ich mir gesetzt. Dies getan, kam ich zum andern Mal auf meinen Entschluß zurück. Immer stärker trieben mich meine Motive zu dessen Ausführung. Je öfter ich die Ereignisse von Mettingen überschlug, desto unerträglicher und bedrohlicher ward mein Entsetzen. Im Wachen wie im Schlaf war mir jede Stunde vergällt durch schlimme Vorahnung und beängstigende Vermutungen.

Catharine war durch Gewalt umgekommen. Zwar hatte mein Unstern mich nicht zu ihrem Mörder gemacht, doch ließ sich nicht leugnen, daß ich in meiner Unbedachtheit einen Mechanismus ausgelöst hatte, der, wie ich aus Erfahrung wußte, von unermeßlicher Gewalt war. So konnte jeder neue Tag der Reihe jener Schrecken, deren Ursprung solcher Mechanismus war, ein weiteres Unheil hinzufügen, und so mochte die rechte Enthüllung der Wahrheit unzählige Übel eben noch verhüten.

Getrieben von solcher Voraussetzung, hab' ich meine Schritte hierher gelenkt. Und nun muß ich deines Bruders Obdach verlassen vorfinden! Die Möbel sind verschwunden, die Wände fleckig von Feuchtigkeit. Und mit deinem Hause verhält sich's nicht anders. Ausgeräumt und finster ist deine Kammer, und du selber bietest ein Bild unstillbaren Grames und rapiden Kräfteverfalls.

Was ich gesagt habe, ist die reine Wahrheit. Das volle Ausmaß meiner Vergehen hab' ich geschildert. Du aber erzählst mir eine schreckliche Geschichte – berichtest mir, eine geheimnisvolle Macht habe Wieland veranlaßt, Weib und Kinder umzubringen! Und du bürdest mir die Schuld an solcher Untat auf! Ich aber kann nur wiederholen, daß ich das volle Ausmaß meiner Verfehlungen einbekannt habe. Bis jetzt war mir Catharinens Mörder unbekannt, und eigentlich kenn' ich ihn auch jetzt noch nicht.«

Dies gesagt, ward von unten aus der Küche das Schließen einer Tür vernehmbar. Carwin raffte sich auf und verharrte in lauschender Haltung. »Jemand kommt«, sagte er. »Meine Verfolger dürfen mich hier nicht entdecken! Auch ist mein Bleiben nicht länger vonnöten, da mein Plan ja erfüllt ist.«

Mit atemloser Spannung hatte ich jedes von Carwins Worten in mich gesogen, außerstande, seinen Bericht durch Fragen oder sonstige Bemerkungen zu unterbrechen. Die Fähigkeit, von der er gesprochen, war mir unbekannt gewesen und dünkte mich eine unglaubliche. Auch erlaubte sie keinerlei direkten Beweis.

Er gibt zu, Stimme und Antlitz, welche ich wahrgenommen, seien die seinen gewesen, und er versucht, all jene Phantasmen auf irdische Weise zu erklären. Mir aber genügt's, daß er sich als die treibende Kraft bekannt hat: alles weitere ist erlogen und sein Wesen ist ein teuflisches. Ganz wie mich, hat er auch meinen Bruder getäuscht, und so hab' ich nunmehr den Urheber all unsres Unglücks vor Augen!

Dies etwa waren meine Gedanken, sobald sein Schweigen mir Zeit dazu ließ. Wäre die Stille nicht durch jenes Geräusch unterbrochen worden, so hätt' ich ihn unverzüglich aus dem Hause gewiesen. Jetzt aber fürchtete ich nicht mehr für meine Person: meine natürliche Sanftmut war nunmehr gewandelt zu Haß und Erbitterung. Irgend jemand außer uns beiden befand sich im Hause, und so mochte durch ihn dieser Feind Gottes und der Menschen seiner verdienten Bestrafung zugeführt werden! Ich kam erst gar nicht auf den Gedanken, daß die übernatürliche Macht, deren Carwin sich bisher bedient hatte, ihm helfen könnte, sich der gelegten Schlinge zu entziehen. Mittlerweile aber konnt' ich ihn nur mit Blicken des Abscheus und der Drohung bedenken, ohne daß ich ein Wort hervorgebracht hätte.

Er aber wollte nicht gehen, sondern schien im Zweifel zu sein, was seine Sicherheit mehr in Gefahr brächte: das Verlassen des Hauses oder das Verbleiben in meiner Kammer. Und seine Verwirrung nahm zu, als barfüßige Schritte die Treppe herauf sich näherten. Bald blickte er besorgt auf die Tür des Verschlages, bald auf das Kammerfenster, und auch die Tür auf den Korridor ließ er nicht aus den Augen. Eine unerklärliche Verstrickung schien ihn hier zurückzuhalten, und er verharrte wie angewurzelt an seinem Platz.

Soweit es mich selber betraf, war mir die Seele zum Bersten voll von Abscheu und Rachsucht. Kein Platz war darin für Vermutungen oder Ängste in Anbetracht des sich nähernden Dritten dort draußen. Kein Zweifel, er konnte ja nur menschlicher Abkunft sein und würde mir beistehen, diesen Übeltäter dingfest zu machen!

Alsbald betrat der Fremde die Kammer, und sowohl Carwin als auch ich sahen ihm erwartungsvoll entgegen. Es bedurfte indes keines weiteren Blickes, um uns zu zeigen, wer da vor uns stand! Wirr hing ihm das Haar über Gesicht und Ohren, das Hemd war von grobem Zeug und stand offen, so daß es auch noch die entblößte Brust wies. Der Überrock, einstmals von feinstem, glänzendem Tuche, war nunmehr zerlumpt und fleckig von Staub. Die Füße, die Beine und Arme waren unbedeckt, und das Gesicht verriet eine wahnhafte, doch ruhige Feierlichkeit, wogegen die Augen unstet und suchend umherblickten.

Festen Schrittes trat der Ankömmling ein und blickte rundum, als suchte er jemanden. Sobald er meiner ansichtig geworden, hielt er inne. Er sah zu Boden, faltete die Hände und schien in tiefes Nachsinnen versunken. Dies also war aus Wieland geworden – so sah er nun aus im Zustand seines geistigen Verfalls!

Auch Carwin hatte Wieland auf den ersten Blick erkannt, und der Gedanke an die eigene Sicherheit schien ganz offenkundig verdrängt zu sein von der Bestürzung angesichts solchen Bildes. Nun war er aber so postiert, daß er Wielands schweifendem Blick nicht entgehen konnte, und trotzdem schien mein Bruder ihn gar nicht wahrzunehmen.

Kummer ob solcher Schaustellung des Verfalls und der Zerstörung war zunächst alles, was ich empfand. Das ganze vollzog sich in beängstigender Stille. Schließlich hob Wieland die ineinander verkrampften Hände vor die Brust und rief: »Vater im Himmel! Ich danke Dir! Dies ist Deine Fügung! Du bist's, der mich hierhergeleitet hat, auf daß ich tue nach Deinem Willen! Mach, daß ich auf die rechte Weise handle, und laß mich noch einmal Deine Botschaft hören!«

Minutenlang verharrte er in lauschender Haltung. Dann aber, aus seiner Entrücktheit erwachend, fuhr er fort: »Nein, es bedarf dessen nicht. Oh elende Memme! Auf ewiglich stellst du deines Schöpfers Gebot in Frage! Wie schwächlich bist du doch von Entschluß, wie wankelmütig in deinem Glauben!«

Er schritt auf mich zu und sprach nach einigem Schweigen: »Bedauernswertes Mädchen! Ein widriges Geschick hat dir seinen Stempel aufgedrückt: dein Leben ist bestimmt, geopfert zu werden. Bereite dich zu deinem Tod. Mach mir mein Amt nicht schwer durch fruchtlosen Widerstand. Dein Flehen mag zwar die Steine erweichen, doch *mein* Herz vermag nur Der zu rühren, so mir dies Werk aufgetragen hat.«

Diese Worte erklärten Wielands Absicht zur Genüge, und ich gedachte all dessen, was mein Oheim über die Art solchen Wahnes geäußert hatte. Ich, die den Tod herbeigesehnt, war nun starr vor Entsetzen in seinem Angesicht. Sterben zu müssen von der Hand des leiblichen Bruders – an solches Ende vermocht' ich nur mit namenlosem Abscheu zu denken!

Selber schon fast an der Grenze des Wahnsinns, blickte ich ratlos auf Carwin. Derselbe schien vor Erstaunen keines Wortes und keiner Bewegung mehr fähig. Mein Leben war in höchster Gefahr, und mein Bruder drauf und dran, seine Hände mit meinem Blute zu beflecken! Ich aber war fest überzeugt, dies alles sei von Carwin angestiftet worden. Nur dann konnt' ich solch entsetzlichem Los entrinnen – nur dann diesen grausigen Wahn zerstreuen und meinen

Bruder vor der Verübung einer weiteren Schreckenstat bewahren, wenn's mir gelang, ihn auf den satanischen Verführer hinzuweisen! Jedes weitere Zögern war gleichbedeutend mit dem sicheren Untergang! Solcher Gedanke gab meinen Gliedern neue Kraft, verlieh meinen Worten frischen Nachdruck. Ich sprang auf und rief:

»Oh Bruderherz! Verschon' mit meinem Leben auch dich selbst. *Dort* steht dein Widersacher! Verräterisch hat er Aussehn und Stimme eines Engels vorgetäuscht, um dich wie mich zu vernichten! Eben vorhin hat er's einbekannt! Fähig ist er, seine Stimme von überall her erschallen zu lassen. Mit der Hölle steht er im Bunde, wiewohl er's nicht zugeben mag! Doch daß er die treibende Kraft war, hat er gestanden!«

Langsam wandte mein Bruder den Blick und heftete ihn auf Carwin. Derselbe zitterte am ganzen Leibe. Sein Antlitz war von geisterhafter Blässe. Er wagte nicht, Wielands Augen zu begegnen, sondern sah vielmehr irren und gehetzten Blickes in der Kammer umher.

»Sag an«, sprach da mein Bruder mit völlig veränderter Stimme. »Wer bist du? Die Anklage hast du vernommen – gib nun Antwort! Das Gesicht – die Stimme – am Fuß dieser Treppe, um die elfte Stunde – wessen waren sie? Bist's also wirklich *du* gewesen?«

Zu zweien Malen setzte Carwin zur Rede an, doch die Worte erstarben ihm auf den Lippen. So fuhr mein Bruder in noch vehementerem Tone fort:

»Du zauderst? Dies ist kein gutes Zeichen! ›Ja‹ oder ›nein‹ sei deine Rede – nur eines einzigen Wortes bedarf es. Doch hüte dich vor aller Falschheit! War's ein Anschlag der Hölle, dem meine Lieben zum Opfer gefallen? Warst du die treibende Kraft?«

Ich sah, daß aller auf mich gerichteter Ingrimm nunmehr im Begriff stand, sich gegen Carwin zu wenden. Was er mir eröffnet hatte, war, im Verein mit seiner schlotternden Furcht, ein erdrückender Beweis für seine Schuld. Was aber mochte geschehen, sobald mein unseliger Bruder aus seinem Wahn erwachte? Sobald er entdecken mußte, daß sein Tun nicht bewirkt worden war von einer himmlischen Macht, sondern von einem verräterischen Menschen? Mußte seine Wut dann nicht anschwellen zur alles hinwegfegenden Gewalt? Würd' er den todgeweihten Schurken nicht buchstäblich in Stücke reißen?

Unwillkürlich schrak ich vor solchem Gedanken zurück, doch trat sogleich ein anderer an dessen Stelle: wie, wenn Carwin trotz allem schuldlos wäre – wenn seine Antworten ihm als ein Schuldbekenntnis ausgelegt würden durch das Ungestüm solchen Richters? Wieland wußte ja nicht, daß auch ich von rätselhaften Stimmen und Gesichtern heimgesucht worden war, und Carwin mochte nicht um diejenigen wissen, die meinen Bruder mißleitet hatten! So mocht' es geschehen, daß seine Antworten ihn unversehens ins Verderben stürzten!

Solche Folgen konnte meine panische Überstürztheit nach sich ziehen, und so war's vonnöten, denselben nach Kräften vorzubeugen! Schon setzte ich zur Rede an – doch da fuhr Wieland herum und gebot mir in wütendem, furchterregendem Ton, zu schweigen. So erstarb mir das Wort auf den Lippen, und die Zunge versagte mir den Dienst.

»Wer bist du?« wiederholte Wieland, zum andern Male sich an Carwin wendend. »Gib Antwort! Wessen war jene Gestalt – jene Stimme? Hast *du* sie hervorgebracht? Sprich und gib Antwort!«

Dieselbe ward nunmehr gegeben, doch erfolgte sie in höchster Verwirrung und in kaum verständlichen Worten. »Ich habe nicht – ich war ja nicht auf Übles aus – wenn ich's recht verstehe – Eure Worte nicht mißdeute – freilich, es ist nur zu wahr – ich selber bin's gewesen – unten im Vorhaus – ich war's, der jene Worte – all das war mein Werk, allein –«

Solches kaum vernommen, nahm mein Bruder ein gänzlich verändertes Aussehen an: er senkte den Blick und verharrte regungslos. Sein Atem ward zu einem Keuchen wie's etwa ein Mensch hervorstößt, der mit dem Tode ringt. Carwin aber schien keines weiteren Wortes mehr fähig. Wie leicht hätt' er nunmehr entkommen können! Allein, sein gesamtes Denken war so sehr gefesselt von dem Schrecken und dem Unverständlichen solcher Szene, daß er der eigenen Gefahr nicht länger achtete.

Mit einem Male jedoch ward Wieland, der eine Zeitlang wie angewurzelt dagestanden hatte, von einer zitternden Unrast überkommen. Er hub an und sprach, zu Carwin gewandt, mit einer Stimme, die auch das mutigste Herz in Angst und Schrecken versetzt hätte:

»Weshalb bist du noch hier? Wer hält dich zurück? Geh und sündige hinfort nicht mehr! Ich werde dir gegenübertreten, doch kann dies erst sein vor deines Schöpfers Richterstuhl. Dort werd' ich Zeugnis ablegen wider dich!«

Gewahrend, daß Carwin noch immer nicht gehorchen wollte, fuhr mein Bruder fort: »Willst du, daß ich dem Verzeichnis meiner Taten eine weitere hinzufüge durch deinen Tod? Dein Leben hat keinerlei Wert. So führ mich nicht länger in Versuchung! Auch ich bin nur ein Mensch, und deine Gegenwart könnte mich so sehr erzürnen, daß ich alle Selbstbeherrschung verlöre. So heb dich denn von hinnen!«

Jetzt erst, noch immer zaudernd und vergebens nach Worten ringend, totenbleich und mit zitternden Knien, machte Carwin sich endlich daran, solchem Gebote zu folgen.

Fünfundzwanzigstes Kapitel

Nur noch wenige Worte, und ich lege die Feder für immer aus der Hand. Allein, weshalb nicht im Augenblick ihrer entsagen? Alles bisher Berichtete war ja nur die Vorstufe zu der nun folgenden Szene, und die Finger, so kalt und zitternd wie mein Herz, verweigern mir nun den Dienst. Doch es darf nicht sein! Meine letzte Kraft will ich dran wenden, die mir gesetzte Aufgabe zu Ende zu führen. Dies getan, will ich mein Haupt im Schoß des Todes zur ewigen Ruhe betten, und die Stille des Grabes wird sich breiten über mein Seufzen und Klagen.

Alle Empfindung ist mir im Busen erstorben. Noch die Freundschaft ist getilgt aus meinem Innern. Nur eure Liebe zur mir hat mich zu dieser Niederschrift übermocht, doch hätt' ich euren Bitten nimmer zugestimmt, wär' mir das Schwelgen in altem Weh nicht ein echtes Bedürfnis gewesen. Was mir an Kraft verblieben ist, hab' ich weislich eingeteilt, und leg' ich erst die Feder aus der Hand, wird auch mein Lebenslicht auf immerdar erlöschen. Mein Dasein – es wird enden mit diesem Bericht!

Nun erst, da ich mit Wieland allein war, überkam mich das volle Wissen um die Gefährlichkeit meiner Lage. Daß solcher Paroxysmus nur in Raserei und blindwütigem Blutrausch enden konnte, war vorauszusehen. Was ich zu allererst befürchtet hatte, war freilich entkräftet worden durch alle weiteren Ereignisse: Carwin hatte seine Verfehlungen einbekannt und war dennoch mit heiler Haut davongekommen. Die Rache, zu der's micht gedrängt hatte, war von Wieland nicht geübt worden. Und doch war das Übel, welches *ich* zu erdulden gehabt, ein Nichts im Vergleich zu den Leiden, die man meinem Bruder zugefügt hatte. Ich aber dürstete nach Carwins Blut und ward gemartert von einer unstillbaren Begier nach seiner Vernichtung, wogegen mein

Bruder ganz ruhig geblieben war und den Bösewicht ungeschoren hatte ziehen lassen. Ach, Wieland – zu übermenschlicher Höhe hast du dich aufgeschwungen, dieweil ich tiefer gesunken bin denn die Bestien!

Hatte ich Wielands Verhalten richtig beurteilt? War er von der irrigen Ansicht, die ihn mißleitet hatte, wirklich so rasch geheilt worden? Waren so lebhafte Einbildung und so beharrlicher Glaube dermaßen leicht umzustimmen? Mußt' ich nicht vielmehr zweifeln an der Richtigkeit meiner Wahrnehmungen? Derlei Erwägungen füllten mein Denken aus, bis Wielands Gehaben aufs neue mein Augenmerk auf sich zog.

Ich sah ihn die Lippen bewegen und den Blick zum Himmel richten. So verharrte er lauschend und blickte dann hinter sich wie in Erwartung einer Erscheinung. Zu dreien Malen wiederholte er diese Bewegung sowie sein unhörbares Gebet, und mehr und mehr schienen dabei Verwirrung und Zweifel ihm das Denken zu umnebeln. Was mochten derlei Anzeichen zu bedeuten haben? Carwins Worte hatten Wielands Glauben erschüttert, und nun mühte sich mein Bruder, um den Überbringer jener vermeintlichen Himmelsbotschaften herbeizurufen, auf daß dieser ihm die neuerwachten Zweifel aufkläre. Doch der Ruf war vergebens gewesen, denn weiterhin blickte der Rufer ins Leere, und kein Laut drang an sein Ohr.

Er trat an das Bett, starrte voll Inbrunst das Kissen an, auf dem das Haupt der entseelten Catharine geruht, und kehrte dann zu mir zurück. Ich aber brachte nicht die Kraft auf, ihm in die Augen zu blicken: ich wußte ja nicht, was er vorhatte und ob seine Absichten sich gegen mein Leben richteten!

Ach! Erst sobald wir der Gefahr unterworfen, der Versuchung ausgesetzt sind, zeigt sich unser eigentliches Wesen! Auf solche Probe war ich nunmehr gestellt und mußt' mich kleinmütig finden und von aller Besonnenheit verlassen! Zwar kann der Mensch aus freien Stücken den Lebensfaden durchtrennen, und solcher Handlung hatt' ich mich denn auch für fähig gehalten. Jetzt aber, da ich Aug in Aug stand mit dem Tod und das Opfermesser schon auf mein Herz gerichtet war, erschauderte ich bis ins Mark und sann auf Mittel und Wege, solchem Los zu entrinnen, wie ungeheuerlich der Ausweg auch sein mochte!

Ertrag' ich's, daran zu denken – liegt's in meinen Kräften, zu berichten, von all den Gewaltsamkeiten, die ich in meinem Herzen erwog? Worauf konnt' meine Sicherheit sich gründen? Jeglicher Widerstand war zwecklos. Nicht einmal die Kraft der Verzweiflung hätte wetteifern gekonnt mit der Stärke, die jener schreckliche Anstifter meinem Bruder verliehen hatte! Zwar befähigt uns panisches Entsetzen zu den unglaublichsten Dingen, doch war meine Gemütsverfassung im Augenblick eine ganz andere. Wie also hätt' ich auf Errettung hoffen können?

Allzu schwer dünkt mich dies alles: neben mir selber steh' ich gewissermaßen und schätze meine Verdienste ab. Ein Teil ist ein unauslöschlicher, unerbittlicher Haß. Der eignen Verteidigung lausch' ich – und finde sie nichtig und hohl. Ja wohl, ich gestehe, daß meine Schuld alles Menschenmaß übersteigt. Ich bekenne, daß alle Flüche dieser Welt und auch das Zürnen der Gottheit mein Verschulden nimmer aufwiegen können. Wenn es etwas gibt auf dieser Erde, das immerwährenden Abscheu verdient, dann bin's *ich*!

Was bleibt mir noch zu sagen? Ich hielt mein Leben für bedroht und war, um der Vermeidung solchen Loses willen, bereit, meinem Widersacher den Todesstoß zu versetzen! Beim Betreten meines Hauses hatte ich Vorkehrungen gegen Carwins Machenschaften getroffen und trug nun in einer Falte meines Kleides ein offenes Federmesser bei mir! Nach diesem griff ich nun und zog es hervor, doch hielt ich's noch vor Wieland verborgen. Heute aber weiß ich, daß in meinem damaligen Gemütszustand die Mordtat unausweichlich erfolgt wäre, hätte mein Bruder die Hand gegen mich erhoben. Unweigerlich wär' meine Verteidigungswaffe ihm ins Herz gefahren!

Oh unerträgliche Erinnerung! Laß mich zumindest auf eine Zeit in Frieden! Verbirg vor mir, wie schwarz mein Herz – ja daß es fähig war, im Ernste die Erdolchung meines Bruders zu erwägen! Eines Bruders, der so groß war in seinem Unglück und so erhaben in seiner Tugend!

Mag sein, daß er unkundig war meiner Absicht – allein, er wich sogleich vor mir zurück. Dies aber reichte hin, mich wieder zu Sinnen zu bringen. Aller Aberwitz, alle Schändlichkeit der von mir geplanten Tat brach nun über mich herein und benahm mir für Sekunden den Atem. Doch alsbald hatt' ich mich wieder gefaßt und schleuderte das Messer mit der größten Heftigkeit von mir. Da lag es nun auf dem Boden!

Solcher Laut weckte meinen Bruder aus der Versonnenheit. Er blickte bald auf mich, bald auf die Waffe. Dann tat er einen gemessenen Schritt, beugte sich feierlich und hob sie auf. Er hielt die Klinge vor sich hin, drehte sie nach allen Seiten und prüfte sie genau. Dabei bewahrte er ein unverbrüchliches Schweigen.

Dann blickte er abermals auf mich. Doch die Vehemenz und Erhobenheit, die er noch bis vor kurzem zur Schau getragen, waren aus seinen Zügen gewichen. Erschlafft war nun sein Antlitz, schwere Falten furchten die Stirn, die Augen waren trüb von aufgestiegnen Tränen – kurz, Wieland bot ein Bild der unbeschreiblichen Zerknirschung.

Solches Aussehen rief in mir die nämlichen Empfindungen hervor, und alsbald brach ich in eine Flut von Tränen aus. Doch schon im nächsten Augenblick ward mein Mitleid erstickt von einer Angst, die sich freilich nicht länger auf *meine* Sicherheit, sondern auf diejenige des Bruders richtete. Schweigend starrte ich auf ihn. Er aber hub an und sprach:

»Schwesterherz«, sagte er voll sanfter Betrübnis. »Ich hab' eine armselige Rolle gespielt auf dieser Welt. Was ist nun deine Meinung? Wird's in der anderen nicht besser bestellt sein um mich?«

Ich war zu keiner Antwort fähig, doch erfüllte die staunenswerte Sanftheit seiner Rede mich mit neuem Mut. So blieb ich dabei, den Bruder wehmutsvoll anzublicken.

»Ich glaube«, fuhr er fort, »ich werd' es versuchen. Mein Weib und meine Kleinen sind mir vorangegangen. O ihr armen, doch glücklichen Wesen! Ich hab' euch zur Ruh verholfen und muß mich nun auch selber nicht länger hier verweilen.«

Die Bedeutung dieser Worte war allzu offenkundig. Ich sah das aufgeklappte Messer in seiner Hand und erschauderte, wußte aber nicht, wie ich die von mir befürchtete Wahnsinnstat abwenden sollte. Er jedoch ward meine Ängste sogleich gewahr und deutete sie richtig: mir das Messer entgegenhaltend, redete er mich in noch sanfterem Tone an: »Nimm es hin«, sagte er. »Fürchte nicht länger für dich und auch nicht für mich! Der Kelch ist an mir vorübergegangen, und die flüchtige Berauschung ist nun gefolgt von der nüchternen Wahrheit.

Oh du Engel, dem ich so gern gehuldiget! Fürchtest du, Schwester, denn um dein Leben? Vordem war's freilich das Ziel meiner Mühen, es zu vernichten, doch hatte der *Himmel* mir solche Tat auferlegt. Dies zumindest ist mein Glauben gewesen. Oder hältst du's für möglich, ich hätte aus bösem Willen dir nach dem Leben getrachtet? O nein! In diesem Punkt ist mein Gewissen sonder Fehl. Ich wähnte ja mein Tun von GOtt gelenkt!

Nicht hab' ich Ursach, dir oder mir Leides zu tun. Ich

hab' lediglich meine Pflicht getan. Und ganz gewiß ist es verdienstlich, solcher Pflicht alles geopfert zu haben, was dem Menschenherzen teuer ist. Hat mich ein Teufel hinters Licht geführt, so ist er mir doch im Gewand eines Engels erschienen. Und habe ich gefehlt, so ist's nicht mein *Urteil* gewesen, das mich getäuscht, sondern die Wahrnehmung meiner *Sinne*. In Deinen Augen, Du Herr der Heerscharen, steh' ich noch immer fleckenlos da. So harr' ich denn weiterhin des Lohnes deiner Gerechtigkeit!«

Täuschten meine Ohren mich nicht? Wenn ich recht verstanden hatte, so war mein Bruder genesen und sah nun alles im richtigen Lichte! Also wußte er nunmehr, daß man ihn verleitet hatte, Weib und Kinder hinzumorden – daß er einem Blendwerk der Hölle zum Opfer gefallen war! Und doch fand er Trost in der Rechtlichkeit seiner Motive! Wohl empfand er Trauer ob seines Tuns – sie stand ihm deutlich genug ins Gesicht geschrieben. Seine Seele aber war so gelassen und hochgemut wie ehedem.

Vielleicht aber war dies alles bloß der Übergang seines früheren Wahnes zu anderer Form? Vielleicht war Wieland noch gar nicht zum vollen Bewußtsein der von ihm verübten Schreckenstaten erwacht? Oh über mich verblendetes, elendes Geschöpf! Von mir selbst das Maß zu nehmen für mein Urteil über solch mannhaften Bruder! Meine Vernunft sagte mir, daß seine Schlußfolgerungen richtig waren, doch mein Wissen um die Unzulänglichkeit solcher Vernunft, sobald's das eigene Handeln gilt, sowie um meine schmachvolle Überstürztheit und sträfliche Verzweiflung nahm mir allen Glauben an die Weisheit und Seelenstärke anderer Menschen.

So groß war meine Schwäche, daß ich noch inmitten solcher Überlegungen voll Abscheu an Carwin dachte und mit ersterbender Stimme rief: »Oh Carwin! Carwin! Was alles hast du zu verantworten!«

Mein Bruder hatte solch unwillentlichen Ausruf vernommen: »Clara!« sprach er, »vergiß dich nicht! Denk daran, wie beredt du stets für Recht und Billigkeit eingetreten bist! Laß deinen Reden die Tat folgen und sei gerecht gegen jenen Unglücklichen. Das Werkzeug hat seinen Zweck erfüllt, und ich bin's zufrieden. Ich danke Dir, mein HErr und GOtt, für diese letzte Erleuchtung! Mein Feind ist auch der Deine! Für einen Menschen hab' ich ihn gehalten – für jenen Mann, mit dem ich oftmals gesprochen. Nunmehr aber hat Deine Güte mir seine wahre Natur enthüllt. Doch als der Vollstrecker Deines Gebots ist er mit lieb und wert!«

Jetzt erst schwante mit Böses: Wielands kummervolle Miene war nach und nach einem heiteren Ausdruck gewichen. Mit einem Male schien mein Bruder neu beseelt zu sein, der Körper straffte sich, und die Augen erstrahlten in unnatürlichem Glanze. Diese Anzeichen verschwanden auch nicht, als er fortfuhr:

»Clara, ich darf dich nicht länger im Zweifel lassen. Ich weiß nicht, was dich veranlaßt hat zu deiner Unterredung mit jenem Geschöpf, das du Carwin nennst. Ich bin nicht frei von Schuld an deinem Irrtum, denn ich entnahm ja dem verworrenen Bekenntnis jenes Wesens, daß ich der Bosheit eines Menschen erlegen sei. Auf mein Gebot hin hat er uns verlassen, und ich hab' ein Gebet zum Himmel gesandt, auf daß aller Zweifel von mir genommen werde. Deine Augen aber waren blind und deine Ohren taub gegen jene Erscheinung, die meinem Gebete gefolgt ist.

In der Tat, man hat mich getäuscht. Die Gestalt, welche du erblickt hast, war eines Dämons Inkarnation. Sein auch war die Stimme, die mich gedrängt, meine Familie aufzuopfern. Jetzt zeigt er sich in menschlicher Gestalt, doch ehedem war er vom Strahlenglanze des Himmels umgeben.

Clara«, fuhr Wieland fort, indem er auf mich zutrat, »dein Tod ist beschlossen. Jener Bote ist von Übel, doch der

Auftrag, den er überbracht hat, kommt von Gott. So unterwirf dich denn mit all deiner gewohnten Ergebung einem Gebot, das da nimmer rückgängig gemacht, dem man sich nicht entgegenstellen kann! Blick auf die Uhr! Drei Minuten sind dir noch gegönnt, auf daß du all deine Kraft zusammennimmst und dich vorbereitest auf deinen Untergang.«

Dies gesagt, schwieg mein Bruder still.

Auch jetzt, da solche Szene bloß noch der Erinnrung angehört – da mein Leben mit all seinem Drum und Dran der Stumpfheit anheimgefallen ist –, auch jetzt noch jagt mir der Puls und sträuben sich mir die Haare bei solchem Gedenken. Wie damals furcht sich mir die Stirn, wie damals starr' ich verstört um mich. Zwar empfand ich einen unüberwindlichen Widerwillen gegen den Tod, doch wie nahe mir derselbe auch bevorstehen und wie schmerzvoll er immer sein mochte – nicht um seinethalben empfand ich solche Angst.

Vielmehr war's mein Bruder, um dessentwillen ich mich in Seelenpein verzehrte. Ich selber mochte sterben, doch kein unverzeihliches Verbrechen würd' ich mit mir nehmen vor Gottes Richterstuhl. Mein Mörder aber würde weiterleben müssen mit seiner Tat – und dieser Mörder hieß Wieland!

Ich hatte keine Flügel, mich seinem Zugriff zu entziehen. Nicht war's mir möglich, mit des Gedankens Schnelle zu enteilen. Die Tür stand zwar offen, doch mein Mörder war zwischen mich und sie getreten! Verteidigen konnt' ich mich nicht mehr, denn die kochende Wut, welche mir noch eben das Blut erhitzt hatte, war von mir gewichen. So war meine Lage verzweifelt, und Rettung schien nicht mehr möglich.

Nicht länger vermocht' ich die Last der auf mich einstürmenden Gedanken zu tragen. Die Augen versagten mir den Dienst, ein Krampf befiel meine Glieder, und was ich sprach, waren nur mehr undeutlich geformte Worte:

»Verschon mich, Bruderherz! Blick hernieder, Allgerechter Richter, und entreiß' mich solch grausamem Schicksal! Nimm den Wahn von meinem Bruder oder lenk seine Wut auf andere Dinge!«

Dermaßen qualvoll waren meine Gedanken, daß ich die Schritte gar nicht wahrnahm, welche sich der Kammer nahten. Flehend hielt ich die Augen zum Himmel gerichtet, doch als ich mein Stoßgebet verhaucht hatte, warf ich einen gehetzten Blick auf die Tür. Dort zeigte sich eine Gestalt! Ich erschauderte, als wär' der Gott, den ich soeben angerufen, leibhaftig in Erscheinung getreten: doch es war nur Carwin, der, zurückgekommen, nun aufrecht und festen Blickes vor mir stand.

Sein Anblick weckte neue, jagende Gedanken in mir: was er mir erst vor kurzem erzählt hatte, ging mir durch den Sinn, und auch seine ans Magische grenzende Kunst, die Stimme nach Belieben zu verändern und von überallher erschallen zu lassen, fiel mir wieder ein. Ob er nun von höllischer oder bloß menschlicher Abkunft war, vermocht' ich im Augenblick nicht zu entscheiden. Doch ob er nun diesen Zauberbann bewirkt haben mochte oder nicht – jedenfalls war er fähig, ihn zu lösen und dem Wahn meines Bruders Einhalt zu gebieten. Seinen eigenen Worten zufolge war Carwin ja keineswegs von bösen Absichten beseelt, und nunmehr bot sich die Gelegenheit, die Wahrheit solcher Rede zu erproben. Mochte er sich doch ins Mittel legen, als wär's eine Stimme von oben! Mochte er doch jenes aberwitzige Gebot widerrufen, von dem Wieland in seinem Wahne glaubte, es sei vom Himmel ergangen – mochte er ein für allemal diesem blindwütigen Blutdurst ein Ende setzen!

Im Augenblick hatte ich solchen Ausweg entdeckt. Alles was dafür sprach, schoß gewissermaßen im nämlichen Moment in mir zusammen und formte sich zu einem einzigen Bilde. Spätere Auswirkungen und deren Gefahren nahm ich nicht wahr. Vielleicht, daß ein paar Sekunden des Überlegens hingereicht hätten, mir auch sie heraufzurufen. Vielleicht auch hätt' ich beim zweiten Hinsehen erkannt, daß ja Wieland nicht unter äußerem, von einem Menschen herrührenden Einfluß handelte, daß mein Plan es in sich hatte, des Bruders fatalen Wahn noch weiter zu befestigen oder durch einen noch verderblicheren zu ersetzen; ja daß Carwins Muskelkraft einfach nicht ausreichte, Wieland von dessen Vorhaben abzuhalten oder gar seine Raserei zu zähmen. Allein, es blieb mir keine Zeit mehr: alles in mir drängte zur Tat, und so blickte ich auf Carwin und rief in höchster Bedrängnis:

»Oh Elender! Nun bist du abermals gekommen? So schwör denn deiner Bosheit ab! Mach deinen höllischen Plan zunichte! Nimm hinweg von mir und meinem Bruder diesen entsetzlichen Wahn!

Bezeug nun deine Schuldlosigkeit oder deine Reue! Üb deine Macht, woher immer sie kommen mag, um der Vernichtung ein Ende zu setzen! Du bist ja der Urheber all dieses Schreckens! Was tat ich denn, um solchen Tod verdient zu haben? Wodurch hab' ich solch gnadenlose Verfolgung auf mich gezogen? So beschwör' ich dich bei dem Gotte, dessen Stimme du vorzutäuschen gewagt: errette mich vorm sicheren Tode!

Wie – du gehst? So laß mich denn allein – allein und ohne Hilfe!«

Mit unbewegter Miene hatte Carwin meine flehentlichen Bitten vernommen. Jetzt wandte er sich ab. Sekundenlang schien er zu zaudern, dann glitt er aus der Tür. Wut und Verzweiflung schnürten mir die Kehle zu. Die Atempause war vorüber. Doch die Pein, welche mein Bruder mir zugedacht hatte, wollt' ich nimmermehr erdulden! Abermals verwirrte die Panik mir den Sinn. Das Messer, welches mir Wieland zurückgegeben, hatt' ich bisher achtlos in der

Hand gehalten. Jetzt aber ward mich mir seiner Schärfe bewußt und umschloß es mit der Kraft der Verzweiflung!

Wieland schien Carwins Eintritt und Fortgang gar nicht bemerkt zu haben. Auch meine flehentliche Geste sowie die Mordwaffe in meiner Hand entgingen seiner Aufmerksamkeit. Noch immer bewahrte er Schweigen. Nachdem er eine Zeitlang auf die Uhr geblickt, wandte er sich von derselben ab. Aus seinen Zügen loderte die Raserei. Was an ihnen menschlich gewesen, wich nun einem unnatürlichen, entsetzenerregenden Ausdruck. Und schon im nächsten Moment fühlte ich meinen linken Arm umklammert! Doch auch jetzt noch zögerte ich und stieß nicht zu. Ich wollt' mich dem Zugriff entwinden, doch alles war vergebens.

An dieser Stelle laßt mich aufhören! Weshalb das weitere der Vergessenheit entreißen? Weshalb solch abscheulichen Kampf erst noch in allen Einzelheiten ausmalen? Weshalb nicht dieser Schreckensfolge sogleich ein Ende setzen – an den Rand des Abgrunds treten und mich hinabstürzen, dorthin, wo's kein Erinnern und kein Hoffen mehr gibt?

Allein, noch lebe ich; und das Gewicht meiner Brust drückte mir den Atem ab; und jenes Phantom weicht mir nicht von den Fersen; und die Natternbrut in meinem Busen stachelt mich an bis zum Wahnsinn! Und noch immer bekenn' ich mich zum Leben!

Jawohl! Erheben will ich mich über jedwedes irdische Leiden! Voll Verachtung blick' ich auf die schimpfliche Reue, die mich da schweigen heißt um den Preis der Straflosigkeit, und mir Trost bietet im Vergessen! Mit neuen Kräften geh' ich an mein Werk! Hab' ich mich denn nicht entschieden? Ich will sterben. Der Abgrund vor mir ist so unausweichlich wie nahe. Ich will sterben – doch erst, wenn mein Bericht zu Ende ist!

Sechsundzwanzigstes Kapitel

Meine Rechte hielt noch immer das verborgne Messer umklammert. Es war stoßbereit. Die Kräfte waren mir zwar erschöpft, doch für diese eine Tat reichten sie noch hin. Schon raffte ich meine letzte Energie zusammen, um dem Widersacher den tödlichen Stahl ins Herz zu stoßen – als Wieland zurückwich und meinen Arm freigab. Atemlos vor Schrecken und Verzweiflung stand ich nun da: befreit von des Mörders Zugriff – unangefochten – unverletzt.

Bis jetzt hatte die über der Szene schwebende Macht sich nicht ins Mittel gelegt. Nun aber ward sie unwiderstehlich vernehmbar und machte Wielands Vorhaben im Augenblicke zunichte. Eine Stimme von übermenschlicher Kraft und unbeschreiblich schneidender Schärfe brach aus der Zimmerdecke und gebot meinem Bruder – »*Halt ein!*«

Sogleich traten Verwirrung und Furcht an die Stelle der Festigkeit, von der Wieland bisher beseelt gewesen. Seine Augen schweiften von einer Ecke zur andern, und seine Miene verriet nichts denn Zweifel und Unsicherheit. Ganz offenkundig harrte er einer weiteren Botschaft.

Es war unschwer zu erkennen, daß dies Carwins Werk war. Hatte ich ihn nicht angefleht, er mög' sich zu meinen Gunsten ins Mittel legen? Er aber war geflohen. So hatte ich gewähnt, er sei taub gewesen gegen meine Bitten und gewillt, mich der Vernichtung anheimzugeben. Allein, er war bloß verschwunden, um seinen Rettungsplan zu entwerfen und ins Werk zu setzen!

Ach! Warum ließ er nicht ab davon, sobald jenes erlösende »*Halt ein!*« gesprochen war! Warum mußten sein falscher Eifer, seine unverwünschte Unbedachtsamkeit solche Grenze überschreiten! Oder vermeinte er, auf diese Weise sein Werk krönen, seine unerforschlichen Pläne zur Vollendung führen zu können? Derlei Gedanken waren aber erst die Frucht meiner späterhin angestellten Erwägungen. Der Augenblick war allzu schicksalhaft, als daß ich darüber hätt' nachdenken können; auch war ich zu klarem Denken gar nicht fähig. Meinem aufgewühlten Sinn, zu Stücken gerissen wie er war durch die sich überstürzenden Schrecknisse, blieb Carwin im Momente gänzlich verborgen. So empfand ich einzig und allein mit meinem Bruder, ja teilte mit ihm seine Gläubigkeit, seine bebende Bestürzung und sein atembenehmendes, ehrfurchtsvolles Entsetzen.

Ein paar Sekunden blieb alles still, und diese kurze Zeitspanne genügte zu unsrer inneren Sammlung. Dann aber ertönte neuerlich die Stimme von oben:

»Du verblendeter Mensch! Laß ab von deiner unseligen Täuschung! Nicht Himmel noch Hölle – nein, deine *Sinne* haben dich mißleitet zu solch schrecklicher Untat! Wirf deine Raserei von dir und schwing dich auf zu Vernunft und Menschentum! Erwach aus deinem Wahne!«

Mein Bruder tat die Lippen auf um zu antworten. Seine Stimme war entsetzlich anzuhören in ihrer Schwäche. Er sandte ein Stoßgebet zum Himmel. Nur mit Mühe verstand ich dessen Wortlaut: derselbe umfaßte allen Zweifel in Ansehung jener Impulse, von denen Wieland bis jetzt getrieben worden, und endete mit der Frage, ob denn das angerichtete Blutbad in Wahrheit nur die Folge einer wahnhaften Einbildung gewesen sei.

Daraufhin antwortete die Stimme, welche nunmehr ganz nahe an Wielands Ohr ertönte, in bejahendem Sinne. Und dann senkte sich, von keinem Laut mehr unterbrochen, Schweigen über die Szene.

Wieland jedoch – abgestürzt aus seiner erhabnen und heroischen Position und zu schlechter Letzt Aug in Aug mit der Wahrheit – zu Boden geschmettert durch das Gedenken an die eigenen Taten, nicht länger getröstet durch das Bewußtsein, Weib und Nachkommenschaft zu Recht ausgetilgt zu haben, sondern vielmehr solchen Verlust der eignen, mißleiteten Hand zuschreiben müssend –, Wieland fand sich unversehens zum *Schmerzensmann* gewandelt!

Nicht erwog er, daß er der zuletzt vernommenen Botschaft vernünftigerweise ebensowenig Glauben schenken durfte wie den vorangegangenen Weisungen – daß diese eine nicht minder einer Sinnestäuschung entsprungen sein mochte wie alle anderen. Nicht konnt' er sehen, daß durch die neue Enthüllung ja die Rechtlichkeit seiner Handlungsweise überhaupt nicht in Frage gestellt war, und daß seine Motive nicht nur nichts von ihrem Löblichkeits-Anspruch eingebüßt hatten, sondern daß sein Trachten nach dem höchsten Gut und sein grenzenloses Streben nach Pflichterfüllung unvermindert fortbestanden in seiner Brust!

Es ist nicht meines Amtes, hier all die grausigen Verwandlungen seiner Gesichtszüge zu beschreiben. Worte hatte er keine. Er saß nun auf dem Boden, unfähig jeder Regung und mit starrem, fixiertem Blick – ein Monument des Schmerzes.

Dann aber überkam ihn eine stürmische wenngleich planlose Geschäftigkeit. Er schnellte auf und begann die Kammer zu durchmessen, blindlings und schwankenden Ganges. Die Augen waren ihm trocken und brannten von einem Feuer, das sein Innres zu verzehren schien. Seine Züge waren vom Krampfe verzerrt und die Lippen bewegten sich unablässig, ohne daß sie jedoch einen Ton hervorgebracht hätten.

Daß seine Natur solch innerem Konflikt auf die Dauer gewachsen sein würde, stand nicht zu erwarten. Auch *mein* Gemütszustand unterschied sich nur um ein Geringes von demjenigen des Bruders, denn ich machte mir ja gewissermaßen Wielands Gedanken zu eigen, so daß es *seine* Qualen waren, die mir das Herz zerrissen. »O wär' dein Wahn doch nimmermehr von dir genommen worden! Daß deine Verstörung mit ihren seligen Visionen doch wiederkehrte! Und wenn schon *dies* nicht sein darf: daß diese Szene alsbald ein Ende nähme – daß der Tod dich umfinge mit gnädigem Vergessen!

Was sonst könnt' ich dir wünschen, der du mit dem großen Verkünder deines Glaubens wetteifert hast an Reinheit der Motive – der du wie Er dich erhobst über alle Sinnlichkeit und Eigensucht, bis dich ein arges Los in Kindermord gestürzt hat und in Raserei: kann ich dir wünschen, daß dein Leben fortbestehen möge? Nein!«

Eine Zeitlang schienen Wielands Bewegungen ohne allen Sinn und Zweck zu sein. Ob er ausschritt oder auf dem Fuße kehrt machte; ob er die Finger ineinander verkrampfte; ob er die Hände gegen die Schläfen preßte, als wollt' er sich den Schädel zermalmen: es geschah lediglich, um sich der quälenden Selbstbetrachtung zu entwinden und den Geist auf die äußeren Dinge zu lenken.

Doch alsbald ward solch qualvoller Zustand unterbrochen: ein Strahl schien Wielands Geist erhellt und seinen Anstrengungen ein neues Ziel gewiesen zu haben. Ein Ausweg hatte sich ihm aufgetan! Begierig blickte er um sich. Ich aber, sobald ich solch neuen Gehabens innegeworden, löste mechanisch meinen Griff und ließ das nicht länger für nötig befundene Messer achtlos zu Boden fallen. Doch im nämlichen Moment gewahrte Wieland die Waffe und hatte sich ihrer in Gedankenschnelle bemächtigt!

Ich tat einen Aufschrei – aber es war schon zu spät: Wieland hatte den Stahl sich bis ans Heft in die Kehle gebohrt, und sogleich entwich mit dem aus der Wunde quellenden Blutschwall das Leben! Im nächsten Augenblick schon lag der Bruder darniedergestreckt mir zu Füßen, und meine Hände waren bespritzt von des Zusammengebrochenen Blut!

Dies also war deine letzte Tat, oh Bruderherz! Für solches

Schauspiel hatte mein Los mich aufgespart! Geschlossen waren deine Augen – die Züge gräßlich im Tode verzerrt – die Arme und der Platz, auf dem du lagest, gebadet in deines Lebens Blute! Nimmermehr bin ich dies Schreckensbild losgeworden! Bis zu meinem letzten Atemzug, bis zum Erkalten meines Leibes wird's mir vor Augen schweben!

Carwin, ich sagte es schon, hatte den Raum verlassen. Noch aber hielt er sich im Hause auf, und so rief ich ihn zu Hilfe. Indes, ich beachtete sein Eintreten kaum und entsinne mich auch jetzt nur undeutlich seines Entsetzens, seiner gestammelten Ausrufe, vehementen Unschuldsbeteuerungen, Bekundungen seines Mitgefühls und der Angebote seines Beistands.

Nein, ich hörte gar nicht zu – würdigte ihn keiner Antwort – war über allen Vorwurf, alle Anklage schon hinaus. Ob er schuldig war oder nicht, berührte mich nicht mehr. Mocht' er Schurke oder Teufel sein, schwarz wie die Hölle oder strahlend wie die Engel – hinfort war er ein Nichts in meinen Augen. Ich war nicht fähig, auch nur einen Blick oder Gedanken von der mir zu Füßen liegenden, entseelten Gestalt zu wenden.

Als Carwin sich entfernte, wurde ich solcher Veränderung kaum gewahr. Er benachrichtigte die Bewohner der *Hütte* von dem Vorgefallenen, und sie eilten an den Unglücksort. Nicht eingedenk der eigenen Sicherheit, begab Carwin sich sodann auf schnellstem Wege zur Stadt, um die Freunde von meinem Zustand in Kenntnis zu setzen.

Alsbald traf mein Oheim vor dem Hause ein. Man schaffte Wielands Leichnam fort und wollte auch mich bewegen, dies Unglückshaus zu verlassen. Allein, nichts soll mich über diese Schwelle bringen! Hier hab' ich mich zur Ruh' gesetzt, und nimmer will ich diesen Ort verlassen, eh' man mich nicht, dem Bruder gleich, zu Grabe trägt!

Wie sehr man mir auch zusetzte – es war vergebens. Man

nahm zu Drohungen Zuflucht, mich gewaltsam von hier zu entfernen, ja man versuchte sogar, Gewalt *anzuwenden*! Allein, meine Seele hängt allzu stark an diesem kleinen Obdach, als daß sie sich seiner berauben ließe! Und was hätte Gewalt über mich vermocht, da doch nicht einmal meines Oheims weiße Haare und flehentliche Tränen mich zum Verlassen meines Hauses bewegt hatten! Mein Widerwille ging so weit, daß ich mich mit Fäusten und Zähnen gegen jegliche Gewaltanwendung zur Wehr setzte, so daß man meinem Bleiben wohl oder übel zustimmen mußte.

Man drang in mich – man machte mir Vorhaltungen – man appellierte an jegliche Pflicht, die mich meinem Schöpfer und meinen Mitmenschen verband: es half nicht. Solange ich lebe, werde ich nicht von hier fortgehn! Hat sich mein Geschick denn nicht erfüllt?

Weshalb wollt ihr mich noch länger martern mit eurem Zureden und euren Ermahnungen? Könnt ihr mir damit die Hoffnung meiner bessren Tage wiedergeben? Könnt ihr Catharine und ihre Kleinen mir wieder heraufrufen – oder auch nur ihn, der da zu meinen Füßen sein Leben ausgehaucht?

Ja ja – ich will essen – will trinken – zu Bett gehen und aufstehen, ganz wie ihr's haben mögt. Alles was ich von euch begehre ist, mein Obdach frei wählen zu dürfen. Was ist so unvernünftig an solcher Bitte? Über ein Kleines, und ich werd' meinen Frieden gefunden haben – und dies ist der Ort, den ich mir zu meinem letzten Atemzug erkor. Weigert mir nicht, ich bitt' euch, solch geringfügige Verstattung!

Sprecht, ehrwürdiger Freund, nicht von Carwin zu mir! Er hat euch seine Geschichte erzählt, und ihr habt ihn losgesprochen von aller unmittelbaren Schuld an Wielands Geschick. Das Blutbad, das mein Bruder angerichtet – es war die Folge einer Sinnestäuschung! Sei es drum! Mir gilt es gleich, aus welchem Ursprung all dies Unheil geflossen ist

– mir ist's genug, daß unser Hoffen, ja unser ferneres Dasein davon verschlungen worden.

Was durch Carwins Wirken begonnen ward, ist durch ihn auch zum Abschluß gelangt. Mit einer letzten Anstrengung seiner Macht hat er mich retten und meinen Bruder vom Wahne befreien gewollt. Dies hat er uns erzählt als eine Wahrheit, die mir nichts mehr bedeutet. Hinfort heg' ich ja nur mehr *einen* Wunsch im Busen: denjenigen nach rascher Erlösung aus diesem Jammertal und aus all den Übeln, welche uns begleiten.

Hinweg, Elender! Quäl' mich nicht länger mit deinem Hiersein und mit deinen Bitten! – *Ich dir* vergeben? Kann meine Vergebung dir helfen in deiner Schicksalsstunde? Sei erst losgesprochen vor dir selber, so brauchst du das Urteil anderer nimmer zu fürchten! Ist Schuld noch schwärzrer Farben fähig – hast du bisher dich fleckenlos gefühlt –, so wird dein Verbrechen zum Himmel schreien, wenn du weiterhin meinen Frieden störst! Heb dich hinweg aus meinen Augen, wenn du nicht auch noch *meinen* Tod mitansehn willst!

Nun erst bist du gegangen – widerstrebend und unter Murren. So kann ich mich denn zur letzten Ruhe legen – mein Werk, nun ist's vollbracht!

Siebenundzwanzigstes Kapitel

Geschrieben drei Jahre später
und datiert zu Montpellier

Ich hatte geglaubt, die Feder für immer aus der Hand gelegt zu haben. Auch daß ich mein Domizil in diesem Teile der Welt aufschlagen würde, war wohl das Letzte, was ich mir hätte träumen lassen. Ich hatte ja mein Geschick für erfüllt gehalten und meinem alsbaldigen Lebensende voll Zuversicht entgegengeblickt.

Kein Zweifel: Anlaß genug hatte ich gehabt für meinen Überdruß am Dasein, und so war mir jegliche Bindung zur Last geworden, die mich noch abhielt von der Ruhe des Grabes. Bis zur Neige hatte ich jenen Überdruß ausgekostet und sehnte den Tod nicht nur herbei, sondern ersah aus meinem körperlichen Verfall, daß ich unweigerlich ins Grab sinken mußte, auch wenn ich mich noch so sehr dagegen gesträubt hätte. Und dennoch bin ich nun hier, tausend Meilen von der Heimat entfernt, im Vollbesitz meiner Kräfte und Gesundheit, ja sogar im Zustand irdischen Glückes.

So ist der Mensch! Die Zeit heilt auch die tiefsten Wunden, verwischt die nachhaltigsten Eindrücke. Auch der brennendste, hoffnungsloseste Kummer verliert nach und nach seine Schärfe und zehrt die eigenen Kräfte auf. Aller Zuspruch mag nichts fruchten; was die Moral uns eingibt, mag unwirksam bleiben; sämtliche Vorhaltungen, wie zwingend und nachdrücklich sie immer geäußert sein mögen, treffen nur auf taube Ohren oder werden voll Abscheu zurückgewiesen. Und doch; mit dem Hingang der Tage glätteten sich die Wogen unsres inneren Aufruhrs, und schließlich senkt Ruhe sich auf das Gemüt.

Vielleicht aber verdankte sich mein Sieg über die Verzweiflung vornehmlich einem Umstand, der mir den weiteren Aufenthalt in meinem Hause unmöglich machte. Gegen Ende meines langen und, wie ich damals glaubte, letzten Briefes, tat ich euch meinen Entschluß kund, den Tod an eben dem Orte zu erwarten, wo mein Unheil sich der Hauptsache nach zugetragen hatte. Indes, meine Freunde setzten alles daran, mich von solchem Entschlusse abzubringen. Zu Recht glaubten sie ja, ein weiteres Verbleiben in der Umgebung, die mich mit allem und jedem an das traurige Los meiner Familie gemahnte, könne nur zur Verschlimmerung meiner Leiden führen. Einzig ein schleuniger Ortswechsel und somit der endgültige Bruch mit sämtlichen Dingen, die mir meinen Verlust vor Augen führten, konnte nach Ansicht der Freunde meine Heilung bewirken.

Ich weigerte mich, ihren Mahnreden Gehör zu schenken. So groß mein Elend war – von dieser Zufluchtsstätte hinweggerissen zu werden, dünkte mich ein noch größeres zu sein. In meinem krankhaften Gemütszustand hielt ich Den für meinen schlimmsten Feind, der mich aus einer Umgebung reißen wollte, die meiner Schwermut stets neue Nahrung liefern und meine Verzweiflung vor dem Erlöschen bewahren würde.

Ähnliche Genugtuung bereitete mir die Niederschrift der Geschichte unseres Unheils. Mein Oheim unternahm alles, mich von solcher Aufgabe abzubringen, doch seine Vorhaltungen blieben in diesem Punkte nicht minder fruchtlos denn in allen anderen. Daraufhin versuchten sie's mit der Wegnahme meiner Schreibutensilien, mußten aber alsbald erkennen, daß ihr Widerstand mir ärger schadete als jegliche Zustimmung. Mit dem Abschluß meines Berichtes schien auch mein Ende gekommen: ein hitziges Fieber befiel mich, und alle Kraft wich aus meinem Körper. Noch die geringfügigsten Verrichtungen bereiteten mir Mühe, und schließlich wollt' ich mich nicht mehr von meinem Lager erheben.

Heute jedoch sehe ich meine damalige Verblendung und Ungerechtigkeit in wahrerem Lichte. Nur mit Verwundrung und Scham blick' ich zurück auf die Empfindungen und Argumente jener Tage. Kaum glaublich erscheint's mir, daß ich mich damals dem tränenreichen Zureden meiner Freunde ebenso verschloß wie den Geboten der Pflicht, und mich nimmermehr an jenen Platz gerückt sehen wollte, an dem allein ich andren hätte von Nutzen sein können. Kaum glaublich auch, daß ich für ein Nichts ansah alle Handlungen der Freundschaft und des Wohlwollens, alle Betrachtung der Natur und jedwedes Annehmen von Weisheit.

Es ist wahr, ich bin heute ein anderer Mensch, doch ist mir der Trost versagt, solchen Wandel aus eigener Kraft, aus eigener Einsicht bewirkt zu haben. Nur unmerklich nahm mein Denken eine Wendung zum Bessern. Zwar muß ich mich beglückwünschen ob solcher Veränderung, doch mag dieselbe bloß dem Wankelmut wenn nicht gar einer gewissen Gefühlskälte entspringen.

Nach Beendigung meines Berichtes wollt' ich das Bett nicht mehr verlassen in dem festen Glauben, das Ende meiner irdischen Laufbahn stehe kurz bevor. Mein Oheim nahm Wohnung unter meinem Dache und unterzog sich voll und ganz dem Amte des Pflegers, des Arztes und auch des Freundes. In einer jener ruhlosen, qualvollen Nächte sank ich nach mehreren Stunden des Wachliegens in einen tiefen Schlaf. Dessen Ruhe sollte aber nicht von langer Dauer sein. Die Phantasie ward mir plötzlich aufgestört und wandelte mir das Hirn zu einem Schauplatz des Aufruhrs und der Wirrsal. Kaum ist's mir möglich, all die wilden, phantastischen Ungereimtheiten zu schildern, von denen ich gequält wurde. Der Oheim, Wieland, Pleyel und auch Carwin – immer wieder wurden sie erkennbar inmitten des Tumults. Bisweilen sah ich mich verschlungen von brausenden Wasserstrudeln, dann wieder in die Lüfte emporgerissen durch schattengleiche, riesige Gestalten, auf scharfe Felszacken geschleudert oder aufs neue hinabgestürzt in die schäumenden Wogen. Bisweilen auch erhellte ein Lichtstrahl den finsteren Abgrund, an dessen äußerstem Rande ich stand, und befähigte mich, die enorme, grausige Tiefe zu ermessen. Und gleich darauf sah ich mich versetzt auf einen Gipfel des Ätna und zum angstvollen Zeugen gemacht seiner feurigen Eruptionen und himmelhoch emporgeschleuderten Rauchsäulen.

Doch wie sonderbar es immer klingen mag – auch im

Traume verlor ich nicht das Wissen um meine tatsächliche Lage. Jederzeit war mir klar, daß ich ja schlief und mich körperlich mühte, den Zauberbann von mir zu schütteln. Allein, ich konnte nicht loskommen davon, und so mußt' ich die Ausgeburten meiner Phantasie weiterhin erdulden, bis ich durch eine laute Stimme und heftiges Geschütteltwerden aus meinem Alptraum gerissen ward. Ich tat die Augen auf und schrak aus den Kissen.

Qualm füllte meine Kammer – ein von irgendwo erhellter Qualm, der mir gleichwohl alle Sicht nahm und mich zu ersticken drohte! Und schon auch drang das Knacken und Knistern brennenden Holzes an mein Ohr, im Verein mit nahezu betäubendem Stimmenlärm von draußen! Benommen von solchem Aufruhr, von der sengenden Hitze und den Schwaden erstickenden Rauches, war ich nicht fähig, an meine Rettung auch nur zu denken, ja ich nahm das Gefahrvolle meiner Lage gar nicht erst wahr!

Doch alsbald fühlte ich mich emporgehoben von einem Paar sehniger Arme, zum Fenster getragen und über eine daran gelehnte Leiter hinuntergeschafft. Unten stand mein Oheim und fing mich auf. Dennoch wurde mir meine Lage erst klar, als ich mich in der *Hütte* geborgen und von deren Bewohnern umringt fand.

Meine Dienstmagd war nachlässig gewesen und hatte ungelöschte, noch glühende Asche in das Faß getan, welches im Keller stand. Dasselbe hatte Feuer gefangen, und die Flammen hatten sich längs der Balken des Untergeschosses weitergefressen bis in den Oberstock des Hauses. Das Feuer war aus der Ferne entdeckt worden und hatte die Leute herbeigerufen. Auch den Oheim und seine Dienstboten hatte man alarmiert. Die Flammen waren schon recht weit vorangekommen in ihrem Zerstörungswerk, und noch immer hatte man nicht an mich gedacht, bis meine Rettung nahezu unmöglich geworden war.

Die Gefahr endlich erkannt, hatte man eilends eine Leiter herbeigeschafft, einer der Schaulustigen war zum Kammerfenster hinaufgestiegen und hatte meine Errettung aus der Flammenhölle auf die schon beschriebene Weise ins Werk gesetzt.

Der Brand meines Hauses, so unheilvoll er auf den ersten Blick scheinen mag, wirkte recht wohltätig auf meine Gefühle: ich sah mich ja aus der Starre gerissen, die sich lähmend auf all meine Fähigkeiten gelegt hatte. Die düstere Monotonie meines Denkens war nunmehr durchbrochen, meine Behausung dem Erdboden gleichgemacht worden, uns so sah ich mich gezwungen, nach einem neuen Obdach Umschau zu halten. Auf diese Weise drängten sich neue Bilder, die nichts mit dem Schicksal meiner Familie zu tun hatten, in mein Sinnen und Trachten, und unmerklich erwachte der Glaube in mir, daß zumindest innere Ruhe wenn schon nicht Glückseligkeit für mich noch im Bereich des Möglichen lagen. Dergestalt kam's, daß unerachtet aller Erschütterungen, die ich an mir erfahren gemußt, die seelischen Qualen von mir wichen und ich meine Gesundheit wieder erlangte.

Nunmehr lieh ich den Bitten des Oheims, ich mög' ihn doch auf seiner Europareise begleiten, ein williges Ohr. Die Zurüstungen waren alsbald getroffen, und nach beschwerlicher Überfahrt setzten wir den Fuß auf den Boden der Alten Welt. Zwar wollte das Gedenken an alles Vergangene mich nicht verlassen, doch wirkten die Schwermut und die Tränen, welche es hervorrief, nicht mehr schädlich auf mein Wohlbefinden. Meine Wißbegier war neu belebt, und ich betrachtete voll brennenden Eifers das Schauspiel fremdländischen Lebens und die steinernen Zeugen vergangener Epochen.

In dem Maße, als mein Herz seine alte Gelassenheit wiedergewann, erwachten auch die Empfindungen zu neuem

Leben, welche ich ehedem Pleyel entgegengebracht. Derselbe hatte sich binnen kürzester Frist seiner sächsischen Dame vermählt und sein Domizil in der Umgebung von Boston aufgeschlagen. Nunmehr war ich froh, daß die gegenwärtigen Umstände eine neuerliche Unterredung mit dem Freunde verhinderten: dem jungen Paar Unglück zu wünschen, bracht' ich freilich nicht übers Herz, doch empfand ich keinerlei Freude bei dem Gedanken an das eheliche Glück der beiden. Indes, die Zeit sowie meine wiedererwachte Seelenstärke heilten mich von solcher Torheit: zwar hörte ich nicht auf, Pleyel zu lieben, doch verbarg ich solche Leidenschaft vor mir selber und sah sie lediglich für eine innigere Spielart jener Freundschaft an, die ich ohne Gewissensbisse im Busen hegen durfte.

Zufolge der Bemühungen meines Oheims kam es zu einer Unterredung zwischen Carwin und Pleyel, so daß alles Unverständliche aufgeklärt und mein guter Ruf in des Letzteren Augen sogleich wiederhergestellt ward. Wiewohl so weit von einander getrennt, unterhielten wir einen häufigen und pünktlichen Briefverkehr und bereiten so den Pfad für jene Vereinigung, welche hinfort nur mehr der Tod zu scheiden vermag.

In meinen Briefen an Pleyel machte ich kein Hehl aus den Empfindungen, die mich ehedem beseelt hatten. Es war dies ein Gegenstand, über welchen ich nunmehr ohne alle schmerzlichen, wenngleich nicht ohne zarte Emotionen reden konnte. Jenes Wissen nämlich, das ich einem Liebenden nimmermehr mitgeteilt hätte – es dem Freunde zu eröffnen, trug ich keine Bedenken.

So verstrichen anderthalb Jahre, bis der Tod Theresen von Pleyel hinwegnahm, und zwar in der nämlichen Stunde, da sie im Begriffe war, ihrem Gatten das erste Unterpfand ihrer Liebe zu bescheren. Dies Ereignis ward von ihm mit der gewohnten Seelenstärke getragen, wiewohl's ihn veranlaßte, seine Zukunftspläne glänzlich umzustoßen. Er entäußerte sich seiner amerikanischen Besitztümer und zog zu uns nach Montpellier, wo wir nach zwei Jahren des Umherstreifens seßhaft geworden waren, und zwar, wie ich glaube, auf Dauer.

Wenn ihr euch die Vertrautheit vor Augen führt, die von Kind auf zwischen Pleyel und mir bestanden, sowie auch die Leidenschaft, welche ich zu ihm gefaßt und die bloß eine Zeitlang unterdrückt gewesen, ja wenn ihr ferner unsrer wechselseitigen Wertschätzung gedenkt, so wird's euch nicht wundernehmen, daß die Erneuerung unsres geselligen Verkehres zu jener Vereinigung geführt hat, die gegenwärtig zwischen uns besteht. Nach Verstreichen der Zeitspanne, welche vonnöten war, Pleyels Erinnerung an Theresen verblassen zu machen – an sie, der er ja mehr durch die Bande der Pflicht denn durch diejenigen echter Liebe verbunden gewesen –, richtete er seine Zuneigung auf mich. Müßig zu sagen, daß dieselbe offene Türen fand.

Vielleicht hegt ihr etwelches Interesse in Anbetracht von Carwins weiterem Schicksal. Zu spät hatte dieser die Gefahren seiner Täuschungsmanöver erkannt. So tief war er getroffen worden von der Katastrophe, die er mitansehn gemußt, daß er unter Hintansetzung seiner persönlichen Sicherheit spornstreichs meinen Oheim aufgesucht und ihm die nämlichen Eröffnungen gemacht, die er kurz vorher schon mir mitgeteilt hatte. Er fand in Mr. Cambridge einen weniger voreingenommenen, duldsameren Zuhörer, denn mein Oheim schrieb ja Wielands Handlungsweise einem wahnhaften Trugbilde zu, obschon er durchaus erkannte, wie verhängnisvoll Carwins voraufgegangene heimliche Machenschaften an meines Bruders beklagenswerter Verstörung beteiligt gewesen.

Es fiel Carwin nicht schwer, Ludloes Nachstellungen auszuweichen. Zu solchem Zwecke war es lediglich vonnöten, in einem entlegenen Teil Pennsylvaniens unterzutauchen, und zu solchem Schritt war Carwin, als er von uns schied, ja entschlossen gewesen. Gegenwärtig ist er wohl mit harmloser, bäuerlicher Arbeit befaßt und mag dabei ohne allzu verzehrende Reue jener Übel gedenken, die durch seine verhängnisvolle Gabe bewirkt worden sind. Doch könnte seine künftige, friedvoll-ersprießliche Tätigkeit in gewissem Grade das Elend wieder aufwiegen, das er so vorschnell und gedankenlos über seine Mitmenschen gebracht.

Vordringlichere Erwägungen haben mich im Zuge der Niederschrift meines traurigen Berichtes daran gehindert, mich mit dem weiteren Los von Louisa Conways unglücklichem Vater zu befassen. Dieser Mann war gewißlich dazu ausersehen, den Launen eines unberechenbaren Geschickes als ein Monument zu dienen. Nachdem er seine Reise durch die südlichen Kolonien beendet hatte, kehrte er nach Philadelphia zurück. Noch vor Erreichung der Stadt verließ er die Hauptstraße und saß vor meines Bruders Hause ab. Doch anders als erwartet, wollte sich niemand zeigen, um ihn zu begrüßen. Also versuchte er, ungerufen ins Haus zu gelangen. Allein, angesichts der verriegelten Türen, der vorgelegten Fensterläden und auch zufolge einer Stille, aus der keine Antwort kam auf sein unablässiges Rufen, mußt' er zur Kenntnis nehmen, daß der Landsitz verlassen und unbewohnt war.

So ritt er denn weiter zu meiner Behausung, welche er als eine düstere, ausgestorbene Brandstatt antraf. Seine Bestürzung läßt sich unschwer ermessen. Dem lückenhaften Bericht der Landleute aus der *Hütte* wollt' er keinen Glauben schenken, und so eilte er auf kürzestem Wege zur Stadt, woselbst er von Mrs. Baynton das volle Ausmaß des erst kürzlich hereingebrochenen Unheils in Erfahrung brachte.

An Härten und Widrigkeiten gewöhnt, erholte er sich

binnen kurzem von dem Schlag, den das Scheitern seines Lieblingsplanes ihm versetzt hatte. Seine Abreise aus Amerika bedeutete indes nicht das Ende unsrer Verbindung, und so sind wir in Frankreich wieder mit ihm zusammengetroffen. In der Folge kam es auch zur Aufklärung jener Beweggründe, welche das spurlose Verschwinden seiner Gattin bewirkt hatten, ein Umstand, von dem ich ja schon früher berichtet habe.

Ich verweilte mich damals über der Innigkeit jener ehelichen Beziehung und erwähnte dabei, daß auf die Vortrefflichkeit der Mrs. Stuart nicht der leiseste Schatten eines Verdachtes gefallen sei. Dieser Umstand scheint durch die neuesten Entdeckungen in Frage gestellt, doch besteht kein Zweifel, daß sie ihre Rechtschaffenheit bis zum heutigen Tage bewahrt hätte, wär' sie nicht einem außergewöhnlichen Schicksal zum Opfer gefallen.

Nämlich, Major Stuart war während des deutschen Feldzuges in einen Ehrenhandel mit dem Adjutanten des Marquis of Granby verwickelt worden. Sein Gegner hatte in bezug auf ihn ehrenrührige Gerüchte in Umlauf gesetzt. Die Forderung ward überbracht, das Duell vereinbart. In dessen Verlauf blessierte und entwaffnete Stuart den Verleumder. Damit war die Beleidigung mit Blut abgewaschen, und ihr Urheber kam nach den angemessenen Zugeständnissen mit dem Leben davon.

Kurz danach und zufolge einer reichen Erbschaft verkaufte Maxwell (dies der Name des Adjutanten) sein Offizierspatent und kehrte nach London zurück. Sein neues Vermögen ward alsbald vergrößert durch eine vorteilhafte Heirat. Von seiner Seite stand bloß materielles Interesse hinter solch ehelicher Verbindung, die Lady jedoch hatte einer echten Zuneigung nachgegeben. Es dauerte indes nicht lange, und sie mußte entdecken, wie's in Wahrheit um das Herz ihres Gemahls bestellt war. So kam es zur Trennung im wechselseitigen Einverständnis. Die Lady verzog auf einen Landsitz in eine ferne Grafschaft, wogegen ihr Gatte fortfuhr, Zeit und Vermögen durchzubringen in den Zerstreuungen der Hauptstadt.

Maxwell, wiewohl von arglistigem und sinnlichem Wesen, verfügte über große Geistesschärfe und bestechende Fähigkeiten. Mit ihrer Hilfe brachte er's zuwege, Stuarts großherzigen Sinn irrezuführen und des Majors Wertschätzung unerachtet des vorangegangenen Mißverhaltens wiederzugewinnen. Derhalben ward er durch ihn an Mrs. Stuart weiterempfohlen. Maxwell war aber von Rachegelüsten angestachelt und von der zügellosen Leidenschaft besessen, das erwiesene Vertrauen nach Kräften zu mißbrauchen.

Allein, Mrs. Stuarts Erziehung und Fähigkeiten, der Wert ihres Gemahls, das solcher Verbindung im Laufe der Zeit entsprossene Unterpfand, die innere Reife und das Wissen um den Lauf der Welt – all das schien dergleichen Versuche von vornherein zur Hoffnungslosigkeit zu verurteilen. Maxwell jedoch ließ sich nicht so rasch entmutigen. Auch das vortrefflichste Wesen, so sagte er sich, dankt seine Makellosigkeit nur dem Fehlen jeglicher Versuchung. Nun ist aber das Garn der Liebe dermaßen fein gesponnen, nun ist die Kraft falscher Argumentation, wenn sie nur beredt und feurig genug vorgebracht wird, dermaßen groß, daß keinerlei menschliche Tugendhaftigkeit vor dem Straucheln sicher ist. Dergestalt gelangte Maxwell unter Anwendung aller erdenklichen Schliche und indem er seine sämtlichen versucherischen Fähigkeiten in die Waagschlage warf, ja auch noch die Heuchelei auf die Spitze trieb, nahezu ans Ziel seiner Wünsche. Mrs. Stuarts Zuneigung, erst einmal von dem Gemahle abgewendet, übertrug sich mehr und mehr auf den Verführer. Noch konnte man die Bedrängte freilich nicht der Unehrenhaftigkeit bezichtigen: alles Zureden, mit

Maxwell das Weite zu suchen, wollte nicht fruchten. Einzig ihre neu erwachte Neigung und deren Eingeständnis verstattete sie sich, ohne jedoch über solch unverrückbare Grenze hinauszugehen.

So kam's, daß der Umschwung ihrer Gefühle ihr nichts denn Verzweiflung eintrug. Angeborne Rechtlichkeit und Prinzipientreue bewahrten Mrs. Stuart vor jeglicher schuldhaften Handlung, vermochten aber nicht, ihre alte Herzensneigung wieder zu erwecken oder die Ratlose vor ihren ebenso reuevollen wie unstillbaren Wünschen zu verschonen. Überdies führte das Fernsein des Gemahls zu innerlicher Gespanntheit. Indes, auch das nahm ein Ende, und eines Tages hielt sie die Kunde von des Majors bevorstehender Heimkehr in Händen. Maxwell, gleichfalls von des Majors Rückkunft unterrichtet, wendete nun alles daran, die Widerstrebende umzustimmen und sie zu einer gemeinsamen Reise nach Italien zu bewegen, woselbst, wie er vorgab, seine Gegenwart dringend vonnöten wäre. Nach dem Fehlschlagen seiner Bemühungen überließ er die Ärmste jenen Entschlüssen, welche ihr die Verzweiflung eingeben mochte. Just um die nämliche Zeit empfing aber Mrs. Stuart auch ein Schreiben von Maxwells Gemahlin, darin dieselbe den wahren Charakter dieses Menschen enthüllte nebst etwelchen Tatsachen, die der schlaue Verführer bisher zu verbergen gewußt. Mrs. Maxwell hatte sich zu solcher Enthüllung veranlaßt gesehen durch Handlungen ihres Mannes, welche durch dessen Ungestüm ihr zur Kenntnis gelangt waren.

Solche Aufdeckung im Verein mit den nagenden Skrupeln und Gewissensbissen veranlaßten Mrs. Stuart, außer Landes zu fliehen. Der Plan dazu ward in aller Überstürztheit gefaßt, jedoch mit vollendeter Umsicht verwirklicht. Am Vorabend von des Majors Heimkunft verließ sie, als ein Knabe verkleidet, ihr Haus und schiffte sich zu Falmouth nach Amerika ein.

Die Geschichte ihres unseligen Zusammenseins mit Maxwell, die Beweggründe, welche sie zum Verlassen des Landes getrieben sowie die Maßnahmen, mit Hilfe derer sie ihr Vorhaben ins Werk gesetzt, teilte sie der Lady Maxwell in einem Antwortschreiben mit. Zwischen den beiden Frauen bestand ja nebst einer starken Wesensverwandtschaft auch ein altes Vertrauensverhältnis, und so brachte Mrs. Stuart ihrer Freundin alles Nötige unter dem Siegel der strengsten Verschwiegenheit zur Kenntnis. Solche Diskretion ward denn auch lange Zeit aufs getreulichste beobachet.

Das Domizil der Lady Maxwell lag an den Ufern des Wey-Flusses. Sie war eine Anverwandte des Majors und hatte gemeinsam mit ihm die Jugendjahre verbracht. In gewissem Sinne war Mr. Maxwell dem Manne zu Dank verpflichtet, an dem er nun Verrat übte um der Verbindung willen, die er mit jener Unglücklichen geschlossen hatte. Ihre hohe Meinung von Stuarts Charakter war im Laufe der Zeit um nichts geringer geworden. So kam es zu einem Wiedersehen zwischen den beiden, und zwar gelegentlich einer Reise nach Wales und den westlichen Grafschaften, die der Major im Jahre nach seiner Rückkehr aus Amerika unternahm. Dies Wiedersehen rief in beiden sowohl Freude als auch Bedauern hervor. Natürlich unterhielt man sich über die wechselseitigen Schicksale, und so kam auch das widrige Geschick von Major Stuarts Gemahlin und Tochter zur Sprache.

Lady Maxwell, darauf bedacht, sowohl die Freundin als auch den Gemahl zu schonen, behielt ihr Wissen zunächst für sich. Da aber die eine verstorben, der andre außer Landes war, wagte sie's am Ende doch, Mrs. Stuarts Brief vorzuzeigen und auch ihr Wissen um Maxwells verräterische Handlungsweise preiszugeben. Doch hatte sie ihrem Gast im voraus das Versprechen abgenötigt, keinerlei Vergeltungsmaßnahmen zu ergreifen. Dies Versprechen war aber ohne die volle Kenntnis von Maxwells Verderbtheit erfolgt, und so schlug der aufgebrachte Major nun aus, sich daran zu halten.

Um jene Zeit hatten mein Oheim und ich unsern Wohnsitz in Avignon. Unter den dort ansässigen Engländern, welche untereinander gesellig verkehrten, befand sich auch Maxwell. Fähigkeiten und Wohlanstand dieses Mannes hatten ihn zum Lieblingsgast unsres Hauses werden lassen. Sogar seine Hand hatte er mir angetragen und war nach deren Zurückweisung bemüht geblieben, zumindest den freundschaftlichen Umgang mit uns aufrechtzuerhalten. Da ihm die rechtmäßige Heirat verwehrt war, muß sein Antrag wohl aus unehrenhaften Motiven erfolgt sein. Ob er dieselben in der Folge aufgegeben, vermocht' ich freilich nicht zu beurteilen.

Wir alle, Maxwell eingeschlossen, befanden uns auf einer großen Gesellschaft in einer Villa am Rande der Stadt, als plötzlich Stuart den Raum betrat. Ich begrüßte ihn mit echter Genugtuung, und auch Maxwell zeigte sich hocherfreut ob solch unerwarteten Besuches. Alsbald jedoch und mit der Begründung, es gebe da etwas von Wichtigkeit, das keinen Aufschub dulde und unter vier Augen besprochen werden müsse, verließen uns die beiden. Stuart, der mit meinem Oheim von der deutschen Armee her bekannt war, eröffnete dem alten Freunde den Zweck seiner langen und eiligen Reise hierher.

Eine Forderung war übersandt und angenommen und das Ufer eines Baches, etwa eine Meile vor der Stadt, zum Ort des Waffenganges bestimmt. Mein Oheim, der vergebens seinen ganzen Einfluß aufgeboten hatte, so blutiges Rencontre zu verhindern, erklärte sich schließlich bereit, seine Dienste als Wundarzt zur Verfügung zu stellen. Das Duell sollte schon anderntags mit Sonnenaufgang stattfinden.

Noch am späten Nachmittag kehrte ich in unsre Wohnung zurück. Nachdem zwischen den Kombattanten alle Präliminarien ausgehandelt worden waren, hatte Stuart zugesagt, den Abend mit uns zu verbringen, und er blieb bis spät. Auf dem Wege zu seinem Gasthof war er keinen Belästigungen ausgesetzt, doch in dem Augenblick, als er dessen Eingang betrat, fiel ihn meuchlings eine dunkle Gestalt an und bohrte ihm ein Stilett in den Rücken.

Der Urheber solch verräterischer Untat konnte nicht mit Gewißheit ermittelt werden. Die Einzelheiten freilich, welche uns Stuart in Anbetracht von Maxwells Aufführung berichtet hatte, setzten diesen dem schwersten Verdachte aus. Niemand indes legte mehr Bestürzung ob solchen Unheils an den Tag, als gerade er, und so bot er allen erdenklichen Eifer auf, sich von den Beschuldigungen reinzuwaschen, die gegen ihn laut wurden. Ich aber hielt mich hinfort von ihm fern, und bald danach machte er sich aus dem Staube.

Wohl nur wenige Menschen könnten sich schätzenswerterer Eigenschaften rühmen und einen größeren Anspruch auf das Glück eines langen, ungetrübten Lebensabends geltend machen, als die Eltern von Louisa Conway. Dennoch ist ein jedes von ihnen in der Blüte seiner Jahre dahingerafft worden, und dies durch die Hand des nämlichen Buben. Maxwell ist das Werkzeug zu ihrer Vernichtung gewesen, wiewohl solches Werkzeug auf so gänzlich verschiedene Weise angesetzt ward.

Ich überlasse es euch, die Nutzanwendung aus meinem Berichte zu ziehen. Daß die Tugend ein Opfer wird der schnödesten Verräterei, ist unzweifelhaft eine höchst betrübliche Erwägung. Doch wird's eurer Aufmerksamkeit nicht entgangen sein, daß die Übeltaten, deren Urheber sowohl Carwin als auch Maxwell gewesen, eigentlich nur die Folgen von ihrer Opfer Irrtümern waren. Und sämtliches Trachten, das Glück der Stuarts zu untergraben und ihr Dasein zu verkürzen, wäre zum Scheitern verurteilt gewesen, hätte nicht die Schwäche der Opfer den Tätern Vorschub geleistet. Hätte Mrs. Stuart ihrer unseligen Leidenschaft ein Ende gemacht oder dieselbe schon in deren erster Knospe zermalmt – hätte sie den Verführer mit Schimpf und Schande von ihrer Schwelle gejagt sobald erst seine schnöden Absichten offenbar geworden, und wäre Stuart nicht dem Ungeist einer absurden Rachsucht erlegen, so hätten wir nimmermehr all dies Unheil beklagen müssen. Und hätte vollends Wieland gerechtere Ansichten über seine moralische Verpflichtung und die Eigenschaften Gottes gehegt, ja wär' er bloß begabt gewesen mit schlichtem Gleichmut und klarer Voraussicht, so wären auch die Pläne jenes doppelzüngigen Betrügers vereitelt und schon in ihrem Ansatz zunichte gemacht worden.

Die Stimmen aus dem Dunkeln

Anmerkungen zu Charles Brockden Brown

> The world is eternally producing what to our precipitate judgment, are prodigies, anomalies, monsters. Innate, dastardly, sordid wickedness frequently springs up where genial temperature and wise culture have promised us the most heavenly products.
>
> Charles Brockden Brown
> *Stephen Calvert*

I.

Bis gegen die Mitte des vorigen Jahrhunderts erschien die Neue Welt dem Reisenden aus der Alten, besonders wenn er aus England kam, als ein seltsamer Wechselbalg aus verwirklichter Utopie, Land der tausend Abenteuer und finsterer Provinz. Wie S. T. Coleridge und seine romantischen Freunde träumten zwei Generationen jugendlicher Enthusiasten davon, an den Ufern des Susquehanna Rousseaus Gesellschaftsideale in die Praxis umzusetzen. Und etwas von dieser Hoffnung auf Erneuerung brachten alle die zahlreichen Einwanderer nach Amerika mit, die in erster Linie gekommen waren, um sich den verhaßten Zwängen restaurativer Ordnungsgefüge zu entziehen, um aus verfahrenen Lebenssituationen einen Neubeginn zu finden oder um rasch ihr Glück zu machen. Der jähe Erwartungsbruch, die unvermeidliche Desillusionierung hochgestimmter Vorstellungen durch die Wirklichkeit eines noch unterentwickelten Siedler- und Spekulantenstaates, das Erschrecken vor den handgreiflichen Nebenkonsequenzen der verklärten Ideen von Freiheit und Gleichheit – alles das spiegelt sich tausendfältig in den Briefen, Berichten und Erinnerungen der Zeit wider.

Wenn schon nicht als zentrales Problem berühren, so mußte doch jemanden, der aus dem Europa des frühen 19. Jahrhunderts kam, der selbstbewußt zum nationalen Verdienst deklarierte Mangel an literarischer und künstlerischer Natur irritieren. Der englische oder deutsche Reisende brachte eine mehr oder weniger genaue Vorstellung von Kultur mit, ohne die für ihn eine sinnerfüllte Realität nur schwer akzeptabel, ja verständlich war. Das Jahrhundert der Aufklärung hatte sehr differenziert das Verhältnis von äußerer Realität und in ihr sichtbar werdender Natur bestimmt; es hatte der menschlichen Vernunft, später dem menschlichen Empfinden die Aufgabe zugewiesen, das Gesetz der Natur in den Erscheinungen der Wirklichkeit aufzuzeigen. Philosophie und Kunst traten so in einen engen Rapport zur Realität, diese war ohne Kultur im weitesten Sinn kaum vorstellbar. Die Neuenglandstaaten hatten diese Entwicklung nur zum kleineren Teil mitvollzogen: auf puritanischer Grundlage, d. h. gestützt auf eine Tradition, die ihrerseits traditionsfeindlich war, hatte sich in Amerika der Aufklärungsbegriff nur als säkularisierte Neubegründung eines rigorosen Pragmatismus durchsetzen können. Die christliche Selbstverwirklichung und Selbstbestätigung in der Arbeit und im Erfolg, die teils durch das Glaubensbekenntnis vorgegeben, teils als Ideologie den schwierigen Verhältnissen in einem zu kolonisierenden Kontinent angepaßt war, erfuhr im Laufe des 18. Jahrhunderts in den Metropolen Philadelphia und New York eine rationalistische Umdeutung. Die Theorien der englischen, ihrerseits puritanisch grundierten Empiriker John Locke und David Hume und die darauf weiterbauenden Systeme der französischen Enzyklopädisten fanden eine eigenständige Aufnahme und Umbildung nur im Bereich des Staatsdenkens und, mit einigen Einschränkungen, in einer utilitaristischen Sozialethik. Alle übrigen Bereiche der Philosophie des 18. Jahrhunderts, vor allem deren starke Affinität zur Ästhetik, blieben sorgsam ausgespart: Neben Benjamin Franklin und Thomas Jefferson gibt es im Umkreis der Unabhängigkeitskriege keine irgend vergleichbare Gestalt eines systematischen Philosophen oder gar Dichters.

Charakteristischerweise geht diese Selbstabsperrung gegen den europäischen Zeitgeist Hand in Hand mit der selbstverständlichen Ausbildung eines außerordentlich gesteigerten nationalen – oder besser staatlichen – Eigenwertgefühls. Nur so wird verständlich, daß sich in fast zweihundert Jahren einer Kolonialherrschaft, auch im engeren Zirkel der eigentlichen Kolonialhierarchie, keine Ansätze zu literarischer oder künstlerischer Gestaltung finden. Die amerikanische Literatur als traditionsfähige Einrichtung beginnt erst mit Washington Irving und James Fenimore Cooper: Irvings »Sketch Book of Geoffrey Crayon, Gent.« (1819 f.) und Coopers »Spy« (1821) erschienen eine volle Generation nach dem Ende des Unabhängigkeitskrieges.

Die amerikanische Literatur setzt mit dem Ende des Krieges gegen England und so zögernd, so exterritorial ein, als handle es sich bei den Neuenglandstaaten nicht um einen Teil abendländischer, englischer Tradition, der sich von seinen Vorbildern emanzipiert, sondern um einen ganz abseitigen, geschichtslosen Bereich, der diese Tradition halb mißtrauisch, halb hilflos als etwas Exotisches zu imitieren beginnt. Der erste amerikanische Roman, »The Power of Sympathy«, erschien anonym im Jahr der amerikanischen Verfassung 1789, und in dem Zeitraum, der diesen Roman von Coopers »Spion« trennt, erschienen insgesamt nicht mehr als 71 Romane, eine klägliche Ausbeute in einer der romanfreudigsten Zeiten, die es je gegeben hat.

Lesen und Schreiben wurde im demokratischen Amerika nicht anders als in den Kolonien um des Gebets und um der doppelten Buchführung willen erlernt, die Beschäftigung mit bloßer Literatur galt in den Kreisen, die eine solche Literatur eigentlich hätten tragen müssen, als verderblicher Müßiggang: »Wer wollte nicht lieber Columbias Töchter mit Nadel und Faden oder am Spinnrocken beschäftigt sehen als auf dem Weg durch ein Märchenland in das Narrenhaus der Poeten. Wer auch wollte nicht lieber unser eigenes Geschlecht auf der Farm oder im Kontor tätig sehen als unnütz in einer Leihbibliothek«, so läßt sich im Mai 1800 »The Columbian Phenix; or, Boston Review« vernehmen und wiederholt nur als gröberes Echo die ältere Meinung James Madisons, der bereits 1774 erklärt hatte: »Poesie, Spekulation und Kritik, Romane, Theaterstücke etc. hatten es mir früher sehr angetan, doch begann ich zu entdecken, daß sie von der Zeit, die einem *Sterblichen* zugemessen ist, nur bescheidenen Teil verdienen, und daß unserem reiferen Alter etwas Substantielleres, Dauerhafteres, Gewinnbringenderes wohl ansteht.«

Gegen dieses zäh in das 19. Jahrhundert hinein behauptete Mißtrauen wider alle Tätigkeit, die ihren weltlichen oder geistlichen Nutzen nicht klar erweisen konnte, hat es bis herauf zu Poe und Melville jeder Literat schwer, sich durchzusetzen, sich selbst erst aus den gleichen Denkgewohnheiten freizumachen. Ob im Scheitern (E. A. Poe) oder im Avancement zum Repräsentanten Amerikas (Cooper), in jedem Fall blieb die amerikanische Literatur geprägt von der Auseinandersetzung mit dem Postulat der Nützlichkeit, der praktischen Rationalität und der nationalen Gesinnung strenger Observanz. Den ersten, bis heute auf unheimliche Weise lebendig gebliebenen Versuch, der programmatischen Unkultur des neuen Amerika eine eigenständige Romanliteratur abzugewinnen, stellen die sechs Romane von *Charles Brockden Brown* dar, die sonderbar unvermittelt – ohne amerikanische Vorbilder, ohne spontane Wirkung – aus der platten Literaturlandschaft des ausgehenden 18. Jahrhunderts aufragen. Sein kurzes Leben und seine noch kürzere Laufbahn als selbständiger Schriftsteller – seine Romane und Erzählungen erschienen in weniger als fünf Jahren und fast ein Jahrzehnt vor seinem Tod – sind für die Mühen und Möglichkeiten einer amerikanischen Autorenexistenz so symptomatisch wie vielleicht nur noch die Biographie Edgar Allan Poes.

II.

Charles Brockden Brown wurde 1771 in Philadelphia geboren. Seine Eltern, Elijah und Mary Brown, waren Quäker, die Familie seines Vaters war seit knapp hundert Jahren in Amerika seßhaft. Nach der Schilderung von Charles Brockden Browns erstem Biographen, seinem Freund William Dunlap, liefen Kindheit und Jugend bei ihm so ab, wie wir sie von hundert anderen Literaten der Zeit kennen: frühe Begeisterung für Dichtung und Philosophie, genährt durch eine unbändige, wahllose Leseleidenschaft, die aus der Schule eine Bibliothek macht; rasche Fortschritte in den Sprachen und in der Philosophie auf Kosten der ohnehin schwachen körperlichen Konstitution, schließlich mit vierzehn oder fünfzehn Jahren die ersten eigenen Versuche mit Gedichten und kleinen Traktaten. Ungewöhnlich ist nur, daß diese europäische Standardentwicklung für einen romantischen Poeten dem Sohn eines kleinen puritanischen Kaufmanns in Philadelphia widerfährt. Schon der Besuch einer »Höheren« Schule war bei der Abneigung der Quäker gegen nutzlose Bildung ein Entgegenkommen des liberalen Vaters, der seinem Sohn die Ausbildung zum Rechtsanwalt ermöglichen wollte. Charles behielt zwar seinerseits auf der Schule einige der alten Bildungsvorurteile seiner Sekte, so die entschiedene Verwerfung der alten Sprachen und Literaturen, aber sein Interesse richtete sich statt dessen nicht auf das Erlernen praktischer Fähigkeiten, sondern auf den intensiveren Umgang mit der englischen Sprache und Literatur. Als er 1787 die »Friends Latin School« verläßt, hat er Plan und Skizze zu einem dreiteiligen epischen Gedicht über die Entdeckung Amerikas bei sich. Er tritt zugleich in das Rechtsanwaltsbüro von Alexander Wilcocks und in den kurz vorher gegründeten »Belles Lettres Club« ein, zu dessen erstem Präsidenten er avanciert. Obwohl er sich vier

Jahre lang, seiner Familie zuliebe, verzweifelt plagt, hat er von Anfang an keinerlei Verhältnis zur Jurisprudenz und sitzt seine Zeit nur ab, um abends allein oder in Gesellschaft einiger gleichgestimmter Freunde über die Möglichkeiten einer eigenständigen amerikanischen Literatur nachzusinnen. Die wenigen erhaltenen Briefe zeigen einen noch ganz ungelenken, schülerhaften Umgang mit Sprache und Gedanken, doch heben sich aus dem redundanten Wortschwall ziemlich von Anfang an die Leitgedanken seines späteren schriftstellerischen Handelns heraus: die amerikanische Literatur muß unabhängig von europäischen, von englischen Mustern konzipiert werden, sie soll Ausdruck der amerikanischen Mentalität und Sitte sein, die amerikanische Landschaft und Geschichte wie die Eigenart des neuen Staates bieten Stoff genug für jeden Schriftsteller, der auf seine Weise dem eigenen Land dienen will. Er macht dabei keinen Unterschied zwischen Sachliteratur und Belletristik, beide sind für ihn zeitlebens gleichwertige Medien der Erkenntnisvermittlung.

Außer einer Serie von vier autobiographisch getönten Essays, die vom August 1789 an unter dem Titel und unter der Maske eines »Rhapsodist« im »Columbia Magazine« erscheint, gibt es aus dieser ersten Zeit keine veröffentlichten Schriften. Und auch diese Essays geben, in ihrer Verwendung modischer Verkleidungen *à la* Ossian für moralisierende Zwecke, über den jugendlichen Autor kaum individuellere Auskünfte. Einzig der beiläufige Satz, der Rhapsodist habe seine von der Phantasie geschaffene Welt der Vollkommenheit so mit idealen Geschöpfen bevölkert, daß »die Barriere zwischen ihm und der Welt der Geister durch die Macht der Meditation eingerissen« schien, deutet auf eine zweite Ebene hinter den pragmatischen Begründungen seiner Faszination durch die Schriftstellerei.

Charles B. Brown, der seinen Freunden früh als Sonderling galt, da er tagelang allein an den Ufern des Schuylkill oder in den Wäldern von Pennsylvania herumirrte, scheint sich auf diesen Wanderungen wie manche der großen Romanciers vor und nach ihm mit der gedanklichen Verwirklichung einer phantastischen Traumrealität beschäftigt zu haben. Angria und Gondal heißen die Länder im »längeren Gedankenspiel« (Arno Schmidt) der Geschwister Brontë, Orplid nennen Eduard Mörike und Ludwig Bauer ihr phantastisches Reich. Selten nur werden solche Gegenwelten unmittelbar im Werk der Autoren ansichtig, obwohl dieses Werk zu guten Teilen seine Ausstrahlungskraft aus dem gesicherten Freiraum der Phantasie gewinnt. Auch und gerade bei Brown haben diese Träume keinen offenen Niederschlag in den Romanen gefunden. Nur im Nachlaß fanden sich einige, vom Herausgeber kopfschüttelnd redigierte Fragmente, die offensichtlich über einen sehr langen Zeitraum hin kontinuierlich fortgeführt worden sind. Sie wurden als Vorstudien zu seinen späten historischen Abhandlungen verstanden oder als Stichworte für ein utopisches System. Viel plausibler scheint es jedoch, die beiden Fragmente: »Sketches of the History of Carsol« und »Sketches of the History of the Carrils and Ormes« – auffallend die Namensähnlichkeit zu Hauptfiguren seiner Romane wie Carwin und Ormond! – als Notizen zur Topographie und Geschichte seiner Phantasiewelt aufzufassen. Beide kennzeichnet das Interesse an der Genealogie und Verflechtung fiktiver Herrscherhäuser mit realen, an den Grenzlinien zwischen erfundener und aktenkundiger Realität. Sie besitzen die gleiche rücksichtslose Selbstverständlichkeit der Anspielung und Verweisung, wie sie die Tagebucheintragungen und Privatnotizen etwa Gerard de Nervals oder der Geschwister Brontë auszeichnet. Zusammen mit den vielerlei »unentzifferbaren Utopien« in seinem Nachlaß, von denen Dunlap spricht, scheinen diese phantastischen Chroniken die Umrisse der Vorstellungswelt festzuhalten, die Charles B. Browns Romanen voraus war und sie noch um einige Jahre überlebte. Selbstverständlich trägt diese Welt bei einem so sehr und so amerikanisch auf Rationalität und Perfektionierbarkeit der Menschen dringenden Autor oberflächlich Züge einer sehr handgreiflichen und trockenen Utopie des besseren Amerika, aber zugleich dokumentiert sie die genuine Affinität Browns zu einer anderen, nicht voll erklärbaren Realität außerhalb der Erfahrung. Die Faszination durch das Geheimnis findet hier ihren ersten Niederschlag.

Nach langem Zaudern entschließt sich der Zweiundzwanzigjährige, die Juristenlaufbahn aufzugeben, um freier Schriftsteller zu werden. Das Entsetzen seiner Familie, aber auch seine eigene, noch geraume Zeit fortdauernde Unentschlossenheit über den jetzt einzuschlagenden Weg, werden verständlich, wenn man weiß, daß niemand vor ihm es gewagt hatte, in Amerika sich als Autor selbständig zu machen: auf Jahrzehnte hinaus war Charles B. Brown der einzige, der dieses Wagnis, sogar mit bescheidenem Erfolg, eingegangen ist. Entscheidend für diesen Schritt war vermutlich die Begegnung mit Elihu Hubbard Smith (1771-97), einem jungen, in Yale graduierten Mediziner, der Zugang zu einigen der esoterischen Kulturzirkel in Connecticut und New York hatte – so etwas hieß dann »The Connecticut Pleïades« oder »The Hartford Wits« – und der in seiner weltläufigeren Art und Bildung seinem Freund die Wege in diese Treibhäuser der beginnenden amerikanischen Kultur ebnen konnte. Er nahm Charles B. Brown mit nach New York, wo sie beide Aufnahme in den »Friendly Club« fanden, eine jener Vereinigungen, in denen man wöchentlich über philosophische Probleme oder eigene schriftstellerische Projekte diskutierte. (Zu den Mitgliedern dieser Serapionsbruderschaft gehörte übrigens auch der Biograph William Dunlap, damals ein vielversprechender Maler.)

III.

Die vier Jahre von 1793 bis 1797 konnte sich Charles B. Brown, vermutlich aus finanziellen Gründen, nicht für eine ständige Übersiedlung nach New York entscheiden, sondern wechselte unruhig zwischen dort und Philadelphia hin und her. Er knüpfte erste Verbindungen zu Zeitschriftenverlegern und baute offenbar sehr umsichtig an den äußeren Fundamenten für seine Schriftstellerei. Statt den kindlichen Epen-Plänen weiter nachzuhängen, arbeitete er jetzt seit seinem ersten Aufenthalt in Hartford und New York an Romanen. Im Sommer 1795, erfährt man aus seinen Briefen, steckte er tief in einem »Philadelphia«-Roman, womit vermutlich eine noch früher erwähnte Erzählung über die Pest in seiner Vaterstadt gemeint ist.

Den Anstoß für seine dann fast unzähmbare Produktion gab das Erscheinen der beiden Hauptwerke des radikalen englischen Philosophen William Godwin (1756-1836) in Amerika. Wie in England wühlte auch in Amerika seine »Enquiry concerning the Principles of Political Justice« (1793), in der kurz nach den beiden Revolutionen jede Einschränkung des freien Willens durch Staat und Gesellschaft entschieden abgelehnt wird und in der die Forderung nach völliger Emanzipation die Grundfesten der abendländischen Moralüberzeugungen erschütterte, die öffentliche Meinung auf. Charles B. Brown machte sich sogleich zum Verfechter der neuen Lehre, in der er zumindest viele seiner Überzeugungen klarer und eindringlicher dargestellt fand, und schrieb einen langen, zweiteiligen Traktat über die Emanzipation der Frau, der Godwins Ideen aufgriff und selbständig weiterführte: »Alcuin; a Dialogue on the Rights of Women« (veröffentlicht als sein erstes Buch im März 1798, geschrieben jedoch schon zwei Jahre früher). Größer noch war der Eindruck, den Godwins noch heute faszinierender Roman: »Things as they are; or: The Adventures of *Caleb Williams*« (1794) auf den unsicher tastenden Romancier machte.

Godwin hatte in dieser Erzählung versucht, seine Ideen an einem kraß erfundenen Kriminalfall anschaulich zu machen: Der ungewöhnlich begabte Bauersohn Caleb Williams ist von seinem Gutsherrn Falkland zum Sekretär gemacht worden. Unstillbare Neugierde *(curiosity)* treibt ihn an, die Ursachen für die Schwermut und Unruhe seines Herrn ausfindig zu machen. Er bringt ihn schließlich dazu, seine Schuld an einem Mord zu gestehen, den er um jeden Preis geheimhalten will. Der Wohltäter verwandelt sich in einen Teufel, der durch heimtückische Anschläge erst die Verschwiegenheit seines ergebenen Dieners auf die Probe stellt, ihn dann eines fingierten Diebstahls wegen verurteilen und ihn schließlich, nachdem Williams die Flucht aus dem Gefängnis geglückt ist, durch seine Agenten von Schlupfwinkel zu Schlupfwinkel verfolgen läßt. Williams rettet sich zum Schluß in eine Anklage seines Herrn, die dieser auf dem Totenbett durch ein Bekenntnis rechtfertigt. Caleb Williams bleibt nach Falklands Tod verzweifelt zurück.

Vieles an der Geschichte und an ihrer Erzählweise mußte Charles B. Brown als Offenbarung erscheinen: das Zugleich von düster-reißerischer Handlung und philosophisch-psychologischer Reflexion, die Irritierung der Alltäglichkeit durch das Eindringen in die Innenwelt der Figuren, die Glaubwürdigkeit des Außerordentlichen, die dem Roman eine über das Literarische hinausgehende Intensität sicherte. Bislang war sich Brown nur darüber im klaren gewesen, daß seine Dichtung amerikanisch, realistisch und von höherem Nutzen für den Leser sein sollte. Sein Naturell forderte darüber hinaus eine Möglichkeit, das realistische Spiegelbild der Wirklichkeit um die Schatten und Farben der subjektiven Auffassung zu erweitern und eine glaubwürdige Verbindung von Erzählen und Darüber-Nachsinnen. Die hintersinnige, versponnene Welt seiner Phantasie und die Erfahrung seiner amerikanischen Umgebung standen in offenem Widerspruch. Nun bot ihm Godwins Roman das genaue Beispiel für die Überwindung seiner Kalamitäten, und er setzte sich – noch im Jahre 1795 – daran, ein amerikanisches Gegenstück zu schreiben: »Gleich nach meiner Rückkehr begann ich mit meinem Vorhaben, über das wir so viel gesprochen haben. Ich hatte alles geplant, so daß ich ein Werk von gleicher Länge wie den *Caleb Williams* in weniger als sechs Wochen schreiben konnte; und ich schrieb jeden Tag zehn seiner Seiten, bis das heiße Wetter und widrige Umstände mich in meinem Fleiß nachzulassen zwangen ... Viel Überlegung, viel Lesen und Schreiben werden, vermute ich, noch nötig sein, um mein System der Moral in all seinen Teilen abzurunden und um ihm die volle und runde Überzeugungskraft zu verleihen.« Aber noch scheitern die ersten Anläufe: Ein erster Roman wird nach fünfzig Seiten, vier Monate nach seinem optimistischen Start, in heller Verzweiflung über den diffusen Erzählstil, die ungenaue und oberflächliche Beweisführung und das mangelnde Wissen abgebrochen, ein zweiter, trotz großer Schwierigkeiten immerhin zu Ende geschrieben. Doch die schwere Pest-Epidemie der Jahre 1797 und 1798 raffte als eines der ersten Opfer Browns Verleger dahin, und das satzfertige oder bereits gesetzte Manuskript wurde vermutlich mit der übrigen Hinterlassenschaft des Verstorbenen vernichtet.

Für Brown selbst hatte der Verlust seines Romanmanuskripts offensichtlich keine Folgen. Als ob mit dem Abschluß der ersten Niederschrift eine innere Barriere gegen das Schreiben eingestürzt wäre, produziert er in den nächsten Jahren Buch auf Buch, arbeitet bisweilen an vier und fünf Romanen gleichzeitig. Alle Bedenken gegen den eigenen Stil, gegen die Tragfähigkeit der Handlung und gegen die Motivierung der Charaktere spielen keine Rolle mehr, obwohl diese von Charles B. Brown selbstkritisch in seinen Anfängen beobachteten Mängel auch bei allen späteren Romanen jedem Leser in die Augen fallen. 1798 erscheint im »Weekly Magazine« die erste Folge von »The Man at Home«, einer über zwölf Fortsetzungen laufenden Serie, halb Leitartikel und halb Roman, in deren lockeres, kriminalistisches Handlungsgefüge erstmals Eindrücke aus der Pestzeit – Charles B. Brown verbindet Erinnerungen an die Pest von 1793 mit der New Yorker Gegenwartserfahrung – zu Schreckensbildern von Defoescher Eindringlichkeit gestaltet werden. Im selben Monat beginnt Brown mit der Niederschrift seines berühmten Romans: »Wieland; or The Transformation. An American Tale«, an dem er mit Unterbrechungen bis Ende September des Jahres arbeitet. Daneben entsteht ein zweiter Roman über die Pest von 1793 in Philadelphia: »Arthur Mervyn; or Memoirs of the Plague Year 1793«, von dem neun Kapitel im »Weekly Magazine« (16. Juni bis 25. August) abgedruckt werden, ehe dann die Ausbreitung der Pest den Verfasser an der Weiterarbeit hinderte: Charles B. Brown wurde mitten im Schreiben an einem und in der Vorbereitung zu einem weiteren Pestroman selber ein Opfer der Krankheit. Er wurde durch seinen Freund Elihu Hubbard Smith angesteckt, der seinerseits sich bei der Krankenpflege infiziert hatte. Smith starb, Brown kam mit dem Leben davon.

Knapp vier Wochen später steckt Charles B. Brown bereits wieder tief in Romanprojekten: eine Woche lang schreibt er an einer Fortsetzung des »Wieland«, in der er die Vorgeschichte des düsteren Intriganten Carwin liefern will (»Carwin, the Biloquist«), dann läßt er den Stoff für immer liegen – erst 1803 benutzt er das Fragment zur Auffüllung seines »Literay Magazine« – und wendet sich den Plänen für eine eigene literarische Zeitschrift und dem Schreiben des erwähnten neuen Pestromans zu. »Ormond; or, The Secret Witness« transponiert das Schema des Verführungsromans nach dem Muster von Richardsons »Clarissa« von London in das pestbefallene Philadelphia. Ein Brief an seinen Bruder Armitt vom 20. Dezember schildert die Entstehung des Buchs, das schließlich am 21. Januar 1799 herauskam:

»Vor einiger Zeit schloß ich mit dem Verleger des *Wieland* einen Vertrag für ein neues Buch, von dem erst ein Teil geschrieben war. Da der Druck sofort beginnen sollte, war ich gezwungen, mit größtem Fleiß bei meiner Feder zu bleiben, um mit dem Satz Schritt halten zu können. In diese Tretmühle gekettet, merkte ich kaum, wie die Zeit verstrich, und wenn mein Tagespensum geschafft war, dann fühlte ich mich durch und durch abgespannt und unfähig, in irgend einer Form weiterzuschreiben. – Ich nenne mein Buch: *Ormond oder der verborgene Zeuge* und hoffe, mit dem Schreiben und Veröffentlichen zugleich noch vor dem Neujahrstag fertig zu werden. Dann wird es eine Atempause geben.«

Die zum Schluß geäußerte Hoffnung ging nicht in Erfüllung, da inzwischen der liegengebliebene »Arthur Mervyn« abgeschlossen sein sollte: der in sich selbständige erste Teil des Romans – ein zweiter schließt 1800 die Reihe der großen Romane Browns ab – erschien nur vierzehn Tage nach dem »Ormond«, und da saß der Autor bereits wieder an einem neuen Buch: »Edgar Huntly; or, Memoirs of a Sleep-Walker«, das auf weiten Strecken den verlorenen Erstlingsroman rekonstruiert. Ein Vorabdruck aus diesem Roman – eine Kapitelfolge über die Indianer am Delaware – eröffnete am 1. April 1799 die erste Nummer des von Charles B. Brown gegründeten und herausgegebenen »Monthly Magazine and American Review«. Über der Zeit und Energie raubenden Tätigkeit für sein Magazin entfernte sich der Romancier langsam immer mehr von seiner eigenen Belletristik. Es ist nicht allein der Zeitmangel, der Brown zu einem weniger hektischen Publizieren zwingt, sondern mehr noch die Hinwendung zur faktischen und kritischen Information, zum genauen und gründlich recherchierten Sachurteil. Der amerikanische Alltag gewann langsam wieder Macht über den entlaufenen Puritaner.

IV.

Aus dem verwirrenden Ineinander der Entstehungsdaten heben sich einige gemeinsame Merkmale heraus: das entscheidende Jahr in der kurzen Phase von Charles B. Browns Romanschreiberei ist das Jahr 1798, die Zeit während und nach der Pestepidemie in New York. Die Rezeption und die mühsame Umsetzung von Godwins »Caleb Williams« löste in diesem Jahr, sobald Brown sich seiner Mittel und seiner Ideen versichert hatte, eine so hektische und gleichzeitig so auf einen Punkt hin konzentierte Produktion aus, daß sie mehr einer auf verschiedene fiktive Fälle verteilten Beichte, einem befreienden Selbstbekenntnis gleicht als einer systematischen Ausbildung einer ästhetisch reflektierten Romanform. Vergleicht man die scheinbare Sukzession der Entstehung, so erkennt man rasch, daß buchstäblich alle seine entscheidenden Bücher nebeneinander her entstanden sind. Im September 1798, der das Ende des »Wieland« bringt, schreibt oder konzipiert Charles B. Brown dessen Fortsetzung: »Carwin, the Biloquist«, die beiden Pestromane: »Arthur Mervyn« und »Ormond«, dazu das lange Romanfragment »Stephen Calvert« und die Neufassung seines Erstlings. So selbstkritisch und zögernd der Autor sich dem Roman genähert hatte, nahm er sich nun nicht mehr die

Zeit, auch nur stilistisch seine Bücher zu überarbeiten. Wie unter einer Obsession wirft er seine Geschichten von Obsessionen alle zugleich auf den Markt, mit losen Romanschlüssen, abgebrochenen Steigerungseffekten, unaufgelösten Widersprüchen in der Motivierung, alle zusammengehalten nur durch die Intensität der Augenblicksbeschwörung und den durchgehaltenen Charakter rückhaltloser Aufrichtigkeit, der dieser fingierten Welt aus Alpträumen über die holpernde Rhetorik seiner Diktion, über die Redundanz seines Räsonierens hinweg die Einheit der Atmosphäre garantiert.

Danach ist die Inspiration versiegt oder verschüttet. Die zwei letzten, um ein Jahr nachhinkenden Briefromane: »Clara Howard« und »Jane Talbot« – beide nach Browns endgültiger Rückkehr in seine Vaterstadt Philadelphia verfaßt und 1801 veröffentlicht – sind leblose Varianten des konventionellen europäischen Familien- und Eheromans in Briefen, deren größere Stilgenauigkeit das Fehlen der Inspiration nur deutlicher macht. Der Held seines letzten Romans, Colden – er gehört schon vom Namen her noch in eine Reihe mit Carwin und Calvert – wird aus einem Anhänger Godwins zu einem gemäßigten Fortschrittsgläubigen des konsolidierten neuen Typs des Amerikaners domestiziert, wie er das 19. Jahrhundert bestimmen sollte: Spiegelbild der eigenen Entwicklung von Charles B. Brown nach der Jahrhundertwende.

Die Familienähnlichkeit seiner vier Hauptromane in ihren Charakteren, in ihren Themen (Bewußtseinswandlungen, psychologische und physikalische Grenzphänomene, gesellschaftliche Ausnahmezustände) und Handlungen (das langhingezogene Spiel wechselseitiger Attraktion von Feinden zwischen Verführer und Opfer in der Auseinandersetzung der Geschlechter, in der Bedrohung und Überwachung aus dem Ungewissen zwischen Lehrer und Schüler), vor allem aber im Mechanismus der Heimsuchung, durch den sich von Augenblick zu Augenblick der vertraute Boden beherrschter Wirklichkeit in eine Stätte der Angst oder der Verzweiflung verwandeln kann – diese Familienähnlichkeit entspringt der gleichen, in sich widersprüchlichen Perspektive auf die eigene Gegenwart, die sich in Charles B. Browns Selbstzeugnissen früh andeutet, ihren ersten Ausdruck in dem Zugleich von puritanisch-aufklärerischem Pragmatismus und vorromantischer Tagträumerei findet (»The Rhapsodist«, die frühen utopischen Notizen) und die unter dem bestürzend-befreienden Einfluß Godwins sich schließlich in vielfältigen Brechungen artikuliert. Seine nie verleugnete Herkunft hatte in Browns Bewußtsein die Maxime eingegraben, daß jede Tätigkeit, besonders aber ein so zweideutiges Geschäft wie die Schriftstellerei, ihre Berechtigung aus der nachprüfbaren Wahrheit und aus dem einsehbaren Nutzen bezieht, den sie für die Gesellschaft bringt. Seine Phantasien flogen über diese Grenze hinaus, und es ist fast rührend zu sehen, wie er in seinen »längeren Gedankenspielen« die eigenen Träume zu materialisieren versucht, indem er ihnen bald einen utopischen Anstrich gibt, bald sie durch Beziehungen zu wirklichen Ereignissen und Lokalitäten in die Realität einzubinden trachet.

Unter dem Eindruck des »Caleb Williams« löst sich ihm dieser Widerspruch auf, und die weite Dunkelzone ungeklärter psychischer Phänomene und Verhaltensweisen wird zum Feld des Romanciers, der hier sowohl dem Außerordentlichen, aber doch real Wirksamen, wie dem Gespenstisch-Grausigen nachzugehen vermag, ohne sich dem Vorwurf des Abgeschmackten oder der leeren Phantasterei auszusetzen. Gestalten und Vorgänge einer phantastischen Gegenwelt treten als gefährdete oder bedrohliche Außenseiter, als menschliche Perversionen und Seelenkatastrophen in die vertraute amerikanische Umgebung. (Zum Muster Godwins tritt für dieses äußerst gesteigerte Interesse an seelischen Anomalien der Einfluß von Browns Freund Elihu H. Smith, der sich bis zu seinem frühen Tod eingehend mit psychologischen Krankheitsfällen beschäftigt hat.) An den Namen: Carwin, Ormond, Wieland, Pleyel, die entweder ganz erfunden oder als exotische Zitate von europäischen Vorbildern transplantiert sind, und an den überdimensionierten Fähigkeiten und dem dämonischen Griff auf ihre Mitmenschen sind manche der Hauptfiguren vor allem der ersten Romane noch als Widergänger einer rein phantastischen Sphäre erkennbar. Das Europa, aus dem die meisten dieser Personen eingewandert sind, trägt in seiner exotischen Unbestimmtheit deutliche Märchenzüge. So sind zumindest die großen Schurken Ormond und Welbeck mit den gleichzeitig entstehenden luziferischen Aufrührergestalten der englischen und französischen Literatur, die im Typus des Byronschen Helden ihre reinste Ausprägung finden, durch manche Eigenheiten verbunden. Ein Realismus der extremen Bewußtseinslagen, die Verstörung durch das erklärbare Wunder – auf solche Formeln lassen sich, nach eigenen theoretischen Bemerkungen, Intention und Eigenart von Charles B. Browns Romanen grob festlegen. Um den paradoxen Sachverhalt in seiner dramatischen Spannung ansichtig zu machen, insistiert Brown immer wieder – in Vorworten, Anmerkungen und Reflexionen der agierenden Personen – auf der Verbürgtheit *und* auf der Außerordentlichkeit des Dargestellten:

»Die hier niedergelegten Begebenheiten sind außergewöhnliche und seltene. Manche unter ihnen mögen dem Bereich des Wunderbaren so nahe kommen, wie dies eben möglich ist mit Hilfe von Dingen, deren Natur in Wahrheit alles Wunderbaren entbehrt. Doch bleibt zu hoffen, daß verständige Leser die Art und Weise nicht mißbilligen werden, in der die Erscheinungen aufgelöst sind, sondern solche Auflösung sich vielmehr als in Übereinstimmung mit den uns bekannten Grundzügen der Menschen-Natur erweisen mag. Jener Kraft, welche der Hauptperson unserer Handlung nachgesagt wird, vermag man ihre Realität wohl kaum abzusprechen. Zwar muß eingeräumt werden, daß dergleichen überaus selten ist, doch gibt es kein vergleichbar ungewöhnliches Faktum, das erhärtet wäre durch ebenso starke, historisch belegbare Erweislichkeit.

Der oder jener unter den Lesern mag vielleicht das Gehaben und Handeln des jüngeren Wieland für ein unmögliches halten. Solche Möglichkeit dennoch glaubhaft zu machen, muß der Schriftsteller sich auf die Ärzte berufen sowie auf jene Männer, welche bewandert sind in den verborgenen Ursprüngen und zufälligen Perversionen des menschlichen Geistes. Nicht eingewendet mag werden, daß Beispiele ähnlichen Wahnes sonderlich rar sind, dieweil es ja zum Geschäft der Sitten-Schilderer gehört, der Darstellung ihres Gegenstandes die instruktivste und denkwürdigste Form zu finden. Liefert die Historie auch nur *ein* paralleles Faktum, so ist der Schriftsteller hinlänglich gerechtfertigt. Indes, ein Gutteil der Leser wird sich vielleicht eines authentischen Falles entsinnen, welcher dem unseres Wieland bemerkenswert ähnlich ist.«

Ernst Marchand und einige andere amerikanische Kritiker haben aus den wiederholten Invektiven gegen die modische *gothic novel* – den gegenrealistischen Roman in der Nachfolge Horace Walpoles und seines »Castle of Otranto«, mit all seinem mitteralterlich verkleideten Geisterspuk – auf eine realistische Grundtendenz im Werk Charles B. Browns geschlossen. Auch das Außerordentliche habe in seinen Büchern aufklärende und belehrende Funktion, es sei als warnendes Exempel vor verderblichen Einflüssen falscher Erziehungsgrundsätze, hemmender Umwelteinflüsse und erblicher Belastung in das amerikanische

Sittenbild eingefügt worden. Marchand übersieht dabei völlig, daß zwar »jede Gelegenheit zu benutzen, um den Menschen Gerechtigkeit und Humanität vor Augen zu stellen« (Vorrede zu »Arthur Mervyn«) *eine* Grundtendenz Browns ausmacht, daß aber keines seiner großen Bücher wirklich amerikanisches Alltagsleben beschreibt. Gewiß, Brown ist dezidiert amerikanisch: er porträtiert Philadelphia und New York, das puritanische Landidyll und die Handelszentren, er führt polemisch in »Sky-Walk« und später in »Edgar Huntly« an Stelle der gotischen Wüteriche und der Abruzzenräuber die Indianer aus den Grenzgebieten am Delaware ein. Und das Siedlerdasein in den Neuenglandstaaten vertrug sich auch schlecht mit den Schrecken und Geheimnissen, die den Schauerroman des ausgehenden 18. Jahrhunderts in England konstituieren. Ein Land ohne Geschichte und ohne Mythos – seine Geheimnisse liegen in einem noch nicht entdeckten Kontinent, sein Mythos in der geschichtslosen Gegenwart des Indianers – kann die amerikanische Literatur in der Beschwörung von Ruinen und unterirdischen Verliesen der Inquisition keine Schrecken als Erinnerung wachrufen. Aber gerade auf den Aufruhr der Empfindungen im Leser, auf die suggestive Wirkung und Überzeugungskraft des Schreckens hat es Charles B. Brown in seinen Romanen abgesehen. Er will durch die Eindringlichkeit seiner Schilderungen überzeugen und verändern, aber nicht in der Beschreibung des Gewohnten oder Gesetzmäßigen – dies wäre die Aufgabe der Realisten –, sondern in der gewaltsamen Erweiterung des Bewußtseins um neue Bereiche des Mysteriösen.

Er übernimmt wohl in seinen theoretischen Äußerungen seit Richardson und Fielding die landläufige Absicherung des Romanciers gegen das Romanhafte – die vorgetragene Geschichte sei authentisch, nicht Erfindung; es sei wichtiger, unabgeschlossene Charaktere und Handlungen zu bieten, die auf Augenschein beruhen, statt beliebig redigierter Fiktionen usw. –, er verwendet sie aber bei näherem Zusehen ganz im Sinn der damals modernen Romane Ann Radcliffes und William Godwins zur Absicherung eines Romans des gesichert Unvorstellbaren, in dem die Angst vor dem Rätselhaften zum Mittel wird, die Grenzen der Erfahrung aufzubrechen. Charles B. Brown gehört mit seinem »Realismus« zu den Bahnbrechern der Literatur von der »invraisemblance vraisemblable« (Charles Nodier), wie sie später von E. T. A. Hoffmann und Theophile Gautier, in Amerika von Browns Bewunderer Edgar Allan Poe durchgesetzt wurde.

V.

In keinem seiner Bücher, obwohl jedes Serien von Augenblicksbildern der Verstörung enthält, ist dieses Zugleich von Angsttraum und äußerer Bedrohung, von Obsession und Verfolgung, von Sinnestäuschung und handgreiflichem Naturphänomen so eindringlich und insistent beschworen wie in »Wieland; or the Transformation«. Nur in diesem Roman spielt Charles Brockden Brown mit der Möglichkeit einer zweiten Wirklichkeit, die in das alltägliche Leben gespenstisch einzugreifen vermag. Nur in diesem Roman bemüht er, um die Verwandlung seines Helden zu bewerkstelligen, einen wahren Gespensterapparat, dessen nüchterne Auflösung in sonderbare Zufälle (Selbstentzündung) und Machinationen (Verführung zum Mord durch Carwins Bauchrednerei) wohl auch nach der Absicht des Verfassers einen schalen Geschmack hinterläßt.

Das Vorbild für die Verwandlung des jüngeren Wieland aus einem vernünftigen gesetzten jungen Mann, der seine Familie vergöttert, in ein reißendes Tier, das in einem Ausbruch von religiösem Wahnsinn seine Frau und seine Kinder umbringt, war ein fast zeitgenössischer Kriminalfall, auf den der Schluß der Vorrede die Leser ausdrücklich hinweist. Das »New York Weekly Magazine« brachte in zwei Fortsetzungen am 20. und 28. Juli 1796: »An Account of a Murder Commited by Mr. J. Y., upon his Family, in December, A.D. 1781«. Der Artikel schildert – Gewährsperson und Erzählerin ist wie im Roman die Schwester des Mörders –, wie ein rechtschaffener und liebenswürdiger Farmer aus der Gegend von Tomhannock im Staat New York an einem Sonntagnachmittag in einem Wahnsinnsanfall seine Frau und seine vier Kinder umbrachte. In seinem Schuldgeständnis bestand der Farmer darauf, nicht aus eigenem Antrieb eine so entsetzliche Tat begangen zu haben, sondern auf das ausdrückliche Gebot Gottes hin. Stimmen hätten den Mord von ihm gefordert und göttliche Geister seien ihm erschienen. Wie der Held des Romans greift Mr. Y. auch seine Schwester an, die aber vor ihm gerettet wird, und versucht zweimal erfolgreich, aus dem Gefängnis zu entfliehen, um diesen Auftrag noch durchzuführen, ehe er wieder eingefangen wird.

Das Unbegreifliche dieses Kriminalfalls wird für ihn zum Anlaß, die Vorgeschichte des Verbrechens zu rekonstruieren, die schrittweise und unausweichliche Selbstzerstörung der idyllischen Weltordnung einsichtig zu machen. Clara Wieland ist nicht die Augenzeugin des Mordes – der Mord wird dem Leser überhaupt nicht unmittelbar vorgeführt –, sie ist Zeugin der Verwandlung und Opfer in einem. Ihr nachtraglicher Rechenschaftsbericht erweitert in der ständigen Selbstbefragung und in der Analyse der einzelnen Situationen – oft genug quälend für den Leser – den anekdotischen Einzelfall der Geisterverwirrung zu einem exemplarischen Grenzfall, an dem die Gefährdung der menschlichen Psyche tragisch sichtbar wird. »Erhellung einiger wesentlicher Teilgebiete der moralischen Verfassung des Menschen« – heißt es mit der dem Autor eigenen Umständlichkeit in seinem Vorwort. So stellt er Wieland zunächst einmal in zwei Kausalketten: in die Reihe seiner väterlichen Vorfahren, die alle wie er unter religiösen Wahnvorstellungen leiden, genauer: die an der gleichen Halluzination leiden, direkte göttliche Befehle bekommen, und in die noch längere Reihe der religiösen Sektierer – die Wielands sind Mitglieder der Herrnhutischen Brüdergemeinde – und ihrer auf Verinnerung und private Gotteserfahrung hin angelegten Erziehungsgrundsätze. Erbanlagen und eine verfehlte religiöse Erziehung treiben den jüngeren Wieland in den Mord, so wie sie seinen Vater und Großvater in den Tod getrieben haben.

Frank Lewis Pattee und Ernest Marchand haben zu Recht darauf hingewiesen, daß Brown hier von einer aufklärerischen Position aus argumentiert. Ganz im Sinne Voltaires und Diderots wendet er sich gegen die verhängnisvolle Weltabkehr der religiösen Selbstversenkung und gegen die ihr zugrundeliegende Vorstellung eines strengen und strafenden Gottes, die unvereinbar sei mit Gott als dem die Natur- und Weltordnung garantierenden guten Prinzip. Immer wieder kommt Charles B. Brown im Roman mittelbar auf dieses Thema zu sprechen, halb vom Gesichtspunkt der puritanischen Auffassung aus, halb polemisch gegen sie argumentierend. Ist ein persönlicher Eingriff Gottes in die Alltäglichkeit überhaupt denkbar? Können umgekehrt für einen gläubigen Christen wunderbare Stimmen oder Zeichen ausgeschlossen werden, da doch die Präsenz Gottes auf Erden zu den Voraussetzungen des Glaubens gehört? »Dabei fürchtete ich mich gar nicht vor Schatten«, beteuert zu Beginn Clara Wieland mit bereits erschütterter Zuversicht: »Geschichten über Erscheinungen und Zauber vermochten nicht einmal, mich zu fesseln, geschweige denn, daß sie Macht über mein Denken gewonnen hätten. Nichts anderes sah ich in ihnen als den Ausfluß von Ignoranz und Torheit, und sogar das *angenehme* Gruseln war mir fremd. Indes, was ich nunmehr vernommen hatte, war anders als alles, von dem ich bisher erfahren. Hier gab es Beweise für ein vernünftiges, denkendes Wesen, die man nicht rundweg ableugnen konnte. Hier ward eine Nachricht empfangen und mitgeteilt auf fraglos übernatürlichem Wege.

Daß außer uns auch noch andre vernunftbegabte Wesen existieren – Wesen, die unserem Wissen und Handeln voraus sind –, läßt sich wohl kaum in Abrede stellen. War uns hier ein kurzer Blick zuteil geworden in die Welt eines uns überlegenen Seins?«

Das Ende der Geschichte stellt die moralische und natürliche Ordnung wieder her, Clara Wieland zieht das Resümee, das ihren Bruder verdammt: hätte er fundiertere Einsichten in die moralische Verpflichtung des Menschen besessen und eine klarere Vorstellung von den göttlichen Eigenschaften, hätte er sich also seine gesellschaftliche Verpflichtung und das Wesen Gottes als des guten Prinzips vor Augen gehalten, so wäre sein Sturz in den unschuldigen Mord ausgeblieben. Aber das ist nur die eine Seite des behandelten Problems; die Ängste und die Verwirrung der Erzählerin, an denen der Leser von Augenblick zu Augenblick teilnimmt, machen die tiefe Verwurzelung von Wielands Obsession in der finsteren Vorstellung eines puritanischen Rächergottes deutlich. Wieland ist da der durch das Alte Testament gerechtfertigte Nachfolger Abrahams. Stumm und bereitwillig gehorcht er der göttlichen Stimme, nur daß kein Engel ihm in den Arm fällt. Charles B. Brown zögert nicht, das Verbrechen als religiöse Wahnsinnstat und als Ergebnis verfehlter Erziehungsgrundsätze zu verurteilen. Fast zu hastig wendet er sich ab. Aber zugleich sieht er gebannt der unaufhaltsamen und in sich logischen Verwandlung seines Helden zu und tut alles, um deren Motivation unausweichlich erscheinen zu lassen.

Zu dieser Motivation des Außerordentlichen, die das eigentliche Stimulans für den Romancier Charles B. Brown hergab, dienen ihm die Stimmen aus dem Dunkeln. Carwin nutzt seine Begabung als Bauchredner zu seinem teuflischen Experiment, die Verführbarkeit Claras zu erproben und die Familie Wieland aus ihrer Idylle aufzustören. Aber seine verstellte Stimme weckt oder bestätigt nur die Stimmen, die den jüngeren Wieland vermutlich seit dem Tod seines Vaters verfolgten. Denn Wieland steht unter dem gleichen Zwang wie seine Ahnen vor ihm. Sein Großvater mütterlicherseits tötete sich, weil es ihm die Stimme seines Bruders befahl, und sein Vater kam auf seltsame Weise ums Leben, weil er einen göttlichen Auftrag auszuführen verweigerte. Die Wahnvorstellung liegt verdeckt den Ereignissen voraus, durch die sie ausgelöst werden. Carwin, der dämonische Schurke nach dem Muster von Ann Radcliffes großen Intriganten Montoni und Schedoni und von Byronschem Zuschnitt, ist genaugenommen nur der Handlanger der Selbstzerstörung. Er hat mit der Tragödie nur mittelbar zu tun, ist also auch nicht, wie die amerikanische Kritik seit Rufus Griswold, dem Biographen Edgar Allan Poes, immer wieder gemeint hat, die eigentliche Hauptfigur des Romans. Charles B. Brown selbst betont mehrfach, daß die schrecklichen Begebenheiten, deren Urheber Carwin oder der am Ende verblüffend eingeführte Maxwell werden, ihr Entstehen der Verblendung und den Irrtümern ihrer Opfer verdanken. Brown kennt, wie William Godwin vor ihm, keine gottgleichen, schaffensgewaltigen Verbrecher: Carwin ist selbst in den Fängen des irischen Bösewichts Ludloe, Welbeck im »Arthur Mervyn« ist halb in der Hand seines Opfers Arthur Mervyn, Ormond im gleichnamigen Roman ist Gegenstand des Abscheus wie des Mitleids. So tritt der jüngere Wieland mit seinen Morden die Nachfolge seines Vaters an, und nur der Zeitpunkt wird unfreiwillig durch Carwin festgelegt. Von seinem Vater heißt es:

»In mitteilsamen Momenten ließ er verlauten, seine Seelenruhe sei dahin als Folge seines Abweichens vom Pfade der Pflicht. Ein Gebot sei ihm auferlegt worden, das auszuführen er gezögert habe. Ihm schien's, als wäre ihm eine gewisse Spanne des Zauderns und Widerstrebens eingeräumt gewesen – eine Spanne, die nun abgelaufen war. Nicht länger lag es an ihm, zu gehorchen. Die ihm zugedachte Pflicht war zufolge seines Ungehorsams auf einen anderen übertragen worden, so daß nichts mehr zu tun verblieb als die Strafe auf sich zu nehmen.«

War der Befehl, den der ältere Wieland verweigert hatte, die gleiche Weisung zum Mord an seiner Familie? Sein Sohn jedenfalls faßt seine eigene Tat auch als Sühne für den Ungehorsam des Vaters auf. Die rasche, fast widerstandslose Bereitschaft zum Handeln ist nur aus seinem langen Grübeln über dessen Schicksal zu erklären. Hier liegen die Wurzeln für seine Verwandlung, die im Grunde nur das Hervortreten seiner Erbanlagen bedeutet.

VI.

Um die äußere Spannung zu garantieren, um die Geschehnisse in eine Atmosphäre des Rätselhaften zu tauchen und diese Geheimnisse andererseits als sinnliche Erfahrungen glaubwürdig zu machen, führt Charles B. Brown vor allem zwei damals neu entdeckte und heftig diskutierte Phänomene in die Handlung ein: die Selbstentzündung des menschlichen Körpers und die Gabe der Bauchrednerei. Getreu seinem Anspruch auf realistische Glaubwürdigkeit und Verbürgtheit seines Berichts, versäumt er es nicht, den

Leser auf Parallelfälle und gelehrte Abhandlungen hinzuweisen! Für die Bauchrednerei – die übrigens gleichzeitig in Jean Pauls »Titan« und in der deutschen Schauerliteratur um seiner gespenstischen Wirkung willen eine beträchtliche Rolle spielt – bezog Brown seine zeitgemäß vagen Kenntnisse aus der »Encyclopaedia; a Dictionary of the Arts and Sciences« (Philadelphia 1798). Die Definition der Bauchrednerei als einer »Kunst, mittels derer gewisse Personen ihre Stimme so verstellen können, daß sie den Zuhörern vorgaukeln, als dringe die Stimme aus beliebiger Entfernung und Richtung an ihr Ohr«, unterstützt durch die wenigen bekannten Beispielfälle aus der französischen Geschichte und Literatur, reichten für seine Zwecke aus, den inneren Stimmen Wielands ein voräffendes Echo in der Wirklichkeit zu geben. Die Bauchrednerei war unbekannt genug, daß niemand – die Betroffenen so wenig wie die Leser – auf die richtige Erklärung kommen konnte. Wenn sie auf ihre Sinne vertrauten, mußten sie alle zugeben, daß es sich nicht um Einbildungen oder Alpträume handeln konnte. Die phantastische Ausweitung von Carwins Künsten zur Allgewalt der Verstellung lag nach Browns Kenntnissen durchaus im Bereich des Möglichen, auf das hin er in jedem Fall das Außerordentliche konstruierte. Ähnliches gilt für die Selbstentzündung *(spontaneous combustion)*, woran der ältere Wieland – wie nach ihm die Mutter in Kapitän Marryats »Jacob Faithful« (1835) und der alte Krook in Dickens »Bleak House« (1852/53) – auf so erschreckende Weise zugrunde geht. Charles Brockden Brown gibt selbst in einer Fußnote seine Gewährsleute an, die eine vollständige Liste der damals bekannten Fälle und Erklärungen des bis heute in der Gerichtsmedizin umstrittenen Phänomens enthält. Ihre Kenntnis verdankte er wohl seinem Freund Elihu Hubbard Smith. Im »Journal de Médicine, Chirurgie, Pharmacie etc.« (Paris 1783), Bd. 59, S. 140 und

S. 440 ff. berichteten der Chirurg Merille aus Caen und der Arzt Muraire aus Aix en Provence über zwei ungewöhnliche Fälle von Selbstverbrennung. Merille fand, als er zu einer Mademoiselle Thuars gerufen wurde, statt eines Körpers nur eine Masse von Asche, da auch die stärksten Knochen ihre Gestalt und Konsistenz bei dem Feuer eingebüßt hatten: »Ich sollte die Aufmerksamkeit auf die Tatsache lenken, daß diese Frau außerordentlich fett, älter als 60 Jahre alt und sehr dem Wein und anderen Alkoholika zugetan war; daß sie am Tag ihres Todes drei Flaschen Wein getrunken hatte und fast eine halbe Flasche Weinbrand; und daß schließlich die Verbrennung des Körpers geraume Zeit in Anspruch genommen hatte, ohne daß dem Anschein nach in der Umgebung des Leichnams etwas anderes Feuer gefangen hatte mit Ausnahme der Kleider.« Doktor Muraire erzählt in einer Zuschrift von dem ganz identischen Fall einer Marie-Anne Jauffret, der in seiner Praxis vorgekommen sei, und gibt eine erste Erklärung: »Bekannterweise ist das menschliche Fett weniger dicht als das der Tiere und brennt darum leichter. Bei dem Gegenstand dieser Betrachtungen war nun das Fett so reichlich vorhanden, daß es durch die Dielen des Fußbodens suppte. Die Körpersäfte von Mlle. Thuars und Marie-Anne Jauffret, die durch den ständigen Genuß von Alkohol stärker als gewöhnlich mit brennbaren Materialien gesättigt waren, müssen außerordentlich zu der Entzündlichkeit der Masse beigetragen haben. Dazu kommt, daß Marie-Anne Jauffret, sechzigjährig und überempfindlich gegen Kälte, in eine Menge Kleidung eingehüllt war. Bei dem ersten Feuerstoß wurde das Fettgewebe verbrannt, das Fett lief aus und durchtränkte die Kleidung. So wurden die Kleider, die langsam wie ein Kerzendocht niederbrannten, zur Feuerbuchse, in der der Körper zu Asche verbrannte.« Die Explosionen bei der Verbrennung Wielands dürfen dem dritten von ihm erwähnten

Bericht entnommen sein. Charakteristischerweise verzichtet Brown auch hier darauf, die grausigen Details zur Steigerung der Wirkung auszunutzen. Ihn interessiert ausschließlich das Geheimnis einer solchen Selbstentzündung, das er für den neugierigen Leser dadurch noch vertieft, daß er Wielands Tod von allen Parallelfällen unterscheidet: Wieland ist weder fett noch trunksüchtig. Wollte man eine realistische Auflösung in Charles B. Browns Sinn herantragen, so könnte nur der Zustand äußerster Erregung zu einer solchen Selbstentzündung führen. Erklärt oder behoben wird das Geheimnis durch solche Explikationen nicht.

»Die Welt bringt immer neue Erscheinungen hervor, die für unser voreiliges Urteil Wunder, Anomalien und Ungeheuer sind. Angeborene, heimtückische und ekelhafte Verruchtheit taucht unvermutet da auf, wo ein freundliches Temperament und eine kluge Erziehung uns die schönsten Früchte hatte erwarten lassen«, umschreibt Charles Brockden Brown einmal in seinem Romanfragment »Stephen Calvert« seine doppeldeutige Sicht auf die Wirklichkeit. Er mißtraut der bequemen Vorinterpretation des Menschen als eines verdammten Geschöpfes in einer ihm göttlich verordneten Natur. Aber Erfahrung und pessimistische Grundeinstellung lassen ihn auch an dem Glauben der Aufklärer zweifeln, es genüge der Einsatz der Vernunft, um die Perfektibilität des Menschen, der Gesellschaft und der Wirklichkeit in die Tat umzusetzen. Seine Aufgabe sah er gerade darin, den Anomalien und Monstrositäten in der moralischen Verfassung des Menschen nachzuspüren, sich und seinem Publikum Beispiele für das geheimnisvolle Zwischenreich, das halb im und halb vor dem Bewußtsein des Individuums liegt, vor Augen zu führen, den Brüchen und Sprüngen im menschlichen Charakter, seinen verborgenen Gaben und Antrieben nachzugehen und deren Relation zu unerklärten Naturphänomenen zu bestimmen. Das unaufgeklärte Geheimnis ist da notwendig die Grundkategorie der Beschreibung, will Charles Brockden Brown nicht in eines der beiden von ihm abgelehnten Erklärungsmodelle der Wirklichkeit zurückfallen. Er insistiert darum auf der Glaubwürdigkeit des Berichtes, auf seiner Authentizität, und er strebt nach äußerster Genauigkeit in der realistischen Schilderung von inneren Vorgängen und Wandlungsdetails.

Der Erzähler Charles B. Brown, der sich in allen seinen Büchern hinter dem Ich einer der beteiligten Personen verschanzt, berichtet konsequent als Zeuge, nicht als Regisseur. Clara Wieland erzählt streng aus ihrem befangenen, begrenzten Gesichtswinkel heraus. Der Abstand zu dem Geschehen hat diese Haltung nicht verändert. Angst und Faszination bestimmen nach wie vor ihr Verhältnis zu Carwin, dem unheimlichen Sonderling mit der einschmeichelnden, verzaubernden Stimme. Sie beschwört, erst stockend, dann in leidenschaftlicher Rhetorik, Phase für Phase das Geschehen, so wie es ihr damals zerstörerisch widerfahren ist. Sie analysiert ihre eigenen Empfindungen und Ängste, ist aber auch völlig in diese Innenwelt eingesperrt, unfähig, die Motivationen ihrer Partner genauer zu beschreiben. Charles Brockden Brown nimmt denn auch am Ende zur perspektivischen Rundumerzählung seine Zuflucht: jeder Akteur soll seine Teilgeschichte selbst übernehmen. (Dabei ist Carwins Geschichte unglücklicherweise Fragment geblieben, da sie in Zielsetzung und Umfang den Roman endgültig zu sprengen drohte. So werden in seinem Fall nur die Machinationen der Täuschung nüchtern aufgeklärt, seine motivierende Vorgeschichte ganz für einen zweiten Roman ausgespart, der nur zum Teil später fertiggestellt wurde.) Diese künstlerisch wenig überzeugende Schlußlösung macht deutlich, daß auch die anderen – ebenso wie Clara Wieland – in sich gefangen sind, daß ihnen das Geschehen um sie herum als dumpfe Bedrohung erscheint, das Kräfte in ihrem eigenen Unbewußten wachruft: Stimmen aus dem Dunkeln wie die Stimme Carwins. Alles wird dabei zur Bedrohung, zum Geheimnis, gegen das man sich mit abwehrenden Vernunftformeln behilft. Nicht umsonst starren sich in Browns Romanen die Figuren mit ängstlicher Neugierde ins Gesicht, wenn sie einander begegnen, ob nicht die Mienen des anderen Indizien für oder gegen ihn preisgeben. Der Eindruck von Besessenheit, den der Leser immer wieder gewinnen muß, geht mehr von dieser durchgehenden Verstörtheit aus, als von den tatsächlich zwanghaften Aktionen der Helden (wie etwa Clara Wielands wiederholte Rückkehr in ihr bedrohtes Haus).

Oberflächlich gesehen folgt Charles Brockden Brown mit seiner Handhabung des »glaubwürdig Wunderbaren« dem damals aktuellen Beispiel der Ann Radcliffe, deren Hauptwerke: »The Mysteries of Udolpho« (1794) und »The Italian« (1797) selbst in den Staaten ein gewisses Aufsehen erregten. Brown nahm von seinem sonst strengen Verdikt gegen die sogenannte *gothic novel*, deren Traditionsschauer er für eine literarische Landschaft ohne Mittelalter besonders kindisch fand, Mrs. Radcliffe ausdrücklich aus. Ihre Meisterschaft, durch den *terror*, die unnennbare Angst vor dem Ungewissen, die Erfahrungsmöglichkeiten der Seele auszuweiten, machte ihre Romane auch für den amerikanischen Romancier zu einem partiell überzeugenden Vorbild. Hier wie dort stehen hinter den undurchdringlichen Geheimnissen natürliche Vorgänge, erklärbare Schrecken, geplante Wunder. Hier wie dort überdauert die Wirkung des Grauens seine vernünftige Aufhebung und Erklärung; das Geheimnis lebt in den Helden fort. Die Unterschiede sind aber unübersehbar: der *terror* bei Ann Richardson gehört ganz in den Bereich der Intrige. Verbrecherische Machenschaften mit genau kalkulierter Zielsetzung bestimmen die

Fabel. Sie haben den Nebeneffekt, der durch die perspektivische Erzählung zur Hauptsache wird, in der empfänglichen Seele durch die Angst vor dem Ungewissen die Empfindung des Erhabenen zu wecken, sie zum Anblick ihrer göttlichen Anlage zu bringen. Brown glaubt nicht an die Erhabenheit des Schreckens, an seine befreiende Wirkung. Seine Helden sind, wo sie nicht als unschuldige Schuldige auf der Strecke bleiben, für den Rest ihres Lebens gezeichnet oder wenigstens irritiert. Dafür sind seine Geheimnisse nicht in der Sphäre der Erbschleicherei und des Betruges zu Hause: sie sind Ausdruck einer geheimnisvoll-undurchschaubaren Realität. Sie eröffnen den Blick nicht nach oben in die Idealität, sondern in einen schwarzen Abgrund des eigenen Ich und der umgebenden Zeitlichkeit.

VII.

In der Vergegenwärtigung des Schauders vor den verborgenen Schichten der Realität beruht auch die eigentümliche und intensive Wirkung, die von Charles B. Browns Romanen – dem »Wieland« allen voran – ausgegangen ist. Beim amerikanischen Publikum selbst fand der erste Romanautor seines Landes eine mehr als kühle Aufnahme. Die Romane wurden wohl positiv besprochen – in den wenigen, notgedrungen für ihn parteiischen Blättern – und auch mit Maßen verkauft. Aber die Irritation der New Yorker, von Philadelphia zu schweigen, äußerte sich in dem zögernden Absatz seiner Bücher, von denen nicht eines zu Lebzeiten eine zweite Auflage erfahren hat, und in der spürbaren Erleichterung auch seiner literarischen Freunde, als Brown schließlich 1800 »vernünftig« wurde und sich für den Rest seines Lebens der Verbreitung nützlicher und praktischer Informationen durch mehrere Zeitjournale zuwandte.

»Deine Bemerkungen über die Düsternis und über die unnatürlichen Vorfälle in *Edgar Huntly* entsprechen sicher, auch wenn sie in vollem Umfang nicht gerechtfertigt sind, dem Eindruck der meisten Leser, schon das ist Grund genug, in Zukunft den trüben Tonfall durch einen angenehmeren zu ersetzen, oder doch wenigstens Fragen der Moral und Alltagsbegebenheiten an die Stelle des Wunderbaren oder Außerordentlichen treten zu lassen. Ich werde nicht wieder in dieses Fahrwasser geraten«, schreibt er trübselig im April 1800 an seinen Bruder James, um dann scheinbar unvermittelt fortzufahren: »Büchermachen ist, wie du siehst, das blödeste Geschäft auf Erden, das beste, was ein Amerikaner in seinem Vaterland erwarten darf, ist es noch, wenigstens bei den unvermeidlichen Ausgaben nicht draufzuzahlen.«

Es dauerte noch bis weit ins 19. Jahrhundert hinein, ehe Amerika seinen ersten großen und einen seiner unheimlichsten Romanschreiber entdeckte. Populär geworden ist »Wieland« – das einzige in vielen Taschenbüchern verbreitete Buch Browns – in den letzten fünfzig Jahren. Um so unmittelbarer war sein Einfluß auf die englischen Romantiker: Byron und Keats, Percy Bysshe und Mary Shelley bewunderten die kühnen Experimente seiner Romanerfindungen; bekanntgeworden war der Kreis um Byron mit den Romanen vermutlich durch Mary Shelley, die Tochter William Godwins; besonders Shelley zählte »Wieland« und »Ormond« zu den eindrucksvollsten Büchern in ihrem Leben. Am zutreffendsten hat die Wirkung der Romane auf die englische Romantik einer der frühen Rezensenten zusammengefaßt; John Neal in seiner Besprechung in »Blackwood's Edinburgh Magazine«, XIX, vom Oktober 1824: »Er hatte keine Poesie, kein Pathos, keinen kühnen Verstand, keinen Humor, keine Eleganz, keine Leidenschaft, wenig oder keine Beredsamkeit und eine karge und knochige Erfindungskraft – so mager wie der Tod selbst. Und doch – obgleich er aller natürlichen Begabungen entraten mußte – und obwohl er in einem Stil fortwerkelte, an dem nichts bemerkenswert ist als eine Art von absoluter Aufrichtigkeit wie die eines Mannes, der es ganz ernst meint und jedes Wort seiner eigenen Geschichte glaubt, konnte er die Aufmerksamkeit außergewöhnlicher Männer auf sich lenken... Seine Begabung bestand darin, eine Geschichte so zu erzählen, daß man den Eindruck gewinnt, man habe sich eben erst von einem Mann getrennt, der sie miterlebt hat – ein Mann, dessen Wort noch nie bezweifelt worden ist und dem beim Erzählen noch das Gesicht vor Erregung gerötet war.« Die Glaubwürdigkeit des ganz und gar Phantastisch-Gespenstigen faszinierte die Romantiker in England – Mary Shelleys »Frankenstein« verdankt Charles Brockden Brown sicher mehr als den Romanen ihres Vaters – und ihrer Schüler in Amerika. Hawthorne zögernd, E. A. Poe mit klarer Einsicht in die Bedeutung seines Vorgängers setzten mit ihren »Tales of the Grotesque and Arabesque« da wieder ein, wo Brown resigniert oder bekehrt aufgegeben hatte. Von da an geht eine kontinuierliche Linie durch die amerikanische Erzählliteratur bis zu so unterschiedlichen Autoren wie Ambrose Bierce und Henry James. Wenn Bierce in der grausigen Erfindung einer grausigen Wirklichkeit Brown am nächsten kommt, so Henry James, der ihm an Erzählkunst und Reflexionsvermögen so unendlich überlegen ist, in der konsequenten Zeichnung einer doppeldeutigen, verstörenden Realität. »The Turn of the Screw« und andere seiner unheimlichen Erzählungen machen das deutlich. Keine aber beschwört so intensiv und genau die Grundhaltung von Browns mißtrauischen Befragungen der Alltäglichkeit wie Henry James' kurze Geschichte von dem Mann, der inmitten der Großstadt und ein ganzes Leben lang von der Vision gemartert wird, er habe aus dem Dunkel heraus einen mörderischen Angriff zu gewärtigen und der vergebens bis zu seinem Tod auf diesen Zugriff wartet. »Das Biest aus dem Dschungel« hat Henry James seine Erzählung überschrieben. Der Titel könnte ebensogut über dem ganzen Werk Charles B. Browns stehen. Jedenfalls ist in ihm das Geheimnis dieser Alptraumwelt präzise bezeichnet.

Norbert Miller

Zu dieser Ausgabe

insel taschenbuch 1686: Charles Brockden Brown, Wieland oder Die Verwandlung. Titel der amerikanischen Originalausgabe: Wieland; or The Transformation. Erstveröffentlichung: New York 1798. Der Text folgt der deutschen Erstübersetzung: Charles Brockden Brown, Wieland oder Die Verwandlung. Roman. Aus dem Amerikanischen von Friedrich Polakovics. Mit einem Nachwort von Norbert Miller. Carl Hanser Verlag, München 1973.